BERNARD CORNWELL

Der Winterkönig

Ein Arthur-Roman

Aus dem Englischen
von Gisela Stege

GOLDMANN

Die Originalausgabe erschien 1995 unter dem Titel
»The Winter King«
bei Michael Joseph Ltd., London.

Umwelthinweis:
Alle bedruckten Materialien dieses Taschenbuches
sind chlorfrei und umweltschonend.

Einmalige Sonderausgabe November 2001

Umschlaggestaltung: Design Team München
Druck: Elsnerdruck, Berlin
Made in Germany · Verlagsnummer 45178

ISBN 3-442-45178-7
www.goldmann-verlag.de

Mit verschlagenem Blick sah Sansum blinzelnd zu Arthur empor. »Ihr werdet mir nicht die Freuden des Himmels schenken, Lord?«

»Gestern abend«, sagte Arthur, »habt Ihr zugesagt, mich zu vermählen. Warum weigert Ihr Euch jetzt?«

Sansum zuckte die Achseln. »Ich habe mit meinem Gewissen gerungen, Lord.«

Arthur begriff und seufzte ergeben. »Wie hoch ist Euer Preis, Priester?«

»Ich will Bischof werden«, antwortete Sansum eilig und rappelte sich auf.

»Ich dachte, ihr hättet einen Papst, der die Bischöfe ernennt«, wandte Arthur ein. »Heißt er nicht Simplicius?«

»Der reich gesegnete und heilige Simplicius, möge er in Gesundheit leben«, bestätigte Sansum. »Aber gebt mir eine Kirche, Herr, und einen Thron in dieser Kirche, und die Menschen werden mich Bischof nennen.«

»Eine Kirche und einen Sessel?« fragte Arthur. »Weiter nichts?«

»Und die Ernennung zu König Mordreds Kaplan. Die muß ich haben! Sein einziger und persönlicher Kaplan, versteht Ihr? Mit einer Vergütung aus dem Reichssäckel, die es mir ermöglicht, einen eigenen Majordomus, einen Torwächter, einen Koch und einen Kerzenpfleger zu halten.« Er klopfte sich die Grashalme von der schwarzen Kutte. »Und eine Wäscherin«, setzte er hastig hinzu.

»Ist das alles?« fragte Arthur sarkastisch.

»Und einen Platz im Kronrat von Dumnonia«, sagte Sansum, als wäre das eine Bagatelle. »Das ist alles.«

»Gewährt«, entschied Arthur obenhin. »Also, was müssen wir jetzt tun, damit wir vermählt werden?«

Während die Verhandlungen zu Ende geführt wurden, beobachtete ich Guinevere. Sie trug einen triumphierenden Ausdruck auf dem Gesicht, und das war kein Wunder, denn sie heiratete weit über die Hoffnungen ihres armen Vaters hinaus. Ihr Vater wartete mit schlaffem, zitterndem Mund in höchster Angst, Sansum könne sich weigern, die Zeremonie abzuhalten. Hinter Leodegan stand ein kleines, rundliches Mädchen, das sich offenbar um Guineveres vier angeleinte Jagdhunde und das spärliche Gepäck zu kümmern hatte, das die exilierte Königsfamilie mitgebracht hatte. Das rundliche

Mädchen war, wie sich herausstellte, Gwenhwyvach, Guineveres jüngere Schwester. Es gab zwar noch einen Bruder, aber der hatte sich längst in ein Kloster an der wilden Küste von Strath Clota zurückgezogen, wo seltsame, christliche Eremiten darin wetteiferten, sich die Haare wachsen zu lassen, sich von Beeren kümmerlich zu ernähren und den Seehunden das Heil zu predigen.

Es ging wenig zeremoniell zu bei dieser Vermählung. Arthur und Guinevere stellten sich unter Arthurs Banner, während Sansum die Arme ausbreitete und in griechischer Sprache einige Gebete sprach. Dann zog Leodegan sein Schwert und berührte den Rücken seiner Tochter mit der Klinge, bevor er die Waffe zum Zeichen, daß Guinevere aus der Gewalt ihres Vaters in die Gewalt ihres Gemahls übergegangen war, Arthur aushändigte. Dann schöpfte Sansum ein wenig Wasser aus dem Bach und sprengte es über Arthur und Guinevere, wobei er behauptete, sie dadurch von Sünden reinzuwaschen und in die Familie der Heiligen Kirche aufzunehmen, die ihre Vereinigung somit als ewig und unauflöslich, als geheiligt vor Gott und der Zeugung von Kindern gewidmet anerkannte. Anschließend starrte er jedem von uns Wachen ins Gesicht und verlangte, wir sollten erkären, Zeuge dieser feierlichen Zeremonie gewesen zu sein. Gehorsam gaben wir diese Erklärung ab, und Arthur war so glücklich, daß er das Zögern in unseren Stimmen nicht wahrnahm. Guinevere dagegen entging es nicht. Guinevere entging nie etwas. »So«, erklärte Sansum, als das armselige Ritual abgeschlossen war, »nun seid Ihr vermählt, mein Lord.«

Guinevere lachte. Arthur küßte sie. Sie war ebenso groß wie er, möglicherweise um einen Fingerbreit größer, und ich muß gestehen, daß sie ein prächtiges Paar abgaben. Mehr als prächtig, denn Guinevere war einfach hinreißend. Ceinwyn war schön, Guinevere jedoch ließ die Sonne neben sich verblassen. Wir waren wie gelähmt. Wir konnten nichts tun, um dem Vollzug dieser Wahnvorstellung unseres Lords Einhalt zu tun, aber die Hast, in der dies alles geschah, wirkte auf uns nicht nur unanständig, sondern auch hinterhältig. Arthur war, wie wir wußten, ein Mann, der sich von Impulsen und Begeisterung leiten ließ, aber das Tempo, das er diesmal vorlegte, hatte uns den Atem verschlagen. Leodegan dagegen jubelte, erklärte seiner jüngeren Tochter albern plappernd, daß die Familienfinanzen sich nunmehr erholen und daß Arthurs Krieger den irischen Usurpator Diwrnach im Handumdrehen aus Henis Wyren vertreiben würden. Arthur, der diese Prahlerei hörte, wandte sich hastig zu ihm um. »Ich möchte bezweifeln, daß das möglich ist, Vater«, sagte er.

»Möglich? Selbstverständlich ist das möglich!« fiel Guinevere ihm ins Wort. »Ihr solltet es als Morgengabe für mich ansehen, Lord, meinem geliebten Vater sein Königreich zurückzuerobern.«

Agravain spie mißbilligend aus. Guinevere geruhte die Geste zu ignorieren, schritt an der Reihe der Wachen entlang und überreichte jedem von uns eine Schlüsselblume aus dem Kranz, den sie im Haar getragen hatte. Dann eilten wir wie Verbrecher, die vor der Gerechtigkeit fliehen, gen Süden, um das Königreich Powys hinter uns zu lassen, bevor uns Gorfyddyds Rache ereilte.

Das Schicksal, hatte Merlin immer gesagt, ist unerbittlich. So vieles folgte aus der überstürzten Zeremonie auf der Blumenwiese der Lichtung am Bach. So viele mußten sterben. So schweres Herzeleid gab es, so viel Blut und so viele Tränen, daß sie einen breiten Fluß hätten füllen können; mit der Zeit jedoch glätteten sich die Wirbel, neue Flüsse kamen hinzu, und die Tränen gingen in einem so großen, weiten Meer unter, daß manche Menschen vergaßen, wie es eigentlich begonnen hatte. Die ruhmreiche Zeit begann wirklich, aber was hätte geschehen können, geschah nicht, und von allen, denen durch diesen Augenblick im Sonnenschein Schmerz zugefügt wurde, mußte Arthur am schwersten leiden.

An jenem Tag aber war er glücklich. Wir eilten nach Hause.

Die Nachricht von der Vermählung hallte in Britannien wider, als würde der Speer eines Gottes gegen einen Schild geschlagen. Anfangs wirkte der Klang lähmend, und in dieser stillen Zeit, in der die Menschen versuchten, die Folgen abzuwägen, traf eine Abordnung aus Powys ein. Ein Mitglied dieser Abordnung war Valerin, jener Häuptling, der Guinevere versprochen gewesen war. Er forderte Arthur zum Kampf heraus, doch Arthur wies ihn zurück, und als Valerin sein Schwert ziehen wollte, mußten wir Wachen ihn aus Lindinis hinaustreiben. Valerin war ein hochgewachsener, kraftvoller Mann mit schwarzen Haaren und schwarzem Bart, tiefliegenden Augen und einer gebrochenen Nase. Sein Schmerz war furchtbar, sein Zorn schlimmer, und sein Versuch, sich zu rächen, war vereitelt worden.

Anführer der Delegation aus Powys war Iorweth, der Druide, der von Cuneglas geschickt worden war, nicht von Gorfyddyd. Gorfyddyd war berauscht von Met und Wut, während sein Sohn immer noch hoffte, den Frieden aus dieser Katastrophe retten zu können. Iorweth, der Druide, ein ernster, sehr vernünftiger Mann, diskutierte lange mit Arthur. Die Eheschließung, sagte der Druide, sei ungültig, weil sie durch einen christlichen Priester vollzogen worden sei und die Götter Britanniens die neue Religion nicht anerkannten. »Nehmt Guinevere zur Geliebten«, drängte Iorweth Arthur, »und Ceinwyn zur Gemahlin.«

»Meine Gemahlin ist Guinevere.« Wir alle hörten, wie Arthur das laut verkündete.

Bischof Bedwin unterstützte Iorweth, aber auch Bedwin vermochte Arthur nicht umzustimmen. Nicht einmal die Aussicht auf Krieg konnte Arthur umstimmen. Iorweth deutete diese Möglichkeit an: Dumnonia habe Powys beleidigt, sagte er, und diese Beleidigung müsse mit Blut abgewaschen werden, falls Arthur seine Meinung nicht ändere. Tewdric von Gwent hatte Bischof Conrad geschickt, damit er um Frieden bitte und Arthur anflehe, Guinevere zu entsagen und Ceinwyn zu heiraten, und Conrad drohte sogar damit, daß Tewdric einen Separatfrieden mit Powys schließen könne. »Mein Lord König will nicht gegen Dumnonia kämpfen«, hörte ich Conrad Bedwin versichern, als die beiden Bischöfe auf der Terrasse vor der Villa in Lindinis auf und ab wandelten, »aber er will auch nicht für diese Hure aus Henis Wyren kämpfen.«

»Hure?« fragte Bedwin beunruhigt und von dem harten Wort schockiert.

»Nun ja, vielleicht nicht«, räumte Conrad ein. »Aber eins sage ich Euch, mein Bruder, Guinevere hat noch nie die Peitsche zu spüren gekriegt. Noch nie!«

Über diese Nachlässigkeit Leodegans schüttelte Bedwin den Kopf; dann entfernten sich die beiden Herren aus meiner Hörweite. Am Tag darauf brachen sowohl Bischof Conrad als auch die Powys-Delegation nach Hause auf. Sie nahmen keine guten Nachrichten mit.

Arthur hingegen war überzeugt, daß die Zeit seines persönlichen Glücks gekommen sei. Es würde keinen Krieg geben, behauptete er, denn Gorfyddyd habe bereits einen Arm verloren und würde nicht auch noch den anderen aufs Spiel setzen. Cuneglas' Vernunft, erklärte Arthur, würde den Frieden sichern. Eine Zeitlang, sagte er, werde es zwar Groll und Mißtrauen geben, aber das werde vorübergehen. Er glaubte, sein Glück müsse die ganze Welt umfangen.

Arbeiter wurden angeheuert, um die Villa in Lindinis auszubauen und zu reparieren, damit sie ein Palast wurde, der einer Prinzessin würdig war. Arthur sandte sogar einen Boten zu Ban von Benoic und bat seinen ehemaligen Lord, ihm Maurer und Gipser zu schicken, die sich auf die Restaurierung römischer Gebäude verstanden. Er wünschte sich einen Obstgarten, einen Blumengarten, einen Fischteich, er wünschte sich ein Bad mit heißem Wasser, er wünschte sich einen Innenhof, in dem Harfner spielen sollten. Arthur wünschte sich einen Himmel auf Erden für seine junge Frau, doch andere Männer sannen nur noch auf Rache. In diesem Sommer hörten wir, daß Tewdric von Gwent mit Cuneglas zusammengekommen war und einen Friedensvertrag geschlossen hatte, und Teil dieses Vertrages war die Zusicherung, daß Powys' Heere ungehindert über die römischen Straßen marschieren durften, die Gwent durchzogen. All diese Straßen führten nach Dumnonia.

Aber der Sommer verging, und kein Angriff erfolgte. Sagramor hielt Aelles Sachsen in Schach, während Arthur einen Liebessommer verbrachte. Da ich zu seiner Wache gehörte, war ich tagein, tagaus mit ihm zusammen. Ich hätte zwar Schwert, Schild und Speer tragen müssen, aber oft genug war ich mit Weinflaschen und Körben voll Leckerbissen beladen, denn Guinevere liebte es, auf abgelegenen Lichtungen und an verborgenen Bächen zu speisen, und wir Speerkämpfer wurden dann abgestellt, Silbergeschirr, Trinkhörner, Köstlichkeiten und Wein zu der verabredeten Stelle zu schaffen. Sie hatte eine ausgewählte Schar von Hofdamen um sich versammelt, und, so helfe mir Gott, Lunete gehörte auch dazu. Lunete hatte sich bitter beschwert, daß sie ihr Backsteinhaus in Corinium verlassen mußte, aber es dauerte nur wenige Tage, bis sie entschied, daß ihr bei Guinevere eine weitaus bessere Zukunft winke. Lunete war wunderschön, und da Guinevere erklärt hatte, sie wolle nur von schönen Menschen und hübschen Dingen umgeben sein, kleidete sie sich und ihre Damen in feinstes Linnen, geschmückt mit Gold, Silber, Jett und Bernstein, und bezahlte Harfner, Sänger, Tänzer und Poeten, um ihre Damen zu unterhalten. In den Wäldern wurden Spiele veranstaltet, bei denen man einander jagte, sich versteckte und Pfänder zahlte, wenn man die ausgeklügelten Regeln brach, die sich Guinevere ausdachte. Das Geld für diese Spiele wurde, genau wie das Geld für die Villa in Lindinis, von Leodegan zur Verfügung gestellt, der zum Schatzmeister von Arthurs Haus bestellt worden war. Leodegan schwor, das Geld stamme aus rückständigen Pachtgeldern, und es ist möglich, daß Arthur seinem Schwiegervater glaubte; aber wir anderen hörten immer wieder finstere Gerüchte darüber, daß Gold aus Mordreds Schatzkammer verschwinde und durch Leodegans wertlose Zahlungsversprechen ersetzt werde. Arthur schien das nicht zu kümmern. Dieser Sommer war sein Vorgeschmack auf ein Britannien im Frieden. Doch für uns andere war es eine Illusion.

Amhar und Loholt wurden nach Lindinis geholt, doch ihre Mutter Ailleann durfte nicht mitkommen. Die Zwillinge wurden Guinevere vorgestellt, und ich glaube, Arthur hoffte, sie würden mit ihm in dem säulengeschmückten Palast wohnen können, der um den Kern der alten Villa herum entstand. Guinevere beschäftigte sich einen einzigen Tag mit den Zwillingen; dann sagte sie, die Knaben seien unleidlich. Sie seien nicht amüsant. Sie seien genausowenig hübsch wie ihre Schwester Gwenhwyvach, und da sie weder hübsch noch amüsant waren, paßten sie nicht in Guineveres Leben. Außerdem, sagte sie, gehörten die Zwillinge in Arthurs früheres Leben, und damit sei es nun vorbei. Sie wollte sie nicht, aber sie wollte diese Entscheidung nicht öffentlich verkünden.. Ganz leicht berührte sie Arthurs Wange. »Wenn wir Kinder wollen, mein Prinz, werden wir sie uns selber machen.«

Guinevere nannte Arthur immer Prinz. Anfangs widersprach Arthur, er sei kein Prinz, doch Guinevere protestierte, er sei Uthers Sohn und daher von königlichem Geblüt. Um sie bei Laune zu halten, gestattete er ihr, ihn mit diesem Titel anzureden, aber schon bald erhielten wir alle Befehl, ihn ebenfalls zu benutzen. Guinevere befahl, wir folgten.

Bisher war es niemandem gelungen, Arthur wegen Amhar und Loholt zur Rede zu stellen und die Oberhand zu behalten, aber Guinevere gelang dieses Kunststück, und so wurden die Zwillinge zu ihrer Mutter nach Corinium zurückgeschickt. Die Ernte war schlecht in jenem Jahr, denn das Getreide war durch späten Regen verkümmert, der es schwärzte und faulen ließ. Da gerüchteweise verlautete, die Ernte der Sachsen sei besser gewesen, weil der Regen ihr Land verschont habe, führte Arthur eine Kriegshorde ostwärts über Durocobrivis hinaus, um die sächsischen Getreidevorräte zu plündern. Ich glaube, er war froh, den Gesängen und Tänzen entrinnen zu können, und wir waren froh, daß er wieder unser Heerführer war und daß wir Speere tragen durften statt Festgewänder. Es war ein erfolgreicher Feldzug, der Dumnonia eine reiche Beute an Getreide, Gold und sächsischen Sklaven einbrachte. Leodegan, inzwischen Mitglied des dumnonischen Kronrats, wurde die Aufgabe übertragen, überall im Reich freie Kornrationen zu verteilen, aber es liefen erschreckende Gerüchte um, daß er statt dessen große Mengen davon verkauft habe und das aus diesen Verkäufen stammende Gold seinen Weg in die neue Villa gefunden hätte, die Leodegan sich am Bachufer genau gegenüber von Guineveres frisch verputztem Palast errichtete.

Jeder Wahnsinn muß irgendwann enden. Dieses Ende bestimmen die Götter, nicht die Menschen. Arthur war den ganzen Sommer lang rasend vor Liebe gewesen, und es war – trotz unserer niedrigen Dienste – ein guter Sommer gewesen, denn Arthur im Glück war ein bezaubernder, großzügiger Lord. Doch als der Herbst Wind, Regen und goldenes Laub durchs Land trieb, schien er aus seinem Sommertraum zu erwachen. Er war zwar immer noch verliebt – ich glaube nicht, daß seine Liebe zu Guinevere jemals aufhörte –, in diesem Herbst wurde ihm jedoch bewußt, wieviel Schaden er Britannien zugefügt hatte. Statt Frieden herrschte nur ein feindseliger Waffenstillstand, und der konnte, das wußte er, nicht lange dauern.

Wir fällten Eschenbäume, um Speerschäfte zu schnitzen, und die Hütten der Schmiede hallten wider vom Klang der Hämmer auf dem Amboß. Sagramor wurde von der sächsischen Front zurückgerufen, damit er näher am Herzen des Königreichs war. Arthur schickte einen Boten zu König Gorfyddyd – mit der Botschaft, daß er sich der Kränkung, die er dem König und seiner Tochter zugefügt habe, bewußt sei und daß er sich dafür entschuldige, trotzdem aber eindringlichst darum bitte, dennoch Frieden in Britannien zu halten. An Ceinwyn schickte er ein Halsband aus Perlen und Gold, aber Gorfyddyd schickte das Halsband zurück – drapiert um das abgeschlagene Haupt des Boten. Wie wir hörten, hatte Gorfyddyd aufgehört zu trinken und die Herrschaft über sein Königreich von seinem Sohn Cuneglas zurückgefordert. Diese Nachrichten bestätigten, daß es keinen Frieden geben würde, bis das Unrecht, das Ceinwyn angetan wurde, durch die Langspeere von Powys gerächt worden war.

Von überall her brachten Reisende schicksalsschwere Nachrichten. Die Lords »Hinter dem Meer« schickten neue irische Krieger in ihre küstennahen Königreiche. Die Franken zogen Kriegshorden an der Grenze von Armorica zusammen. Powys speicherte seine Ernte, und die Landwehr wurde ausgebildet, mit dem Speer zu kämpfen, statt das Getreide mit Sicheln zu schneiden. Da sich Cuneglas mit Helledd von Elmet vermählt hatte, trafen ständig Männer aus jenem nördlichen Land ein, um die Reihen der Armee von Powys zu verstärken. Gundleus, der wieder auf dem Thron von Siluria saß, schmiedete in den tiefen Tälern seines Reiches Schwerter und Speere. Und im Osten landeten immer mehr sächsische Boote an den von ihnen eroberten Küsten.

Arthur legte seine Schuppenrüstung an – das dritte Mal erst, seit ich ihn bei seiner Ankunft in Britannien gesehen hatte –, dann ritt er mit vierzig seiner gepanzerten Reiter in ganz Dumnonia umher. Er wollte dem Reich seine Macht vorführen und erreichen, daß die Reisenden, die ihre Ware über die Grenzen des Reichs hinaustrugen, überall von seiner Kampfkraft berichteten. Dann kehrte er nach Lindinis zurück, wo Hygwydd, sein Knappe, den neuen Rost von den Schuppen seiner Rüstung scheuerte.

Die erste Niederlage erfolgte im Herbst. Da König Melwas' Männer in Venta von einer Seuche dezimiert worden waren, konnte Cerdic, der neue Sachsenführer, die belgischen Kriegshorden besiegen und einen großen Teil fruchtbares Flußland erobern. König

Melwas flehte um Verstärkung, doch Arthur wußte, daß Cerdic das geringste seiner Probleme war. Da im ganzen von den Sachsen eroberten Lloegyr sowie in den britischen Königreichen im Norden die Kriegstrommeln dröhnten, konnte man keine Speere für Melwas erübrigen. Nachdem Cerdic mit seinen neuen Eroberungen vollauf beschäftigt war und für Dumnonia daher keine Gefahr zu sein schien, wollte Arthur den Sachsen vorerst einmal in Ruhe lassen. »Wir werden dem Frieden eine Chance geben«, erklärte Arthur dem Kronrat.

Aber es gab keinen Frieden.

Im Spätherbst, wenn die meisten Heere daran denken, ihre Waffen zu ölen, um sie während der kalten Monate zu verstauen, setzte sich die Streitmacht von Powys in Marsch. Und es herrschte Krieg in Britannien.

DRITTER TEIL

Merlins Rückkehr

Igraine spricht mit mir über die Liebe. Es ist Frühling hier in Dinnewrac, und die Sonne füllt das Kloster mit ein wenig Wärme. Auf den Südhängen springen Lämmer, nur hat ein Wolf gestern drei von ihnen gerissen und eine Blutspur hinterlassen, die an unserem Tor vorbeiführt. An dieses Tor kommen die Bettler, um etwas zu essen zu erbitten, und strecken, wenn Igraine zu Besuch kommt, ihre verkrümmten Hände aus. Einer der Bettler stahl den raubgierigen Raben den von Würmern wimmelnden Kadaver des einen Lammes, und als Igraine an diesem Vormittag erschien, saß er am Wegrand und kaute daran herum.

Ob Guinevere wirklich schön gewesen sei, fragte sie mich. Nein, antwortete ich, aber viele Frauen würde ihre Schönheit hingeben, wenn sie so aussehen könnten wie Guinevere. Igraine wollte natürlich wissen, ob sie selbst schön sei, und ich versicherte ihr, das sei sie, aber sie erklärte, die Spiegel auf dem Caer ihres Gemahls seien sehr alt und verbeult, deshalb sei nur schwer etwas darin zu erkennen. »Wäre es nicht wundervoll«, sagte sie, »wenn wir uns so sehen könnten, wie wir wirklich sind?«

»Gott sieht uns so«, gab ich zurück, »und einzig Gott.«

Sie krauste die Nase. »Ich hasse es, wenn Ihr mir predigt, Derfel. Es paßt nicht zu Euch. Wenn Guinevere nicht schön war, warum hat sich Arthur dann in sie verliebt?«

»Liebe ist nicht nur den Schönen vorbehalten«, mahnte ich sie tadelnd.

»Habe ich das gesagt?« fragte Igraine entrüstet. »Aber Ihr habt gesagt, daß Arthur sich vom ersten Moment an von Guinevere angezogen fühlte. Wenn es also nicht ihre Schönheit war, was war es dann?«

»Ihr bloßer Anblick«, antwortete ich, »ließ sein Blut in Wallung geraten.«

Das gefiel Igraine. Sie lächelte. »Sie war also doch schön?«

»Sie war eine Herausforderung für ihn«, berichtigte ich, »und er dachte, er wäre kein ganzer Mann, wenn es ihm nicht gelänge, sie zu erobern. Aber vielleicht haben die Götter mit uns auch ihr Spiel getrieben.« Ich zuckte die Achseln; mir fielen keine weiteren Gründe ein. »Und außerdem«, sagte ich, »habe ich damit nicht sagen wollen, daß sie nicht schön war, sondern daß sie mehr als schön war. Sie war die wundervollste Frau, die ich jemals gesehen habe.«

»Mich eingeschlossen?« wollte meine Königin sofort wissen.

»Nun ja«, antwortete ich, »meine Augen sind alt und trübe.«

Sie lachte über diese Ausrede. »Hat Guinevere Arthur geliebt?« fragte sie mich.

»Sie liebte das Bild, das sie sich von ihm machte«, berichtigte ich. »Sie liebte den Gedanken, daß er der Champion von Dumnonia war, und sie liebte ihn so, wie er war, als sie ihn zum erstenmal sah. Er war in seine Rüstung gekleidet, Arthur, der Große, der Strahlende, der Kriegsherr, das am meisten gefürchtete Schwert von ganz Britannien und Armorica.«

Igraine ließ die mit Quasten geschmückte Schnur ihres weißen Gewandes durch ihre Hände gleiten und schwieg eine Weile nachdenklich. »Glaubt Ihr, daß ich Brochvaels Blut auch in Wallung bringe?« fragte sie sehnsüchtig.

»Allnächtlich«, gab ich zurück.

»Ach, Derfel!« Sie seufzte und glitt von der Fensterbank, um zur Tür hinüberzuschlendern, von der aus sie in unsere kleine Halle hinabblicken konnte. »Habt Ihr auch jemals so sehr geliebt?«

»Ja«, mußte ich zugeben.

»Und wen?« wollte sie augenblicklich wissen.

»Ach, laßt nur«, gab ich zurück.

»Ich lasse nicht! Ich bestehe darauf. War es Nimue?« fragte sie.

»Es war nicht Nimue«, erklärte ich energisch. »Mit Nimue, das war etwas anderes. Ich habe sie geliebt, aber ich war nicht rasend vor Verlangen nach ihr. Ich fand nur, daß sie unendlich...« – ich hielt inne, suchte nach dem richtigen Wort und fand es nicht –

»wundervoll war«, beendete ich meinen Satz ein wenig lahm und wandte den Blick ab, damit Igraine meine Tränen nicht sah.

Sie wartete eine Weile. »Wen habt Ihr aber dann geliebt – Lunete?«

»Nein! Nein!«

»Aber wen denn?« drängte sie.

»Diese Geschichte wird schon noch kommen«, versicherte ich ihr. »Falls ich so lange lebe.«

»Selbstverständlich werdet Ihr leben! Wir werden Euch spezielle Speisen vom Caer herschicken.«

»Welche mein Lord Sansum«, entgegnete ich, denn ich wollte nicht, daß ihre Mühen umsonst waren, »mir sofort abnehmen wird, weil ein niedrigerer Bruder ihrer nicht würdig ist.«

»Dann kommt und wohnt bei uns auf dem Caer«, bat sie eifrig. »Bitte!«

Ich lächelte. »Das würde ich nur allzugern tun, Lady, aber leider habe ich gelobt, hierzubleiben.«

»Armer Derfel.« Langsam kehrte sie ans Fenster zurück und beobachtete Bruder Maelgwyn beim Umgraben. Unser überlebender Novize, Bruder Tudwal, leistete ihm dabei Gesellschaft. Der andere Novize war gegen Ende des Winters an einem Fieber gestorben, aber Tudwal lebt noch und teilt noch immer die Zelle des Heiligen. Der Heilige will, daß der Knabe lesen und schreiben lernt, vor allem, glaube ich, damit er endlich herausfinden kann, ob ich wirklich die Bibel ins Sächsische übertrage; aber der Knabe ist nicht sehr intelligent und scheint sich besser zum Umgraben als zum Lesen zu eignen. Es wird Zeit, daß wir ein paar richtige Gelehrte hier in Dinnewrac bekommen, denn dieser schwächliche Frühling hat bei uns wieder einmal die üblichen zänkischen Auseinandersetzungen über das Datum des Osterfestes ausgelöst, und wir werden nicht in Frieden leben können, bis diese Streitfrage geklärt ist. »Hat Sansum Arthur und Guinevere wirklich getraut?« unterbrach Igraine meine düsteren Gedanken.

»O ja«, antwortete ich, »das hat er wirklich.«

»Und das geschah nicht in einer großen Kirche? Mit Trompetengeschmetter?«

»Es geschah auf einer Lichtung am Ufer eines Flüßchens«, erklärte ich, »wo Frösche quakten und hinter einem Biberdamm Weidenkätzchen aufgetürmt waren.«

»Wir wurden in einer Festhalle vermählt«, sagte Igraine, »und der Rauch drang mir in die Augen, bis sie tränten.« Sie zuckte die Achseln. »Also, was habt Ihr im letzten Teil verändert?« fragte sie mich dann vorwurfsvoll. »Wie und wo habt Ihr die Geschichte verdreht?«

Ich schüttelte den Kopf. »Gar nicht.«

»Und bei Mordreds Ausrufung zum König«, fragte sie ein wenig enttäuscht, »wurde das Schwert auf den Stein gelegt, ja? Nicht hineingestoßen? Seid Ihr sicher?«

»Es wurde flach auf den Stein gelegt. Das schwöre ich...« – flugs schlug ich das Kreuz – »auf Christi Blut, meine Lady.«

Sie zuckte die Achseln. »Dafydd ap Gruffud wird die Erzählung so übersetzen, wie ich es wünsche, und mir gefällt nun mal die Version, in der das Schwert *im* Stein steckt. Es freut mich, daß Ihr mit Cuneglas freundlich umgegangen seid.«

»Er war ein guter Mann«, sagte ich. Und außerdem war er der Großvater von Igraines Gemahl.

»War Ceinwyn wirklich so schön?« fragte Igraine.

Ich nickte. »Das war sie, wirklich. Sie hatte blaue Augen.«

»Blaue Augen!« Bei der Erwähnung eines so typisch sächsischen Merkmals erschauerte Igraine. »Was ist aus der Brosche geworden, die sie Euch geschenkt hat?«

»Ich wünschte, ich wüßte es«, log ich. Die Brosche befindet sich in meiner Zelle, so gut versteckt, daß sogar Sansum sie bei seinen gründlichen Durchsuchungen nicht findet. Der Heilige, den Gott zweifellos über alle Lebenden und Toten erheben wird, verbietet uns den Besitz wertvoller Dinge. Unser gesamter Besitz muß ihm zur Aufbewahrung anvertraut werden, so lautet die Regel, und so habe ich ihm zwar alles ausgehändigt, sogar Hywelbane, Ceinwyns Brosche jedoch, Gott möge mir vergeben, zurückbehalten. Der Zahn der Zeit hat das Gold abgeschliffen, aber ich sehe immer noch Ceinwyn vor mir, wenn ich die Brosche im Dunkeln aus ihrem Versteck hole und das Mondlicht ihr kompliziertes Muster aus verschlungenen Linien aufglänzen läßt. Manchmal, nein, jedesmal berühre ich sie mit den Lippen. Was für ein törichter alter Mann ich doch geworden bin! Vielleicht werde ich Igraine die Brosche schenken, denn ich bin sicher, daß sie sie zu schätzen wissen wird, vorerst aber werde ich sie noch behalten, denn das Gold ist für mich wie ein Sonnenstrahl an diesem kalten grauen Ort. Gewiß, wenn Igraine diese Zeilen liest, wird sie wissen, daß die Brosche noch existiert, doch wenn sie wirklich so gutherzig ist, wie ich glaube, wird sie gewiß gestatten, daß ich sie als kleine Erinnerung an ein sündiges Leben behalte.

»Ich mag Guinevere nicht«, erklärte sie.

»Dann habe ich versagt«, gab ich zurück.

»Ihr schildert sie sehr hart«, sagte Igraine.

Ich schwieg eine Weile und lauschte dem Blöken der Schafe. »Sie konnte wunderbar freundlich sein«, erzählte ich nach einer kurzen Pause. »Sie wußte, wie man die Traurigen fröhlich macht, nur mit dem Alltäglichen hatte sie keine Geduld. Sie träumte von einer Welt, in der es weder Krüppel noch Langweiler, noch Häßliches gab, und wollte diesen Traum wahrmachen, indem sie alle Unbequemlichkeiten verbannte. Arthur hatte ebenfalls einen Wunschtraum, nur daß der seine den Krüppeln Hilfe bot, und er wollte seine Wunschwelt ebenfalls verwirklichen.«

»Er wünschte sich Camelot«, sagte Igraine verträumt.

»Wir nannten es Caer Cadarn«, berichtigte ich streng.

»Ihr wollt mir immer die Freude verderben, Derfel«, beschwerte sich Igraine verstimmt, obwohl sie mir niemals wirklich böse war. »Ich wünsche mir das Camelot der Dichter: grünes Gras, hohe Türme, Damen in vornehmen Gewändern und Ritter, die ihnen Blumen vor die Füße streuen. Ich wünsche mir Minnesänger und fröhliches Lachen! War es denn nie so?«

»Ein wenig«, antwortete ich, »nur an die blumenbestreuten Wege kann ich mich nicht erinnern. Ich erinnere mich, daß die Krieger hinkend aus der Schlacht heimkehrten, obwohl einige von ihnen auch weinend gekrochen kamen, während sie ihre Gedärme im Staub hinter sich herzogen.«

»Schluß!« befahl Igraine. »Warum nennen die Barden es dann Camelot?« Sie fragte es herausfordernd.

»Weil Poeten schon immer töricht waren«, antwortete ich. »Denn warum wären sie sonst Poeten?«

»Nein, nein, Derfel! Was war so außergewöhnlich an Camelot? Erzählt es mir!«

»Es war außergewöhnlich«, gab ich zurück, »weil Arthur dem Land Gerechtigkeit brachte.«

Igraine runzelte die Stirn. »Ist das alles?«

»Es ist mehr, Kindchen«, sagte ich, »als sich die meisten Herrscher auch nur erträumen, geschweige denn selber zu schaffen vermögen.«

Achselzuckend tat sie dieses Thema ab. »War Guinevere klug?« wollte sie wissen.

»Sehr.«

Igraine spielte mit dem Kreuz, das sie an einer Kette um den Hals trug. »Erzählt mir von Lancelot.«

»Wartet ab!«

»Und wann kommt Merlin?«

»Bald.«

»Ist der heilige Sansum sehr gemein zu Euch?«

»Dem Heiligen ist das Schicksal unserer unsterblichen Seelen anvertraut. Er tut, was er tun muß.«

»Aber ist er wirklich auf die Knie gefallen und hat laut schreiend um das Märtyrertum gefleht, bevor er Arthur mit Guinevere vermählte?«

»Ja«, antwortete ich und mußte bei der Erinnerung daran unwillkürlich lächeln.

Igraine lachte. »Ich werde Brochvael bitten, den Mäuselord zu einem richtigen Märtyrer zu machen«, versprach sie, »dann könnt Ihr den Befehl über Dinnewrac übernehmen. Würde Euch das gefallen, Bruder Derfel?«

»Es würde mir gefallen, wenn ich ein bißchen Ruhe hätte, um mit meiner Erzählung fortzufahren«, tadelte ich sie.

»Und was kommt jetzt?« erkundigte Igraine sich neugierig.

Jetzt kommt Armorica. Das Land jenseits des Meeres. Das wunderschöne Ynys Trebes, und mit ihm König Ban, Lancelot, Galahad und Merlin. Liebster Gott, was für Männer waren das, was für Tage haben wir dort erlebt, was für Kämpfe haben wir ausgefochten, was für Träume sind zerbrochen! In Armorica.

Als wir später, sehr viel später an jene Zeiten zurückdachten, nannten wir sie die »schlimmen Jahre«, sprachen aber kaum darüber. Arthur haßte es, an jene frühen Tage in Dumnonia erinnert zu werden, als seine leidenschaftliche Liebe zu Guinevere das Land ins Chaos stürzte. Seine Verlobung mit Ceinwyn war wie eine kunstvolle Spange gewesen, die ein zartes Gewand aus Sommerfäden zusammenhält, und als diese Spange verlorenging, zerfiel das ganze Gewand. Daran gab sich Arthur die Schuld, und deswegen mochte er nicht über die schlimmen Jahre reden.

Tewdric wollte eine Zeitlang für keine der beiden Seiten kämpfen. Er machte Arthur für den gebrochenen Frieden verantwortlich, und zur Strafe erlaubte er Gorfyddyd und Gundleus, ihre Kriegshorden auf dem Weg nach Dumnonia durch Gwent zu führen. Die Sachsen drangen von Osten her vor, die Iren attackierten vom Westmeer aus, und als wären das nicht schon genug Feinde, rebellierte Fürst Cadwy von Isca gegen Arthurs Herrschaft. Tewdric versuchte sich aus allem herauszuhalten, aber als Aelles Sachsen Tewdrics Grenzen überschritten, waren die einzigen Freunde, an die er sich um Hilfe wenden konnte, die Dumnonier, und so sah er sich letztlich gezwungen, auf Arthurs Seite am Krieg teilzunehmen. Inzwischen aber hatten die Speerkämpfer von Powys und Siluria seine Straßen benutzt, um die Berge nördlich von Ynys Wydryn zu besetzen, und als Tewdric sich für Dumnonia entschied, eroberten sie auch noch Glevum.

In jenen Jahren wurde ich erwachsen. Ich verlor die Übersicht über die Anzahl der Männer, die ich tötete, und der Kriegerringe, die ich schmiedete. Ich erhielt einen Zunamen, Cadarn, das heißt »der Mächtige«. Derfel Cadarn, eiskalt in der Schlacht, mit einem furchtbar schnellen Schwert. Einmal forderte mich Arthur auf, mich seinen Reitern anzuschließen, ich aber zog es vor, auf festem Boden und damit Speerkämpfer zu bleiben. Während ich Arthur in jener Zeit beobachtete, begann ich allmählich zu begreifen, warum er ein so großartiger Soldat war. Es lag nicht nur an seiner Tapferkeit, obwohl er wahrhaftig tapfer war, sondern an der Art, wie er seine Feinde überlistete. Unsere Heere waren schwerfällige Instrumente – sie marschierten langsam und reagierten träge, wenn es galt, während des Marsches die Richtung zu ändern. Arthur aber stellte eine kleine Truppe von Männern zusammen, die jederzeit flink die Stellung zu wechseln vermochten. Er führte diese Männer, die teils zu Fuß, teils beritten waren, auf langen Gewaltmärschen im Bogen um die feindlichen Flanken, damit sie unversehens immer dort auftauchten, wo man sie am wenigsten erwartete. Am liebsten griffen wir bei Morgengrauen an, wenn die Feinde noch von den Saufgelagen der Nacht benommen waren, oder wir lockten sie mit Scheinrückzügen aus ihrer Deckung und warfen uns dann auf ihre ungeschützten Flanken. Als wir nach einem Jahr die Streitkräfte von Gorfyddyd und Gundleus durch diese Taktik endlich aus Glevum und Nord-Dumnonia vertrieben hatten, ernannte Arthur mich zum Hauptmann, und ich begann, meine eigenen Gefolgsleute mit Gold zu beschenken. Zwei Jahre später wurde mir sogar die höchste Auszeichnung eines Kriegers zuteil: die Aufforderung, zum Feind überzulaufen. Ausgerechnet Ligessac, der verräterische Befehlshaber von Mordreds Leibwache, kam im Tempel des Mithras, wo sein Leben geschützt war, auf mich zu und bot mir ein Vermögen an, wenn ich, wie er, in Gundleus' Dienste treten würde. Ich lehnte ab. Gott sei's gedankt, war ich Arthur stets treu ergeben.

Auch Sagramor war loyal, und er war es, der mich in den Mithraskult einweihte. Mithras ist ein Gott, den die Römer nach Britannien gebracht hatten, und unser Klima muß ihm wohl gefallen, denn er besitzt noch immer Macht. Da er ein Soldatengott ist, dürfen Frauen in seine Mysterien nicht eingeweiht werden. Meine Initiation fand gegen Ende des Winters statt, in jener Zeit, da Soldaten über viel freie Zeit verfügen. Es geschah in den Bergen. Sagramor ging mit mir allein in ein so tiefes Tal, daß der morgendliche Reif sogar am Spätnachmittag noch weiß an den Gräsern glitzerte. Vor einem Höhleneingang blieben wir stehen. Sagramor befahl mir, die Waffen abzulegen und mich splitternackt auszuziehen. Zitternd vor Kälte, stand ich da, während der Numidier mir mit einem dicken Tuch die Augen verband und mir einschärfte, von nun an müsse ich jedem Befehl Folge leisten, denn wenn ich nur einmal, nur ein einziges Mal zusammenzuckte oder spräche, würde ich zu meinen Kleidern und Waffen zurückgebracht und sofort wieder davongeschickt werden.

Die Initiation ist ein Angriff auf sämtliche Sinne, und um sie zu überstehen, darf man immer nur eins tun: gehorchen. Deswegen ist Mithras bei Soldaten so beliebt. Die Schlacht ist ebenfalls ein Angriff auf die Sinne, und dieser Angriff löst Angst aus, während Gehorsam der dünne Faden ist, der aus dem Chaos der Angst ins Überleben führt. Im Laufe der Zeit habe ich viele Männer in den Mithraskult eingeweiht und lernte alle Tricks in- und auswendig kennen. Als ich bei jenem ersten Mal die Höhle betrat, hatte ich jedoch keine Ahnung, was mir bevorstand. Nach meinem ersten Schritt in die Höhle des Gottes drehte mich Sagramor oder vielleicht auch ein anderer Mann immer wieder in Sonnenlaufrichtung um meine Achse – so schnell und so heftig, daß mir der Kopf schwirrte. Dann mußte ich vorwärts gehen. Rauch nahm mir den Atem, aber ich blieb nicht stehen, sondern folgte der abwärtsführenden Neigung des Felsbodens. Eine Stimme rief mir zu, stehenzubleiben, eine andere befahl mir, mich umzudrehen, eine dritte, niederzuknien. Irgendeine Substanz wurde mir vor den Mund gehalten, und mich ekelte vor dem Gestank nach menschlichen Exkrementen, von dem mir übel wurde. »Iß!« fuhr mich eine Stimme an, und fast hätte ich ausgespien, bis mir klar wurde, daß ich nur auf getrocknetem Fisch herumkaute. Ich trank eine widerliche Flüssigkeit, von der mir schwindlig wurde – vermutlich der Saft des Stechapfels, versetzt mit Alraune oder Fliegenpilz, denn obwohl mir die Augen fest verbunden waren, hatte ich Visionen von grell leuchtenden Kreaturen, die mit gerippten Schwingen geflogen kamen, um sich mit scharfen Schnäbeln an meinem Fleisch gütlich zu tun. Flammen berührten meine Haut und versengten die Haare an meinen Beinen und Armen. Abermals wurde mir befohlen, vorwärtszugehen, dann wieder, stehenzubleiben; dann hörte ich, wie Holzscheite auf ein Feuer gelegt wurden, und spürte, wie eine starke Hitze unmittelbar vor mir aufstieg. Das Feuer brüllte, die Flammen rösteten meine nackte Haut und meine Männlichkeit; dann befahl mir eine Stimme, vorwärts- und in das Feuer hineinzutreten, und ich gehorchte. Als mein Fuß in eisigem Wasser versank, schrie ich fast auf vor schrecklicher Angst, ich wäre in ein Bad aus geschmolzenem Metall geraten.

Eine Schwertspitze wurde auf meine Männlichkeit gesetzt und dort festgehalten, und man befahl mir, einen Schritt vorzutreten, doch als ich das tat, war die Schwertspitze verschwunden. Alles Tricks, natürlich, aber die Kräuter und Pilze in dem Getränk waren stark genug, um diese Tricks in Wunder zu verwandeln, und als ich dem qualvollen Pfad in das heiße, rauchige, hallende Gemach im Herzen der Zeremonie gefolgt war, befand ich mich in einer Trance aus Entsetzen und Verzückung. Ich wurde zu einem Stein von der Höhe eines Tisches geführt, wo man mir ein Messer in die rechte Hand drückte, während meine Linke flach auf einen nackten Bauch gedrückt wurde. »Unter deiner Hand liegt ein Kind, du widerliche Kröte«, sagte die Stimme, und eine Hand führte meine Rechte, bis die Klinge sich über der Kehle des Kindes befand, »ein unschuldiges Kind, das niemandem etwas angetan hat«, sagte die Stimme, »ein Kind, das nichts verdient hat, als zu leben, und du wirst es töten. Stich zu!« Das Kind schrie laut auf, als ich mit dem Messer zustieß, und ich spürte, wie warmes Blut über meine Hand und mein Handgelenk sprudelte. Der vom Herzschlag pulsierende Bauch unter meiner Linken verkrampfte sich ein letztes Mal; dann lag er still. In der Nähe loderte ein Feuer, der Rauch stieg mir erstickend in die Nase.

Ich mußte niederknien und eine warme, eklige Flüssigkeit trinken, die mir in der Kehle stockte und meinen Magen säuerte. Erst dann, als ich das ganze Horn voll Stierblut geleert hatte, wurde mir die Augenbinde abgenommen, und ich sah, daß ich ein Lamm mit glattrasiertem Bauch getötet hatte. Freunde und Feinde umdrängten mich, um mir zu gratulieren, denn damit war ich in den Dienst des Soldatengottes getreten. Ich war Mitglied eines Geheimbundes geworden, der über die ganze römische Welt und sogar über ihre Grenzen hinaus verbreitet war, eines Bundes von Männern, die sich in der Schlacht bewiesen hatten – nicht einfach nur als Soldaten, sondern als wahre Krieger. In diesen Bund aufgenommen zu werden galt als große Ehre, denn jedes einzelne Mitglied des Kults konnte die Aufnahme eines anderen Mannes verhindern. So mancher Mann befehligte Heere und wurde niemals auserwählt; andere wiederum stiegen in der Armee nie auf und wurden dennoch hochgeehrte Mitglieder.

Nun, da ich zu den Auserwählten gehörte, wurden mir meine Kleider und Waffen gebracht. Ich zog mich an, dann verriet man mir die Geheimworte des Kultes, durch die ich in der Schlacht meine Kameraden zu erkennen vermochte. Sollte ich feststellen, daß ich gegen einen Mithrasbruder kämpfte, war ich verpflichtet, ihm einen schnellen und gnädigen Tod zu bereiten, und sollte ein solcher Mann mein Gefangener werden, mußte ich ihm Ehre erweisen. Als die Formalitäten beendet waren, begaben wir uns in eine weitere riesige Höhle, die von qualmenden Fackeln und einem riesigen Feuer erleuchtet war, über dem ein Stier gebraten wurde. Der hohe Rang der Männer, die an diesem Festmahl teilnahmen, bedeutete eine große Ehre für mich. Die meisten neu Aufgenommenen mußten sich mit ihren eigenen Kameraden begnügen, für Derfel Cadarn aber waren die Mächtigen beider Seiten in die Winterhöhle gekommen. Agricola von Gwent war da, zusammen mit zweien seiner Feinde aus Siluria, Ligessac und einem Speerkämpfer namens Nasiens, der Gundleus' Champion war. Ein Dutzend von Arthurs Kriegern waren anwesend, einige von meinen eigenen Männern und sogar Bischof Bedwin, Arthurs Ratgeber, der in seinem verrosteten Brustharnisch, dem Schwertgurt und dem Kriegermantel äußerst ungewohnt aussah. »Ich war auch einmal ein Krieger«, erklärte er seine Anwesenheit. »Ich wurde aufgenommen – ja, wann? Vor dreißig Jahren? Auf jeden Fall natürlich lange bevor ich zum Christen wurde.«

»Und das alles hier...« – weit ausholend zeigte ich auf die Höhle, wo der Kopf des Stiers auf einen aus Speeren gebauten Dreifuß gehievt worden war, damit das Blut auf den Höhlenboden tropfte – »verstößt das nicht gegen Eure Religion?«

Bedwin zuckte die Achseln. »Natürlich tut es das«, antwortete er, »aber mir würde die Kameradschaft fehlen.« Dann beugte er sich zu mir vor und senkte seine Stimme zu einem verschwörerischen Flüstern. »Ihr werdet doch hoffentlich Bischof Sansum nicht sagen, daß ich hier war – oder?« Bei dem Gedanken, dem zornigen Sansum, der in dem kriegsgebeutelten Dumnonia umhersummte wie eine Arbeitsbiene, jemals etwas anzuvertrauen, mußte ich lachen. Er war ständig damit beschäftigt, seine Feinde zu verfluchen, und hatte keinen einzigen Freund. »Der junge Master Sansum«, fuhr Bedwin fort, den Mund voll Rindfleisch, den Bart vom blutigen Fleischsaft tropfend, »will mich unbedingt verdrängen, und ich glaube, das wird ihm gelingen.«

»Wirklich?« Ich war entgeistert.

»Weil er es so fanatisch will«, erklärte Bedwin, »und weil er so hart daran arbeitet. Großer Gott, wie dieser Mann arbeitet! Wißt Ihr, was ich erst jüngst entdeckt habe? Er kann nicht lesen! Kein einziges Wort! Um jedoch ein höherer Kirchenmann zu werden, muß man ganz einfach lesen können. Was also tut unser guter Sansum? Er läßt sich von einem Sklaven vorlesen und lernt alles auswendig!« Um sicherzugehen, daß ich Sansums außerordentliches Gedächtnis zu würdigen wußte, versetzte Bedwin mir einen Rippenstoß. »Lernt alles auswendig! Psalmen, Gebete, Liturgie, die Schriften der Kirchenväter – alles auswendig! Du meine Güte!« Er schüttelte den Kopf. »Ihr seid kein Christ, nicht wahr?«

»Nein.«

»Ihr solltet darüber nachdenken. Wir bieten zwar nicht allzu viele irdische Freuden, doch unser Leben nach dem Tod ist wahrhaft erstrebenswert. Leider habe ich Uther niemals dazu überreden können, bei Arthur ist aber noch nicht alle Hoffnung verloren.«

Ich warf einen Blick in die Runde. »Arthur ist nicht da«, sagte ich und war enttäuscht, daß mein Lord nicht zu der Bruderschaft gehörte.

»Er wurde aufgenommen«, sagte Bedwin.

»Aber er glaubt nicht an die Götter«, wandte ich ein, Owains Behauptung wiederholend.

Bedwin schüttelte den Kopf. »Arthur glaubt. Wie könnte ein Mensch nicht an Gott oder die Götter glauben? Meint Ihr vielleicht, Arthur glaubt, wir hätten uns selbst erschaffen? Nein, Derfel Cadarn, Arthur ist nicht dumm. Arthur glaubt, aber er hält seine Überzeugungen geheim. Auf diese Art denken die Christen, er sei einer der ihren – oder könnte es sein –, und die Heiden glauben genau dasselbe, und beide dienen ihm um so bereitwilliger. Und vergeßt eins nicht, Derfel: Merlin liebt Arthur, und Merlin, das versichere ich Euch, liebt keine Ungläubigen.«

»Merlin fehlt mir.«

»Merlin fehlt uns allen«, gab Bedwin ruhig zurück, »aber wir dürfen Trost aus seiner Abwesenheit ziehen, denn wenn Britannien die Vernichtung drohte, wäre er jetzt nicht anderswo. Merlin wird kommen, sobald er gebraucht wird.«

»Glaubt Ihr denn, daß er jetzt nicht gebraucht wird?«

Mit dem Ärmel seines Gewandes wischte sich Bedwin über den Bart; dann trank er einen Schluck Wein. »Manche behaupten«, antwortete er mit gesenkter Stimme, »daß wir ohne Arthur besser dran wären. Daß es ohne Arthur Frieden gäbe. Aber wenn es Arthur nicht gäbe – wer würde dann Mordred beschützen? Ich vielleicht?« Bei dieser Vorstellung lächelte er. »Gereint? Der ist ein guter Mann, es gibt nur wenige, die besser wären, aber er kann sich nicht entscheiden, und über Dumnonia will er auch nicht herrschen. Daher heißt es Arthur oder niemand, Derfel. Oder vielmehr, es heißt Arthur oder Gorfyddyd. Und dieser Krieg ist noch nicht verloren. Unsere Feinde fürchten Arthur – solange er lebt, ist Dumnonia sicher. Nein, ich glaube nicht, daß Merlin jetzt schon gebraucht wird.«

Gegen Ende des Festmahls kam Ligessac, der Verräter, zu mir. Er war ebenfalls Christ und sah keinen Widerspruch zwischen dem Glauben, zu dem er sich öffentlich bekannte, und Mithras' geheimen Ritualen. Er wollte mit mir sprechen. Obwohl er ein Mithrasbruder war, verhielt ich mich ihm gegenüber kalt, er aber ignorierte meine Feindseligkeit und zog mich am Ellbogen in einen finsteren Winkel der Höhle. »Arthur wird verlieren. Das ist Euch klar, nicht wahr?« begann er.

»Nein.«

Ligessac grub eine Fleischfaser zwischen den Resten seiner Zähne hervor. »Es werden weitere Truppen aus Elmet in den Krieg eingreifen«, sagte er. »Powys, Elmet und Siluria ...« – er zählte die Namen an den Fingern ab – »vereint gegen Gwent und Dumnonia. Der nächste Pendragon wird Gorfyddyd sein. Zuerst verjagen wir die Sachsen aus dem Land östlich von Ratae, dann kommen wir nach Süden und vernichten Dumnonia. Zwei Jahre?«

»Das Festmahl ist Euch zu Kopf gestiegen, Ligessac«, sagte ich.

»Und mein Lord wird für die Dienste eines Mannes, wie Ihr es seid, gut bezahlen.« Ligessac überbrachte ganz eindeutig eine Botschaft. »Mein Lord König Gundleus ist sehr großzügig, Derfel. Äußerst großzügig.«

»Sagt Eurem Lord König«, erwiderte ich, »daß Nimue von Ynys Wydryn seinen Schädel als Trinkschale benutzen wird und daß ich ihn ihr besorgen werde.« Damit ging ich davon.

In jenem Frühjahr flammte der Krieg wieder auf, anfangs allerdings weniger verheerend. Arthur hatte Oengus Mac Airem, den irischen König von Demetia, dafür bezahlt, daß er die westlichen Gebiete von Powys und Siluria überfiel und damit die Feinde von unseren nördlichen Grenzen abzog. Arthur selbst führte eine Kriegshorde an, die den Westen Dumnonias befreien sollte, wo Cadwy seine Stammesgebiete zum unabhängigen Königreich erklärt hatte, doch während er sich dort aufhielt, unternahmen Aelles Sachsen einen mächtigen Angriff auf Gereints Land. Wie wir später erfuhren, hatte Gorfyddyd die Sachsen bezahlt wie wir die Iren, doch Powys' Geld war vermutlich besser angelegt, denn die Sachsen kamen in so großen Scharen, daß Arthur aus dem Westen herbeigeeilt kam. Den Oberbefehl über den Kampf gegen Cadwys tätowierte Stammeskrieger hatte er Cei, seinem Kindheitsfreund, anvertraut.

Genau zu diesem Zeitpunkt, als Aelles Sachsen Durocobrivis einzunehmen drohten und Gwents Streitmacht gegen Powys und die nördlichen Sachsen zugleich kämpfen mußte, während Cadwys noch nicht niedergeschlagene Rebellion von König Mark von Kernow unterstützt wurde – genau zu diesem Zeitpunkt geschah es, daß Ban von Benoic seinen Hilferuf sandte.

Wir alle wußten, daß König Ban Arthur nur unter der Bedingung gestattet hatte, nach Dumnonia zu kommen, daß er sofort nach Armorica zurückkehren würde, falls Benoic in Not geriete. Und nun, erklärte Bans Bote, befinde sich Benoic in großer Gefahr, und König Ban bestehe darauf, daß Arthur seinen Schwur erfülle und nach Benoic zurückkehre.

Die Nachricht erreichte uns in Durocobrivis. Der Ort war früher einmal eine blühende römische Siedlung gewesen, mit luxuriösen Bädern, einem Gerichtsgebäude aus Marmor und einem wunderschönen Marktplatz; doch inzwischen war er nichts weiter als eine verarmte Festung, die die Grenze vor den Sachsen im Osten bewachte. Sämtliche Häuser außerhalb des aus Erde errichteten Stadtwalls waren von Aelles Angriffstruppen niedergebrannt und nie wiederaufgebaut worden, während viele der großen römischen Gebäude innerhalb der Wälle zu Ruinen zerfallen waren. Bans Bote erreichte uns in den Überresten der gewölbten Halle eines römischen Bades. Da es Nacht war, brannte in der Grube des alten Tauchbades ein Feuer. Der Rauch stieg ins hohe Dachgewölbe hinauf, wo sich der Wind fing und den Rauch zu einem kleinen Fenster hinausblies. Wir saßen im Kreis auf dem kalten Fußboden und nahmen gerade unsere Abendmahlzeit ein, als Arthur Bans Boten in die Mitte des Kreises führte, wo er eine grobe Landkarte von Dumnonia in die Erde ritzte und dann rote und weiße Mosaiksteinchen plazierte, um uns zu zeigen, wo unsere Feinde und unsere Freunde standen. Die roten Steinchen von Dumnonia wurden überall von den weißen bedrängt. Wir hatten an jenem Tag schon gekämpft, und Arthur hatte eine Speerwunde über dem rechten Wangenknochen davongetragen – keine sehr gefährliche, aber immerhin so tief, daß seine Wange blutverkrustet war. Er hatte ohne Helm gekämpft, weil er behauptete, ohne die hindernde Wehr wesentlich besser sehen zu können, doch hätte der Sachse einen Zoll höher zugestoßen, hätte er seinen Stahl direkt durch Arthurs Hirn gerammt. Er hatte, wie er es normalerweise tat, zu Fuß gekämpft, weil er seine schweren Rösser für die wirklich verzweifelten Schlachten aufsparen wollte. Ein halbes Dutzend seiner Reiter zog zu Pferd in die Schlacht, aber die meisten seiner teuren und kostbaren Schlachtrösser hatte er tief in Dumnonia zurückgelassen, wo sie vor feindlichen Überfällen sicher waren. Nachdem Arthur an jenem Tag verwundet worden war, hatten unsere wenigen Reiter die sächsischen Linien in alle Winde auseinandergetrieben, ihren Häuptling getötet und die Überlebenden nach Osten zurückgejagt, doch Arthurs knappes Entkommen hatte uns alle beunruhigt. König Bans Bote, ein Häuptling namens Bleiddig, verstärkte unsere gedrückte Stimmung noch.

»Seht Ihr ein«, sagte Arthur zu Bleiddig, »warum ich jetzt nicht fortkann?« Damit deutete er auf die roten und weißen Steinchen.

»Ein Schwur ist ein Schwur«, gab Bleiddig unhöflich zurück.

»Wenn der Prinz Dumnonia verläßt«, mischte sich Fürst Gereint in das Gespräch, »wird Dumnonia untergehen.« Gereint war ein schwerfälliger, beschränkter Mann, aber aufrichtig und loyal. Als Uthers Neffe hatte er Anspruch auf Dumnonias Thron, machte diesen Anspruch aber niemals geltend und hielt immer getreulich zu Arthur, seinem illegitimen Cousin.

»Eher sollte Dumnonia fallen denn Benoic«, erwiderte Bleiddig, ohne auf das zornige Gemurmel zu achten, das seinen Worten folgte.

»Ich habe geschworen, Mordred zu verteidigen«, gab Arthur zu bedenken.

»Ihr habt geschworen, Benoic zu verteidigen«, erwiderte Bleiddig, Arthurs Bedenken von sich weisend. »Nehmt das Kind mit.«

»Ich muß Mordred sein Königreich übergeben«, beharrte Arthur. »Wenn er geht, verliert das Reich seinen König und damit sein Herz. Mordred bleibt hier.«

»Und durch wen droht er sein Reich zu verlieren?« fragte Bleiddig voll Zorn. Der Häuptling aus Benoic war ein großer, kräftiger Mann, Owain nicht unähnlich, und mit einem großen Teil von Owains brutaler Kraft begabt. »Durch Euch!« Damit deutete er verächtlich auf Arthur. »Hättet Ihr Ceinwyn geheiratet, gäbe es jetzt keinen Krieg! Hättet Ihr Ceinwyn geheiratet, würden jetzt nicht nur Dumnonia, sondern auch Gwent und Powys Truppen aussenden, um meinem König zu Hilfe zu eilen!«

Männer schimpften, und Schwerter wurden gezogen, doch Arthur forderte laut rufend Schweigen. Ein Tropfen Blut lief aus seiner Gesichtswunde und rann über seine schmale, hohe Wange. »Wie lange dauert es«, wollte er von Bleiddig wissen, »bis Benoic fällt?«

Bleiddig runzelte die Stirn. Es war klar, daß er die Antwort nicht wußte; dennoch nannte er sechs Monate bis zu einem Jahr. Die Franken, sagte er, hätten frische Armeen an die Ostgrenze seines Landes gebracht, und Ban sei nicht in der Lage, sie alle abzuwehren. Bans eigenes Heer, angeführt von seinem Champion Bors, halte die nördliche Grenze, während die Männer, die Arthur unter dem Oberbefehl seines Cousins Culhwch zurückgelassen hatte, die Südgrenze verteidigten.

Arthur starrte auf seine Landkarte aus roten und weißen Steinchen. »Drei Monate«, sagte er, »dann werde ich kommen. Wenn ich kann! Drei Monate. Inzwischen aber, Bleiddig, werde ich Euch eine Kriegshorde guter Kämpfer mitgeben.«

Bleiddig machte Einwände und sagte, Arthurs Schwur verlange sein sofortiges Erscheinen auf dem Kriegsschauplatz in Armorica.

Arthur ließ sich jedoch nicht beeinflussen. In drei Monaten, sagte er, oder gar nicht. Bleiddig mußte diesen Kompromiß akzeptieren.

Arthur gab mir ein Zeichen, daß ich ihn auf einem Spaziergang unter der Kolonnade des kleinen Innenhofs neben der Halle begleiten solle. In diesem Hof standen Fässer, die wie eine Latrine stanken, aber er schien den Geruch nicht zu bemerken. Als er begann: »Gott weiß, Derfel«, wußte ich sofort, daß er unter unerträglichem Druck stand, weil er überhaupt einen Gott erwähnte, und mir fiel auch auf, daß er den christlichen Singular benutzte, obwohl er sich sofort verbesserte. »Die Götter wissen, daß ich Euch nicht verlieren will, aber ich brauche einen Mann, der sich nicht fürchtet, einen Schildwall zu durchbrechen. Ich muß Euch aussenden.« Seit Arthur mich zum Hauptmann ernannt hatte, redete er mich mit »Ihr« an.

»Lord Prinz ...«, setzte ich an.

»Nennt mich nicht Prinz«, unterbrach er mich zornig. »Ich bin kein Prinz. Und widersprecht mir nicht. Im Augenblick widersprechen mir alle. Jeder scheint zu wissen, wie dieser Krieg zu gewinnen ist, nur ich nicht. Melwas verlangt nach Ersatztruppen, Tewdric braucht mich im Norden, Cei sagt, daß er weitere einhundert Speerkämpfer braucht, und jetzt ruft auch noch Ban nach mir! Wenn er mehr Geld auf seine Armee und weniger auf seine Poeten verschwendet hätte, wäre er jetzt nicht in dieser Notlage!«

»Poeten?«

»Ynys Trebes ist ein Hort der Poeten«, erläuterte er erbittert. Ynys Trebes war König Bans Insel-Hauptstadt. »Poeten! Speerkämpfer brauchen wir, keine Dichter!« Er hielt inne und lehnte sich an eine Säule. Er wirkte so erschöpft, wie ich ihn niemals zuvor erlebt hatte. »Wenn wir nicht endlich mit diesen Kriegen aufhören«, sagte er, »kann ich überhaupt nichts erreichen. Wenn ich nur mit Cuneglas verhandeln könnte, von Angesicht zu Angesicht, gäbe es vielleicht einen Funken Hoffnung.«

»Nicht, solange Gorfyddyd lebt«, entgegnete ich.

»Nicht, solange Gorfyddyd lebt«, bestätigte er. Dann verstummte er, und ich wußte, daß er an Ceinwyn und Guinevere dachte. Das Mondlicht, das durch einen Spalt im Dach der Kolonnade fiel, übergoß sein knochiges Gesicht mit Silber. Als er die

Augen schloß, wußte ich, daß er sich selbst die Schuld an diesem Krieg zuschrieb, doch was geschehen war, konnte nicht rückgängig gemacht werden. Ein neuer Friede mußte geschlossen werden, und es gab nur einen einzigen Mann, der Britannien diesen Frieden aufzwingen konnte: Arthur. Er öffnete die Augen und zog eine Grimasse. »Was riecht hier so?« fragte er mich, als er den Gestank endlich bemerkte.

»Die Leute bleichen hier ihre Tuche, Lord«, erklärte ich ihm und deutete auf die mit Urin und gewaschenem Hühnerkot gefüllten Fässer, deren Inhalt benutzt wurde, um kostbare weiße Tuche herzustellen, wie Arthur sie für seine Mäntel bevorzugte.

Normalerweise hätte Arthur einen solchen Beweis für Gewerbetätigkeit in einer so heruntergekommenen Stadt wie Durocobrivis begrüßt, an jenem Abend quittierte er den Gestank nur mit einem Achselzucken und berührte das frische Blutrinnsal auf seiner Wange. »Eine Narbe mehr«, sagte er wehmütig. »Bald werde ich ebenso viele haben wie Ihr, Derfel.«

»Ihr solltet Euren Helm tragen, Lord«, mahnte ich ihn.

»Dann kann ich weder nach rechts noch nach links sehen«, gab er abwinkend zurück. Er stieß sich von der Säule ab und bedeutete mir, mit ihm unter den Arkaden spazierenzugehen. »Hört zu, Derfel. Der Kampf gegen die Franken ist nicht anders als der Kampf gegen die Sachsen. Sie sind allesamt Germanen, und die Franken haben nichts Besonderes an sich, höchstens vielleicht, daß sie außer den üblichen Waffen Wurfspeere tragen. Laßt also beim ersten Angriff den Kopf unten, aber von da an heißt es nur, Schildwall gegen Schildwall. Sie sind erbitterte Kämpfer, aber sie trinken viel zuviel, daher kann man normalerweise schneller denken als sie. Deswegen schicke ich Euch. Ihr seid zwar jung, aber Ihr könnt denken, und das ist mehr, als die meisten unserer Soldaten können. Die glauben, es reicht schon, wenn man sich betrinkt und einfach drauflosdrischt, aber auf die Art kann man keinen Krieg gewinnen.« Er hielt inne und versuchte ein Gähnen zu unterdrücken. »Verzeihung. Und nach allem, was ich weiß, Derfel, ist Benoic nicht in Gefahr. Ban ist ein sehr gefühlsbetonter Mensch ...« – er sagte es verächtlich – »und gerät leicht in Panik, doch wenn er Ynys Trebes verlieren sollte, würde es ihm das Herz brechen, und diese Schuld möchte ich nicht auch noch auf mich laden. Culhwch könnt Ihr vertrauen, er ist gut. Bors ist tüchtig.«

»Aber ein Verräter«, sagte Sagramor aus den Schatten neben den Bleichfässern. Er war aus der Halle gekommen, um über Arthur zu wachen.

»Unfair«, sagte Arthur.

»Er ist ein Verräter«, wiederholte Sagramor mit seinem harten Akzent, »weil er Lancelots Mann ist.«

Arthur zuckte die Achseln. »Lancelot kann schwierig sein«, räumte er ein. »Er ist Bans Erbe und setzt gern seinen Kopf durch, aber das mache ich schließlich auch.« Lächelnd warf er mir einen kurzen Blick zu. »Ihr könnt schreiben, nicht wahr?«

»Ja, Lord«, antwortete ich. Wir waren an Sagramor vorbeigegangen, der in den Schatten stehenblieb, ohne Arthur aus den Augen zu lassen. Katzen strichen an uns vorbei, Fledermäuse segelten um den rauchumwehten Giebel der großen Halle. Ich versuchte mir diesen stinkenden Ort mit Römern bevölkert und von Öllampen erleuchtet vorzustellen, aber das kam mir allzu unwahrscheinlich vor.

»Ihr müßt mir schreiben und alles berichten, was geschieht«, sagte Arthur, »damit ich mich nicht nur auf Bans Phantasie verlassen muß. Wie geht's Eurer Frau?«

»Meiner Frau?« Ich war verblüfft über diese Frage und dachte erst, Arthur meine Canna, eine sächsische Sklavin, die gegenwärtig meine Gefährtin war und mich in ihrem Dialekt unterrichtete, der ein wenig von dem heimatlichen Sächsisch meiner Mutter abwich, doch dann wurde mir klar, daß Arthur von Lunete sprach. »Ich höre nichts mehr von ihr, Lord.«

»Und Ihr fragt nicht nach ihr, eh?« Er musterte mich mit belustigtem Grinsen, dann seufzte er. Lunete war bei Guinevere, die ihrerseits ins ferne Durnovaria gegangen war, um Uthers alten Winterpalast mit Beschlag zu belegen. Guinevere hatte ihren hübschen neuen Palast beim Caer Cadarn nicht verlassen wollen, aber Arthur hatte darauf bestanden, daß sie tiefer ins Land hinein zog, wo sie vor feindlichen Überfällen sicherer war. »Sansum hat mir berichtet, daß Guinevere und ihre Hofdamen allesamt Isis anbeten«, sagte Arthur.

»Wen?« fragte ich.

»Genau.« Er lächelte. »Isis ist eine fremde Göttin, Derfel, die ihre eigenen Mysterien hat. Es hängt mit dem Mond zusammen, glaube ich. Jedenfalls hat Sansum mir das gesagt. Ich glaube, er weiß es selbst nicht so genau, behauptet aber dennoch, dieser Kult müsse ausgemerzt werden. Die Mysterien der Isis seien unaussprechlich, erklärt er, doch wenn ich ihn frage, was sich da abspielt, weiß er keine Antwort. Oder will keine wissen. Habt Ihr irgendwas gehört?«

»Nein, Lord.«

»Aber«, fuhr Arthur sehr betont fort, »wenn Guinevere bei Isis Trost findet, kann der Kult nicht ganz so schlimm sein. Ich mache mir Sorgen um sie. Ich habe ihr so vieles versprochen, und nun gebe ich ihr nichts. Ich möchte ihren Vater wieder auf seinen Thron setzen, und das werden wir, das werden wir, aber das alles wird weit mehr Zeit in Anspruch nehmen, als wir dachten.«

»Wollt Ihr gegen Diwrnach kämpfen?« fragte ich ihn entsetzt.

»Er ist auch nur ein Mensch, Derfel, und kann getötet werden. Und eines Tages werden wir das tun.« Er machte kehrt und ging wieder zur Halle zurück. »Ihr werdet nach Süden marschieren. Mehr als sechzig Mann kann ich Euch nicht mitgeben – das ist, weiß Gott, längst nicht genug, falls Ban tatsächlich in Bedrängnis ist –, aber führt sie übers Meer, Derfel, und unterstellt Euch Culhwchs Befehl. Könntet Ihr durch Durnovaria reisen? Und mir Nachricht von meiner geliebten Guinevere senden?«

»Ja, Lord«, versicherte ich.

»Ich werde Euch ein Geschenk für sie mitgeben. Vielleicht diese juwelenbesetzte Halskette, die der Sachsenführer trug. Meint Ihr, die würde ihr gefallen?« fragte er mich besorgt.

»Sie würde jeder Dame gefallen«, antwortete ich. Der Schmuck war eine sächsische Arbeit, grob und schwer, und dennoch sehr schön. Es handelte sich um eine Halskette aus Goldplättchen, die wie Sonnenstrahlen angeordnet und mit Edelsteinen besetzt waren.

»Gut! Bringt sie für mich nach Durnovaria, Derfel, und anschließend zieht Ihr aus, um Bans Königreich Benoic zu retten.«

»Wenn ich kann«, antwortete ich grimmig.

»Wenn Ihr könnt«, wiederholte Arthur. »Um mein Gewissen zu

entlasten.« Die letzten Worte setzte er sehr leise hinzu; dann trat er mit seinem gestiefelten Fuß eine Fliesenscherbe beiseite und scheuchte damit eine Katze auf, die einen Buckel machte und uns erbost anfauchte. »Vor drei Jahren«, sagte er bedrückt, »erschien mir alles so unendlich einfach.«

Dann aber kam Guinevere.

Am folgenden Tag zog ich mit sechzig Mann nach Süden.

»Hat er Euch geschickt, um mir nachzuspionieren?« erkundigte sich Guinevere lächelnd.

»Nein, Lady.«

»Der liebe Derfel«, spöttelte sie, »meinem geliebten Gemahl so ähnlich.«

Das überraschte mich. »Bin ich das wirklich?«

»Ja, Derfel, das seid Ihr. Nur daß er sehr viel klüger ist. Gefällt es Euch hier?« Sie deutete auf den Innenhof.

»Es ist wunderschön«, beteuerte ich. Die Villa in Durnovaria war natürlich römisch, auch wenn sie Uther früher einmal als Winterpalast gedient hatte. Als er sie bewohnte, war sie mit Sicherheit nicht wunderschön, doch Guinevere hatte dem Gebäude etwas von seiner ehemaligen Eleganz zurückgegeben. Der Innenhof war von einer Kolonnade wie der in Durocobrivis umgeben, doch hier waren alle Dachziegel an ihrem Platz und alle Säulen weiß getüncht. Die inneren Wände der Kolonnade waren mit Guineveres Muster – Hirsche unter Halbmonden – bemalt. Der Hirsch war das Symbol ihres Vaters, der Halbmond ihr persönlicher Beitrag dazu, und das fortlaufende Muster sah wirklich wunderhübsch aus. In den Blumenbeeten, durch die sich kleine, geflieste Kanäle zogen, wuchsen weiße Rosen. Zwei Jagdfalken hockten auf ihren Stangen, und als wir um den römischen Rundgang schritten, zuckten ihre Köpfe unter der Falkenhaube. Überall im Innenhof standen Statuen, allesamt – Männer wie Frauen – nackt, während unter der Kolonnade blumenbekränzte Bronzeköpfe auf Sockeln thronten. Um den Hals eines dieser Bronzeköpfe hing die Kette, die ich ihr von Arthur überbracht hatte. Guinevere hatte ein paar Sekunden mit seinem Geschenk gespielt und dann die Stirn gerunzelt. »Eine primitive Arbeit, nicht wahr?« hatte sie mich gefragt.

»Prinz Arthur findet sie wunderschön, Lady, und Eurer Schönheit würdig.«

»Der liebe Arthur«, hatte sie obenhin gesagt, sich den häßlichen Bronzekopf eines finster dreinblickenden Mannes ausgesucht und ihm die Kette um den Hals gelegt. »Das macht ihn schöner«, behauptete sie. »Ich werde ihn Gorfyddyd nennen. Er sieht aus wie Gorfyddyd, meint Ihr nicht auch?«

»Ganz recht, Lady«, stimmte ich zu. Die Büste hatte in der Tat etwas von Gorfyddyds mürrischem, unglücklichem Gesicht.

»Gorfyddyd ist eine Bestie«, sagte Guinevere. »Er hat versucht, mir meine Jungfernschaft zu rauben.«

»Ach, wirklich?« brachte ich mühsam heraus, als ich mich vom Schock dieser Enthüllung erholt hatte.

»Doch der Versuch ist fehlgeschlagen«, ergänzte sie energisch. »Er war betrunken. Er hat mich von oben bis unten beschleimt. Richtig gestunken habe ich nach seinem Schleim, bis hierher.« Sie berührte ihre Brüste. Sie trug ein schlichtes weißes Leinengewand, das ihr in glatten Falten von den Schultern bis auf die Füße fiel. Das Leinen mußte atemberaubend teuer gewesen sein, denn der Stoff war so aufreizend dünn, daß ich, wenn ich sie anstarrte – was ich tunlichst zu vermeiden suchte –, unter dem Gewand ihren nackten Körper zu erkennen vermochte. An ihrem Hals hing ein aus Gold geschmiedetes Abbild des mondgekrönten Hirsches, ihre Ohrringe waren in Gold gefaßte Bernsteintropfen, und an ihrer linken Hand trug sie einen Ring, der mit Arthurs Bären und dem Kreuz der Liebenden verziert war. »Schleim, Schleim«, sagte sie genußvoll, »und als er fertig war, oder vielmehr, als er aufhörte, einen Anfang zu versuchen, und tränenreich schniefte, er wolle mich zu seiner Königin und zur reichsten Königin von Britannien machen, ging ich zu Iorweth und holte mir von ihm einen Zauber gegen einen unerwünschten Verehrer. Daß es sich um den König handelte, sagte ich dem Druiden natürlich nicht, obwohl es vermutlich keine Rolle gespielt hätte, weil Iorweth alles tut, wenn man ihm nur ein Lächeln schenkt; er machte mir also den Zauber, und ich vergrub ihn. Dann brachte ich meinen Vater dazu, Gorfyddyd mitzuteilen, ich hätte einen Todeszauber gegen die Tochter eines Mannes vergraben, der versucht habe, mich zu vergewaltigen. Gorfyddyd wußte natürlich genau, wen ich meinte, und weil er diese törichte kleine Ceinwyn vergöttert, ließ er mich von da an in Ruhe.« Sie lachte. »Männer sind ja so furchtbar dumm!«

»Prinz Arthur nicht«, widersprach ich energisch, wohlweislich den Titel benutzend, auf dem Guinevere bestand.

»Was Schmuck betrifft, ist er ein Dummkopf«, erklärte sie spitz. Dann fragte sie mich, ob Arthur mich geschickt hätte, um hinter ihr herzuspionieren.

Gemeinsam wandelten wir um die Kolonnade. Wir waren allein. Ein Krieger namens Lanval, Befehlshaber der Leibwache der Prinzessin, hatte seine Männer innerhalb des Innenhofs plazieren wollen, aber Guinevere hatte darauf bestanden, daß sie verschwanden. »Sollen sie doch über uns tuscheln«, sagte sie fröhlich zu mir. Dann jedoch verfinsterte sich ihr Gesicht. »Manchmal habe ich das Gefühl, daß Lanval mir nachspionieren soll.«

»Lanval hat nur die Aufgabe, Euch zu beschützen, Lady«, widersprach ich ihr. »Denn von Eurer Sicherheit hängt Prinz Arthurs Glück ab, und von seinem Glück ein ganzes Königreich.«

»Das klingt hübsch, Derfel. Das gefällt mir.« Sie sagte es ein wenig spöttisch. Wir gingen weiter. Aus einer Schale Wasser, in der Rosenblätter schwammen, wehte ein süßer Duft in die Kolonnade, die willkommenen Schutz vor der brennenden Sonne bot. »Möchtet Ihr Lunete sehen?« wandte sich Guinevere unvermittelt an mich.

»Ich bezweifle, daß sie mich sehen will.«

»Vermutlich nicht. Aber Ihr seid nicht mit ihr vermählt, nicht wahr?«

»Nein, Lady, wir haben uns nie vermählt.«

»Dann spielt es keine Rolle, nicht wahr?« fragte sie mich, obwohl sie dabei nicht erwähnte, was keine Rolle spielte. »Ich wollte mit Euch sprechen, Derfel«, erklärte Guinevere ernst.

»Ihr schmeichelt mir, Lady«, gab ich zurück.

»Eure Worte werden immer hübscher!« Sie klatschte in die Hände; dann krauste sie die Nase. »Sagt mir, Derfel, wascht Ihr Euch eigentlich nie?«

Ich errötete. »Doch, Lady.«

»Ihr stinkt nach Leder und Blut und Schweiß und Staub. Das kann ein recht angenehmer Duft sein, aber nicht heute. Es ist zu heiß. Möchtet Ihr, daß meine Damen Euch ein Bad bereiten? Wir tun das hier auf Römerart, mit viel Schweiß und Kratzerei. Es ist überaus ermüdend.«

Absichtlich wich ich einen Schritt vor ihr zurück. »Ich werde mir einen Bach suchen, Lady.«

»Aber ich wollte Euch wirklich sprechen«, betonte sie. Wieder trat sie neben mich und hängte sich sogar bei mir ein. »Erzählt mir von Nimue.«

»Nimue?« Ihre Bitte überraschte mich.

»Kann sie wirklich zaubern?« fragte Guinevere mich eifrig. Die Prinzessin war so groß wie ich, so daß ihr Gesicht, ihr schönes Gesicht mit den hohen Wangenknochen, sich unmittelbar vor dem meinen befand. Guineveres Nähe wirkte so überwältigend wie die schwere Verwirrung der Sinne, die der Trank des Mithras bewirkt hatte. Ihr rotes Haar duftete nach Parfum, und ihre beunruhigend grünen Augen waren mit einer Farbe umrandet, die aus Lampenruß gemischt wurde und dazu diente, sie größer erscheinen zu lassen. »Kann sie zaubern?« fragte mich Guinevere abermals.

»Ich glaube schon.«

»Ihr glaubt!« Enttäuscht trat sie von mir zurück. »Ihr glaubt es nur?«

Die Narbe in meiner linken Hand pochte, und ich wußte nicht, was ich antworten sollte.

Guinevere lachte. »Sagt mir die Wahrheit, Derfel. Ich *muß* es wissen!« Wieder hängte sie sich bei mir ein und führte mich weiter durch die schattige Kolonnade. »Dieser schreckliche Bischof Sansum versucht uns alle zu Christen zu machen, aber ich werde das nicht dulden! Ständig will er, daß wir uns schuldig fühlen, und ich erkläre ihm immer wieder, daß es nichts gibt, weswegen ich mich schuldig fühlen müßte, aber die Christen gewinnen immer mehr Macht. Sogar hier bauen sie eine neue Kirche! Oder nein, sie tun etwas viel Schlimmeres. Kommt mit!« Impulsiv wandte sie sich um und klatschte in die Hände. Als mehrere Sklavinnen in den Hof gelaufen kamen, befahl ihnen Guinevere, ihren Umhang und ihre Hunde zu holen. »Ich werde Euch etwas zeigen, Derfel, damit Ihr selbst sehen könnt, was dieser erbärmliche kleine Bischof unserem Königreich antut.«

Sie verhüllte ihr dünnes Leinenkleid mit einem mauvefarbenen Wollumhang. Dann ergriff sie die Leinen zweier Jagdhunde, die hechelnd und mit lang zwischen den scharfen Zähnen heraushängenden Zungen neben ihr warteten. Die Tore der Villa wurden aufgestoßen, dann schritten wir, gefolgt von zwei Sklaven und vier Mann von Lanvals Leibwache, die hastig neben uns Posten bezogen, die Hauptstraße entlang, die bequem mit breiten Steinen gepflastert und mit Gossen versehen war, die das Regenwasser zum Fluß am Ostrand der Stadt führten. Die nach vorn offenen Geschäfte quollen über von Waren: Es gab Schuhe, eine Schlachterei, Salz, Töpferwaren. Manche Häuser waren zerfallen, die meisten aber befanden sich in gutem Zustand, vermutlich deswegen, weil der Aufenthalt von Mordred und Guinevere der Stadt neuen Wohlstand gebracht hatte. Selbstverständlich gab es auch Bettler, die auf Beinstümpfen näher rückten und sich den Speeren der Leibwache aussetzten, nur um ein paar Kupfermünzen zu ergattern, die Guineveres Sklaven verteilten. Guinevere selbst schritt, das rote Haar frei der Sonne ausgesetzt, den Berg hinab, ohne auf die Unruhe zu achten, die ihre Gegenwart auslöste. »Seht Ihr das Haus?« Guinevere deutete auf ein hübsches, zweistöckiges Gebäude an der Nordseite der Straße. »Dort wohnt Nabur, und dort furzt und kotzt unser kleiner König.« Sie schüttelte sich. »Mordred ist ein besonders unangenehmes Kind. Er hinkt und hört niemals auf zu schreien. Da! Könnt Ihr ihn hören?« In der Tat hörte ich ein Kleinkind weinen, obwohl ich nicht sagen konnte, ob es sich dabei um Mordred handelte. »Und nun kommt hier entlang«, befahl Guinevere und drängte sich durch eine kleine Menschengruppe, die sie von einer Seitenstraße aus anstarrte. Dann stieg sie über einen Trümmerhaufen, der unmittelbar neben Naburs hübschem Häuschen lag.

Als ich ihr folgte, entdeckte ich, daß wir zu einem Bauplatz gekommen waren, oder vielmehr zu einem Platz, auf dem ein Bauwerk abgerissen wurde, damit auf dessen Ruinen ein neues errichtet werden konnte. Das Bauwerk, das zerstört wurde, war ein römischer Tempel gewesen. »Hier haben die Menschen Merkur verehrt«, erklärte Guinevere, »doch jetzt soll hier ein Schrein für einen toten Zimmermann errichtet werden. Aber wie soll ein toter

Zimmermann uns gute Ernten bringen? Sagt mir das!« Die letzten Worte, die vorgeblich an mich gerichtet waren, wurden laut genug gesprochen, um das Dutzend Christen, die an ihrer neuen Kirche arbeiteten, zu beunruhigen. Einige von ihnen mauerten, andere bearbeiteten Türpfosten, wieder andere rissen die alten Mauern ein, um daraus Material für das neue Gebäude zu gewinnen. »Wenn ihr schon einen Stall für euren Zimmermann braucht«, sagte Guinevere mit laut tönender Stimme, »warum übernehmt ihr nicht einfach das alte Gebäude? Diese Frage habe ich Sansum gestellt, aber er hat geantwortet, es müsse alles ganz neu gemacht werden, damit seine kostbaren Christen nicht die Luft atmen müßten, die einst von Heiden geatmet wurde. Ein absolut unsinniger Glaube, wenn das Alte, das voller Schönheit war, abgerissen und an seiner Statt ein scheußliches, neues Gebäude aus schlecht behauenem Stein und ohne jede Eleganz errichtet wird!« Sie spie in den Staub, um das Böse abzuwenden. »Eine Kapelle für Mordred werde das, sagt er! Ist das zu glauben? Er ist fest entschlossen, den Knaben zu einem winselnden Christen zu machen, und diese Scheußlichkeit hier ist der Ort, an dem er dies zu tun gedenkt.«

»Verehrte Lady!« Bischof Sansum kam hinter einer der neuen Mauern hervor, die in der Tat schlecht errichtet waren, wollte man sie mit dem kunstvollen Gemäuer der alten Tempelruinen vergleichen. Sansum war in ein schwarzes Gewand gekleidet, das vom Steinstaub genauso grau war wie sein steif tonsuriertes Haar. »Ihr erweist uns eine große Ehre durch Eure Anwesenheit, Lady«, verkündete er, während er sich vor Guinevere verneigte.

»Ich erweise dir keine Ehre, du Wurm! Ich bin gekommen, um Derfel die Verwüstungen zu zeigen, die du anrichtest. Wie könnt ihr nur in so was beten?« Sie deutete auf die halbfertige Kirche. »Genausogut könntet ihr auch einen Kuhstall nehmen.«

»Da unser geliebter Herr in einem Stall geboren wurde, bin ich hoch erfreut, daß unsere bescheidene Kirche Euch an einen Stall erinnert.« Wieder verneigte er sich vor ihr. Einige seiner Arbeiter versammelten sich am anderen Ende des neuen Bauwerks und stimmten eins ihrer frommen Lieder an, um so die Gefahren der schädlichen Gegenwart von Heiden abzuwehren.

»Das klingt tatsächlich wie im Kuhstall«, erwiderte Guinevere scharf und drängte sich an dem Priester vorbei. Sie marschierte über den mit Steinbrocken übersäten Boden zu einer Holzhütte, die neben der Mauer von Naburs Haus stand. Sie ließ die Hunde von der Leine, damit sie frei herumlaufen konnten. »Wo ist die Statue, Sansum?« rief sie über die Schulter zurück und trat gegen die Tür, so daß sie aufflog.

»Nun ja, gnädigste Lady, ich habe versucht, sie für Euch zu retten, doch Gott der Herr hat befohlen, sie einzuschmelzen. Für die Armen, versteht Ihr?«

Wütend fuhr sie zu dem Bischof herum. »Bronze! Was sollen die Armen mit Bronze anfangen? Können sie die etwa essen?« Sie sah mich an. »Eine Statue des Merkur, Derfel, so hoch wie ein ausgewachsener Mann und wundervoll gearbeitet. Wundervoll! Römische Arbeit, nicht britische, und jetzt ist sie fort, eingeschmolzen in einem Christenofen, weil ihr...« – wieder starrte sie Sansum voller Verachtung an – »Schönheit nicht vertragen könnt. Ihr habt alle Angst davor. Ihr seid wie Würmer, die einen Baum zu Fall bringen; ihr habt keine Ahnung, was ihr tut.« Gebückt trat sie durch die Tür der Hütte, die offensichtlich jene Wertgegenstände enthielt, die Sansum in den Ruinen des Tempels gefunden hatte. Mit einer kleinen Steinstatuette in der Hand kam sie wieder hervor und warf sie ihren Wachen zu. »Es ist nicht viel«, sagte sie, »aber wenigstens ist sie sicher vor einem Zimmermannswurm, der in einem Viehschuppen geboren wurde.«

Sansum, der trotz aller Beleidigungen immer noch lächelte, fragte mich, wie die Kämpfe im Norden stünden. »Ganz allmählich gewinnen wir«, antwortete ich.

»Sagt meinem Lord, dem Prinzen Arthur, daß ich für ihn bete.«

»Bete lieber für seine Feinde, du Kröte«, fiel Guinevere ihm ins Wort, »dann werden wir vielleicht schneller gewinnen.« Sie beobachtete ihre beiden Hunde, die an die neuen Kirchenwände pißten. »Letzten Monat ist Cadwy in unsere Richtung vorgestoßen«, erklärte sie mir, »und uns bedrohlich nahe gekommen.«

»Gottlob wurden wir verschont«, ergänzte Bischof Sansum fromm.

»Ohne dein Zutun, du erbärmlicher Wurm«, fauchte Guinevere. »Die Christen haben Fersengeld gegeben. Haben die Röcke geschürzt und sind nach Osten gerannt. Wir anderen sind geblieben, und Lanval hat Cadwy, den Göttern sei Dank, schließlich abgewehrt.« Sie spie in Richtung auf die neue Kirche. »Mit der Zeit«, behauptete sie, »werden wir uns von unseren Feinden befreien, und wenn das geschieht, Derfel, werde ich diesen Kuhstall abreißen und einen Tempel errichten lassen, der eines echten Gottes würdig ist.«

»Für Isis?« erkundigte sich Sansum verschlagen.

»Vorsicht!« warnte ihn Guinevere. »Denn meine Göttin regiert die Nacht, du Kröte, und könnte sich zu ihrer Belustigung deine Seele holen. Obwohl nur die Götter wissen, was man mit deiner elenden Seele überhaupt anfangen sollte. Kommt, Derfel.«

Die beiden Jagdhunde wurden gerufen, dann kehrten wir auf den Hügel zurück. Guinevere zitterte vor Wut. »Seht Ihr, was er uns antut? Reißt alles ein, was alt ist! Und warum? Damit er uns seinen billigen kleinen Aberglauben aufzwingen kann. Warum läßt er die alten Götter nicht in Ruhe? Wenn diese Narren einen Zimmermann anbeten wollen – von mir aus. Was kümmert's uns? Je mehr Götter, desto besser, finde ich. Warum andere Götter beleidigen, nur um den eigenen zu erheben? Das ist doch unsinnig.«

»Wer ist Isis?« fragte ich sie, als wir durch das Tor ihrer Villa gingen.

Sie warf mir einen belustigten Blick zu. »Ist das eine Frage meines lieben Gemahls, die ich da höre?«

»Ja«, gestand ich.

Sie lachte. »Gut gemacht, Derfel. Die Wahrheit ist immer äußerst erstaunlich. Also ist Arthur wegen meiner Göttin besorgt?«

»Er ist besorgt«, widersprach ich, »weil Sansum ihn mit Geschichten von Mysterien beunruhigt.«

Sie nahm ihren Umhang ab und ließ ihn auf die Fliesen des Innenhofs fallen, wo ihn eine Sklavin aufheben würde. »Berichtet Arthur«, sagte sie, »daß er sich keine Sorgen zu machen braucht. Zweifelt er an meiner Zuneigung?«

»Er betet Euch an«, erwiderte ich taktvoll.

»Und ich ihn.« Sie schenkte mir ein kurzes Lächeln. »Sagt ihm das, Derfel«, setzte sie dann voll Herzlichkeit hinzu.

»Das werde ich, Lady.«

»Und sagt ihm, daß er sich wegen Isis ebenfalls keine Gedanken zu machen braucht.« Impulsiv ergriff sie meine Hand. »Kommt«, forderte sie mich auf – genau wie vorhin, als sie mich zu dem neuen Christenschrein führte. Diesmal jedoch zog sie mich, über die schmalen Wasserkanäle springend, durch den Innenhof zu einer kleinen Tür im hinteren Teil der Arkaden. »Das hier ...« – sie ließ meine Hand los, um die Tür aufzustoßen – »ist der Schrein der Isis, der meinen geliebten Lord so sehr beunruhigt.«

Ich zögerte. »Dürfen Männer eintreten?«

»Bei Tag, ja. Bei Nacht? Nein.« Sie schlüpfte durch die Tür und schob einen dicken, wollenen Vorhang beiseite, der unmittelbar hinter der Tür hing. Als ich ihr durch den Vorhang folgte, stand ich in einem schwarzen, völlig abgedunkelten Raum. »Bleibt, wo Ihr seid!« warnte sie mich, und anfangs dachte ich, daß ich einer Vorschrift der Isis folgte, doch als sich meine Augen an die Finsternis gewöhnten, entdeckte ich, daß sie mich geheißen hatte stehenzubleiben, damit ich nicht in ein Wasserbecken fiel, das in den Boden eingelassen war. Das einzige Licht im Schrein drang rings um die Säume des Türvorhangs herein, doch während ich wartete, bemerkte ich einen grauen Lichtschimmer, der am anderen Ende in den Raum fiel. Dann sah ich, wie Guinevere die zahlreichen Wandbehänge einen nach dem anderen herunternahm. Jeder hing an einem Stab, der von Klammern gehalten wurde, und jeder war so dicht gewebt, daß kein Licht durch den Stoff hereindringen konnte. Hinter den Wandbehängen, die jetzt zusammengerafft auf dem Boden lagen, kamen Fensterläden zum Vorschein, die Guinevere aufstieß, um blendende Lichtfluten hereinzulassen.

»So«, sagte sie, neben dem großen Bogenfenster stehend, »das sind die Mysterien!« Sie machte sich über Sansums Ängste lustig, in Wirklichkeit aber war der Raum tatsächlich ein Mysterium, denn er war ganz und gar in Schwarz gehalten. Der Boden bestand aus schwarzem Stein, die Wände und die gewölbte Decke waren mit Pech bestrichen. In der Mitte des schwarzen Fußbodens lag das seichte Becken voll schwarzem Wasser, und dahinter, zwischen dem Becken und dem eben geöffneten Fenster, stand ein niedriger schwarzer Thronsessel aus Stein. »Also, was sagt Ihr dazu, Derfel?« wollte Guinevere von mir wissen.

»Ich sehe keine Göttin.« Suchend sah ich mich nach einer Statue der Isis um.

»Sie kommt mit dem Mond«, erklärte Guinevere, und ich versuchte mir vorzustellen, wie das Licht des Vollmonds durch das Fenster hereinfiel und das Wasser des Beckens und die schwarzen Wände zum Schimmern brachte. »Erzählt mir von Nimue«, befahl Guinevere, »dann werde ich Euch von Isis erzählen.«

»Nimue ist Merlins Priesterin«, antwortete ich. Meine Stimme hallte hohl von den schwarz gestrichenen Wänden zurück, »und sie lernt seine Geheimnisse.«

»Welche Geheimnisse?«

»Die Geheimnisse der alten Götter, Lady.«

Sie krauste die Stirn. »Aber wie findet er diese Geheimnisse? Ich dachte, die alten Druiden schrieben nie etwas auf. Es war ihnen verboten, etwas niederzuschreiben, nicht wahr?«

»Das stimmt, Lady, aber Merlin sucht dennoch nach ihrem Wissen.«

Guinevere nickte. »Ich weiß, daß wir einiges Wissen verloren haben. Und Merlin wird es wiederfinden? Gut! Das könnte diese widerliche Kröte Sansum erledigen.« Sie war vor das breite Fenster getreten und blickte über die Ziegel- und Strohdächer Durnovarias, die südlichen Verteidigungswälle und die Grashügel des Amphitheaters auf die großen Erdwälle von Mai Dun, die am Horizont aufragten. Weiße Wolken ballten sich am blauen Himmel, aber was mir den Atem stocken ließ, war das Sonnenlicht, das jetzt so durch Guineveres weißes Leinengewand fiel, daß die Lady meines Lords, die Prinzessin von Henis Wyren, auch nackt hätte vor mir stehen können und ich in diesen paar Augenblicken, während mir das Blut in den Ohren dröhnte, Eifersucht auf meinen Lord empfand. War sich Guinevere der verräterischen Sonnenstrahlen bewußt? Ich glaube nicht, aber ich kann mich täuschen. Sie kehrte mir den Rücken zu, aber auf einmal drehte sie sich halb herum, damit sie mich ansehen konnte. »Ist Lunete eine Zauberin?«

»Nein, Lady«, antwortete ich.

»Aber sie hat bei Nimue gelernt, nicht wahr?«

»Nein«, gab ich zurück. »Sie durfte Merlins Gemächer niemals betreten. Es interessierte sie auch nicht.«

»Aber Ihr wart in Merlins Gemächern?«

»Nur zweimal«, antwortete ich ihr. Ich konnte ihre Brüste sehen und senkte absichtlich den Blick auf das schwarze Wasserbecken, aber das spiegelte auch wieder nur ihre Schönheit und verlieh ihrem langen, geschmeidigen Körper den erotischen Schimmer dunkler Mysterien. Lastendes Schweigen überfiel uns, und als ich über ihre letzten Fragen nachdachte, wurde mir klar, daß Lunete vermutlich behauptet hatte, einige Kenntnis von Merlins Magie zu besitzen, und ich ihr diesen Spaß zweifellos verdorben hatte. »Vielleicht«, sagte ich hilflos, »weiß Lunete mehr, als sie mir jemals mitgeteilt hat.«

Guinevere zuckte die Achseln und wandte sich ab. Mein Blick wanderte wieder zu ihr empor. »Aber Nimue, sagt Ihr, ist weitaus bewanderter als Lunete, wie?« fragte sie mich.

»Unendlich, Lady.«

»Ich habe Nimue zweimal befohlen, zu mir zu kommen«, sagte Guinevere scharf, »und sie hat sich zweimal geweigert. Was soll ich tun, damit sie kommt?«

»Wenn man will, daß Nimue etwas tut, sollte man es ihr verbieten«, antwortete ich.

Wieder herrschte Schweigen im Raum. Die Geräusche der Stadt waren ziemlich laut: die Rufe der Marktschreier auf dem Marktplatz, das Rattern von Karrenrädern auf den Steinen, Hundegebell, Töpfeklappern in einer nahen Küche. Im Gemach selbst aber war alles still. »Eines Tages«, brach Guinevere unser Schweigen, »werde ich Isis dort oben ...« – sie zeigte zu den Wällen von Mai Dun hinüber, die den südlichen Himmel füllten – »einen Tempel bauen. Ist das ein heiliger Ort?«

»Sehr sogar.«

»Gut.« Jetzt wandte sie sich zu mir um. Die Sonne glänzte in ihrem roten Haar und leuchtete auf ihrer glatten Haut unter dem weißen Leinenstoff. »Ich will keine kindischen Spielchen treiben, Derfel, indem ich versuche, Nimue zu übertreffen. Ich möchte, daß sie herkommt. Ich brauche eine mächtige Priesterin. Wenn ich diesen Wurm Sansum bekämpfen will, brauche ich eine Freundin der alten Götter. Ich brauche Nimue, Derfel, deswegen sagt mir um der Liebe willen, die Ihr für Arthur empfindet, welche Botschaft sie bewegen könnte herzukommen. Sagt mir das, und ich werde Euch sagen, warum ich Isis verehre.«

Ich zögerte und überlegte, womit man Nimue möglicherweise herlocken könnte. »Erklärt ihr«, sagte ich schließlich, »daß Arthur ihr Gundleus geben wird, wenn sie Eurem Befehl folgt. Aber sorgt dafür, daß er es auch wirklich tut.«

»Ich danke Euch, Derfel.« Sie lächelte mir zu. Dann setzte sie sich auf den schwarzen, blankpolierten Thron. »Isis«, erklärte sie mir, »ist eine Göttin der Frauen, und der Thron ist ihr Symbol. Auf einem Königsthron mag wohl ein Mann sitzen, Isis aber kann bestimmen, wer dieser Mann ist. Deswegen verehre ich sie.«

Ich witterte einen Hauch von Hochverrat in ihren Worten. »Der Thron dieses Königreichs, Lady«, sagte ich und wiederholte damit, was Arthur immer wieder behauptete, »gehört Mordred.«

Guinevere quittierte meine Kundgebung mit höhnischem Lachen. »Mordred sitzt nicht mal auf einem Pißpott gut! Mordred ist ein Krüppel! Mordred ist ein schlecht erzogenes Kind, das schon jetzt die Macht wittert, wie ein Eber hinter einer läufigen Sau herschnobert.« Ihre Stimme klang wie ein Peitschenhieb und war voll Verachtung. »Und seit wann, Derfel, wird ein Thron vom Vater auf den Sohn vererbt? In den alten Zeiten war das anders! Da übernahm der beste Mann des Stammes die Macht, und so sollte es auch heute noch sein.« Sie schloß die Augen, als bereue sie plötzlich ihren Ausbruch. »Ihr seid doch ein Freund meines Gemahls, nicht wahr?« fragte sie mich nach einer Weile, als sie die Augen wieder geöffnet hatte.

»Ihr wißt, daß ich das bin, Lady.«

»Dann sind wir beide, Ihr und ich, Derfel, ebenfalls Freunde. Wir sind eins, weil wir beide Arthur lieben, und glaubt Ihr wirklich, mein Freund Derfel Cadarn, daß Mordred ein besserer König wäre als Arthur?«

Ich zögerte, denn sie verlangte verräterische Äußerungen von mir, aber sie forderte mich auch auf, an einem heiligen Ort die Wahrheit zu sprechen, also antwortete ich ihr ehrlich. »Nein, Lady. Prinz Arthur wäre ein besserer König.«

»Gut.« Wieder schenkte sie mir ein Lächeln. »Dann sagt Arthur, daß ihm aus meiner Verehrung für Isis kein Schaden, wohl aber sehr viel Gutes erwachsen kann. Sagt ihm, daß ich hier für seine Zukunft bete und daß ihm nichts, was in diesem Raum geschieht, zum Nachteil gereichen kann. Ist das deutlich genug?«

»Ich werde es ihm ausrichten, Lady.«

Sie sah mich lange durchdringend an. Ich stand kerzengerade wie ein Soldat, mein Mantel berührte den schwarzen Boden, Hywelbane hing an meiner Seite, und mein Vollbart wurde im Sonnenlicht des Schreins zu Gold. »Werden wir diesen Krieg gewinnen?« fragte mich Guinevere nach einer Weile.

»Ja, Lady.«

Sie lächelte über meine Zuversicht. »Dann sagt mir, warum.«

»Weil Gwent wie ein Fels im Norden steht«, antwortete ich, »weil die Sachsen untereinander genauso verfeindet sind wie wir und sich daher nie gegen uns verbünden werden. Weil Gundleus von Siluria Angst vor einer weiteren Niederlage hat. Weil Cadwy eine Schnecke ist, die wir zertreten werden, sobald wir Zeit dazu haben. Weil Gorfyddyd sich aufs Kämpfen versteht, aber nicht auf die Führung von Truppen. Vor allem aber, Lady, weil wir Prinz Arthur haben.«

»Gut«, sagte sie abermals; dann stellte sie sich wieder so hin, daß die Sonne durch ihr feines weißes Leinengewand schimmerte. »Ihr müßt jetzt gehen, Derfel. Ihr habt genug gesehen.« Prompt errötete ich, und sie lachte. »Und sucht Euch einen Bach!« rief sie mir nach, als ich durch den Vorhang zur Tür strebte. »Ihr stinkt wie ein Sachse!«

Ich suchte mir einen Bach und wusch mich. Dann führte ich meine Männer gen Süden, zum Meer.

Ich habe nichts übrig für das Meer. Es ist kalt und heimtückisch, und seine grauen Hügel rollen endlos aus dem fernen Westen heran, wo die Sonne täglich stirbt. Irgendwo hinter diesem leeren Horizont, erfuhr ich von den Seeleuten, liegt das märchenhafte Land Lyonesse, doch da noch niemand es gesehen hat, oder vielmehr, da niemand aus Lyonesse zurückgekehrt ist, wurde es zur ersehnten Zuflucht aller armen Seefahrer: ein Land irdischer Freuden, in dem es keinen Krieg gibt, keine Hungersnot und vor allem keine Schiffe, mit denen man das graue, unruhige Meer mit seinen windgepeitschten Schaumkronen überqueren muß, die immer wieder die graugrünen Hänge hinabschießen, von denen unsere kleinen Holzboote so unbarmherzig umhergeworfen wurden. Die Küste Dumnonias wirkte so grün! Ich hatte nicht gewußt, wie sehr ich dieses Land liebte – bis ich es zum erstenmal verließ.

Meine Männer waren in drei Schiffe verfrachtet worden, die alle von Sklaven gerudert wurden; aber sobald wir auf offener See waren, konnten die Riemen eingezogen werden, da ein kräftiger Wind aufkam und die zerlumpten Segel füllte. Viele Männer wurden seekrank. Sie waren jung, zum größten Teil jünger als ich, denn der Krieg ist im Grunde ein Knabenspiel, aber einige waren auch älter. Cavan, mein stellvertretender Hauptmann, war schon fast vierzig und hatte einen grauen Bart, und sein Gesicht war voller Narben. Er war ein harter, grimmiger Ire, der in Uthers Dienste getreten war und es nun keineswegs seltsam fand, von einem Mann, der halb so alt war wie er selbst, Befehle entgegenzunehmen. Er nannte mich Lord, weil er annahm, da ich vom Tor komme, müsse ich Merlins Erbe oder wenigstens ein hochgeborenes Kind sein, das der Magier mit einer sächsischen Sklavin gezeugt hatte. Arthur hatte mir Cavan, glaube ich, für den Fall mitgegeben, daß meine Autorität nicht größer war als die Anzahl meiner Lebensjahre, aber ich kann aufrichtig behaupten, daß ich niemals Schwierigkeiten hatte, mich meinen Männern gegenüber zu behaupten. Man sagt den Soldaten, was sie tun sollen, tut es selbst und bestraft sie, wenn sie versagen; andernfalls belohnt man sie großzügig und schenkt ihnen den Sieg. Meine Speerkämpfer waren allesamt Freiwillige und gingen entweder mit nach Benoic, weil sie mir dienen wollten oder – was sehr viel wahrscheinlicher war – weil sie glaubten, im Süden jenseits des Meeres weit größere Beute und Ehre ernten zu können als zu Hause. Wir reisten ohne Frauen, Pferde oder Bedienstete. Ich hatte Canna die Freiheit geschenkt und sie auf den Tor geschickt, weil ich hoffte, daß Nimue sich ihrer annehmen würde, doch ich bezweifelte, daß ich meine kleine Sächsin jemals wiedersehen würde. Mit Sicherheit würde sie sehr schnell einen Ehemann finden, während ich den Landstrich Armorica, das Reich Benoic und die sagenhafte Schönheit von Ynys Trebes sehen würde.

Bleiddig, der Häuptling und Abgesandte König Bans, reiste mit uns. Er schimpfte über mein geringes Alter. Nachdem ihm Cavan jedoch grimmig erklärte, daß ich vermutlich mehr Männer getötet hätte als Bleiddig selbst, entschloß sich Bleiddig, seine Bedenken für sich zu behalten. Allerdings beschwerte er sich noch immer darüber, daß wir bei weitem zu wenige seien. Die Franken, erklärte er, seien versessen auf Land, gut bewaffnet und sehr zahlreich. Zweihundert Mann, behauptete er nun, könnten möglicherweise ausschlaggebend sein, sechzig aber auf keinen Fall.

Am ersten Abend ankerten wir in der Bucht einer Insel. Draußen vor der Bucht donnerte das Meer, während an Land eine Bande zerlumpter Männer laut schreiend Drohungen ausstieß und gelegentlich ein paar schwächliche Pfeile abschoß, die weit von unseren drei Schiffen entfernt ins Wasser klatschten. Unser Schiffsführer fürchtete, daß es ein Unwetter geben würde, und opferte ein Zicklein, das für diesen Zweck mitgeführt worden war. Er besprengte den Bug seines Schiffes mit dem Blut des sterbenden Tieres, und tatsächlich hatte der Sturm sich gegen Morgen beruhigt. Allerdings hatte sich statt dessen ein dicker, grauer Nebel über das Wasser gelegt. Da keiner der Schiffsführer in diesem Nebel hinaussegeln wollte, warteten wir einen ganzen Tag und eine ganze Nacht, um dann unter klarem Himmel südwärts zu rudern. Es wurde ein langer Tag. Wir umschifften ein paar furchterregende, von den Gerippen gestrandeter Schiffe gekrönte Felsen, dann glitten wir an einem warmen Abend mit sanftem Wind und steigender Flut, die beide unsere müden Ruderer unterstützten, in einen breiten Strom, wo wir unter den glückbringenden Schwingen einer Schwanenschar heil und sicher anlegten. Da in der Nähe eine Festung lag, kamen Bewaffnete ans Flußufer herunter, um uns zum Kampf herauszufordern, aber Bleiddig rief ihnen zu, wir seien Freunde. Die Männer riefen uns auf britisch Willkommensgrüße zu. Die untergehende Sonne vergoldete die Wirbel und Strudel des Stroms. Überall roch es nach Fisch, Salz und Teer. Neben einigen auf den Strand gezogenen Fischerbooten hingen auf großen Gestellen schwarze Netze, unter den Salzpfannen loderten Feuer, Hunde liefen in den kleinen Wellen hin und her und bellten uns an, und aus den nahen Hütten kam eine Horde Kinder herbei, um zuzusehen, wie wir platschend an Land wateten.

Meinen Schild mit Arthurs Bärensymbol verkehrt herum vor mir tragend, ging ich voraus, und als ich die mit Strandgut übersäte Flutlinie überquert hatte, stieß ich meinen Speer in den Sand und bat Bel, meinen Schutzgott, und Manawydan, den Meeresgott, daß sie mich eines Tages von Armorica zurückbringen möchten: an die Seite meines Lords, zu Arthur in mein geliebtes Britannien zurück.

Dann zogen wir in den Krieg.

Ich habe Männer sagen hören, daß keine Stadt, nicht einmal Rom oder Jerusalem, so schön sei wie Ynys Trebes, und es mag sein, daß diese Männer die Wahrheit sagten, denn obwohl ich die anderen Städte niemals besuchen konnte, sah ich doch Ynys Trebes, und es war in der Tat ein Ort der Wunder, eine wunderbare Stadt, die schönste Stadt, die ich je gesehen habe. Sie war auf einer steilen Felseninsel errichtet worden, die in einer weiten, flachen Bucht lag. Die Bucht mochte von Schaumkronen zerwühlt und von heulenden Stürmen heimgesucht werden, aber in Ynys Trebes war alles still und ruhig. Im Sommer flimmerte die Bucht vor Hitze, während Benoics Hauptstadt stets angenehm kühl wirkte. Guinevere wäre von Ynys Trebes begeistert gewesen, denn hier wurde alles Alte hoch geschätzt, und nichts Häßliches durfte die Schönheit der Stadt beeinträchtigen.

Natürlich waren die Römer in Ynys Trebes gewesen, aber sie hatten es nicht befestigt, sondern nur ein paar Villen auf dem Gipfel errichtet. Diese Villen gab es immer noch. König Ban und Königin Elaine hatten sie miteinander verbunden und ausgebaut, indem sie römische Gebäude auf dem Festland nach weiteren Säulen und Podesten, Mosaiken und Statuen absuchen ließen, so daß der Felsen nunmehr von einem luftigen, lichterfüllten Palast gekrönt wurde, dessen weiße Leinenvorhänge sich in jedem Windhauch, der vom glitzernden Meer herüberkam, anmutig blähten. Am einfachsten erreichte man die Insel per Boot, obwohl es auch eine Art Damm gab, der bei Flut allerdings überspült wurde und bei Ebbe wegen der

Treibsandlöcher gefährlich war. Der Damm war zwar durch Weidenruten markiert, aber die starken Gezeiten spülten die Markierungen immer wieder davon, und nur ein Tor würde es wagen, ihn zu betreten, ohne sich der Dienste eines einheimischen Führers zu versichern, der ihn durch den saugenden Treibsand und die unsicheren Siele geleitete. Bei Ebbe ragte Ynys Trebes aus einer geriffelten, von Wasserrinnen und -tümpeln durchsetzten, weiten Sandfläche empor, während die Stadt bei Flut, wenn der Wind kräftig aus Westen blies, wie ein riesiges Schiff wirkte, das sich unerschrocken durch die aufgewühlte See kämpfte.

Unterhalb des Palastes lag ein Gewirr von kleineren Gebäuden, die sich wie Vogelnester an die steilen Granithänge klammerten. Da gab es Tempel, Läden, Kirchen und Wohnhäuser, alle weiß getüncht, alle aus Stein, alle verziert mit Bildhauerarbeiten und Dekorationsstücken, die in Bans hohem Palast nicht gebraucht wurden, und alle lagen sie an der mit Steinen gepflasterten Straße, die sich in Stufen um den steilen Felsen zum Königsschloß emporwand. An der Ostseite der Insel gab es eine schmale Steinpier, an der Boote festmachen konnten. Da ein bequemes Anlegen aber nur bei ganz ruhigem Wetter möglich war, hatten unsere Schiffe uns an einem sicheren Anlegeplatz einen Tagesmarsch weiter im Westen an Land gesetzt. Hinter der Pier lag ein kleiner Hafen, der im Grunde nichts weiter war als ein von Sandbänken geschützter Gezeitenteich. Bei Ebbe war dieser Teich vom Meer abgeschnitten, während er bei Flut, sobald der Wind aus Norden kam, keinen sicheren Schutz mehr bieten konnte. Abgesehen von den Stellen, an denen der Granitfelsen selbst zu steil zum Klettern war, zog sich um die ganze Insel eine Steinmauer, welche die Außenwelt fernhalten sollte. Denn außerhalb von Ynys Trebes herrschten Aufruhr, feindliche Franken, Blut, Armut und Krankheit, während innerhalb der Mauern Gelehrsamkeit, Musik, Poesie und Schönheit wohnten.

Ich selbst gehörte nicht in König Bans geliebte Inselstadt. Meine Aufgabe war es, Ynys Trebes auf dem Festland von Benoic zu verteidigen, wo die Franken tief in das Ackerland vordrangen, das für die luxuriöse Hauptstadt lebenswichtig war; da aber Bleiddig darauf bestand, daß ich dem König vorgestellt werden sollte, wurde ich über den Damm geführt, durch das Stadttor, das mit einem in

Stein gehauenen Wassergeist geschmückt war, der einen Dreizack schwang, und dann die steile Straße empor, die zu dem hoch gelegenen Palast führte. Meine Männer waren auf dem Festland geblieben, aber ich wünschte, ich hätte sie mitgebracht, damit auch sie die Wunder dieser Stadt bestaunen konnten: die mit Friesen geschmückten Tore, die steilen Steintreppen, die zwischen den Tempeln und Geschäften auf und ab führten, die Häuser mit den Balkons, auf denen Blumenurnen und Statuen standen, und die Quellen, die reines Süßwasser in Marmortröge spien, an denen sich jeder den Eimer füllen oder sich niederbeugen konnte, um einen Schluck zu trinken. Bleiddig, der als mein Führer fungierte, bemerkte grollend, wieviel gutes Geld die Stadt hier verschwende, das besser auf die Verteidigungsanlagen an Land verwendet worden wäre, ich aber war von Ehrfurcht ergriffen. Dies, sagte ich mir, ist ein Ort, für den es sich zu kämpfen lohnt.

Bleiddig führte mich durch das letzte, mit einem Wassergeist verzierte Tor in den Palasthof. Die efeubewachsenen Gebäude des Palastes umstanden den Hof auf drei Seiten, während die vierte von einer Reihe weiß getünchter Torbogen begrenzt wurde, die einen weiten Blick aufs Meer gewährten. An jeder Tür standen Palastwachen in weißen Mänteln, mit blankgeputzten Speerschäften und glänzenden Speerspitzen. »Die taugen zu gar nichts«, flüsterte Bleiddig mir verstohlen zu. »Könnten nicht mal einen Welpen besiegen, aber sie sehen wirklich hübsch aus.«

Am Portal des Palastes empfing uns ein Höfling in weißer Toga, der uns durch einen Raum nach dem anderen führte, die alle mit kostbaren Schätzen gefüllt waren. Da gab es Alabasterstatuen und Goldschalen, und ein Gemach war ganz mit Metallspiegeln ausgekleidet, in denen ich mich voll Entsetzen ins Unendliche gespiegelt sah: ein bärtiger, verdreckter Soldat mit rostrotem Mantel, der in den unebenen Verkleinerungen der Spiegel immer zwergenhafter wirkte. Im nächsten Raum, der weiß gestrichen und vom Duft vieler Blumen erfüllt war, saß ein Mädchen und spielte Harfe. Sie trug eine kurze Tunika und sonst nichts. Als wir vorübergingen, lächelte sie uns zu, spielte aber weiter. Ihre Brüste waren golden von der Sonne, ihre Haare kurz geschnitten, ihr Lächeln war unbeschwert. »Sieht aus wie im Hurenhaus«, vertraute mir Bleiddig mit heiserem

Flüstern an, »und bei den Göttern, ich wünschte, es wäre eins. Dann wäre es wenigstens zu etwas zu gebrauchen.«

Der Höfling mit der Toga stieß die letzte Doppeltür mit Bronzegriffen auf und geleitete uns unter Verneigungen in ein großes Gemach, das auf das glitzernde Meer hinausging. »Lord König...« – damit verbeugte er sich vor der einzigen Person im Raum – »Häuptling Bleiddig und Derfel, ein Hauptmann aus Dumnonia.«

Ein hochgewachsener, hagerer Mann mit Sorgenfalten im Gesicht und schütteren weißen Haaren erhob sich von einem Tisch, an dem er gesessen und etwas geschrieben hatte. Eine leichte Brise ließ das Blatt rascheln, und er hantierte ungeduldig, bis er alle vier Ecken des Pergaments mit Tintenhörnern und Schlangensteinen beschwert hatte. »Ach ja, Bleiddig!« sagte der König, während er uns entgegenkam. »Wie ich sehe, seid Ihr zurück. Gut, gut. Manche Leute kommen nie zurück. Weil die Schiffe es nicht schaffen. Darüber sollten wir nachdenken. Wären größere Schiffe die Lösung – was meint Ihr? Oder bauen wir sie falsch? Ich bin mir nicht sicher, ob wir genügend Kenntnisse im Schiffsbau haben, obwohl unsere Fischer es beschwören, aber von denen kommen auch einige nicht mehr zurück. Ein Problem.« In der Mitte des Raumes blieb König Ban stehen, um sich die Schläfe zu kratzen, wobei er sich noch mehr Tinte in die dünnen Haare schmierte. »Eine spontane Lösung drängt sich mir im Moment nicht auf«, verkündete er schließlich. Dann sah er mich an. »Ferkel, nicht wahr?«

»Derfel, Lord König«, berichtigte ich und sank auf ein Knie.

»Derfel!« Verwundert wiederholte er meinen Namen. »Derfel! Laßt mich nachdenken! Derfel. Ich glaube, wenn dieser Name überhaupt eine Bedeutung hat, so bedeutet er ›einem Druiden gehörig‹. Gehört Ihr einem Druiden, Derfel?«

»Ich wurde von Merlin großgezogen, Lord.«

»Ach, wirklich? In der Tat! Sieh an! Das ist doch was. Wie ich sehe, müssen wir uns unterhalten. Wie geht es meinem lieben Merlin?«

»Er wurde seit fünf Jahren nicht mehr gesehen, Lord.«

»Dann ist er also unsichtbar! Ha! Ich hatte immer vermutet, daß dies zu seinen Tricks gehören könnte. Äußerst nützlich. Ich muß meine Gelehrten bitten, den Fall zu untersuchen. Erhebt Euch, erhebt Euch doch! Ich kann es nicht leiden, wenn Menschen vor mir knien. Ich bin kein Gott, wenigstens glaube ich, daß ich keiner bin.« Als ich stand, musterte mich der König und schien enttäuscht zu sein. »Ihr seht aus wie ein Franke«, stellte er verwundert fest.

»Ich bin Dumnonier, Lord König«, erklärte ich stolz.

»Aber sicher doch, und ein Dumnonier, der, wie ich hoffe, unserem lieben Arthur vorauseilt, ja?« erkundigte er sich erwartungsvoll.

Ich hatte diesen Moment gefürchtet. »Nein, Lord«, antwortete ich. »Arthur wird von zahlreichen Feinden belagert und kämpft um die Existenz unseres Königreichs. Deswegen hat er mich und ein paar Männer geschickt – alle, die wir entbehren können –, aber ich soll ihm schreiben und mitteilen, ob hier noch mehr gebraucht werden.«

»In der Tat brauchen wir mehr, in der Tat«, sagte Ban so energisch, wie es seine dünne, hohe Stimme erlaubte. »Meine Güte, ja! Also Ihr habt ein paar Männer mitgebracht, wie? Wie viele sind das, bitte, genau?«

»Sechzig, Lord.«

Unvermittelt setzte sich König Ban auf einen Holzstuhl mit Elfenbeinintarsien. »Sechzig! Ich hatte auf dreihundert gehofft! Und auf Arthur persönlich. Ihr scheint mir sehr jung zu sein für einen Hauptmann, der Männer befehligt«, sagte er zweifelnd. Dann hellte sich seine Miene plötzlich auf. »Habe ich da recht gehört? Habt Ihr gesagt, daß Ihr schreiben könnt?«

»Ja, Lord.«

»Und lesen?«

»In der Tat, Lord König.«

»Seht Ihr, Bleiddig!« rief der König triumphierend und sprang vom Stuhl auf. »Manche Krieger können lesen und schreiben! Und es macht sie nicht unmännlich. Es reduziert sie nicht auf den niederen Status von Schreibern, Weibern, Königen oder Poeten, wie Ihr so gern glauben möchtet. Ha! Ein des Lesens und Schreibens kundiger Krieger! Verfaßt Ihr vielleicht zufällig auch Gedichte?« fragte er mich.

»Nein, Lord.«

»Wie schade. Wir sind hier eine Gemeinschaft von Dichtern. Wir sind eine Bruderschaft! Wir nennen uns *fili*, und die Poesie ist unsere strenge Meisterin. Es ist, könnte man sagen, unsere heilige Aufgabe. Wäre es möglich, daß Ihr Euch inspirieren laßt? Kommt mit mir, mein gelehrter Derfel.« Arthurs Abwesenheit schien vergessen. Ban trippelte aufgeregt durch den Raum, während er mir winkte, ihm durch eine zweite große Doppeltür und durch einen weiteren kleinen Raum zu folgen, in dem eine zweite Harfenistin – halbnackt wie die erste und ebenso schön – über die Saiten strich, und schließlich in eine große Bibliothek.

Ich hatte noch nie eine richtige Bibliothek gesehen, und König Ban, der selig war, mir diesen Raum vorführen zu können, beobachtete verstohlen meine Reaktion. Ich stand offenen Mundes da, und das war kein Wunder, denn hier waren Schriftrollen um Schriftrollen, mit Bändern verschnürt, in maßgefertigten, vorn offenen Behältern gelagert, die aufeinandergestapelt waren wie die Zellen einer Bienenwabe. Es mußten Hunderte von Zellen sein, jede mit ihrem eigenen Pergament und jede sorgfältig mit Tinte beschriftet. »Welche Sprachen sprecht Ihr, Derfel?« wollte Ban von mir wissen.

»Sächsisch, Lord, und Britisch.«

»Ah.« Das klang enttäuscht. »Nur primitive Sprachen. Ich dagegen besitze Kenntnisse in Latein, Griechisch, Britisch natürlich und ein wenig Arabisch. Pater Celwin dort spricht zehnmal so viele Sprachen. Nicht wahr, Celwin?«

Der König wandte sich an die einzige Person in der Bibliothek, einen alten, weißbärtigen Priester mit einem grotesken Buckel und einer schwarzen Mönchskapuze. Der Priester hob bestätigend eine hagere Hand, blickte aber nicht von den Handschriften auf, die, mit Gewichten beschwert, auf dem Tisch vor ihm lagen. Zuerst dachte ich, der Priester hätte sich einen Pelzschal um den hinteren Teil seiner Kapuze geschlungen, dann aber sah ich, daß es eine graue Katze war, die den Kopf hob, mich musterte, ausgiebig gähnte und sich wieder schlafen legte. König Ban ignorierte die Unhöflichkeit des Priesters und führte mich an den Reihen der Schriftrollen entlang, während er mir ausführlich von all den Schätzen erzählte, die er gesammelt hatte. »Was wir hier haben«, erläuterte er voll Stolz, »ist alles, was die Römer hinterließen, und alles, was meine Freunde mir liebenswürdigerweise übersandt haben. Da manche Manuskripte zu alt sind, um mehr als einmal entrollt zu werden, kopieren wir sie. Laßt mich mal sehen – was haben wir hier? Ach ja, eins der zwölf Theaterstücke des Aristophanes. Ich besitze sie natürlich alle. Das hier ist ›Die Babylonier‹. Eine Komödie auf griechisch, junger Mann.«

»Und überhaupt nicht komisch«, rief der Priester von seinem Platz herüber.

»Und überaus unterhaltend«, sagte König Ban, ohne die Unhöflichkeit des Priesters zu beachten, an die er offensichtlich gewöhnt war. »Vielleicht sollten die *fili* ein Theater bauen und das Stück aufführen«, setzte er hinzu. »Ah ja, das hier wird Euch Freude machen. Die *Ars Poetica* von Horaz. Ich habe sie eigenhändig kopiert.«

»Kein Wunder, daß sie unleserlich ist«, warf Pater Celwin ein.

»Ich lasse alle *fili* die Maximen des Horaz studieren«, erklärte mir der König.

»Deswegen sind sie auch so fürchterliche Dichter«, rief der Priester, ohne von seinen Papieren aufzublicken.

»Ah ja, Tertullian!« Der König holte eine Schriftrolle aus ihrem Behälter und blies den Staub von dem Pergament. »Eine Kopie seines *Apologeticus*!«

»Alles Schund«, sagte Celwin. »Verschwendung kostbarer Tinte.«

»Die Eloquenz in Person!« schwärmte Ban. »Ich bin kein Christ, Derfel, aber einige christliche Schriften enthalten viel vernünftige Moral.«

»Alles andere als das«, widersprach der Priester.

»Aha, aber das hier ist ein Werk, das Ihr mit Sicherheit kennt«, sagte der König und zog eine weitere Schriftrolle aus ihrem Behälter. »Die *Meditationen* von Marcus Aurelius. Ein unvergleichlicher Leitfaden, mein lieber Derfel, der aufzeigt, wie ein Mann sein Leben gestalten sollte.«

»Platitüden in schlechtem Griechisch, verfaßt von einem römischen Langweiler«, grollte der Priester.

»Vermutlich das größte Buch, das jemals geschrieben wurde«, sagte der König verträumt, während er Marcus Aurelius zurücklegte und ein anderes Werk hervorzog. »Das hier ist eine Kuriosität, eine echte. Die große Abhandlung des Aristarchus von Samos. Die werdet Ihr doch sicher kennen!«

»Nein, Lord«, mußte ich gestehen.

»Nun ja, sie steht vielleicht nicht auf jedermanns Bücherliste«, räumte der König bedauernd ein, »aber es ist eine recht drollige Lektüre. Aristarchus behauptet nämlich – bitte, lacht nicht! –, daß sich die Erde um die Sonne dreht, und nicht die Sonne um die Erde.« Er unterstrich diese abwegige Möglichkeit mit ausholenden Gesten seiner langen Arme. »Er denkt genau verkehrt herum, versteht Ihr?«

»Klingt durchaus logisch für mich«, behauptete Celwin, der noch immer nicht von seiner Arbeit aufblickte.

»Und Silius Italicus!« Der König deutete auf eine ganze Gruppe von Bienenwabenzellen voller Handschriften. »Der liebe Silius Italicus! Ich besitze alle achtzehn Bände seiner Geschichte des Zweiten Punischen Krieges. Alle natürlich in Versen. Welch ein Schatz!«

»Der zweite aufgeblähte Krieg«, gackerte der Priester.

»Das ist meine Bibliothek«, sagte Ban stolz, als er mich hinausführte, »die Zierde von Ynys Trebes! Das und unsere Poeten. Tut mir leid, daß wir Euch gestört haben, Pater!«

»Läßt sich ein Kamel von einem Grashüpfer stören?« gab Pater Celwin zurück. Dann schloß sich die Tür hinter uns, und ich folgte dem König an der barbusigen Harfenistin vorbei dorthin zurück, wo Bleiddig wartete.

»Pater Celwin erforscht die Flügelspanne der Engel«, verkündete Ban voll Stolz. »Sollte ich ihn vielleicht auch nach der Unsichtbarkeit fragen? Er scheint wirklich alles zu wissen. Aber seht Ihr nun, Derfel, warum es so wichtig ist, daß Ynys Trebes nicht in die Hand der Feinde fällt? In diesem kleinen Palast, mein lieber Derfel, lagert die Weisheit unserer ganzen Welt, aus Ruinen gerettet und in ehrfürchtigen Gewahrsam genommen. Ich möchte wissen, was das ist, ein Kamel. Wißt Ihr zufällig, was ein Kamel ist, Bleiddig?«

»Eine Kohlensorte, Lord. Die Schmiede brauchen sie, um Stahl zu fertigen.«

»Ach ja, wirklich? Interessant! Aber Kohle würde sich doch nicht von einem Grashüpfer stören lassen – oder? Diese Möglichkeit würde sich wohl kaum ergeben. Also warum sie in Erwägung ziehen? Ein wenig verwirrend. Ich muß unbedingt Pater Celwin fragen, sobald er in der Stimmung ist, sich fragen zu lassen, was nicht sehr oft geschieht. Doch nun zu Euch, junger Mann. Ich weiß zwar, daß Ihr gekommen seid, um mein Königreich zu retten, und daß Ihr ungeduldig auf diese Aufgabe wartet, aber zunächst muß ich Euch bitten, zur Abendmahlzeit zu bleiben. Meine Söhne sind nämlich hier, beide Krieger! Ich hatte zwar gehofft, daß sie ihr Leben der Dichtkunst und der Gelehrsamkeit widmen, aber die Zeiten verlangen Krieger, nicht wahr? Immerhin schätzt mein geliebter Lancelot die *fili* ebensosehr wie ich, also besteht noch Hoffnung für unsere Zukunft.« Er hielt inne, krauste die Nase und schenkte mir ein freundliches Lächeln. »Ihr werdet, glaube ich, recht gern ein Bad nehmen.«

»Werde ich das?«

»Aber ja«, verkündete Ban energisch. »Leanor wird Euch zu Eurem Gemach begleiten, Euch das Bad bereiten und Euch mit Kleidung versorgen.« Er klatschte in die Hände, und die erste Harfenistin erschien. Es handelte sich offensichtlich um Leanor.

Ich befand mich in einem Palast am Meer, der voll Licht und Schönheit war, erfüllt von Musik, der Dichtkunst geweiht und verzaubert von Bewohnern, die, wie mir schien, aus einem anderen Zeitalter und einer anderen Welt stammten.

Und dann begegnete ich Lancelot.

»Ihr seid ja fast noch ein Kind«, sagte Lancelot zu mir.

»Das ist richtig, Lord«, gab ich zurück. Ich aß gerade Hummer, der in zerlassener Butter schwamm. Weder vorher noch nachher habe ich, wie ich glaube, jemals etwas so Köstliches gegessen.

»Arthur beleidigt uns, indem er uns ein Kind schickt«, stieß Lancelot nach.

»Das ist nicht richtig, Lord«, sagte ich, während mir die Butter in den Bart tropfte.

»Wollt Ihr mich der Lüge zeihen?« fragte mich Prinz Lancelot, Kronprinz von Benoic.

Ich sah ihn lächelnd an. »Ich zeihe Euch eines Irrtums, Lord Prinz.«

»Sechzig Mann?« höhnte er. »Ist das alles, was Arthur aufbringen kann?«

»Ja, Lord«, antwortete ich.

»Sechzig Mann, befehligt von einem Kind«, sagte Lancelot verächtlich. Er war höchstens ein bis zwei Jahre älter als ich, wirkte jedoch so gelangweilt von der Welt wie ein weit älterer Mann. Er war auf eine aufdringliche Weise schön, hochgewachsen und gut gebaut, mit einem schmalen, dunkeläugigen Gesicht, das in seiner Männlichkeit so überwältigend war wie Guineveres in seiner Weiblichkeit, aber es lag etwas beunruhigend Schlangenhaftes in Lancelots unnahbarer Erscheinung. Er hatte schwarze Haare, die er zu geölten Locken frisiert und mit goldenen Kämmen festgesteckt hatte; Schnurrbart und Kinnbart waren sauber getrimmt und geölt, bis sie glänzten, und er benutzte ein Parfum, das nach Lavendel duftete. Er war der bestaussehende Mann, der mir begegnet war – und schlimmer noch, er wußte es –, und ich verabscheute ihn vom ersten Augenblick an. Wir begegneten uns in Bans Festhalle, die ganz anders war als alle Festhallen, die ich bisher besucht hatte. Diese prunkte mit Marmorsäulen, weißen Vorhängen, die den Seeblick verschleierten, und glatt verputzten Wänden, die mit Göttern, Göttinnen und Fabeltieren bemalt waren. Diener und Wachen säumten die Wände dieses wunderschönen Saales, der von unzähligen kleinen Bronzeschalen voller Öl, in denen Dochte schwammen, beleuchtet wurde, während dicke Bienenwachskerzen auf dem langgestreckten Tisch brannten, dessen weißes Tafeltuch ich ebenso großzügig mit Butter betropfte wie die ungewohnte Toga, die mir König Ban zu diesem Festmahl aufgedrängt hatte.

Ich liebte die Speisen und haßte die Gesellschaft. Pater Celwin war anwesend, und ich hätte es begrüßt, wenn ich mich mit ihm unterhalten hätte können, aber er machte sich über einen der drei Dichter an der Tafel lustig, die alle zu König Bans geliebter Gruppe der *fili* gehörten, während ich zu Prinz Lancelot ans andere Ende des Tisches verbannt worden war. Königin Elaine, die neben ihrem Gemahl, dem König, saß, verteidigte die Dichter gegen Celwins spitze Bemerkungen, die weitaus amüsanter zu sein schienen als Prinz Lancelots giftige Konversation. »Arthur beleidigt uns«, behauptete Lancelot zum wiederholten Male.

»Es tut mir leid, daß Ihr das glaubt, Lord«, sagte ich.

»Streitet Ihr Euch eigentlich nie, Knabe?« wollte er von mir wissen.

Ich blickte in seine glanzlosen, harten Augen. »Ich finde, daß es für einen Krieger nicht ratsam ist, sich bei einem Festmahl zu streiten, Lord Prinz«, entgegnete ich.

»Dann seid Ihr also ein furchtsames Kind«, höhnte er.

Ich seufzte; dann senkte ich die Stimme. »Sucht Ihr tatsächlich Streit, Lord Prinz?« fragte ich ihn, denn meine Geduld neigte sich dem Ende zu. »Wenn ja, dann nennt mich ein einziges Mal noch Kind, und ich werde euch den Kopf von den Schultern reißen.« Dabei lächelte ich freundlich.

»Kind«, sagte er nach kurzem Zögern.

Ich warf ihm einen verwunderten Blick zu, denn ich fragte mich, ob er ein Spiel trieb, dessen Regeln ich nicht erraten konnte, doch wenn er das tat, war es ihm tödlich ernst damit. »Zehnmal das Schwarze Schwert«, sagte ich.

»Was?« Er runzelte die Stirn, weil er die Mithrasformel nicht kannte, die bedeutete, daß er nicht mein Bruder war. »Seid Ihr wahnsinnig geworden?« fragte er, und dann, nach einer Pause: »Seid Ihr nicht nur ein furchtsames, sondern auch ein wahnsinniges Kind?«

Da schlug ich ihn. Ich hätte mich beherrschen sollen, aber mein Unbehagen und mein Zorn waren stärker als alle Vorsicht. Mit dem Ellbogen versetzte ich ihm einen Rückwärtsstoß, daß ihm das Blut aus der Nase schoß, die Lippe aufplatzte und er rücklings vom Stuhl kippte. Am Boden liegend, versuchte er mich mit dem umgestürzten Stuhl zu treffen, aber ich war zu schnell und zu nah bei ihm, so daß er nicht viel Kraft in den Schlag legen konnte. Flink trat ich den Stuhl beiseite, riß Lancelot hoch und rammte ihn rücklings gegen eine Säule, knallte seinen Kopf gegen den Marmor und stieß ihm das Knie zwischen die Beine. Er krümmte sich. Seine Mutter schrie laut auf, während König Ban und seine Dichtergäste mich offenen Mundes anstarrten. Ein aufgeregter Wachsoldat mit weißem Mantel setzte mir seinen Speer an die Kehle. »Nehmt das weg«, befahl ich ihm, »oder Ihr seid ein toter Mann.« Er zog die Speerspitze zurück.

»Was bin ich, Lord Prinz?« fragte ich Lancelot.

»Ein Kind«, antwortete er.

Ich preßte ihm meinen Unterarm gegen den Hals, so daß er fast erstickte. Er wehrte sich, vermochte mich aber nicht zurückzustoßen. »Was bin ich, Lord?« fragte ich abermals.

»Ein Kind«, krächzte er.

Eine Hand berührte meinen Arm, und ich drehte mich um. Vor mir stand ein blonder Mann in meinem Alter, der mir zulächelte. Da er am anderen Ende der Tafel gesessen hatte, vermutete ich, daß er zu den Poeten gehörte, aber diese Annahme war falsch. »Das, was Ihr soeben getan habt, wollte ich schon immer einmal tun«, sagte der junge Mann, »aber wenn Ihr erreichen wollt, daß mein Bruder Euch nicht mehr beleidigt, müßt Ihr ihn töten, und dann verlangt die Familienehre, daß ich Euch töte, und das möchte ich eigentlich nicht.«

Ich nahm den Arm von Lancelots Kehle. Ein paar Sekunden blieb er dort stehen und rang nach Atem. Dann schüttelte er den Kopf, spuckte mich an und kehrte an die Tafel zurück. Seine Nase blutete, seine Lippen schwollen an, und das sorgfältig geölte Haar hing ihm in traurigen Strähnen vom Kopf. Sein Bruder schien unseren Kampf amüsant zu finden. »Ich bin Galahad«, erklärte er, »und bin stolz darauf, Derfel Cadarn kennenzulernen.«

Ich dankte ihm. Dann zwang ich mich, zu König Ban hinüberzugehen, und kniete trotz seiner ausdrücklichen Abneigung gegen respektvolle Gesten vor ihm nieder. »Ich bitte um Vergebung für die Beleidigung Eures Hauses, Lord König«, sagte ich, »und unterwerfe mich Eurer Bestrafung.«

»Bestrafung?« wiederholte Ban verwundert. »Seid nicht so töricht. Das ist nur der Wein. Zuviel Wein. Wir sollten unseren Wein verwässern, wie es die Römer taten, nicht wahr, Pater Celwin?«

»Das wäre lächerlich«, antwortete der alte Priester.

»Keine Bestrafung, Derfel«, entschied Ban. »Und bitte, erhebt Euch; ich kann es nicht leiden, wenn man mich anbetet. Worin bestand Eure Beleidigung denn? Ihr seid im Streit lediglich ein bißchen hitzig geworden, und was kann das schon schaden? Ich mag Auseinandersetzungen, nicht wahr, Pater Celwin? Ein Mahl ohne Streitgespräche ist wie ein Tag ohne Poesie...« – hier ignorierte der König die bissige Bemerkung des Priesters, wie gesegnet ein solcher Tag sein würde – »und mein Sohn Lancelot ist ein ungestümer Mensch. Er hat das Herz eines Kriegers und die Seele eines Poeten, und das ist, fürchte ich, eine äußerst brisante Mixtur. Bleibt und eßt.« Ban war ein überaus großzügiger Monarch, doch mir fiel auf, daß Königin Elaine über seine Entscheidung alles andere als erfreut war. Sie hatte graue Haare, ihr Antlitz jedoch war faltenlos und strahlte einen Liebreiz und eine Gelassenheit aus, die zu Ynys Trebes' heiterer Schönheit paßte. In diesem Augenblick sah mich die Königin jedoch mit strenger Mißbilligung an.

»Haben alle dumnonischen Krieger so schlechte Manieren?« fragte sie niemanden im besonderen mit ätzender Stimme.

»Wollt Ihr, daß alle Krieger Höflinge sind?« gab Celwin grob zurück. »Wollt Ihr Eure kostbaren Poeten aussenden, damit sie die Franken töten? Und ich meine nicht, indem sie ihnen ihre Verse vortragen, obwohl auch das nicht ohne Wirkung bleiben würde.« Grinsend sah er die Königin an, und die drei Dichter erschauerten. Celwin mußte das Verbot von allem Häßlichen in Ynys Trebes irgendwie umgangen haben, denn ohne die Kapuze, die er in der Bibliothek getragen hatte, schien er ein erstaunlich ungestalter Mensch zu sein, mit einem scharfen Auge, einer verschimmelten Klappe über dem anderen, einem sauer verzogenen Mund, fettigen Haarsträhnen, die hinter seiner Tonsur herabhingen, einem verdreckten Bart, der fast ganz das grobe Holzkreuz verbarg, das ihm auf die hohle Brust hing, und einem schiefen Körper, der zu einem enormen Buckel verwachsen war. Die graue Katze, die in der Bibliothek über seinen Nacken drapiert war, lag jetzt zusammengerollt auf seinem Schoß und tat sich an den Resten des Hummers gütlich.

»Kommt mit zu meinem Ende der Tafel«, forderte mich Galahad auf, »und meßt Euch keine Schuld an dem Streit zu.«

»Aber das tue ich«, gab ich zurück. »Es war meine Schuld. Ich hätte mich beherrschen sollen.«

»Mein Bruder«, erklärte Galahad, nachdem für mich ein Platz geschaffen worden war, »vielmehr mein Halbbruder liebt es, Menschen zu provozieren. Das ist sein Sport, aber die meisten wagen es nicht, sich zu wehren, weil er der Edling ist, und das bedeutet, daß er eines Tages die Macht über Tod und Leben haben wird. Aber Ihr habt genau richtig gehandelt.«

»Nein, nein. Es war falsch!«

»Ich will nicht streiten. Aber ich werde Euch heute nacht aufs Festland bringen.«

»Heute nacht?« Ich war überrascht.

»Mein Bruder ist ein sehr schlechter Verlierer«, sagte Galahad leise. »Wollt Ihr ein Messer zwischen die Rippen, während Ihr schlaft? An Eurer Stelle, Derfel Cadarn, würde ich mich zu meinen Männern auf dem Festland gesellen und ruhig in ihrer Mitte schlafen.«

Ich blickte zum anderen Ende der Tafel, wo der schöne dunkle Lancelot von seiner Mutter getröstet wurde, die ihm mit einer in Wein getauchten Serviette das Blut vom Gesicht tupfte. »Halbbruder?« fragte ich Galahad.

»Ich bin der Sohn der Geliebten des Königs, nicht der seiner Gemahlin.« Galahad beugte sich zu mir hinüber und erklärte mit gedämpfter Stimme: »Aber mein Vater ist gut zu mir und besteht darauf, daß ich Prinz genannt werde.«

König Ban stritt sich im Augenblick mit Pater Celwin über irgendeinen obskuren Punkt der christlichen Theologie. Ban debattierte mit höflicher Begeisterung, während Celwin mit Beleidigungen um sich warf, und beide Herren genossen das Ganze sehr. »Euer Vater sagte mir, Ihr und Lancelot seid beide Krieger«, wandte ich mich an Galahad.

»Beide?« Galahad lachte. »Mein lieber Bruder engagiert Dichter und Barden, die ihn in ihren Liedern als größten Krieger Armoricas verherrlichen, aber der Tag muß noch kommen, da ich ihn in einer Schildreihe sehe.«

»Und ich«, entgegnete ich säuerlich, »muß kämpfen, um sein Erbe zu sichern.«

»Das Reich ist verloren«, erklärte Galahad unbekümmert. »Vater hat das ganze Geld für Bauten und Manuskripte ausgegeben statt für Soldaten, und da wir hier in Ynys Trebes viel zu weit von unserem Volk entfernt sind, fliehen die Leute lieber nach Broceliande, statt bei uns Hilfe zu suchen. Die Franken siegen überall. Eure Aufgabe, Derfel, ist es, am Leben zu bleiben und heil und sicher nach Hause zurückzukehren.«

Seine Aufrichtigkeit bewirkte, daß ich ihn mit neuem Interesse betrachtete. Er hatte ein breiteres, weniger scharf definiertes Gesicht als sein Bruder, aber ein weit offeneres – die Art Gesicht, die man in einer Schildreihe gern an seiner rechten Seite sieht. Die rechte Seite war diejenige, die vom Schild des Nebenmannes geschützt wurde, daher war es wichtig, daß man sich mit diesem Mann gut verstand. Und Galahad, das spürte ich gleich, konnte man wirklich gern haben. »Wollt Ihr sagen, daß wir nicht gegen die Franken kämpfen sollten?« fragte ich ihn leise.

»Ich will sagen, daß der Kampf verloren ist. Aber ja, Ihr seid durch Euren Eid, den Ihr Arthur geleistet habt, zu diesem Kampf verpflichtet, und jeder Moment, den Ynys Trebes noch besteht, ist ein Moment des Lichts in einer dunklen Welt. Ich versuche Vater zu überreden, seine Bibliothek nach Britannien zu senden, aber er würde sich, wie ich glaube, lieber das Herz herausreißen lassen. Sobald es aber soweit ist, wird er sie mit Sicherheit verschiffen lassen. Und nun...« – er stieß seinen vergoldeten Stuhl zurück – »müssen wir aufbrechen. Bevor«, setzte er leise hinzu, »die *fili* zu rezitieren beginnen. Es sei denn, natürlich, Ihr hättet eine Schwäche für endlose Verse über den Glanz des Mondlichts auf den Schilfufern.«

Ich erhob mich und klopfte mit einem der speziellen Eßmesser auf den Tisch, die König Ban seinen Gästen zur Verfügung stellte. Ebendiese Gäste musterten mich jetzt mißtrauisch. »Ich muß um Vergebung bitten«, sagte ich, »nicht nur Euch alle, sondern vor allem meinen Lord Lancelot. Ein so großer Krieger wie er verdient einen besseren Tischgenossen. Und nun entschuldigt mich, ich muß schlafen.«

Lancelot reagierte nicht. König Ban lächelte, Königin Elaine zog eine angewiderte Miene, und Galahad führte mich eilig zunächst dorthin, wo meine Kleider und Waffen lagen, und dann zu der mit Fackeln beleuchteten Pier hinab, wo ein Boot wartete, um uns aufs Festland zu bringen. Galahad, noch immer in seiner Toga, trug einen Sack, den er aufs Deck des kleinen Bootes hievte. Dabei vernahm ich das Klirren von Metall. »Was ist das?« wollte ich wissen.

»Meine Waffen und meine Rüstung«, antwortete er. Dabei löste er die Fangleine und sprang an Bord. »Ich komme mit Euch.«

Unter dunklen Segeln löste sich das Boot von der Pier. Am Bug kräuselte sich das Wasser und floß sanft plätschernd am Rumpf des Bootes entlang, als wir in die Bucht hineinglitten. Galahad legte die Toga ab und warf sie dem Bootsführer zu, um sich sodann für den Kampf zu rüsten, während ich zu dem Palast auf dem Felsen zurückblickte. Er hing am Himmel wie ein Sternenschiff, das durch die Wolken segelt, oder vielleicht wie ein Stern, der auf die Erde herabgekommen ist, ein Ort der Träume, ein Refugium, in dem ein gerechter König und eine wunderschöne Königin regierten, in dem Dichter sangen und alte Männer die Spannweite von Engelsflügeln errechnen konnten. Es war so wunderschön, dieses Ynys Trebes, so unvergleichlich wunderschön.

Und, falls wir es nicht retten konnten, dem Untergang geweiht.

Zwei Jahre lang führten wir Krieg. Zwei Jahre gegen eine große Übermacht. Zwei Jahre der Pracht und der Hinterlist. Zwei Jahre der Schlachten und der Festmähler, der zerbrochenen Schwerter und der zerschmetterten Schilde, der Siege und der Katastrophen, und während all dieser Monate, bei all diesen schweißnassen Kämpfen, da tapfere Männer an ihrem eigenen Lebensblut erstickten und ganz gewöhnliche Männer Taten vollbrachten, die sie nie für möglich gehalten hatten, bekam ich Lancelot kein einziges Mal zu Gesicht. Dennoch feierten die Dichter ihn als den Helden von Benoic, den vollkommensten Krieger, den Kämpfer aller Kämpfer. Daß Benoic gehalten wurde, sagten die Dichter, sei Lancelots Kampfkraft zu verdanken – nicht der meinen, nicht Galahads, nicht Culhwchs, sondern Lancelots. Aber Lancelot verbrachte den Krieg im Bett und befahl seiner Mutter, ihm Wein und Honig zu bringen.

Nein, falsch, nicht nur im Bett. Gelegentlich war Lancelot bei einem Gefecht anwesend, doch immer eine Meile hinter der Kampflinie, so daß er als erster mit der Siegesbotschaft nach Ynys Trebes zurückeilen konnte. Er wußte, wie er einen Mantel zerreißen, einer Schwertschneide Scharten beibringen, seine geölten Haare zerzausen und sich selbst sogar mit Schnitten im Gesicht verletzen mußte, damit er wie ein Held aussah, wenn er keuchend und hinkend nach Hause zurückkehrte. Dann ließ seine Mutter von den *fili* ein neues Lied komponieren, damit die Händler und Seeleute dieses Lied nach Britannien bringen konnten und selbst die Bewohner im fernen Rheged, nördlich von Elmet, glaubten, daß Lancelot der neue Arthur sei. Die Sachsen fürchteten ihn, und Arthur übersandte ihm als Geschenk ein besticktes Schwertgehenk mit einer reich verzierten Schnalle.

»Glaubt Ihr, daß das Leben fair sein sollte?« fragte mich Culhwch, als ich mich über das Geschenk beschwerte.

»Nein, Lord«, antwortete ich.

»Dann verschwendet Euren Atem nicht auf Lancelot«, sagte Culhwch. Er war der Befehlshaber der Reiter, die Arthur in Armorica zurückgelassen hatte, als er nach Britannien zog, und Arthurs Cousin, obwohl er keine Ähnlichkeit mit meinem Lord hatte. Culhwch war ein gedrungenes, langarmiges Rauhbein mit wildem Bart, das vom Leben nichts verlangte als eine reichlich bemessene Menge an Feinden, Bier und Frauen. Arthur hatte ihn zum Anführer von dreißig Männern und Pferden ernannt, doch da die Pferde alle tot waren und die Hälfte der Männer nicht mehr lebte, kämpfte Culhwch inzwischen zu Fuß. Ich vereinigte meine Truppe mit der seinen und unterstellte mich damit seinem Befehl. Er konnte es gar nicht erwarten, daß der Krieg in Benoic endlich beendet wurde, damit er wieder an Arthurs Seite kämpfen konnte. Er verehrte und bewunderte Arthur.

Wir führten einen seltsamen Krieg. Als Arthur in Armorica war, hatten die Franken noch einige Meilen weiter östlich gestanden, wo das Gelände eben und baumlos und daher für seine schweren Reiter ideal geeignet war. Nun aber war der Feind tief in die Wälder vorgedrungen, welche die Hügel in Benoics Mitte bedeckten. Genau wie Tewdric von Gwent hatte sich König Ban auf seine Befestigungen verlassen, doch während das Gelände in Gwent für schwere Festungen und hohe Mauern ideal war, boten die Wälder und Hügel von Benoic dem Feind zu viele Pfade, auf denen sie an den Hügelfestungen, die von Bans entmutigten Soldaten besetzt waren, ungesehen vorbeischleichen konnten. Unsere Aufgabe war es, diesen Streitkräften neue Hoffnung zu geben, und das taten wir, indem wir Arthurs persönliche Taktik der Gewaltmärsche und Überraschungsangriffe anwandten. Die bewaldeten Hügel von Benoic waren wie geschaffen für Schlachten dieser Art, und unsere Männer waren unvergleichlich. Nur wenige Freuden sind mit dem Kampf zu vergleichen, der auf einen gut gewählten Hinterhalt folgt, wenn die feindlichen Truppen weit auseinandergezogen sind und ihre Schwerter in der Scheide stecken. Ich verzierte Hywelbanes lange Klinge mit neuen Narben.

Die Franken fürchteten uns. Sie nannten uns Waldwölfe, und wir übernahmen diese Beleidigung und machten sie zu unserem Symbol. Wir trugen graue Wolfsruten als Helmzier. Wir heulten sogar, um ihnen Angst einzujagen, hinderten sie Nacht um Nacht am Schlafen, schlichen tagelang hinter ihnen her und lockten sie in den Hinterhalt, wann es uns paßte, und nicht, wenn sie dazu bereit waren. Aber der Feinde waren so viele, und wir waren so wenige, und Monat um Monat verringerte sich unsere Zahl.

Galahad kämpfte mit uns. Er war ein großartiger Krieger, aber er war auch ein Gelehrter, der sich in die Bibliothek seines Vaters vertieft hatte. Abends erzählte er uns von alten Göttern, neuen Religionen, fremden Ländern und großen Männern. Ich erinnere mich an eine Nacht, als wir in der Ruine einer Villa kampierten. Eine Woche zuvor noch hatte es dort ein blühendes Gemeinwesen gegeben, mit einer eigenen Walkmühle, einer Töpferei und einer Meierei, aber die Franken waren dort gewesen, und nun gab es nur noch rauchende, blutbespritzte Trümmer, eingestürzte Mauern und eine Quelle, die von den Leichen der Frauen und Kinder vergiftet war. Da die Waldpfade von unseren Posten bewacht wurden, konnten wir uns den Luxus eines Feuers leisten, über dem wir ein paar Hasen und ein Zicklein brieten. Wir tranken Wasser und taten, als wäre es Wein.

»Falerner«, sagte Galahad verträumt und hielt seinen Tonbecher zu den Sternen empor, als wäre es ein goldener Pokal.

»Wer ist denn das?« erkundigte sich Culhwch.

»Falerner, mein lieber Culhwch, ist ein Wein, ein überaus angenehmer römischer Wein.«

»Ich mag keinen Wein«, verkündete Culhwch und gähnte ausgiebig. »Weibergetränk. Aber sächsisches Ale! Das ist was für Männer!« Innerhalb weniger Minuten war er eingeschlafen.

Galahad fand keinen Schlaf. Das Feuer war heruntergebrannt,

während die Sterne über uns hell und klar funkelten. Einmal fiel eine Sternschnuppe. Sie schnitt ihren weißen Pfad durch den Himmel, und Galahad schlug das Kreuz, denn er war Christ, und für ihn war eine Sternschnuppe ein Zeichen dafür, daß ein Dämon aus dem Paradies stürzte. »Einstmals war es auf Erden«, sagte er.

»Was?« fragte ich ihn erstaunt.

»Das Paradies.« Er streckte sich im Gras aus und bettete den Kopf auf seine Arme. »Das himmlische Paradies.«

»Meinst du Ynys Trebes?«

»Nein, nein, Derfel. Ich meine, daß Gott uns, als er uns Menschen schuf, ein Paradies schenkte, in dem wir leben durften, und mir scheint, daß wir dieses Paradies seit jener Zeit Zoll um Zoll verloren haben. Und bald wird es ganz verloren sein. Die Finsternis senkt sich herab.« Eine Weile blieb er stumm; dann richtete er sich auf, weil seine Gedanken ihm neue Kraft verliehen hatten. »Stell dir doch mal vor«, sagte er, »vor kaum hundert Jahren war in diesem Land alles friedlich. Die Menschen bauten große Häuser. Wir können nicht so bauen wie sie. Ich weiß, daß Vater einen schönen Palast geschaffen hat, aber der besteht nur aus den Ruinen der alten Paläste, die er zusammengeschustert und mit Steinen geflickt hat. Wir können nicht bauen wie die Römer. Weder so hoch noch so schön. Wir können keine Straßen bauen, wir können keine Kanäle bauen, wir können keine Aquädukte bauen.« Ich wußte nicht mal, was ein Aquädukt war, verhielt mich aber still, da Culhwch neben mir zufrieden schnarchte. »Ganze Städte haben die Römer gebaut«, fuhr Galahad fort, »so riesengroß, Derfel, daß man einen ganzen Vormittag brauchen würde, um von einem Ende der Stadt zum anderen zu wandern, und bei jedem Schritt würde man auf ebenmäßig behauene Steine treten. In jenen Tagen konnte man wochenlang marschieren und hätte sich immer noch auf römischem Territorium befunden, wo man dem römischen Gesetz unterworfen wäre und die römische Sprache hören würde. Und sieh es dir jetzt an.« Er deutete in die Nacht hinaus. »Nichts als Dunkelheit. Und sie breitet sich aus, Derfel. Die Finsternis kriecht nach Armorica hinein. Benoic wird fallen, und nach Benoic Broceliande, und nach Broceliande Britannien. Keine Gesetze mehr, keine Bücher mehr, keine Musik mehr, keine Rechtsprechung mehr, nur widerwärtige Männer, die um rauchende Feuer hocken und überlegen, wen sie am nächsten Tag töten wollen.«

»Nicht, solange Arthur lebt«, wandte ich trotzig ein.

»Ein Mann allein gegen die Finsternis?« fragte Galahad skeptisch.

»War euer Christus nicht auch ein Mann allein gegen die Finsternis?« entgegnete ich.

Galahad überlegte einen Moment und starrte ins Feuer, das Schatten auf sein kraftvolles Gesicht warf. »Christus«, sagte er schließlich, »war unsere letzte Chance. Er lehrte uns, einander zu lieben, einander Gutes zu tun, den Armen Almosen zu geben, die Hungrigen zu speisen, die Nackten zu kleiden. Deswegen haben die Menschen ihn getötet.« Er wandte sich um und sah mich an. »Ich glaube, Christus wußte, was kommen würde, und hat uns deswegen verheißen, wenn wir so lebten wie er, würden wir eines Tages zu ihm ins Paradies gelangen. Nicht auf der Erde, Derfel, sondern im Himmel. Dort oben...« – er deutete zu den Sternen hinauf – »weil er wußte, daß es mit der Erde zu Ende ging. Wir leben in den letzten Tagen. Selbst deine Götter sind geflohen und haben uns im Stich gelassen. Ist es nicht das, was du mir sagst? Daß dein Merlin fremde Lande durchstreift, um Hinweise auf die alten Götter zu finden, aber was werden ihm diese Hinweise nützen? Eure Religion ist vor langer Zeit gestorben, als die Römer Ynys Mon verwüsteten, und alles, was euch bleibt, sind unzusammenhängende Bruchstücke. Eure Götter sind verschwunden.«

»Nein!« widersprach ich, weil ich an Nimue dachte, die ihre Gegenwart spürte, obwohl die Götter für mich schon immer fern und schattenhaft gewesen waren. Bel war für mich wie Merlin, nur weiter weg und unbeschreiblich groß und weitaus geheimnisvoller. Bel, meinte ich, müsse irgendwo im fernen Norden leben, während Manawydan im Westen leben mußte, wo die Wasser endlos abstürzten.

»Die alten Götter gibt es nicht mehr«, behauptete Galahad abermals. »Sie haben uns verlassen, weil wir ihrer nicht würdig waren.«

»Arthur ist ihrer würdig«, erklärte ich trotzig, »und du auch.«

Er schüttelte den Kopf. »Ich bin ein Sünder, Derfel, so niedrig, daß ich mich winde wie ein Wurm.«

Ich lachte über seinen bekümmerten Tonfall. »Unsinn!« sagte ich.

»Ich töte, ich empfinde Begierde und Neid.« Er war aufrichtig betrübt, aber schließlich war Galahad, wie Arthur, ein Mann, der ständig seine eigene Seele erforschte und sie mangelhaft fand, und ich habe noch nie einen derartigen Menschen getroffen, der lange glücklich sein konnte.

»Du tötest nur die Männer, die dich töten wollen«, sagte ich zu seiner Verteidigung.

»Und, Gott helfe mir, es bereitet mir Vergnügen.« Abermals bekreuzigte er sich.

»Gut«, sagte ich. »Und was ist so schlimm daran?«

»Es ist stärker als die Vernunft.«

»Aber du bist vernünftig«, behauptete ich.

»Aber ich empfinde Begierde, Derfel, und wie sehr! Da ist ein Mädchen in Ynys Trebes, eine der Harfenistinnen meines Vaters.« Niedergeschlagen schüttelte er den Kopf.

»Aber du hast deine Begierde unter Kontrolle«, wandte ich ein. »Also kannst du stolz darauf sein.«

»Ich bin stolz darauf, aber Stolz ist eine weitere Sünde.«

Ich schüttelte den Kopf, weil es so hoffnungslos war, mit ihm zu diskutieren. »Und der Neid?« leitete ich auf die letzte seiner drei Sünden hin. »Wen beneidest du?«

»Lancelot.«

»Lancelot?« Ich war verblüfft.

»Weil er der Edling ist, und nicht ich. Weil er sich nimmt, was er begehrt, wann er es begehrt, und es niemals zu bereuen scheint. Die Harfenistin? Er hat sie sich genommen. Sie schrie, sie wehrte sich, aber niemand wagte ihr zu helfen, weil er Lancelot war.«

»Nicht einmal du?«

»Ich hätte ihn getötet, aber ich war nicht in der Stadt.«

»Hat dein Vater ihm nicht Einhalt geboten?«

»Mein Vater war mit seinen Büchern beschäftigt. Er hat vermutlich gedacht, die Schreie des Mädchens seien Möwen im Seewind oder zwei seiner *fili,* die sich über eine Metapher streiten.«

Ich spie ins Feuer. »Lancelot ist ein Wurm«, sagte ich.

»Nein«, widersprach Galahad, »er ist ganz einfach Lancelot. Er bekommt, was er will, und er verbringt seine Zeit damit, eifrig zu planen, wie er es bekommen könnte. Er kann überaus liebenswürdig sein, sehr überzeugend, und er könnte sogar ein großartiger König werden.«

»Niemals«, gab ich entschieden zurück.

»Wirklich! Wenn er die Macht begehrt, und das tut er, und sie dann bekommt, vielleicht wäre seine Machtgier dann befriedigt. Er möchte unbedingt beliebt sein.«

»Dann fängt er es aber sehr seltsam an«, sagte ich und dachte daran, wie Lancelot mich an der Tafel seines Vaters provoziert hatte.

»Er wußte von Anfang an, daß du ihn nicht leiden können würdest, deswegen hat er dich herausgefordert. Wenn er sich dich zum Feind macht, kann er sich vormachen, daß du ihn deswegen nicht leiden kannst. Aber zu Menschen, die ihn nicht bedrohen, kann er wirklich sehr freundlich sein. Er könnte ein großartiger König werden.«

»Er ist schwach«, sagte ich verächtlich.

Galahad lächelte. »Starker Derfel. Derfel, der niemals Zweifelnde. Du mußt uns alle für schwach halten.«

»Nein«, sagte ich, »aber ich denke, daß wir alle müde sind und morgen wieder Franken töten müssen. Deswegen werde ich jetzt schlafen.«

Am folgenden Tag töteten wir tatsächlich Franken und ruhten uns anschließend in einer von Bans Hügelfestungen aus, bevor wir mit versorgten Wunden und frisch geschliffenen Schwertern in die Wälder zurückkehrten. Aber Woche um Woche, Monat um Monat fanden die Kämpfe dichter an Ynys Trebes statt. König Ban schickte seinem Nachbarn Budic von Broceliande die Botschaft, er möge bitte Truppen schicken, doch Budic mußte seine eigene Grenze sichern und lehnte es ab, Männer für eine verlorene Sache abzustellen. Ban wandte sich flehend an Arthur, doch Arthur kam nicht selbst, sondern schickte nur eine kleine Schiffsladung von Männern. Er war zu sehr damit beschäftigt, gegen die Sachsen zu kämpfen. Wir erhielten zwar Nachrichten aus Britannien, doch diese Nachrichten kamen selten und waren oft vage, immerhin aber hörten wir, daß neue Sachsenhorden die mittleren Lande zu kolonisieren versuchten und Dumnonias Grenzen stark bedrängten. Gorfyddyd, der eine so große Bedrohung gewesen war, als ich Britannien verließ, war in letzter Zeit dank einer schrecklichen Seuche, die sein Land heimgesucht hatte, ruhiger geworden. Reisende berichteten uns, daß Gorfyddyd selbst ebenfalls erkrankt sei, und viele meinten, er werde das neue Jahr nicht mehr erleben. Dieselbe Krankheit, an der Gorfyddyd litt, hatte Ceinwyns Verlobten, einen Prinzen aus Rheged, dahingerafft. Ich hatte nicht einmal gewußt, daß sie wieder verlobt war, und ich muß gestehen, ich empfand eine egoistische Genugtuung darüber, daß der tote Prinz von Rheged den Stern von Powys nun doch nicht heiraten konnte. Von Guinevere, Nimue und Merlin hörte ich nichts.

Bans Königreich brach zusammen. Im letzten Jahr gab es keine Männer mehr, um die Ernte einzufahren, und in jenem Winter hockten wir in einer Festung am südlichen Rand des Reichs, wo wir uns von Wild, Wurzeln, Beeren und Wildgeflügel ernährten. Hin und wieder stießen wir immer noch auf fränkisches Territorium vor, glichen inzwischen aber den Wespen, die einen Stier zu Tode stechen wollen, denn die Franken waren überall. Ihre Äxte hallten durch den Winterforst, als sie Land für Höfe rodeten, während ihre neu errichteten Palisaden aus hellen, gespaltenen Baumstämmen im Licht der bleichen Wintersonne schimmerten.

Anfang des darauffolgenden Frühlings zogen wir uns vor einem Heer fränkischer Krieger zurück. Sie marschierten unter dem Schlag von Trommeln und unter Bannern, auf deren Stangen Stierhörner befestigt waren. Als ich einen Schildwall von über zweihundert Mann sah, wußte ich, daß unsere fünfzig Überlebenden ihn niemals durchbrechen konnten, und so zogen wir uns, Culhwch und Galahad zu meinen Seiten, sofort zurück. Die Franken johlten und sandten uns einen Hagel ihrer leichten Wurfspeere nach.

Das Königreich Benoic war inzwischen menschenleer. Die meisten waren ins Königreich Broceliande geflohen, das ihnen Land im Austausch gegen Kriegsdienst versprach. Die alten römischen Siedlungen lagen verlassen, ihre Felder waren von Quecken überwuchert. Wir Dumnonier marschierten, die Speere nachziehend, gen Norden, um die letzte Festung von Bans Königreich zu verteidigen: Ynys Trebes selbst.

In der Inselstadt wimmelte es von Flüchtlingen. Jedes Haus beherbergte zwanzig Personen. Kinder weinten, und Familien stritten. Fischerboote trugen einige der Flüchtlinge westwärts nach Broceliande oder nordwärts nach Britannien, aber es gab nie genügend Boote, und als die fränkischen Heere an der unserer Insel gegenüberliegenden Küste auftauchten, befahl Ban, die verbleibenden Boote in Ynys Trebes' armseligem kleinen Hafen vor Anker liegen zu lassen. Er wollte, daß sie zur Stelle waren, um im Fall einer Belagerung die Garnison zu versorgen, aber Schiffsführer sind ein störrisches Volk, und als ihnen befohlen wurde, zu bleiben, holten viele statt dessen den Anker ein und liefen ohne Fracht nach Norden aus. Nur eine Handvoll Schiffe blieben.

Lancelot wurde zum Befehlshaber der Stadt ernannt, und die Frauen jubelten ihm zu, wenn er über die spiralförmige Hauptstraße der Stadt stolzierte. Nun würde alles gut werden, glaubten die Einwohner, denn nun hatte der beste aller Soldaten den Oberbefehl übernommen. Er nahm den Jubel höflich entgegen und hielt Ansprachen, in denen er versicherte, aus den Schädeln toter Franken einen neuen Damm für Ynys Trebes zu bauen. Was die äußere Erscheinung betraf, so wurde der Prinz seiner Heldenrolle tatsächlich gerecht, denn er trug einen Schuppenpanzer, dessen Metallplättchen blendend weiß emailliert waren, so daß die Rüstung im Licht der Frühlingssonne glänzte. Die Rüstung habe Agamemnon gehört, behauptete Lancelot, einem Helden der Antike, Galahad dagegen versicherte mir, es sei eine römische Arbeit. Lancelots Stiefel waren aus rotem Leder, sein Mantel war dunkelblau, und an seiner Hüfte hing an dem bestickten Schwertgehenk, das Arthur ihm geschenkt hatte, sein Schwert Tanlladwyr, »Strahlender Töter«. Sein Helm war schwarz und von den ausgebreiteten Schwingen eines Seeadlers gekrönt. »Damit er schnell davonfliegen kann«, bemerkte Cavan, mein kritischer Ire, ironisch.

Lancelot berief einen Kriegsrat ein, der in dem hohen, luftigen Raum neben Bans Bibliothek zusammentrat. Es herrschte Ebbe, und das Meer hatte sich von den Sandbänken der Bucht zurückgezogen, wo sich die Franken in mehreren Gruppen einen sicheren Weg zur Stadt hinüber zu suchen begannen. Galahad hatte überall in der Bucht falsche Markierungen setzen lassen, um den Feind in den Treibsand oder auf die festen Sandbänke zu locken, die als erste abgeschnitten werden würden, wenn die Flut zurückkehrte und die Bucht überschwemmte. Mit dem Rücken zu den Feinden erklärte uns Lancelot seine Strategie. Sein Vater saß an seiner einen Seite, seine Mutter an der anderen, und beide bestätigten zufrieden nikkend die Weisheiten, die ihr Sohn von sich gab.

Die Verteidigung von Ynys Trebes sei ganz einfach, verkündete Lancelot. Wir müßten nur die Mauern der Insel halten. Sonst nichts. Die Franken besäßen nur wenige Boote, und da sie nicht fliegen könnten, müßten sie zu Fuß nach Ynys Trebes gelangen, aber das sei ein Marsch, den sie nur bei Ebbe antreten könnten, und nur falls sie einen sicheren Weg übers Watt gefunden hätten. Wenn sie die Stadt erreichten, wären sie müde und nicht mehr in der Lage, die Steinmauern zu erklimmen. »Haltet die Mauern«, sagte Lancelot, »und wir werden sicher sein. Versorgt werden können wir durch Boote. Ynys Trebes wird niemals fallen!«

»Sehr richtig!« sagte König Ban, vom Optimismus seines Sohnes angesteckt.

»Wieviel haben wir noch zu essen?« Es war Culhwch, der grollend diese Frage stellte.

Lancelot warf ihm einen mitleidigen Blick zu. »Das Meer«, erklärte er, »ist voller Fische. Das sind diese glänzenden Dinger, Lord Culhwch, mit Flossen und Schwänzen. Man kann sie essen.«

»Das wußte ich nicht«, gab Culhwch mit steinerner Miene zurück, »ich war zu sehr damit beschäftigt, Franken zu töten.«

Leises Lachen lief durch die Reihen der Krieger, die zu der Besprechung geladen waren. Ungefähr zwölf von ihnen hatten, genau wie wir, auf dem Festland gekämpft, die übrigen aber waren Freunde von Prinz Lancelot und erst vor kurzem anläßlich dieser Belagerung zu Hauptleuten befördert worden. Bors, Lancelots Cousin, war Benoics Champion und befehligte die Palastgarde. Wenigstens er hatte einige Kämpfe hinter sich und einen gewissen Ruf als Krieger errungen, obwohl er nun, da er in seiner römischen Uniform und mit dem schwarzen Haar, das er wie sein Cousin Lancelot mit Öl flach an den Schädel geklebt hatte, eher ein wenig lahm wirkte.

»Wie viele Speere haben wir?« erkundigte ich mich.

Bis dahin hatte mich Lancelot ignoriert, aber ich wußte, daß er unseren Zusammenstoß von vor zwei Jahren nicht vergessen hatte. Dennoch lächelte er über meine Frage. »Wir haben vierhundertzwanzig Mann unter Waffen, und jeder von ihnen besitzt einen Speer. Könnt Ihr Euch die Antwort ausrechnen?«

Ich erwiderte sein öliges Lächeln. »Speere brechen, Lord Prinz, und Männer, die die Mauern verteidigen, werfen Speere wie bei der Jagd. Wenn unsere vierhundertzwanzig Speere geworfen sind – was sollen wir dann werfen?«

»Poeten«, knurrte Culhwch – zum Glück so leise, daß Ban es nicht hörte.

»Es gibt Ersatzspeere«, antwortete Lancelot hochnäsig, »und überdies können wir die Speere benutzen, die von den Franken zu uns herübergeworfen werden.«

»Poeten, eindeutig«, sagte Culhwch.

»Ihr habt etwas gesagt, Lord Culhwch?« fragte Lancelot.

»Nur gerülpst, Lord Prinz. Aber solange ich Eure geschätzte Aufmerksamkeit besitze – haben wir Bogenschützen?«

»Ein paar.«

»Viele?«

»Zehn.«

»Die Götter mögen uns helfen«, sagte Culhwch und rutschte in seinem Sessel nach unten. Er haßte Sessel.

Nun meldete sich Elaine zu Wort und erinnerte uns daran, daß die Insel Frauen, Kinder und die größten Dichter der Welt beherberge. »Die Sicherheit der *fili* liegt in euren Händen«, mahnte sie uns, »und ihr wißt, was ihnen zustoßen wird, wenn ihr versagt.« Ich versetzte Culhwch einen Tritt, damit er keine unpassende Bemerkung machte.

Ban erhob sich und deutete auf seine Bibliothek. »Siebentausendachthundertunddreiundvierzig Manuskripte liegen dort«, erklärte er feierlich, »die zusammengetragenen Schätze des menschlichen Wissens, und wenn die Stadt fällt, wird die Kultur mit ihr fallen.« Anschließend erzählte er uns die Geschichte eines antiken Helden, der ein Labyrinth betreten hatte, um ein Ungeheuer zu töten, und einen Wollfaden hinter sich herzog, durch den er den Rückweg aus der Finsternis fand. »Meine Bibliothek«, erklärte er schließlich als

Pointe seiner langen Erzählung, »ist dieser Faden. Verlieren wir ihn, meine Lords, verweilen wir in ewiger Finsternis. Deswegen bitte ich euch, flehe ich euch an: Kämpft!« Mit einem Lächeln hielt er inne. »Ich habe auch Hilfe angefordert. Schreiben sind nach Broceliande und an Arthur gegangen, und ich bin fest davon überzeugt, daß der Tag nicht mehr fern ist, da unser Horizont sich mit freundlichen Segeln füllt! Vergeß nicht, daß Arthur durch einen Eid verpflichtet ist, uns zu helfen!«

»Arthur«, unterbrach ihn Culhwch, »hat alle Hände voll mit den Sachsen zu tun.«

»Ein Eid ist ein Eid!« entgegnete Ban vorwurfsvoll.

Galahad erkundigte sich, ob wir selbst Ausfälle gegen die fränkischen Lager auf dem Festland zu führen gedächten. Wir könnten die Boote nehmen und östlich oder westlich ihrer Standorte landen, doch Lancelot hielt nichts von dieser Idee. »Wenn wir aus unseren Mauern hervorbrechen«, behauptete er, »gehen wir unter. So einfach ist das.«

»Keine Ausfälle?« fragte Culhwch verächtlich.

»Wenn wir die Mauern verlassen«, wiederholte Lancelot, »werden wir sterben. Euer Befehl ist eindeutig: Ihr bleibt innerhalb der Mauern!« Dann verkündete er, daß Benoics beste Krieger, einhundert Veteranen des Krieges auf dem Festland, das Haupttor bewachen würden. Wir fünfzig überlebende Dumnonier wurden der westlichen Mauer zugeteilt, während die Bürgerwehr der Stadt, verstärkt durch Flüchtlinge vom Festland, den Rest der Insel bewachen sollte. Lancelot selbst sollte mit einer Kompanie der weißbemantelten Palastwache die Reservetruppe bilden, die den Kampf vom Palast aus beobachten und überall dort eingreifen würde, wo Hilfe benötigt wurde.

»Genausogut könnte man die Feen um Hilfe bitten«, grollte Culhwch.

»Schon wieder ein Rülpser?« fragte Lancelot.

»Das kommt von dem vielen Fisch, den ich essen muß, Lord Prinz«, antwortete Culhwch.

König Ban forderte uns auf, seine Bibliothek zu besichtigen, bevor wir gingen; möglicherweise wollte er uns mit dem hohen Wert der Manuskripte beeindrucken, die wir verteidigen sollten.

Die meisten der Männer, die an diesem Kriegsrat teilgenommen hatten, drängten sich hinein und bestaunten offenen Mundes die Fächer voller Schriftrollen, um anschließend die barbusige Harfenistin anzustarren, die im Vorzimmer der Bibliothek spielte. Galahad und ich verweilten ein wenig länger zwischen den Büchern, wo der bucklige Pater Celwin noch immer über seinen uralten Tisch gebeugt saß und versuchte, seine graue Katze daran zu hindern, mit seinem Gänsekiel zu spielen. »Arbeitet Ihr noch immer an der Flügelspanne der Engel, Pater?« fragte ich ihn.

»Irgend jemand muß es tun«, gab er zurück. Dann wandte er sich um und starrte mich finster mit seinem einen Auge an. »Wer seid Ihr?«

»Derfel, Pater, Derfel aus Dumnonia. Wir haben uns vor zwei Jahren kennengelernt. Ich bin überrascht, daß Ihr noch immer hier seid.«

»Eure Überraschung interessiert mich nicht, Derfel aus Dumnonia. Außerdem war ich für eine Weile verreist. Nach Rom. Dreckige Stadt. Ich dachte, die Vandalen hätten da aufgeräumt, aber es wimmelt dort noch immer von Priestern mit ihren fetten, kleinen Ganymeds. Deswegen bin ich zurückgekommen. Bans Harfenistinnen sind weitaus hübscher als die Lustknaben der Römer.« Damit warf er mir einen nicht unfreundlichen Blick zu. »Macht Ihr Euch Sorgen um meine Sicherheit, Derfel aus Dumnonia?«

Das konnte ich kaum verneinen, obwohl ich versucht war, es zu tun. »Es ist meine Aufgabe, Menschenleben zu beschützen«, erklärte ich eher hochtrabend. »Auch das Eure, Pater.«

»Dann gebe ich mein Leben in Eure Hände, Derfel aus Dumnonia«, sagte er. Damit wandte er sein häßliches Gesicht wieder dem Tisch zu und schob die Katze aus der Nähe seines Federkiels. »Ich vertraue mein Leben Eurem Gewissen an, Derfel aus Dumnonia, und nun geht hin und kämpft und laßt mich allein, damit ich etwas Nützliches tun kann.«

Ich hatte den Priester noch nach Rom fragen wollen, aber er winkte meine Fragen ab, also begab ich mich in den Speicher an der westlichen Mauer, der uns für den Rest der Belagerung als Unterkunft dienen sollte. Galahad, der sich inzwischen als Ehren-Dumnonier betrachtete, war bei uns, und gemeinsam versuchten wir, die

Franken zu zählen, die nach einem weiteren Versuch, den Pfad durch das Watt zu finden, vor der kommenden Flut zurückwichen. Die Barden, die von Ynys Trebes' Belagerung singen, behaupten, der Feind sei zahlreicher gewesen als die Sandkörner in der Bucht. Nun, ganz so viele waren es nicht, doch ihre Zahl war immerhin furchteinflößend. Alle fränkischen Kriegshorden im westlichen Gallien hatten sich zusammengetan, um Ynys Trebes, das Juwel Armoricas, zu erobern, in dem, wie gemunkelt wurde, die Schätze des gefallenen römischen Reiches aufgehäuft waren. Nach Galahads Schätzung standen uns dreitausend Franken gegenüber, ich schätzte sie eher auf zweitausend, während Lancelot steif und fest behauptete, es seien zehntausend. Doch jede dieser Schätzungen stand für eine enorme Menge.

Die ersten Attacken brachten den Franken nichts als Unglück. Sie fanden einen Weg durch den Sand, griffen das Haupttor an und wurden blutig zurückgeschlagen. Am Tag darauf griffen sie dann unseren Teil der Mauer an und erhielten ebenfalls eine Abfuhr, nur daß sie diesmal zu lange verweilten, so daß ein Teil ihrer Truppen durch das steigende Wasser abgeschnitten wurde. Einige, die zum Festland zurückzuwaten versuchten, ertranken, andere, die sich auf den immer schmaler werdenden Streifen Sand vor unseren Mauern retteten, wurden bei einem Ausfall unserer Speerkämpfer abgeschlachtet, der von Bleiddig geführt wurde, dem Häuptling, der mich nach Benoic geholt hatte und jetzt Befehlshaber von Benoics Veteranen war. Bleiddigs Ausfall lief Lancelots Befehl, innerhalb der Stadtmauern zu bleiben, direkt zuwider, aber es gab so viele Tote, daß Lancelot vorgab, den Angriff selbst angeordnet zu haben. Später, nach Bleiddigs Tod, behauptete er sogar, den Ausfall persönlich angeführt zu haben. Die *fili* dichteten ein Lied darüber, wie Lancelot einen Damm aus toten Franken über die Bucht gebaut habe, in Wirklichkeit aber blieb der Prinz im Palast, während Bleiddig angriff. Noch tagelang danach trieben die Leichen der Frankenkrieger, von den Gezeiten getragen, um die Insel herum: fette Beute für die Möwen.

Nun begannen die Franken einen eigenen Damm zu bauen. Sie fällten Hunderte von Bäumen, legten sie auf den Sand und beschwerten die Stämme dann mit dicken Steinen, die von Sklaven ans

Wasser getragen wurden. Der Tidenhub in der weiten Bucht von Ynys Trebes war gewaltig, manchmal bis zu vierzig Fuß, daher wurde der Damm von den Strömungen zerrissen, so daß das Watt bei Ebbe mit Stämmen übersät war, aber die Franken schafften immer neue Bäume und Steine heran und verstopften damit die Lücken. Sie hatten Tausende von Sklaven gefangen und scherten sich nicht darum, wie viele beim Bau der neuen Straße umkamen. Unsere wenigen Boote fuhren immer noch zum Fischen hinaus, während andere von Broceliande Getreide heranschafften, aber die Franken ließen ihre eigenen Boote vom Festland auslaufen, und nachdem zwei unserer Fischerboote gekapert und die Besatzungen buchstäblich ausgeweidet worden waren, blieben unsere Schiffsführer zu Hause. Die Dichter, die oben auf dem Felsen mit ihren Speeren posierten, lebten von den reichen Vorräten des Palastes, während wir Krieger die Rankenfußkrebse von den Felsen kratzten, Miesmuscheln und Scheidenmuscheln aßen oder uns die Ratten kochten, die wir in unserem mit Fellen, Salz und Fässern voll Nägeln gefüllten Speicher fingen. Verhungern mußten wir nicht. Am Fuß des Felsens hatten wir Weidenreusen ausgelegt, die an den meisten Tagen ein paar kleine Fische einbrachten, obwohl die Franken bei Ebbe Stoßtrupps herüberschickten, um die Reusen zu zerstören.

Bei Flut ruderten die Boote der Franken rund um die Insel, um auch jene Reusen herauszuziehen, die weiter entfernt gelegt worden waren. Die Bucht war so flach, daß die Feinde die Reusen sehen und mit ihren Speeren aufbrechen konnten. Einmal strandete ein Boot bei der Rückfahrt zum Festland und blieb, als das Wasser ablief, eine Viertelmeile von der Stadt entfernt liegen. Culhwch befahl einen Ausfall, woraufhin dreißig von uns an einigen Fischernetzen hinunterkletterten, die von der Mauerkrone herabhingen. Als wir uns näherten, ergriffen die zwölf Besatzungsmitglieder des Bootes die Flucht. Wir fanden in dem verlassenen Kahn ein Faß Salzfisch und zwei trockene Brotlaibe, die wir im Triumph nach Hause trugen. Als die Flut stieg, holten wir das Boot in die Stadt und machten es unter unserer Mauer fest. Lancelot beobachtete unseren Ungehorsam zwar, tadelte uns aber nicht. Königin Elaine ließ jedoch anfragen, was für Vorräte wir auf dem Schiff gefunden hätten.

Wir schickten ein paar getrocknete Fische hinauf, aber die Gabe wurde zweifellos als Beleidigung empfunden. Lancelot beschuldigte uns, das Boot nur gekapert zu haben, um Ynys Trebes verlassen zu können, und befahl uns, den Kahn in den kleinen Hafen der Insel zu bringen. Als Antwort darauf stieg ich den Berg bis zum Palast hinauf und verlangte, er möge den Vorwurf der Feigheit mit seinem Schwert untermauern. Über den ganzen Palasthof schrie ich meine Herausforderung, aber der Prinz und seine Poeten wagten sich nicht hinter den verschlossenen Türen hervor. Ich spie auf die Schwelle und machte mich wieder davon.

Je verzweifelter die Lage wurde, desto glücklicher wurde Galahad. Zum Teil entsprang sein Glück der Gegenwart von Leanor, der Harfenistin, die mich vor zwei Jahren willkommen geheißen hatte, dem Mädchen, das zu begehren Galahad mir gestanden hatte, dem Mädchen, das von Lancelot vergewaltigt worden war. Sie hauste mit Galahad in einer Ecke des Speichergewölbes. Wir alle hatten Frauen. Irgend etwas an unserer hoffnungslosen Lage ließ uns jedes normale Verhalten vergessen, so daß wir möglichst viel Leben in die wenigen Stunden bis zu unserem zu erwartenden Tod zu zwängen versuchten. Die Frauen standen mit uns Wache und schleuderten Steine, sobald die Franken unsere zerbrechlichen Fischreusen zu zerstören versuchten. Speere hatten wir schon lange nicht mehr, nur jene, die wir selbst nach Benoic mitgebracht hatten und die wir für den Hauptangriff aufsparten. Unsere Handvoll Bogenschützen hatten keine Pfeile mehr außer jenen, die die Franken in die Stadt schossen, und dieser Vorrat wuchs allmählich, als der Damm der feindlichen Franken nur noch einen kurzen Bogenschuß vom Stadttor entfernt war. Am Ende ihrer Dammstraße errichteten die Franken ein Holzgerüst, hinter dem die Bogenschützen Aufstellung nahmen, um die Verteidiger des Tors mit Pfeilen einzudecken. Die Franken machten keinen Versuch, den Damm ganz bis zur Stadt zu bauen, denn diese neue Straße sollte nur dazu dienen, sie trockenen Fußes bis dorthin zu führen, wo sie mit dem Angriff beginnen konnten. Uns war klar, daß dieser Angriff bald erfolgen würde.

Es war Frühsommer, als der Damm fertig war. Der Mond war voll und brachte eine riesige Flut mit sich. Für den größten Teil der

Zeit lag der Damm unter Wasser, aber bei Ebbe erstreckte sich die Sandfläche in weitem Kreis um Ynys Trebes, und die Franken, die von Tag zu Tag besser lernten, mit dem Watt umzugehen, umzingelten uns immer wirksamer. Das Dröhnen ihrer Trommeln wurde für uns zur unaufhörlichen Begleitmusik, und ihre Drohungen klangen uns ständig in den Ohren. Einmal fand ein großes Fest statt, das für ihre Stämme von großer Bedeutung war; an jenem Tag entzündeten sie, statt uns anzugreifen, am Strand riesige Feuer und trieben eine lange Reihe von Sklaven zum Endpunkt ihrer Dammstraße, wo sie die Gefangenen einen nach dem anderen enthaupteten. Die Sklaven waren Briten, und einige von ihnen hatten Verwandte in der Stadt, die von den Mauern aus zusahen. Das barbarische Abschlachten brachte einige der Verteidiger von Ynys Trebes dazu, in einem eitlen Versuch, die zum Tode verurteilten Frauen und Kinder zu retten, zum Tor hinauszustürzen. Auf diesen Ausfall hatten die Franken gewartet. Sie bildeten einen Schildwall auf dem Sand. Aber die vor Zorn und Hunger halb wahnsinnigen Männer von Ynys Trebes ließen sich nicht zurückhalten. Auch Bleiddig gehörte zu den Angreifern. Er starb, niedergemacht von einem fränkischen Speer. Wir Dumnonier sahen zu, wie eine Handvoll Überlebender in die Stadt zurückzufliehen versuchte. Wir hätten nichts tun können – außer unsere Leichen den anderen hinzuzufügen. Bleiddigs Leichnam wurde geschunden, ausgeweidet und dann am Ende des Dammes gepfählt, so daß wir gezwungen waren, ihn bis zur nächsten Flut anzusehen. Irgendwie jedoch blieb der Leichnam, obwohl er überspült wurde, auf seinem Pfahl, so daß im nächsten Morgengrauen die Möwen seinen salzgewaschenen Körper zerrissen.

»Wir hätten mit Bleiddig angreifen sollen«, sagte Galahad bitter zu mir.

»Nein.«

»Lieber wie ein Mann vor einem Schildwall sterben, als hier langsam zu verhungern.«

»Du wirst schon noch Gelegenheit haben, gegen den Schildwall zu kämpfen«, versicherte ich ihm. Aber auch ich tat, was ich konnte, um meine Leute auf die Niederlage vorzubereiten. Wir verbarrikadierten die Gassen, die zu unserem Sektor führten, damit wir die Franken, sollten sie in die Inselstadt eindringen, aufhalten konnten, während unsere Frauen auf einem schmalen Felspfad zu entkommen versuchten, der sich um die Flanke des Granitfelsens bis zu einem winzigen Einschnitt an der Nordwestküste der Insel wand, wo wir unser gekapertes Boot versteckt hatten. Da dieser Einschnitt alles andere als ein Hafen war, schützten wir unser Schiff, indem wir es so weit mit Steinen füllten, daß die Flut es zweimal am Tag überschwemmte. Unter Wasser war der empfindliche Bootsrumpf sicher davor, von Wind und Wellen gegen die felsigen Seiten des Einschnitts geworfen zu werden. Da ich vermutete, daß der Feind bei Ebbe angreifen würde, hatten zwei unserer Verwundeten Befehl, die Steine, sobald der Angriff begann, aus dem Boot zu holen, so daß es mit der steigenden Flut schwimmen konnte. Die Idee, mit diesem Boot zu fliehen, entsprang der schieren Verzweiflung, verlieh unseren Leuten jedoch neuen Mut.

Keine Schiffe kamen, um uns zu retten. Eines Morgens wurde im Norden ein großes Segel gesichtet, und sofort ging das Gerücht in der ganzen Stadt um, Arthur persönlich werde kommen, aber das Segel entfernte sich allmählich wieder und verschwand im Sommerdunst. Wir waren allein. Des Abends sangen wir Lieder und erzählten Geschichten, während wir bei Tag zusahen, wie die fränkischen Kriegshorden sich auf dem Festland sammelten.

Diese Horden begannen ihren Angriff an einem Sommernachmittag, als die Ebbe einsetzte. Sie kamen in einem riesigen Schwarm ledergerüsteter Männer mit Eisenhelmen und Holzschilden, die sie hoch über sich hielten. Sie kamen über den Damm, sprangen am Ende herunter und erklommen den sanften Sandhang, der zum Stadttor führte. Die ersten Angreifer brachten einen riesigen Baumstamm als Rammbock mit, dessen Ende sie im Feuer gehärtet und mit Leder umwickelt hatten, während die Männer hinter ihnen lange Leitern mitführten. Eine Horde ging voraus und warf ihre Leitern gegen unsere Mauern. »Laßt sie klettern!« rief Culhwch unseren Soldaten zu. Er wartete, bis sich fünf Mann auf einer Leiter befanden, um dann einen riesigen Stein genau zwischen die beiden Holme zu werfen. Die Franken schrien, als sie von den Sprossen geschleudert wurden. Ein Pfeil prallte an Culhwchs Helm ab, während er einen weiteren Stein schleuderte. Immer mehr Pfeile fielen klappernd auf unsere Mauer oder zischten über unsere Köpfe hinweg, während ein Hagel leichter Wurfspeere sinnlos gegen das Mauerwerk prasselte. Die Franken waren eine wirbelnde, dunkle Masse am Fuß der Mauer, in die wir Felsbrocken und Abwasser schleuderten. Cavan gelang es, eine ganze Leiter heraufzuziehen, die wir sofort zerbrachen, um die Angreifer mit den Stücken zu überschütten. Vier unserer Frauen kämpften sich mit einer kannelierten Säule, die sie sich aus einem Hauseingang in der Stadt geholt hatten, auf die Brustwehr herauf, woraufhin wir den Brocken über die Mauer hievten und die gräßlichen Schreie der Männer genossen, die von ihm zerschmettert wurden.

»So sieht es aus, wenn die Finsternis kommt!« schrie Galahad mir zu. Er triumphierte, weil er den letzten Kampf bestritt und dem Tod ins Auge spie. Er wartete, bis ein Franke die oberste Sprosse einer Leiter erreichte, dann hieb er so mächtig mit dem Schwert zu, daß der Kopf des Mannes wie ein Ball hinuntersprang und in den Sand fiel, während der Körper des Toten sich noch an die Leiter klammerte und die Franken hinter ihm behinderte, die dann leichte Ziele für unsere Steine wurden. Inzwischen demolierten wir die Speichermauer, um uns mit weiteren Wurfgeschossen zu versorgen, und schienen unseren Kampf sogar zu gewinnen, denn immer weniger Franken wagten es, die Leitern emporzuklettern. Statt dessen zogen sie sich vom Fuß der Mauern zurück, und wir johlten höhnisch und riefen ihnen zu, sie hätten sich von Weibern in die Flucht schlagen lassen, doch sollten sie es wagen, abermals anzugreifen, würden sie es mit unseren Kriegern zu tun bekommen. Ob sie unsere Worte verstanden, weiß ich nicht, aber sie blieben zurück, offensichtlich aus Angst vor unseren Verteidigungstaktiken. Der Hauptangriff tobte noch immer am großen Tor, wo das Dröhnen des Rammbocks dem Klang einer gigantischen Trommel glich und die ganze Bucht erschütterte.

Die Sonne verlängerte die Schatten der westlichen Landspitze der Bucht weit über den Sand, während hohe, rosige Wolken Streifen über den Himmel malten. Möwen flogen zu ihren Nestern zurück. Unsere beiden Verwundeten waren vorausgegangen, um unser Boot von den Steinen zu befreien – ich hoffte, daß die Franken noch nicht so weit um die Insel herumgekommen waren, um das Boot zu entdecken –, aber ich glaubte nicht, daß wir es noch benötigten.

Der Abend brach herein, und das Wasser stieg. Die Flut würde die Angreifer schon bald zunächst auf den Damm und dann in ihre Lager zurücktreiben, und wir konnten einen wundervollen Sieg feiern.

Dann aber hörten wir das Schlachtgeschrei jubelnder Männer jenseits des Stadttores; und als wir sahen, wie die von uns besiegten Franken von unserem Teil der Mauer wegliefen, um sich dem fernen Angriff anzuschließen, wußten wir, daß die Stadt verloren war. Als wir später mit den Überlebenden sprachen, hörten wir, daß es den Franken gelungen war, die Steinpier des Hafens zu erklimmen und so relativ mühelos in die Stadt einzudringen.

Kurz darauf begann das Schreien.

Mit zwanzig Mann stiegen Galahad und ich über unsere nächstgelegene Barrikade. Frauen kamen uns entgegengerannt, doch als sie uns sahen, gerieten sie in Panik und versuchten den Granitfelsen zu erklimmen. Culhwch blieb zurück, um unsere Mauer zu verteidigen und unseren Rückzug zum Boot zu schützen, während sich die ersten Rauchwolken der eroberten Stadt in den Abendhimmel kräuselten.

Wir rannten an den Verteidigern des Haupttors vorbei, liefen eine lange Steintreppe hinab und mußten mit ansehen, daß die Feinde in die Stadt eindrangen wie Ratten in einen Getreidespeicher. Überall rückten ihre Stierhornstandarten von der Pier aus vor, und ihre Trommeln dröhnten, während die Frauen, die in den Häusern der Stadt in der Falle saßen, vor Angst schrien. Draußen, zur Linken, auf der anderen Seite des Hafens, wo nur wenige Angreifer Fuß gefaßt hatten, tauchte plötzlich eine Gruppe weißgekleideter Speerkämpfer auf. Es war Bors, Lancelots Cousin und Befehlshaber der Palastgarde. Er schien einen Gegenangriff starten zu wollen, und ich dachte schon, er werde eine Wende herbeiführen und den Angreifern den Weg abschneiden; statt aber an der Pier anzugreifen, führte Bors seine Männer zu der Meerestreppe, wo eine Flotte kleiner Boote wartete, die sie alle in Sicherheit bringen sollte. Ich sah, wie Prinz Lancelot, seine Mutter an der Hand und hinter sich eine Schar in Panik geratener Höflinge, inmitten seiner Leibwachen hinabeilte. Die *fili* verließen die untergehende Stadt.

Galahad machte zwei Feinde nieder, welche die Treppe erklimmen wollten. Dann sah ich, daß die Straße hinter uns voll Franken mit dunklen Umhängen war. »Zurück!« rief ich und zerrte Galahad aus der Gasse.

»Ich will kämpfen!« Er wollte sich von mir losreißen und wandte sich den nächsten zwei Männern entgegen, die die schmale Treppe emporgestürmt kamen.

»Leb weiter, du Tor!« Ich stieß ihn hinter mich, fintete mit dem Speer nach links, um die Waffe anschließend sofort zu heben und sie dem Franken ins Gesicht zu stoßen. Ich ließ den Schaft los, parierte den Speerstoß des zweiten Mannes mit meinem Schild und zog gleichzeitig Hywelbane, um einen tiefen Stoß unter dem Schildrand anzubringen, so daß der Mann schreiend auf die Stufen sank, während das Blut unter seinen Händen hervorquoll, mit denen er sich den Unterleib hielt. »Du weißt, wie du uns sicher durch die Stadt bringst!« rief ich Galahad zu. Als ich ihn von den vom Schlachtenwahn ergriffenen Feinden zurückriß, die die Treppe heraufstürmten, hatte ich meinen Speer steckenlassen müssen. Am Ende der Treppe lag ein Töpferladen, dessen Waren trotz der Belagerung noch immer auf Schragentischen unter einer Markise ausgestellt waren. Ich kippte einen Tisch voller Krüge und Vasen in den Weg der Angreifer, dann riß ich die Markise herunter und schleuderte sie ihnen ins Gesicht. »Lauf uns voraus!« schrie ich. In Ynys Trebes gab es Gassen und Gärten, die nur die Einwohner kannten, und wenn wir dem Feind entkommen wollten, waren wir auf diese geheimen Pfade angewiesen.

Die Invasoren waren inzwischen durch das Haupttor vorgedrungen, um uns von Culhwch und seinen Männern abzuschneiden. Galahad führte uns weiter bergauf, wandte sich nach links in einen kurzen Tunnel, der unter einem Tempel hindurchführte, und dann durch einen Garten und über eine Mauer, die zu einer Regenzisterne gehörte. Unter uns wand sich die Stadt im Griff des Schrekkens. Um sich für ihre Toten zu rächen, die auf dem Sand gestorben waren, brachen die siegreichen Franken überall Türen auf. Kinder schrien und wurden mit dem Schwert zum Schweigen gebracht. Ich beobachtete einen fränkischen Krieger, einen Riesen mit Hörnern auf dem Helm, der mit seiner Axt vier in die Enge getriebene Verteidiger niedermachte. Immer mehr Rauch stieg aus den Häusern auf. Die Stadt war zwar aus Stein erbaut, aber es gab genügend Möbel, Bootspech und Holzdächer, um ein infernalisches Feuer zu nähren. Draußen auf dem Meer, wo die steigende Flut über die Sandbänke wirbelte, sah ich Lancelots Flügelhelm in einem der drei Fluchtschiffe glänzen, während der elegante Palast über mir im rosigen Licht der untergehenden Sonne seinen letzten Augenblicken entgegensah. Die Abendbrise zupfte an dem grauen Rauch und blähte graziös den weißen Vorhang eines schattigen Palastfensters.

»Hierher!« schrie Galahad und wies auf einen schmalen Pfad. »Mir nach, zu unserem Boot!« Unsere Männer liefen um ihr Leben. »Komm, Derfel!« rief er mir zu.

Aber ich rührte mich nicht. Ich starrte wie gebannt den steilen Felshügel empor.

»Nun komm schon, Derfel!« drängte Galahad.

Aber ich hörte eine Stimme im Kopf. Es war die Stimme eines alten Mannes, eine trockene, ironische, eher unfreundliche Stimme, und ihr Klang hinderte mich an der Flucht.

»Nun komm schon, Derfel!« schrie Galahad.

»Ich gebe mein Leben in Eure Hände«, hatte der Alte einmal gesagt, und plötzlich hörte ich ihn im Geiste zu mir sprechen. »Ich vertraue mein Leben Eurem Gewissen an, Derfel aus Dumnonia.«

»Wie komme ich zum Palast?« rief ich Galahad zu.

»Palast?«

»Wie?« schrie ich zornig.

»Hier entlang!« sagte er. »Hier entlang.«

Und wir kletterten.

Die Barden singen von Liebe, sie feiern das Töten, sie preisen Könige und schmeicheln Königinnen, wäre ich jedoch ein Dichter, ich würde das Hohelied der Freundschaft anstimmen.

Was Freunde betrifft, so war ich vom Glück begünstigt. Arthur war einer davon, aber unter all meinen Freunden gab es nicht einen, der Galahad gleichkam. Es gab Zeiten, da verstanden wir einander ohne Worte, und andere, da kamen die Worte stundenlang nur so aus uns herausgeströmt. Wir teilten alles, bis auf die Frauen. Ich kann nicht mehr zählen, wie oft wir Schulter an Schulter im Schildwall gestanden haben, ich kann nicht mehr zählen, wie oft wir uns den letzten Bissen Brot geteilt haben. Viele Männer hielten uns für Brüder, und so fühlten wir uns auch.

An jenem Abend, als die Stadt unter uns in Schutt und Asche gelegt wurde, begriff Galahad, daß ich nicht zu dem wartenden Boot mitkommen konnte. Er wußte, daß ich mich im Griff irgendeines Zwanges befand, einer Botschaft der Götter, die mich trieb, verzweifelt zu dem stillen Palast emporzuklettern, der Ynys Trebes krönte. Rings um uns kam der Schrecken bergaufwärts gestiegen, wir aber blieben ihm voraus, rannten verzweifelt über ein Kirchendach, sprangen in eine Gasse hinab, wo wir uns durch eine dichte Menge von Flüchtlingen drängten, die glaubten, in der Kirche Freistatt finden zu können, dann eine Flucht Steinstufen empor und auf die Hauptstraße hinaus, die Ynys Trebes wie eine Spirale umwand. Franken kamen auf uns zugelaufen, wollten die ersten sein, die in Bans Palast eindrangen, aber wir kamen ihnen mit einer kläglichen Handvoll Menschen zuvor, die dem Schlachten in der unteren Stadt entronnen waren und nun, auch der letzten Hoffnung beraubt, Zuflucht im Palast suchen wollten.

Die Wachen waren aus dem Palasthof verschwunden. Die Tore standen offen, und drinnen, wo Frauen kauerten und Kinder weinten, wartete die kostbare Einrichtung auf die Eroberer. Die Vorhänge wehten im Wind.

Ich eilte durch die eleganten Gemächer, durch den Spiegelsaal, an Leanors verlassener Harfe vorbei und in den großen Raum, wo Ban mich beim erstenmal empfangen hatte. Der König befand sich noch immer dort, trug noch immer seine Toga, saß noch immer, den Gänsekiel in der Hand, an seinem Tisch. »Es ist zu spät«, sagte er, als ich mit gezogenem Schwert hereinstürzte. »Arthur hat mich im Stich gelassen.«

In den Korridoren des Palastes ertönten Schreie. Der Blick aus dem Bogenfenster wurde von dichtem Rauch beeinträchtigt.

»Komm mit uns, Vater!« bat Galahad.

»Ich habe zu tun«, entgegnete Ban verdrossen. Er tauchte seine

Feder ins Tintenhorn und begann zu schreiben. »Siehst du denn nicht, daß ich beschäftigt bin?«

Ich stieß die Tür auf, die zur Bibliothek führte, durchquerte das leere Vorzimmer und öffnete die Tür der Bibliothek. Der bucklige Priester stand vor einem der Regale mit Schriftrollen. Der polierte Holzboden war mit Manuskripten übersät. »Euer Leben gehört mir!« schrie ich zornig, voll Groll darüber, daß ein so häßlicher alter Mann mir diese Verantwortung aufgebürdet hatte, wo es in der Stadt doch so viele andere Leben zu retten galt. »Also kommt mit! Sofort!« Der Priester ignorierte mich. Hastig zog er ein Pergament nach dem anderen aus den Regalen, riß Schleifen und Siegel ab und warf einen Blick auf die ersten Zeilen, um sie sofort zu Boden zu werfen und eine andere Rolle herauszuholen. »Nun kommt schon!« fuhr ich ihn an.

»Wartet!« antwortete Celwin, der schon wieder ein Pergament herauszog, wegwarf und nach dem nächsten griff. »Noch nicht!«

Ein lautes Krachen hallte durch den Palast, Jubelrufe brandeten auf und wurden von Angstschreien übertönt. Galahad stand an der äußeren Tür zur Bibliothek und flehte seinen Vater an, mit uns zu kommen, aber Ban winkte seinen Sohn davon, als wären ihm dessen Worte lästig. Dann wurde die Tür aufgestoßen, und drei schwitzende Frankenkrieger kamen hereingestürzt. Galahad lief ihnen entgegen, konnte das Leben seines Vaters aber nicht mehr retten, und Ban machte nicht einmal den Versuch, sich zu wehren. Der erste Franke versetzte ihm einen Schwerthieb, aber ich glaube, der König von Benoic war schon an gebrochenem Herzen gestorben, bevor ihn die Klinge des Feindes berührte. Als der Franke dem König den Kopf abschlagen wollte, starb er durch Galahads Speer, während ich mich mit Hywelbane auf den zweiten Mann stürzte und seinen verletzten Körper herumschwang, um den dritten aufzuhalten. Der Atem des sterbenden Franken stank genauso nach Ale wie der Atem eines Sachsen. Draußen vor der Tür war Rauch zu sehen. Galahad stand jetzt neben mir und tötete mit seinem Speer den dritten Mann, doch draußen liefen immer mehr Franken durch den Korridor. Ich riß mein Schwert aus dem Toten und wich ins Vorzimmer zurück. »Nun kommt schon, alter Narr!« schrie ich dem starrköpfigen Priester über die Schulter hinweg zu.

»Alt ja, Derfel, aber ein Narr? Niemals.« Der Priester lachte, und irgend etwas an diesem säuerlichen Lachen veranlaßte mich herumzufahren; und da sah ich, fast wie im Traum, daß der Buckel verschwand, während der Priester seinen langen Körper zu voller Größe aufrichtete. Er ist ja gar nicht häßlich, dachte ich. Ganz im Gegenteil, er war wundervoll und majestätisch und so von Weisheit erfüllt, daß ich mich, obwohl ich mich an einem Ort des Todes befand, der nach Blut stank und von den Schreien der Sterbenden widerhallte, sicherer fühlte, als ich mich je im Leben gefühlt hatte. Er lachte mich noch immer aus, hocherfreut, mich so lange an der Nase herumgeführt zu haben.

»Merlin!« stieß ich hervor, und ich muß gestehen, daß mir die Tränen in die Augen traten.

»Gib mir noch fünf Minuten«, verlangte er, »versuch sie so lange aufzuhalten.« Er kramte immer noch in den Schriftrollen, riß ihnen die Siegel ab und warf sie nach einem flüchtigen Blick zu Boden. Die Augenklappe, die nur Teil seiner Tarnung gewesen war, hatte er abgenommen. »Versuch sie aufzuhalten«, wiederholte er und eilte an ein anderes Regal voll noch nicht überprüfter Handschriften. »Du bist gut im Töten, habe ich gehört. Also sei jetzt bitte besonders gut.«

Galahad schob die Harfe und den Schemel der Harfenistin in die äußere Türöffnung, und dann verteidigten wir beiden den Durchgang mit Speer, Schwert und Schild. »Wußtest du, daß er hier ist?« fragte ich Galahad.

»Wer?« Galahad rammte seinen Speer in einen runden Frankenschild und riß ihn zurück.

»Merlin.«

»Merlin ist hier?« Galahad war aufrichtig erstaunt. »Ich hatte keine Ahnung.«

Ein schreiender Franke mit lockigem Haar und Blut im Bart ging mit seinem Speer auf mich los. Ich packte die Waffe unmittelbar hinter der Spitze und benutzte sie, um ihn in mein Schwert zu ziehen. Ein weiterer Speer wurde an mir vorbeigeworfen und bohrte sich mit seiner Stahlspitze in den Oberbalken der Tür hinter mir. Ein Mann blieb mit den Füßen in den kakophonisch aufschreienden Harfensaiten hängen und stolperte vornüber, bis Galahad ihm einen Tritt ins Gesicht versetzte. Mit dem Rand meines Schildes verpaßte ich dem Mann einen Schlag in den Nacken, um gleich darauf einen Schwerthieb zu parieren. Überall im Palast waren Schreie zu hören, alle Gänge füllten sich mit beißendem Rauch, aber die angreifenden Männer verloren das Interesse an der Beute, die sie in der Bibliothek vermuteten, und plünderten lieber anderswo im Palast auf dem Berg, wo ihnen kein Widerstand geleistet wurde.

»Merlin ist hier?« fragte mich Galahad ungläubig.

»Sieh doch selbst.«

Galahad wandte sich um und starrte zu der hochgewachsenen Gestalt hinüber, die Bans zum Untergang verdammte Bibliothek so verzweifelt durchwühlte. »Das ist Merlin?«

»Ja.«

»Woher wußtest du, daß er hier ist?«

»Ich wußte es nicht«, antwortete ich. »Na, komm nur her, du Bastard!« Das galt einem riesigen Franken mit ledernem Umhang, der eine Streitaxt mit zwei Schneiden trug und sich als Held beweisen wollte. Er stimmte seinen Kriegsgesang an, als er angriff, und sang noch immer, als er starb. Die Axt bohrte sich in den Boden neben Galahads Füßen, als der seinen Speer aus der Brust des Toten zog.

»Ich hab's! Ich hab's!« rief Merlin plötzlich hinter uns. »Silius Italicus, natürlich! Er hat nicht achtzehn Bücher über den Zweiten Punischen Krieg geschrieben, sondern nur siebzehn. Wie konnte ich nur so dumm sein! Du hast recht, Derfel, ich bin ein alter Narr! Ein gefährlicher Narr! Achtzehn Bücher über den zweiten aufgeblähten Krieg? Jedes kleine Kind weiß, daß es nie mehr als siebzehn waren! Ich hab's! Komm her, Derfel, vergeude nicht meine kostbare Zeit! Wir können hier nicht die ganze Nacht lang rumlungern!«

Wir eilten in die verwüstete Bibliothek zurück, wo ich den riesigen Arbeitstisch als provisorische Barriere gegen die Tür rammte, während Galahad die Läden der Westfenster aufstieß. Als ein neuer Schwarm Franken durch den Raum der Harfenistin hereingestürmt kam, riß sich Merlin das dicke Holzkreuz vom Hals und schleuderte den Eindringlingen, die vorübergehend von dem schweren Tisch aufgehalten wurden, diese eher unwirksame Waffe entgegen.

Als das Kreuz zu Boden fiel, war das Vorzimmer plötzlich von einer riesigen Stichflamme erfüllt. Ich dachte, daß das tödliche Feuer durch Zufall entstanden sei, daß die Wand des Raumes gerade dann eingestürzt war und die Flammen hereingelassen hatte, als das Kreuz aufschlug, aber Merlin behauptete, es sei sein Werk gewesen. »Das gräßliche Ding mußte doch zu etwas nütze sein«, sagte er von dem Kreuz, dann kicherte er über die schreienden, brennenden Feinde. »Laßt euch rösten, ihr Würmer, laßt euch rösten!« Eilig stopfte er die kostbare Schriftrolle ins Oberteil seines Gewandes. »Hast du nie Silius Italicus gelesen?« fragte er mich.

»Nie davon gehört, Lord«, gab ich zurück, während ich ihn zum offenen Fenster zog.

»Er hat epische Gedichte geschrieben, mein lieber Derfel, epische Gedichte.« Er widerstand meinem panischen Zerren und legte mir die Hand auf die Schulter. »Ich möchte dir einen Rat geben.« Sein Ton war ernst. »Meide die epischen Gedichte. Ich spreche aus Erfahrung.«

Auf einmal hätte ich am liebsten geweint wie ein Kind. Es war eine so große Erleichterung, wieder in seine weisen, listigen Augen zu blicken. Es war, als hätte ich meinen Vater wiedergefunden. »Ihr habt mir gefehlt, Lord«, stieß ich hervor.

»Nun werd nicht gleich sentimental!« fuhr Merlin mich an. Er eilte zum Fenster, während ein fränkischer Krieger schon durch die Flammen in der Türöffnung sprang und unter trotzigem Gebrüll über die lange Tischplatte schlidderte. Die Haare des Mannes rauchten, als er seinen Speer nach uns warf. Mit meinem Schild schlug ich die Speerspitze beiseite, stieß mit dem Schwert zu, versetzte dem Mann einen Tritt und stieß abermals zu. »Hierher!« schrie Galahad aus dem Garten unterm Fenster. Ich verabreichte dem sterbenden Franken einen letzten Hieb, dann sah ich, daß Merlin zu seinem Arbeitstisch zurückgekehrt war. »Schnell, Lord!« rief ich ihm zu.

»Die Katze!« erklärte Merlin. »Ich kann die Katze nicht zurücklassen. Sei nicht so hektisch!«

»O ihr Götter, Lord!« schrie ich ihn an, aber Merlin kroch schon unter den Tisch, um die verängstigte graue Katze hervorzuholen, die sich in seine Arme kuschelte, als er endlich über die Fensterbrüstung in einen von niedrigen Lorbeerhecken geschützten Kräutergarten kletterte. Die Sonne leuchtete im Westen, tauchte den Himmel in glühendes Rot und schickte ihre feurig-zitternde Spiegelung über das Wasser der Bucht. Wir stiegen über die Hecke und folgten Galahad eine Treppe hinab, die zu einer Gärtnerhütte führte, und von da aus auf einen gefährlichen Pfad, der an der Flanke des Granitfelsens entlanglief. Auf einer Seite des Pfades ragten die steilen Klippen empor, auf der anderen war nichts als Luft, aber Galahad kannte diesen Weg von Kindesbeinen an und führte uns sicher bis ans dunkle Wasser hinab.

Im Meer schwammen Leichen. Unser erobertes Boot war völlig überladen – es kam einem Wunder gleich, daß es überhaupt schwimmen konnte – und trieb schon eine Viertelmeile von der Insel entfernt. Die Ruderer arbeiteten schwer, um es trotz des Gewichts der Passagiere möglichst schnell in Sicherheit zu bringen. Ich legte die hohlen Hände an den Mund und schrie: »Culhwch!« Meine Stimme hallte von den Felsen wider und drang über das Meer, wo sie in der Unermeßlichkeit der Schreie und Klagen unterging, die Ynys Trebes' Untergang begleiteten.

»Laß sie fahren«, sagte Merlin gelassen und tastete uner dem schmutzigen Gewand herum, das er als Pater Celwin getragen hatte. »Halt mal.« Er drückte mir die Katze in die Arme, dann fingerte er unter seiner Kutte herum, bis er ein kleines, silbernes Horn fand, in das er ein einziges Mal stieß. Es gab einen wunderschönen Ton.

Fast unmittelbar darauf kreuzte um Ynys Trebes' Nordküste eine Jolle auf. Ein einziger Mann in langem Gewand bewegte das kleine Boot mit einem langen Ruder, das in einer Dolle am Heck auflag, vorwärts. Die Jolle hatte einen hochgezogenen, spitzen Bug und Platz für höchstens drei Passagiere. Auf dem Boden des Bootes stand eine Holztruhe, in deren Deckel Merlins Siegel mit dem gehörnten Gott Cernunnos eingebrannt war. »Ich hatte diese Vorbereitungen getroffen«, erklärte Merlin obenhin, »als deutlich wurde, daß der arme Ban keine Ahnung hatte, welch kostbare Handschriften er besaß. Ich dachte, daß ich mehr Zeit brauchen würde, und so war es ja auch. Die Manuskripte waren natürlich etikettiert, aber die *fili* brachten sie ständig durcheinander, versuchten gar, sie zu verbessern, wenn sie nicht gerade die Verse stahlen und als ihre eigenen ausgaben. Einer von diesen Elenden verbrachte sechs Monate damit, Catullus zu plagiieren, und legte ihn dann unter Plato ab. Guten Abend, mein lieber Caddwg!« begrüßte er den Bootsmann herzlich. »Alles in Ordnung?«

»Ja, nur daß die Welt untergeht«, gab Caddwg mißlaunig zurück.

»Aber du hast die Truhe.« Merlin deutete auf die versiegelte Kiste. »Alles andere ist unwichtig.«

Die elegante Jolle war früher einmal ein Palastboot gewesen, das benutzt wurde, um Passagiere vom Hafen zu den größeren Schiffen zu bringen, die weiter draußen ankern mußten. Merlin hatte es so eingerichtet, daß sie auf Abruf für ihn bereitstand. Jetzt stiegen wir ein und ließen uns auf dem Deck nieder, während der mürrische Caddwg das kleine Wasserfahrzeug auf das abendliche Meer hinausruderte. Ein einzelner Speer kam von oben herab, fiel aber neben uns ins Wasser. Davon abgesehen verlief unsere Flucht unbemerkt und ungestört. Merlin nahm mir die Katze ab und machte es sich zufrieden im Bug bequem, während Galahad und ich auf die sterbende Insel zurückblickten.

Rauch wallte bis aufs Wasser herab. Die Schreie der Todgeweihten hallten wie Klagelieder durch den vergehenden Tag. Wir sahen, daß die dunklen Schatten der fränkischen Speerkämpfer immer noch den Damm überquerten und am anderen Ende platschend ins Wasser sprangen, um auf die gefallene Stadt zuzuwaten. Die Sonne sank, und in der Bucht wurde es dunkler, so daß die Flammen im Palast heller leuchteten. Ein Vorhang fing Feuer und loderte kurz auf, bevor er zu hauchfeiner Asche zerfiel. Die Bibliothek brannte am heftigsten; Schriftrolle um Schriftrolle zerplatzte zu schnell züngelnden Flammen und verwandelte diesen Teil des Palastes in ein Inferno. Es war König Bans Totenfeuer, das die ganze Nacht hindurch brannte.

Galahad weinte. Er kniete auf dem Deck, den Speer in der Hand, und sah zu, wie sein Heim zu Staub zerfiel. Er bekreuzigte sich und sprach ein stilles Gebet, das die Seele seines Vaters zu jener Anderwelt tragen sollte, an die Ban glaubte. Das Meer war glücklicherweise ruhig. Es war rot und schwarz gefärbt, Blut und Tod, ein perfekter Spiegel der brennenden Stadt, wo unsere Feinde in leichenschänderischem Triumph tanzten. Zu unseren Lebzeiten wurde Ynys Trebes nicht wiederaufgebaut: Die Mauern zerfielen, das Unkraut wucherte, Meeresvögel nisteten in den Ruinen. Die fränkischen Fischer mieden die Insel, auf der so viele Menschen gestorben waren. Sie nannten sie auch nicht mehr Ynys Trebes, sondern gaben ihr einen neuen Namen in ihrer groben Sprache: Berg der Toten. Bei Nacht, behaupten ihre Seeleute, wenn die verlassene Insel schwarz aus dem obsidiandunklen Meer aufragt, kann man noch immer die Schreie der Frauen und das Wimmern der Kinder vernehmen.

Wir landeten an einem leeren Strand an der Westseite der Bucht. Wir ließen das Boot liegen und schleppten Merlins Truhe durch Stechginster und sturmzerzaustes Dorngebüsch bis auf den hohen Kamm der Landzunge. Als wir oben ankamen, brach die Nacht herein, und als ich mich umwandte, sah ich Ynys Trebes in der Dunkelheit glühen wie zerfallende Asche. Dann ging ich weiter, um meine Last heimzutragen und auf Arthurs Schultern zu legen. Ynys Trebes war tot.

Nach Britannien stachen wir von demselben Fluß aus in See, auf dem ich zu Bel und Manawydan gebetet hatte, mich sicher nach Hause zu geleiten. Auf dem Fluß fanden wir Culhwch, dessen überladenes Boot im Schlamm gestrandet war. Leanor war noch am Leben, ebenso die meisten unserer Männer. Ein einziges Schiff, das seetüchtig und für die Heimreise geeignet war, lag noch im Fluß. Sein Besitzer hatte in der Hoffnung gewartet, von verzweifelten Überlebenden einen dicken Gewinn einstreichen zu können, aber als Culhwch dem Mann sein Schwert an die Kehle setzte, erklärte er sich wohl oder übel bereit, uns gratis nach Hause zu bringen. Die anderen Menschen am Fluß waren bereits vor den Franken geflohen. Wir warteten eine schaurige Nacht lang, in der wir den Widerschein des brennenden Ynys Trebes auf dem Wasser sahen, und lichteten am anderen Morgen den Anker, um nordwärts zu segeln.

Merlin beobachtete, wie die Küste in der Ferne verschwand, und ich, der ich kaum daran zu glauben wagte, daß der Alte wirklich zu uns zurückgekommen war, beobachtete ihn. Er war ein hochgewachsener, knochiger Mann, vielleicht der größte, den ich kannte, mit langen weißen Haaren, die von seiner Tonsur aus nach hinten gestrichen waren und im Nacken von einem schwarzen Band zu einem Pferdeschwanz zusammengefaßt wurden. Als er vorgab, Celwin zu sein, hatte er die Haare offen getragen, jetzt aber, mit dem gewohnten Pferdeschwanz, sah er wieder aus wie der alte Merlin. Seine Haut hatte die Farbe von altem, poliertem Holz, seine Augen waren grün und seine Nase war ein scharfer, knochiger Schnabel. Bart und Schnurrbart hatte er zu dünnen Schnüren geflochten, die er sich, wenn er nachdachte, gern um die Finger wickelte. Niemand wußte, wie alt er war, aber ich habe mit Sicherheit keinen Menschen getroffen, der älter gewesen wäre, außer vielleicht den Druiden Balise, und auch keinen, der so alterslos wirkte wie Merlin. Er besaß noch alle seine Zähne, jeden einzelnen, und hatte sich die Beweglichkeit eines jungen Mannes bewahrt, obwohl er es liebte, so zu tun, als wäre er alt, gebrechlich und hilflos. Er kleidete sich in Schwarz, immer in Schwarz, nie in eine andere Farbe, und normalerweise trug er auch einen langen schwarzen Stab, nur jetzt, auf der Flucht aus Armorica, mußte er auf dieses Symbol seines Amtes verzichten.

Er war ein achtunggebietender Mann, nicht nur auf Grund seiner Größe, seines Rufs und der Vornehmheit seiner Erscheinung, sondern wegen seiner Ausstrahlung. Genau wie Arthur war ihm die Fähigkeit zu eigen, einen Raum vollständig zu beherrschen und eine Halle leer wirken zu lassen, sobald er hinausging. Doch während Arthur Großzügigkeit und Begeisterung ausstrahlte, wirkte Merlin stets beunruhigend. Wen er ansah, der hatte das Gefühl, er würde einem bis in den hintersten Winkel des Herzens sehen und, was die Sache verschlimmerte, das auch noch amüsant finden. Er war boshaft, ungeduldig, impulsiv und grenzenlos weise. Er setzte alles herab, machte einen jeden schlecht und liebte nur wenige Menschen von ganzem Herzen. Dazu zählten Arthur, Nimue und, wie ich glaube, auch ich, obwohl ich dessen niemals ganz sicher war, denn er war ein Mensch, der Täuschungen und Tarnungen liebte. »Du starrst mich an, Derfel!« warf er mir vom Bug des Bootes aus vor, wo er noch immer mit dem Rücken zu mir saß.

»Ich hoffe, Euch niemals wieder aus den Augen zu verlieren, Lord.«

»Du bist ein gefühlsduseliger Tor, Derfel!« Er drehte sich um und sah mich stirnrunzelnd an. »Ich hätte dich in Tanaburs' Grube zurückwerfen sollen. Trag diese Truhe in meine Kabine.«

Merlin hatte die Kabine des Schiffsführers beschlagnahmt, in der ich nun die Holztruhe verstaute. Merlin duckte sich unter der niedrigen Tür hindurch, hantierte mit den Kissen des Kapitäns, um es sich bequem zu machen, und ließ sich dann mit einem zufriedenen Seufzer nieder. Die graue Katze sprang ihm auf den Schoß, während er auf einem groben Tisch, der von Fischschuppen glitzerte, die ersten paar Zoll der dicken Handschrift entrollte, die er unter Lebensgefahr gerettet hatte.

»Was ist das?« wollte ich wissen.

»Das ist der einzig wahre Schatz, den Ban besaß«, erklärte mir Merlin. »Alles andere war zumeist griechischer und römischer Mist. Ein paar gute Sachen, nehme ich an, doch nicht sehr viele.«

»Also, was ist das nun?« fragte ich ihn abermals.

»Dies ist ein Manuskript, mein lieber Derfel«, antwortete er, als wäre es töricht von mir, eine derartige Frage zu stellen. Er blickte durch das Dachluk hinauf zu dem Segel, das sich in dem noch immer vom Rauch aus Ynys Trebes verunreinigten Wind blähte. »Ein guter Wind!« sagte er fröhlich. »Vielleicht sind wir am Abend schon zu Hause. Ich habe Britannien vermißt.« Er blickte wieder auf die Schriftrolle. »Und Nimue? Wie geht es der lieben Kleinen?« fragte er, während er schon die ersten Zeilen las.

»Als ich sie zum letztenmal sah«, antwortete ich verbittert, »war sie vergewaltigt worden und hatte ein Auge verloren.«

»So etwas passiert zuweilen«, sagte Merlin unbekümmert.

Seine Herzlosigkeit verschlug mir den Atem. Ich wartete ein wenig, dann fragte ich ihn, was denn so wichtig sei an dieser Schriftrolle.

Er seufzte. »Du bist ein aufdringlicher Mensch, Derfel. Na schön, ich werde dir den Gefallen tun.« Er ließ das Pergament los, das sich von selbst wieder aufrollte, und lehnte sich in die klammen, fadenscheinigen Kissen des Schiffseigners zurück. »Du weißt natürlich, wer Caleddin war.«

»Nein, Lord«, mußte ich zugeben.

Verzweifelt warf er die Hände hoch. »Schämst du dich deiner Unwissenheit denn gar nicht, Derfel? Caleddin war ein Druide der Ordovicii. Ein jämmerlicher Stamm, ich sollte das wissen. Eine meiner Frauen war eine Ordovizierin, und eine solche Kreatur genügt für ein ganzes Leben. Nie wieder!« Er erschauerte bei der Erinnerung, dann schielte er zu mir empor. »Es war Gundleus, der Nimue vergewaltigt hat, stimmt's?«

»Ja.« Ich fragte mich, woher er das wußte.

»Dummer Kerl! Dummer Kerl!« Das grausige Schicksal seiner Liebesgefährtin schien ihn eher zu belustigen als zu erzürnen. »Wie wird er leiden müssen! Ist Nimue zornig?«

»Sie ist rasend vor Wut.«

»Gut. Wut ist etwas sehr Nützliches, und die liebe Nimue hat eine Begabung dafür. Eines der Dinge, die ich an den Christen nicht ausstehen kann, ist ihre Bewunderung für die Demut. Stell dir vor, Demut zur Tugend hochzuloben! Demut! Kannst du dir einen Himmel voller Demütiger vorstellen? Grauenhafte Idee! Das Essen würde eiskalt werden, weil jeder die Schüsseln zuerst dem anderen reichen will. Demut taugt nichts, Derfel. Zorn und Selbstsucht, das sind die Eigenschaften, die die Welt in Gang halten.« Er lachte. »Aber zurück zu Caleddin. Für einen Ordovizier war er ein recht guter Druide, natürlich bei weitem nicht so gut wie ich, aber er hatte seine guten Tage. Dein Versuch, Lancelot umzubringen, hat mich übrigens sehr erfreut; schade, daß du's nicht zu Ende gebracht hast. Vermutlich ist er jetzt aus der Stadt geflohen, ja?«

»Sobald feststand, daß sie untergehen würde.«

»Die Ratten sind immer die ersten, die das untergehende Schiff verlassen, sagen die Seeleute. Armer Ban. Er war ein Narr, aber ein guter Narr.«

»Wußte er, wer Ihr seid?« fragte ich ihn.

»Selbstverständlich«, antwortete Merlin. »Es wäre ausgesprochen unhöflich von mir gewesen, meinen Gastgeber zu täuschen. Natürlich hat er es niemandem gesagt, sonst wäre ich die ganzeZeit von diesen gräßlichen Dichtern belagert worden, die von mir verlangt hätten, ich soll ihnen die Falten wegzaubern. Du hast ja keine Ahnung, Derfel, wie lästig so ein bißchen Magie werden kann. O ja,

Ban wußte, wer ich bin, und Caddwg ebenfalls. Er ist mein Diener. Der arme Hywel ist tot, nicht wahr?«

»Wenn Ihr das schon wißt«, gab ich zurück, »warum fragt Ihr noch?«

»Ich mache Konversation!« protestierte er. »Konversation gehört zu den Künsten der zivilisierten Welt, Derfel. Wir können nicht alle mit Schwert und Schild durchs Leben stapfen und kriegerisch grollen. Einige von uns versuchen ernsthaft, Würde zu bewahren.« Er schniefte.

»Und woher wißt Ihr, daß Hywel tot ist?« wollte ich wissen.

»Weil Bedwin es mir natürlich geschrieben hat, du Idiot.«

»Bedwin hat Euch all die Jahre geschrieben?« fragte ich verblüfft.

»Selbstverständlich! Er brauchte meinen Rat. Was glaubst du denn, was ich getan habe? Mich in Luft aufgelöst?«

»Das habt Ihr tatsächlich«, warf ich ihm vor.

»Unsinn! Ihr alle wußtet einfach nicht, wo ihr mich suchen solltet. Nicht etwa, daß Bedwin meine Ratschläge angenommen hätte. Was für einen Schlamassel dieser Mann angerichtet hat! Mordred lebt! Welch eine Torheit! Das Kind hätte bei der Geburt mit der eigenen Nabelschnur erdrosselt werden müssen, aber ich nehme an, daß Uther niemals damit einverstanden gewesen wäre. Der arme Uther. Er glaubte, daß Tugenden durch die Lenden eines Mannes vererbt werden! Welch ein Unsinn! Ein Kind ist wie ein Kalb – wenn es verkrüppelt ist, versetzt man ihm mit dem Knüppel einen Schlag vor den Kopf und läßt die Kuh noch einmal decken. Deswegen haben die Götter das Kinderzeugen so vergnüglich gemacht, weil so viele dieser kleinen Biester ersetzt werden müssen. Für die Frauen ist am Ende natürlich nicht viel Vergnügen dabei, aber irgend jemand muß eben leiden, und danken wir den Göttern, daß sie es sind und nicht wir.«

»Habt Ihr eigentlich Kinder?« fragte ich ihn und überlegte, warum ich bisher noch nie darauf gekommen war, ihm diese Frage zu stellen.

»Selbstverständlich! Was für eine seltsame Frage.« Er starrte mich an, als zweifelte er an meinem Verstand. »Ich habe keins von ihnen besonders gemocht, und zum Glück sind die meisten von ihnen gestorben; die übrigen habe ich verleugnet. Ein Sohn ist, glaube ich, sogar ein Christ.« Er erschauerte. »Ich ziehe die Kinder anderer Leute vor; die sind unendlich viel dankbarer. Aber wovon sprachen wir? Ach ja, Caleddin. Gräßlicher Kerl.« Finster schüttelte er den Kopf.

»Hat er das Manuskript angefertigt?« fragte ich ihn.

»Sei nicht albern, Derfel«, fuhr er mich ungeduldig an. »Druiden dürfen nichts niederschreiben, das verstößt gegen die Regeln. Das weißt du doch! Sobald man etwas aufschreibt, ist es festgelegt. Es wird zum Dogma. Die Menschen diskutieren darüber, werden überheblich, schlagen immer wieder in den Texten nach, produzieren neue Manuskripte, diskutieren von neuem, und bald darauf erschlagen sie einander. Wenn man niemals etwas aufschreibt, weiß keiner so genau, was man gesagt hat, und man kann seine Worte jederzeit ändern. Muß ich dir denn alles erklären?«

»Ihr könntet mir erklären, was in der Schriftrolle steht«, gab ich demütig zurück.

»Genau das tue ich ja gerade! Aber du unterbrichst mich ständig und wechselst das Thema! Seltsames Verhalten! Dabei bist du doch auf dem Tor aufgewachsen. Ich hätte dich öfter auspeitschen lassen sollen, dann hättest du jetzt vielleicht bessere Manieren. Wie ich hörte, baut Gwlyddyn meine Halle wieder auf?«

»Ja.«

»Ein guter, ehrlicher Mann, dieser Gwlyddyn. Ich werde vermutlich alles noch einmal selbst aufbauen müssen, aber er gibt sich Mühe.«

»Das Manuskript«, ermahnte ich ihn.

»Ich weiß! Ich weiß! Caleddin war Druide, das sagte ich schon. Und dazu ein Ordovizier. Schreckliche Wilde, diese Ordovizier. Wie dem auch sei, lenke deine Gedanken aufs Schwarze Jahr zurück und frage dich, woher Suetonius soviel über unsere Religion wußte. Du weißt doch, wer Suetonius war, oder?«

Diese Frage war eine Beleidigung, denn alle Briten kennen und schmähen den Namen Suetonius Paulinus, des von Nero eingesetzten Statthalters, der im Schwarzen Jahr – etwa vierhundert Jahre vor unserer Zeit – unsere uralte Religion buchstäblich vernichtete. Jeder Brite wuchs mit der schrecklichen Erzählung auf, wie Suetonius mit zwei Legionen das Druiden-Heiligtum auf Ynys Mon zerstörte. Ynys Mon war, wie Ynys Trebes, eine Insel, das höchste Heiligtum unserer Götter, aber es war den Römern irgendwie gelungen, die Meerenge zu überqueren und alle Druiden, Barden und Priesterinnen mit dem Schwert zu töten. Dann fällten sie alle Bäume des heiligen Hains und schändeten den heiligen See, so daß von unserer alten Religion nichts als ein Schatten blieb und unsere Druiden, wie Tanaburs und Iorweth, nichts als schwache Echos eines uralten Glanzes waren. »Ich weiß, wer Suetonius war«, antwortete ich Merlin.

»Es gab noch einen anderen Suetonius«, erklärte er mir belustigt. »Der war ein römischer Schriftsteller, und zwar ein recht guter. Ban besaß sein *De Viris Illustribus,* das hauptsächlich vom Leben der Dichter handelt. Besonderen Anstoß nahm Suetonius an Vergil. Es ist erstaunlich, was Poeten sich alles in ihr Bett holen; zumeist einander, natürlich. Schade, daß dieses Werk verbrannt ist, denn ein zweites habe ich nirgends zu sehen bekommen. Bans Schriftrolle ist vermutlich die allerletzte Kopie gewesen, und die ist jetzt zu Asche geworden. Vergil wird erleichtert sein. Wie dem auch sei, der springende Punkt ist, daß Suetonius Paulinus alles wissen wollte, was es über unsere Religion zu wissen gab, bevor er Ynys Mon überfiel. Da er sichergehen wollte, daß wir ihn nicht in eine Kröte oder einen Dichter verwandeln würden, suchte er sich einen Verräter. Das war der Druide Caleddin. Und Caleddin diktierte einem römischen Schreiber alles, was er wußte, damit dieser es in offenbar beklagenswertem Latein niederschrieb. Aber beklagenswert oder nicht, es ist das einzige Dokument unserer alten Religion; es enthält all ihre Geheimnisse, all ihre Rituale, all ihre Bedeutungen und all ihre Macht. Und das hier, mein Kind, ist es.« Er deutete auf die Schriftrolle und schaffte es, sie gleichzeitig vom Tisch zu fegen.

Ich holte das Manuskript unter der Koje des Schiffsführers hervor. »Und ich dachte«, sagte ich dann verärgert, »Ihr wärt ein Christ, der die Flügelspanne der Engel ausrechnen wollte.«

»Sei nicht pervers, Derfel! Jeder weiß, daß die Flügelspanne sich nach Größe und Gewicht des Engels richten muß.« Er entrollte die Handschrift wieder und betrachtete den Text. »Überall habe ich dieses Dokument gesucht. Sogar in Rom! Und all die Zeit hat dieser törichte alte Dummkopf Ban es als achtzehnten Band des Silius Italicus katalogisiert. Das beweist, daß er das Werk nie ganz gelesen hat, obwohl er ständig behauptete, es sei wundervoll. Allerdings glaube ich kaum, daß überhaupt jemand das ganze Werk gelesen hat. Wie könnte man auch!« Er schüttelte sich.

»Kein Wunder, daß Ihr über fünf Jahre danach suchen mußtet«, bemerkte ich und dachte daran, wie viele Menschen ihn während dieser Zeit gebraucht hätten.

»Unsinn. Von der Existenz dieser Schriftrolle habe ich erst vor einem Jahr erfahren. Bis dahin hab' ich nach anderen Dingen gesucht: dem Horn von Bran Galed, dem Dolch von Laufrodedd, der Wurfscheibe von Gwenddolau, dem Ring von Eluned. Die Kleinodien Britanniens, Derfel...« Er hielt inne, starrte auf die versiegelte Truhe und richtete den Blick dann wieder auf mich. »Diese Kleinodien sind die Schlüssel zur Macht, Derfel, aber ohne die Geheimnisse, die diese Handschrift birgt, sind sie nichts weiter als leblose Gegenstände.« Es lag eine tiefe Ehrerbietung in seinem Ton, und das war kein Wunder, denn die dreizehn Kleinodien waren die geheimnisvollsten und heiligsten Talismane Britanniens. Als wir eines Nachts in Benoic frierend im Dunkeln lagen und auf die Franken im Wald lauschten, hatte Galahad die Kleinodien verächtlich abgetan und bezweifelt, daß sie die langen Jahre der römischen Herrschaft überstanden haben könnten, doch Merlin hatte immer wieder betont, die alten Druiden hätten sie, als die Niederlage unmittelbar bevorstand, so tief verborgen, daß kein Römer sie jemals finden würde. Die Suche nach den dreizehn Talismanen war sein Lebenswerk, und er wollte den letzten, ehrfurchteinflößenden Moment miterleben, da sie eingesetzt werden würden. Und die Art, wie sie eingesetzt wurden, schien in der verschollenen Handschrift Caleddins niedergelegt zu sein.

»Und was sagt uns nun die Schriftrolle?« erkundigte ich mich neugierig.

»Woher soll ich das wissen? Du läßt mir ja keine Zeit zum Lesen. Warum läufst du nicht los und machst dich nützlich? Flickst ein Segel, oder was immer es ist, was Seeleute tun, wenn sie nicht gerade ertrinken.« Er wartete, bis ich zur Tür gelangt war. »Ach ja, noch eins«, setzte er dann geistesabwesend hinzu.

Als ich mich umwandte, studierte er schon wieder die ersten Zeilen der schweren Schriftrolle. »Ja, Lord?«

»Ich wollte dir danken, Derfel«, sagte er beiläufig. »Also, danke. Ich hatte immer gehofft, daß du dich eines Tages nützlich machen würdest.«

Ich dachte an das brennende Ynys Trebes und an Bans Tod. »Ich habe Arthur enttäuscht«, klagte ich bedrückt.

»Jeder enttäuscht Arthur. Er erwartet zuviel. Und nun lauf los!«

Ich hatte vermutet, daß Lancelot und seine Mutter Elaine nach Broceliande im Westen segeln würden, um sich dort den Flüchtlingsmassen anzuschließen, die von den Franken aus Bans Königreich vertriebenen worden waren; statt dessen segelten sie gen Norden, nach Britannien. Nach Dumnonia.

In Dumnonia angekommen, reisten sie nach Durnovaria. Sie erreichten es zwei volle Tage vor Merlin, Galahad und mir, so daß wir bei ihrer Ankunft nicht anwesend waren. Allerdings erfuhren wir umgehend alles darüber, denn die Stadt war erfüllt von bewundernden Berichten über die Flüchtlinge.

Benoics Königsfamilie mitsamt Gefolge war mit drei schnellen Schiffen gereist, die lange vor dem Fall der Insel mit Vorräten beladen worden waren und deren Laderäume von jenem Gold und Silber überquollen, das die Franken in Bans Palast zu finden gehofft hatten. Als die Gruppe um Königin Elaine Durnovaria erreichte, war dieser Schatz längst in einem sicheren Versteck untergebracht, so daß die Flüchtlinge nun allesamt zu Fuß in die Stadt kamen, manche von ihnen ohne Schuhe, alle zerlumpt und staubbedeckt, mit Meersalz verkrustet, mit blutbesudelten Kleidern und ramponierten Waffen, die sie in den kraftlosen Händen hielten. Elaine, Königin von Benoic, und Lancelot, nunmehr König eines verlorenen Königreichs, hinkten die Hauptstraße der Stadt entlang, um wie die Ärmsten der Armen vor Guineveres Palast zu betteln. Hinter ihnen kam eine bunte Gesellschaft von Wachen, Dichtern und Höflingen, die – wie Elaine mitleidheischend behauptete – einzigen Überlebenden des Massakers. »Wenn Arthur nur Wort gehalten hätte«, jammerte sie Guinevere vor, »wenn er nur die Hälfte dessen getan hätte, was er uns versprochen hat!«

»Mutter! Mutter!« Lancelot nahm sie in den Arm.

»Ich will nur noch sterben, mein Liebling«, erklärte Elaine, »genauso, wie es dir im Kampf fast ergangen wäre.«

Guinevere zeigte sich der Lage natürlich auf das prachtvollste gewachsen. Kleider wurden geholt, Badezuber gefüllt, Speisen gekocht, Wein eingeschenkt, Wunden verbunden, Berichte angehört, kostbare Geschenke gemacht und Arthur gerufen.

Die Berichte klangen wundervoll. Sie wurden in der ganzen Stadt wiederholt, und als wir in Durnovaria eintrafen, hatten sie auch den hintersten Winkel von Dumnonia erreicht und verbreiteten sich wie ein Lauffeuer über die Grenzen hinaus, um in zahllosen britischen und irischen Festhallen erzählt zu werden. Es war eine große Heldensage: wie Lancelot und Bors das Tor mit dem Wassergeist gehalten, wie sie den Sand mit den Leichen der Feinde bedeckt und die Möwen mit den Gedärmen der Franken gefüttert hatten. Die Franken, hieß es in den Erzählungen, hätten um Gnade gefleht, weil sie den blitzenden Tanlladwyr in Lancelots Hand fürchteten, dann aber seien dort, wo Lancelot sie nicht sehen konnte, einige andere Verteidiger zurückgewichen. Der Feind war in die Stadt eingedrungen, und während der Kampf bis dahin hart gewesen war, wurde er jetzt grauenhaft. Ein Feind nach dem anderen fiel, als eine Straße nach der anderen verteidigt wurde, aber nicht einmal alle Helden der Antike zusammen hätten das Vordringen der eisenbehelmten Feinde aufhalten könnten, die von der alles einschließenden See heraufgeströmt kamen wie Dämonen aus Manawydans Alpträumen. Die Helden mußten der Überzahl weichen, hinterließen jedoch zu Bergen getürmte Frankenleichen; immer mehr Feinde kamen, und immer weiter mußten sich die Helden zurückziehen – bis zur Terrasse des Schlosses, wo Ban, der gute König Ban stand und den Horizont nach Arthurs Schiffen absuchte. »Sie werden kommen«, habe Ban behauptet, »denn Arthur hat es mir versprochen.«

Der König, so hieß es, habe die Terrasse nicht verlassen wollen, denn falls Arthur komme und er nicht dort sei – was würden die Leute dazu sagen? Er bestand darauf, zu bleiben und Arthur zu begrüßen. Dann aber küßte er seine Frau, umarmte seinen Erben und wünschte ihnen guten Wind bis Britannien, bevor er den Blick wieder aufs Meer richtete, um nach der Rettung Ausschau zu halten, die niemals kam.

Es war eine große Saga, und als am Tag darauf festzustehen schien, daß keine Schiffe aus Armorica mehr eintreffen würden, wurde sie unmerklich verändert. Nun waren es Dumnonias Männer, die von Culhwch befehligten Krieger und Derfel, die den Feind nach Ynys Trebes hereingelassen hatten. »Sie haben gekämpft«, vesicherte Lancelot Guinevere, »aber sie konnten die Mauern nicht halten.«

Arthur, der gegen Cerdics Sachsen zu Felde gezogen war, unternahm einen Gewaltritt, um seine Gäste in Durnovaria willkommen zu heißen. Er traf ein, kurz bevor unsere armselige Gruppe unbemerkt die Straße emporzog, die vom Meer an den großen, grasbewachsenen Wällen von Mai Dun vorbeiführte. Einer der Wachtposten am Südtor der Stadt erkannte mich und ließ uns ein. »Ihr kommt gerade rechtzeitig«, sagte er.

»Wozu?«

»Arthur ist hier. Sie wollen die Geschichte von Ynys Trebes erzählen.«

»Ach ja?« Ich warf einen Blick über die Stadt zum Palast auf dem westlichen Hügel. »Das muß ich hören«, erklärte ich und führte meine Begleiter in die Stadt. Eilig strebten wir der zentralen Kreuzung zu, weil ich neugierig auf die Kapelle war, die Sansum für Mordred erbaut hatte. Zu meinem Erstaunen jedoch gab es weder eine Kapelle noch einen Tempel auf dem Grundstück, nur eine öde Fläche, auf der dichtes Unkraut wucherte. »Nimue«, sagte ich belustigt.

»Was?« fragte Merlin. Er trug seine Kapuze, damit ihn niemand erkannte.

»Ein aufgeblasener kleiner Mann«, antwortete ich, »wollte hier eine Kirche bauen. Guinevere rief Nimue zu Hilfe, damit sie ihn aufhalte.«

»Dann ist Guinevere nicht ganz ohne Verstand?« erkundigte sich Merlin.

»Hab' ich gesagt, daß sie das wäre?«

»Nein, mein lieber Derfel, das hast du nicht. Wollen wir weitergehen?« Wir stiegen den Hügel zum Palast hinauf. Es war Abend, und die Palastsklaven steckten überall im Innenhof Fackeln in Halterungen, in dem sich, ungeachtet des Schadens, den sie Guineveres Rosen und Wasserrinnen zufügte, eine dichte Menschenmenge versammelt hatte, um Lancelot und Arthur zu sehen. Niemand erkannte uns, als wir das Tor passierten. Merlin trug seine Kapuze, während Galahad und ich die Wangenstücke unserer Wolfsrutenhelme vor dem Gesicht geschlossen hatten. Zusammen mit Culhwch und einem Dutzend weiterer Männer drängten wir uns bis zu den Arkaden im Rücken der Menge durch.

Und dort vernahmen wir, während die Nacht hereinbrach, die Erzählung vom Fall der Insel Ynys Trebes.

Lancelot, Guinevere, Elaine, Arthur, Bors und Bedwin standen auf der Ostseite des Innenhofs, wo das Pflaster um einige Fuß höher lag als auf den anderen Seiten und eine natürliche Bühne bildete. Der Eindruck wurde von den hell brennenden Fackeln an der Wand unterhalb der Terrasse, von der eine Treppe zum Innenhof hinabführte, noch verstärkt. Ich sah mich suchend nach Nimue um, konnte sie aber nirgends entdecken, und auch der junge Bischof Sansum war nicht anwesend. Bischof Bedwin sprach ein Gebet, und die Christen unter den Zuschauern murmelten die Antworten, bekreuzigten sich und machten sich dann bereit, ein weiteres Mal der schrecklichen Geschichte vom Fall Ynys Trebes' zu lauschen. Erzählt wurde sie von Bors. Er stand oben an der Treppe und berichtete von Benoics Kampf, und die gespannten Zuhörer keuchten auf, wenn sie von den Schrecken hörten, und jubelten, wenn er eine von Lancelots Heldentaten näher ausführte. Einmal deutete Bors, von seinen Gefühlen übermannt, schweigend auf Lancelot, der den Jubel zu dämpfen versuchte, indem er beschwichtigend eine dick verbundene Hand hob und, als die Geste wirkungslos blieb, den Kopf schüttelte, als wäre der Jubel der Menge einfach zuviel für ihn. Elaine, ganz in Schwarz, stand weinend neben ihrem Sohn. Bors hielt sich nicht weiter bei Arthurs Versäumnis auf, die dem Untergang geweihte Garnison zu verstärken, sondern erklärte statt dessen, König Ban hätte, obwohl Lancelot wußte, daß Arthur in Britannien kämpfte, an unrealistischen Hoffnungen festgehalten. Arthur, der dennoch verletzt war, schüttelte den Kopf und schien den Tränen nahe zu sein, vor allem, als Bors die rührende Szene von

König Bans Abschied von Frau und Sohn schilderte. Ich selbst hatte ebenfalls Tränen in den Augen – nicht wegen der Lügen, die ich mir anhören mußte, sondern aus purer Freude darüber, Arthur endlich wiederzusehen. Er hatte sich nicht verändert. Das knochige Gesicht war immer noch kraftvoll, und seine Augen verrieten immer noch Menschenliebe.

Als Bedwin fragte, was aus den Männern von Dumnonia geworden sei, ließ sich Ban mit unverkennbarem Zögern die Geschichte unseres tragischen Todes aus der Nase ziehen. Die Zuhörer stöhnten, als sie erfuhren, daß wir es gewesen waren, die Männer aus Dumnonia, die die Stadtmauer aufgegeben hatten. Bors erhob eine behandschuhte Hand. »Sie haben tapfer gekämpft«, behauptete er, aber die Menschen ließen sich nicht trösten.

Merlin schien diesen Unsinn zu ignorieren und flüsterte statt dessen mit einem Mann ganz hinten in der Menge. Nun jedoch kam er herübergeschlurft und berührte meinen Ellbogen. »Ich muß mal pissen, mein lieber Junge«, sagte er mit Pater Celwins Stimme. »Alter Mann, schwache Blase. Kümmer du dich um diese Idioten. Ich bin bald zurück.«

»Eure Männer haben tapfer gekämpft«, rief Bors der Menge zu, »und wenn sie auch besiegt wurden, so sind sie doch wie Männer gestorben!«

»Und sind nun, wie Geister, aus der Anderwelt zurückgekehrt«, rief ich laut und schmetterte dabei meinen Schild gegen eine Säule, woraufhin eine kleine weiße Staubwolke aus pulverisiertem Kalk aufstob. Ich trat ins Licht einer Fackel. »Ihr seid ein Lügner, Bors!« schrie ich erbost.

Culhwch trat neben mich. »Ich sage ebenfalls, daß Ihr lügt!« grollte er.

»Und ich!« Damit trat Galahad zu uns.

Ich zog Hywelbane. Das Scharren des Stahls am hölzernen Hals der Scheide ließ die Menge zurückweichen, so daß ein Pfad durch die zertrampelten Rosen frei wurde, der bis zur Terrasse führte. Schlachtenmüde, staubbedeckt, in Helm und Wehr, schritten wir drei voran. Wir gingen im Gleichschritt, langsam und schwer, und weder Bors noch Lancelot wagte ein Wort zu sagen, als sie die Wolfsruten sahen, die unsere Helme zierten. In der Mitte des Gartens blieb ich stehen und rammte Hywelbane in die Erde eines Rosenbeets. »Mein Schwert sagt, Ihr lügt«, rief ich laut. »Derfel, Sohn einer Sklavin, erklärt, daß Lancelot ap Ban, König von Benoic, lügt!«

»Culhwch ap Galeid erklärt dasselbe!« Damit stieß Culhwch sein schartiges Schwert neben das meine.

»Und Galahad ap Ban, Prinz von Benoic, ebenfalls.« Galahad setzte sein Schwert daneben.

»Kein Franke hat unseren Teil der Mauer erklommen«, sagte ich und nahm den Helm ab, damit Lancelot mein Gesicht sehen konnte. »Kein Franke hat gewagt, unsere Mauer zu erklimmen, weil so viele Tote an ihrem Fuß lagen.«

»Und ich, Bruder...« – Galahad nahm ebenfalls den Helm ab – »war bis zur letzten Sekunde bei unserem Vater – nicht du!«

»Und Ihr, Lancelot«, rief ich, »trugt keinen Verband, als Ihr aus Ynys Trebes floht. Was ist geschehen? Habt Ihr Euch einen Splitter vom Schanzdeck Eures Fluchtschiffs in den Daumen gerissen?«

Es gab einen Aufruhr. Einige von Bors' Wachen, die an einer Seite des Innenhofs standen, zogen ihre Schwerter und riefen Beschimpfungen, aber Cavan drängte mit dem Rest unserer Männer mit erhobenen Speeren drohend durch das offene Tor herein. »Keiner von euch Bastarden hat die Stadt verteidigt«, rief Cavan. »Also kämpft wenigstens jetzt!«

Lanval, der Kapitän von Guineveres Palastgarde, rief seinen Bogenschützen zu, die Terrasse zu besetzen. Elaine war schneeweiß geworden, Lancelot und Bors standen neben ihr und schienen beide zu zittern. Bischof Bedwin rief etwas, aber es war Arthur, der die Ordnung wiederherstellte. Er zog Excalibur und schlug damit auf seinen Schild. Lancelot und Bors hatten sich in den Hintergrund der Terrasse zurückgezogen, aber Arthur winkte sie wieder nach vorn. Dann musterte er uns drei. Die Menge verstummte, und die Bogenschützen nahmen die Pfeile von den Sehnen. »In der Schlacht«, sagte Arthur leise, um die Aufmerksamkeit aller auf sich zu ziehen, »entsteht oft Verwirrung. Die Menschen können kaum alles sehen, was in einer Schlacht geschieht. Unsere Freunde von Ynys Trebes...« – dabei legte er Lancelot seinen Schwertarm um die Schultern – »irrten sich, aber es war ein entschuldbarer Irrtum. Ganz zweifellos hat ihnen ein armer, verwirrter Mensch von Eurem Tod berichtet, und sie haben ihm geglaubt; nun aber sehen sie sich zum Glück widerlegt. Doch keinesfalls beschämt! In Ynys Trebes gab es für alle genügend Ruhm zu erringen. Habe ich recht?«

Arthur richtete diese Frage an Lancelot, aber es war Bors, der antwortete. »Ich habe mich geirrt«, sagte er, »und ich bin froh darüber.«

»Ich ebenfalls«, setzte Lancelot mit tapferer, klarer Stimme hinzu.

»Na also!« sagte Arthur und sah uns drei lächelnd an. »Und nun, meine Freunde, nehmt Eure Waffen wieder an Euch. Wir werden hier keinerlei Feindschaft dulden! Schließlich seid Ihr alle Helden – Ihr alle!« Er wartete, doch keiner von uns dreien regte sich. Die Flammen der Fackeln glänzten auf unseren Helmen und berührten die Klingen unserer im Boden steckenden Schwerter, die zum Kampf um die Wahrheit herausforderten. »Ich befehle Euch, die Schwerter herauszuziehen«, sagte er. »Dies ist mein Haus. Ihr, Culhwch, und Ihr, Derfel, seid durch einen Eid an mich gebunden. Wollt ihr jetzt Euren Eid brechen?«

»Ich verteidige meine Ehre, Lord«, antwortete Culhwch.

»Eure Ehre ist in meinen Diensten«, fuhr Arthur ihn an, und der Stahl in seiner Stimme ließ mich erschauern. Er war ein liebenswürdiger Mann, und man vergaß nur allzu leicht, daß er bestimmt nicht nur durch Freundlichkeit zum Kriegsherrn geworden war. Er redete immer von Frieden und Versöhnung, in der Schlacht aber löste sich seine Seele von derartigen Gedanken und überließ sich ganz dem Töten. Nun drohte er uns mit Kampf, indem er die Hand an Excaliburs Heft legte. »Nehmt Eure Schwerter!« befahl er uns abermals. »Oder soll ich sie an Eurer Statt herausziehen?«

Da wir nicht gut gegen unseren eigenen Lord kämpfen konnten, gehorchten wir. Galahad folgte unserem Beispiel. Wir ärgerten uns über die Niederlage und fühlten uns betrogen, aber kaum hatte Arthur in seinem Haus den Frieden wiederhergestellt, begann er schon wieder zu lächeln. Mit ausgebreiteten Armen kam er die Treppe herab, und seine Freude darüber, uns wiederzusehen, war so unverkennbar, daß mein Groll sich sofort in nichts auflöste. Er umarmte seinen Cousin Culhwch, und als er anschließend mich an sich drückte, spürte ich die Tränen meines Lords an meiner Wange. »Derfel«, sagte er, »Derfel Cadarn. Seid Ihr es wirklich?«

»Kein anderer, Lord.«

»Ihr seht älter aus«, stellte er lächelnd fest.

»Ihr nicht.«

Er verzog das Gesicht. »Ich war nicht in Ynys Trebes. Ich wünschte, ich wäre dort gewesen.« Damit wandte er sich an Galahad. »Ich habe von Eurer Tapferkeit gehört, Lord Prinz, und begrüße Euch herzlich.«

»Aber bitte, Lord, beleidigt mich nicht, indem Ihr meinem Bruder glaubt«, gab Galahad verbittert zurück.

»Nein«, sagte Arthur. »Ich dulde keinen Streit. Wir sind alle Freunde. Darauf muß ich bestehen.« Er schob seinen Arm durch den meinen und führte uns alle drei die Stufen zur Terrasse empor, wo er von uns verlangte, Bors und Lancelot in die Arme zu schließen. »Es gibt schon genug Schwierigkeiten«, sagte er leise zu mir, als ich zurückblieb. »Auch ohne dies.«

Also trat ich vor und breitete die Arme aus. Lancelot zögerte, dann kam er mir entgegen. Seine geölten Haare dufteten nach Veilchen. »Kind!« flüsterte er mir ins Ohr, nachdem er mich auf die Wange geküßt hatte.

»Feigling!« flüsterte ich zurück. Dann lösten wir uns lächelnd voneinander.

Bischof Bedwin hatte Tränen in den Augen, als er mich umarmte. »Mein lieber Derfel!«

»Ich habe sogar noch bessere Neuigkeiten für Euch«, sagte ich leise. »Merlin ist hier.«

»Merlin?« Bedwin starrte mich an, als wage er meine Worte nicht zu glauben. »Merlin ist hier? Merlin!« Wie ein Lauffeuer verbreitete sich die Nachricht durch die Menge. Merlin war wieder da! Der große Merlin war zurückgekehrt. Die Christen bekreuzigten sich, aber selbst sie erkannten die Bedeutung dieser Neuigkeit. Merlin war nach Dumnonia zurückgekehrt, und plötzlich schienen die Sorgen des Königreichs nur noch halb so schwer.

»Und wo ist er?« wollte Arthur wissen.

»Er ist hinausgegangen«, antwortete ich verlegen und zeigte auf das Tor.

»Merlin!« rief Arthur. »Merlin!«

Aber er bekam keine Antwort. Wachen suchten nach ihm, fanden ihn aber nicht. Später sagten Wächter am Westtor, ein alter Priester mit Buckel, Augenklappe, grauer Katze und krankhaftem Husten habe die Stadt verlassen, darüber hinaus aber hätten sie keinen anderen weißbärtigen Weisen gesehen.

»Ihr habt eine furchtbare Schlacht hinter Euch, Derfel«, sagte Arthur zu mir, als wir in der Festhalle des Palastes saßen, wo uns ein Mahl aus Schweinefleisch, Brot und Met serviert wurde. »In harten Zeiten haben Männer seltsame Träume.«

»Nein, Lord«, beharrte ich, »Merlin war hier. Fragt nur Prinz Galahad.«

»Das werde ich«, versicherte er mir, »selbstverständlich werde ich das.« Damit wandte er sich ab, um zu der erhöhten Tafel hinüberzublicken, wo Guinevere einen Ellbogen aufstützte, um Lancelot zuzuhören. »Wir haben alle viel gelitten«, ergänzte er.

»Aber ich habe Euch enttäuscht, Lord«, gestand ich, »und das tut mir leid.«

»Nein, nein, Derfel – nein! Ich habe Ban enttäuscht. Aber was sollte ich tun? Es gibt so furchtbar viele Feinde.« Er verstummte und lächelte, als er hörte, wie Guineveres Lachen durch die Halle tönte. »Ich bin glücklich, daß wenigstens sie glücklich ist«, sagte er. Damit wandte er sich Culhwch zu, der darauf konzentriert war, ein ganzes Spanferkel zu vertilgen.

An jenem Abend war Lunete bei Hof. Sie hatte sich die Haare geflochten und zu zwei blumengeschmückten Schnecken aufgesteckt. Sie trug Torques, Broschen und Armreifen, und ihr Gewand aus rotgefärbtem Leinen wurde von einem Ledergürtel mit Silberschnalle gehalten. Sie lächelte mir zu, klopfte mir ein wenig Schmutz vom Ärmel und rümpfte die Nase über meine stinkenden Kleider. »Narben stehen dir gut, Derfel«, sagte sie und berührte dabei ganz leicht meine Wange, »aber du setzt dich zu vielen Gefahren aus.«

»Ich bin Krieger.«

»Nicht solche Gefahren. Ich meine, daß du dir Geschichten über Merlin ausdenkst. Du hast mich in Verlegenheit gebracht! Und lauthals zu verkünden, daß du der Sohn einer Sklavin bist! Hast du denn keinen Augenblick daran gedacht, wie sehr mich das verletzen könnte? Ich weiß, wir sind nicht mehr zusammen, aber die Leute wissen, daß wir zusammen waren, und was glaubst du wohl, was ich empfinde, wenn du sagst, daß du als Sklave geboren bist? Du solltest mehr an andere denken, Derfel, wirklich, das solltest du!« Wie ich sah, trug sie unseren Liebesring nicht mehr, aber das hatte ich nicht anders erwartet, denn sie hatte längst andere Männer gefunden, die es sich leisten konnten, großzügiger zu sein als ich. »Ich nehme an, daß Ynys Trebes dich ein bißchen um den Verstand gebracht hat«, fuhr sie fort. »Warum solltest du Lancelot sonst zum Kampf herausfordern? Ich weiß, daß du gut mit dem Schwert umgehen kannst, Derfel, aber er ist Lancelot und nicht irgendein einfacher Krieger.« Sie wandte sich um und blickte hinüber, wo der König neben Guinevere saß. »Ist er nicht wundervoll?« fragte sie mich.

»Unvergleichlich«, gab ich gereizt zurück.

»Und nicht vermählt, wie ich hörte?« fragte Lunete voll Koketterie.

Ich beugte mich zu ihrem Ohr hinunter. »Er liebt Knaben«, flüsterte ich.

Sie schlug mich auf den Arm. »Dummkopf! Jeder sieht, daß das nicht stimmt. Siehst du nicht, wie er Guinevere anhimmelt?« Nun brachte Lunete ihren Mund dicht an mein Ohr. »Sag's niemandem weiter«, flüsterte sie heiser, »sie ist schwanger.«

»Gut«, sagte ich.

»Gar nicht gut. Sie ist nicht glücklich. Sie will nicht kugelrund werden, weißt du. Und ich kann's ihr nicht verdenken, ich habe die Schwangerschaft gehaßt. Ach, da ist jemand, mit dem ich sprechen möchte. Ich freue mich immer über neue Gesichter bei Hof. Ach ja, und noch eins, Derfel.« Sie lächelte zuckersüß. »Nimm ein Bad, mein Lieber.« Sie durchquerte den Saal, um einen von Königin Elaines Poeten anzusprechen.

»Weg mit dem Alten, her mit dem Neuen?« Bischof Bedwin war neben mir aufgetaucht.

»Ich bin so alt, daß es mich wundert, daß sich Lunete überhaupt an mich erinnert«, antwortete ich verdrossen.

Bedwin lächelte und begleitete mich in den Innenhof, der sich inzwischen gänzlich geleert hatte. »Merlin war bei Euch«, sagte er – nicht als Frage, sondern als Feststellung.

»Ja, Lord.« Ich erzählte ihm, daß Merlin vorgegeben hatte, den Palast für nur wenige Momente verlassen zu wollen.

Bedwin schüttelte den Kopf. »Er liebt diese Spielchen«, sagte er verzweifelt. »Erzählt mir mehr.«

Ich berichtete ihm alles, was ich wußte. Vom Rauch der knisternden Fackeln umgeben, gingen wir auf der Terrasse auf und ab, während ich von Pater Celwin und Bans Bibliothek erzählte und ihm die wahre Geschichte der Belagerung sowie die Wahrheit über Lancelot berichtete. Ich schloß mit der Beschreibung von Caleddins Handschrift, die Merlin aus der untergehenden Stadt gerettet hatte. »Wie es heißt«, erklärte ich Bedwin, »enthält sie das geheime Wissen Britanniens.«

»Ich bete zu Gott, daß das zutrifft, möge Gott mir vergeben«, sagte Bedwin. »Irgend jemand muß uns helfen.«

»Steht es so schlecht?«

Bedwin zuckte die Achseln. Er wirkte alt und müde. Sein Haar war schütter geworden, sein Bart dünn und sein Gesicht hagerer, als ich es in Erinnerung hatte. »Ich nehme an, es könnte schlimmer sein«, räumte er ein, »aber besser wird es leider nie. Im Grunde hat sich nicht sehr viel geändert, seit Ihr uns verlassen habt, nur daß Aelle immer stärker wird, so stark, daß er es inzwischen sogar wagt, sich *Bretwalda* zu nennen.« *Bretwalda* war ein sächsischer Titel und bedeutete Herrscher Britanniens. »Er hat das ganze Land zwischen Durocobrivis und Corinium erobert«, berichtete Bedwin, »und hätte vermutlich auch die beiden Festungen selbst gestürmt, hätten wir nicht mit dem letzten Rest unseres Goldes Frieden erkauft. Und dann ist da Cerdic unten im Süden, und der erweist sich als noch bösartiger als Aelle.«

»Greift Aelle Powys denn nicht an?«

»Gorfyddyd hat ihn bezahlt, genau wie wir.«

»Ich dachte, Gorfyddyd sei krank!«

»Die Seuche ging vorüber, wie das mit Seuchen so ist. Er hat sich erholt, und nun führt er die Männer von Elmet zusammen mit den Truppen von Powys. Er ist erfolgreicher, als wir dachten«, gestand Bedwin offen ein, »vielleicht, weil ihn der Haß antreibt. Er trinkt nicht mehr soviel wie früher und hat geschworen, sich für seinen verlorenen Arm an Arthur zu rächen. Und schlimmer noch, Derfel, Gorfyddyd tut nun, was Arthur so gern getan hätte. Er eint die Stämme, aber leider eint er sie gegen uns und nicht gegen die Sachsen. Er bezahlt Gundleus' Silurier und die Schwarzschild-Iren dafür, daß sie unsere Küsten überfallen, und besticht König Mark, Cadwy zu helfen. Außerdem möchte ich behaupten, daß er im Augenblick Geld eintreibt, um Aelle dafür zu bezahlen, unseren Waffenstillstand zu brechen. Gorfyddyd steigt auf, während wir fallen. In Powys nennen sie Gorfyddyd jetzt schon den Großkönig. Und er hat Cuneglas als Erben, während wir unseren armen, kleinen, lahmen Mordred haben. Gorfyddyd stellt ein ganzes Heer zusammen, während wir Kriegshorden haben. Und sobald in diesem Jahr die Ernte eingebracht ist, Derfel, wird Gorfyddyd mit den Männern aus Elmet und Powys südwärts marschieren. Viele behaupten, es werde das größte Heer sein, das jemals in Britannien gesehen wurde, und es nimmt kaum wunder, daß es Leute gibt, die sagen ...« – er senkte die Stimme – »wir sollten Frieden zu seinen Bedingungen schließen.«

»Und die wären?«

»Es gibt nur eine einzige Bedingung: Arthurs Tod. Gorfyddyd wird Arthur niemals vergeben, wie tief er Ceinwyn beleidigt hat. Könnt Ihr ihm das übelnehmen?« Bedwin zuckte die Achseln und ging einen Augenblick schweigend weiter. »Die größte Gefahr«, fuhr er dann fort, »besteht darin, daß Gorfyddyd, wenn er das Geld zusammenbringt, Aelle wieder in den Krieg hineinzieht. Wir können den Sachsen nichts mehr bezahlen – einfach, weil wir nichts mehr haben. Die Schatzkammern sind leer. Wer wird einem untergehenden Regime noch Steuern zahlen? Und wir können keine Speerkämpfer entbehren, die für uns die Steuern eintreiben.«

»Gleich hier ...« – mit dem Kopf deutete ich zur Halle hinüber, aus der laut die Geräusche des Festmahls herüberdrangten – »gibt es eine Menge Gold. Allein Lunete trug genug davon«, setzte ich säuerlich hinzu.

»Von Prinzessin Guineveres Damen«, gab Bedwin verbittert zurück, »wird nicht erwartet, daß sie dem Krieg ihren Schmuck opfern. Und selbst wenn sie das täten, bezweifle ich, daß es genug wäre, um Aelle noch einmal zu bestechen. Und wenn er uns im Herbst angreift, Derfel, dann werden jene Männer, die Arthurs Leben verlangen, ihre Forderung nicht mehr flüstern, sondern laut von allen Mauern verkünden. Gewiß, Arthur könnte sich einfach davonmachen. Er könnte vermutlich nach Broceliande gehen, dann würde Gorfyddyd den jungen Mordred in seine Obhut nehmen, und wir wären nur noch ein von Powys aus regiertes Vasallenreich.«

Ich schritt schweigend weiter. Daß die Dinge so verzweifelt schlecht standen, hatte ich nicht gedacht.

Bedwin lächelte bedrückt. »Wie es scheint, mein junger Freund, seid Ihr vom Regen in die Traufe geraten. Es wird viel Arbeit für Euer Schwert geben, Derfel, und zwar schon bald. Ihr werdet sehen.«

»Ich hätte gern Zeit gehabt, Ynys Wydryn zu besuchen«, wandte ich ein.

»Um Merlin wiederzusehen?«

»Um Nimue wiederzusehen«, berichtigte ich.

Er machte halt. »Ihr habt es noch nicht gehört?«

Irgend etwas Eiskaltes berührte mein Herz. »Ich habe nichts gehört. Ich hatte eigentlich gedacht, sie hier in Durnovaria zu finden.«

»Sie war hier«, bestätigte Bedwin. »Prinzessin Guinevere hatte sie herbefohlen. Ich war eigentlich erstaunt, daß sie kam, aber sie kam. Ihr müßt wissen, Derfel, daß Guinevere und Bischof Sansum – erinnert Ihr Euch? Wie könnte man den vergessen! –, daß diese beiden miteinander im Streit liegen. Nimue war Guineveres Waffe. Gott weiß, was Merlin sich von Nimue erwartete, aber Sansum wollte es gar nicht erst erfahren. Er predigte gegen Nimue und verkündete, sie sei eine Hexe. Einige meiner Mitchristen sind, fürchte ich, nicht von Menschenliebe erfüllt, und Sansum predigte, daß man sie steinigen müßte.«

»Nein!« protestierte ich entsetzt.

»Nein, nein!« Er hob die Hand, um mich zu beruhigen. »Sie hat sich gewehrt, indem sie die Heiden vom Land ringsum in die Stadt holte. Die haben Sansums neue Kapelle geplündert, es kam zu Tumulten, und es gab ein Dutzend Tote, obwohl weder sie noch Sansum verletzt wurden. Die Wache des Königs geriet in Panik, weil sie ein Attentat auf Mordred vermuteten. Das war es natürlich nicht, aber nun konnte sie nichts mehr daran hindern, ihre Speere einzusetzen. Dann wurde Nimue von Nabur, dem Magistraten, der für den König verantwortlich ist, verhaftet und der Anstiftung zum Aufruhr schuldig gesprochen. Das war natürlich klar, er ist schließlich Christ. Bischof Sansum forderte ihren Tod, Prinzessin Guinevere verlangte, daß Nimue freigelassen werde, und während sich diese Streitereien hinzogen, schmachtete Nimue in Naburs Kerker.« Bedwin hielt inne. An seiner Miene erkannte ich, daß das Schlimmste noch kommen würde. »Sie wurde wahnsinnig, Derfel«, fuhr der Bischof schließlich fort. »Es war, als hätte man einen ungezähmten Falken eingesperrt, wißt Ihr, und sie lehnte sich gegen die Gitterstäbe auf. Sie wurde wahnsinnig, heulte und schrie. Niemand vermochte sie zu bändigen.«

Jetzt wußte ich, was kommen würde. Ich schüttelte den Kopf. »Nein«, sagte ich leise.

»Die Toteninsel«, sprach Bedwin die entsetzliche Wahrheit aus. »Was sollten sie sonst tun?«

»Nein!« protestierte ich abermals, denn Nimue war auf der Toteninsel verloren unter den Zerbrochenen, und ich vermochte den Gedanken an dieses Schicksal nicht zu ertragen. »Die dritte Wunde«, sagte ich leise.

»Wie bitte?« Bedwin legte die Hand hinters Ohr.

»Ach, nichts«, wehrte ich ab. »Lebt sie noch?«

»Wer weiß? Kein lebender Mensch geht freiwillig dorthin, und wenn doch, kann er nicht mehr zurück.«

»Aber dann muß Merlin dorthin gegangen sein!« rief ich erleichtert. Merlin hatte es zweifellos von dem Mann erfahren, der hinten im Innenhof mit ihm geflüstert hatte, und Merlin vollbrachte Dinge, die kein anderer Mensch vollbringen konnte. Die Toteninsel hatte für Merlin keinen Schrecken. Was sonst konnte der Grund dafür sein, daß er so unvermittelt verschwunden war? In ein, zwei Tagen, dachte ich, wird er nach Durnovaria zurückkehren und Nimue heil und gesund zurückbringen. Es konnte nicht anders sein.

»Betet zu Gott, daß es so ist«, sagte Bedwin. »Ihr zuliebe.«

»Was ist mit Sansum geschehen?« erkundigte ich mich rachsüchtig.

»Er wurde nicht offiziell bestraft«, antwortete Bedwin, »aber Guinevere überredete Arthur, ihm den Posten als Mordreds Kaplan zu entziehen. Dann starb der alte Bursche, der den Schrein vom heiligen Dornbusch auf Ynys Wydryn verwaltete, und ich konnte unseren jungen Bischof überreden, das Amt zu übernehmen. Er war nicht sehr glücklich darüber, doch da er wußte, daß er sich in Durnovaria zu viele Feinde gemacht hatte, akzeptierte er den Vorschlag.« Bedwin war eindeutig entzückt über Sansums tiefen Fall. »Seine Macht hier hat er verloren, und ich kann mir nicht vorstellen, daß er sie je zurückgewinnt. Das heißt, wenn er nicht sehr viel gerissener ist, als ich denke. Natürlich ist er auch einer von denjenigen, die flüsternd verlangen, Arthur zu opfern. Ein weiterer ist Nabur. In unserem Königreich gibt es jetzt eine Mordred-Partei, Derfel, und die fragt, warum wir kämpfen sollen, um Arthurs Leben zu retten.«

Ich trat um eine Pfütze Erbrochenes herum, die von einem betrunkenen Soldaten aus der Halle stammte. Der Mann stöhnte, blickte zu mir auf und würgte schon wieder. »Wer sonst könnte Dumnonia regieren?« fragte ich Bedwin, als wir außer Hörweite des Betrunkenen waren.

»Eine gute Frage, Derfel. Ja, wer? Gorfyddyd natürlich, oder sein Sohn Cuneglas. Manche flüstern auch Gereints Namen, aber der will nicht. Nabur hat sogar angedeutet, daß ich die Macht übernehmen könnte. Genaues hat er natürlich nicht gesagt, immer nur Andeutungen gemacht.« Bedwin lachte verächtlich. »Aber was könnte ich wohl gegen unsere Feinde ausrichten? Wir brauchen Arthur. Kein anderer hätte die Feinde, die uns umringen, so lange aufhalten können, Derfel. Aber die Leute verstehen das nicht. Sie geben ihm die Schuld an dem Chaos, doch wenn ein anderer an die Macht käme, würde das Chaos noch schlimmer werden. Wir sind ein Reich ohne richtigen König, darum wirft jeder ehrgeizige Lümmel ein gieriges Auge auf Mordreds Thron.«

Ich blieb neben der Bronzebüste stehen, die Gorfyddyd so sehr glich. »Wenn Arthur nur Ceinwyn geheiratet hätte...«, begann ich.

»Ja, Derfel, wenn«, fiel Bedwin mir ins Wort. »Wenn Mordreds Vater nicht gestorben wäre oder wenn Arthur Gorfyddyd getötet hätte, statt ihm nur den Arm abzuschlagen, wäre jetzt alles ganz anders. Die Geschichte besteht aus lauter Wenns. Und vielleicht habt Ihr recht. Wenn Arthur Ceinwyn geheiratet hätte, dann würde jetzt vielleicht Frieden herrschen und Aelles Schädel auf Caer Cadarn auf einer Speerspitze stecken. Aber wie lange, glaubt Ihr, hätte Gorfyddyd Arthurs Erfolg ertragen? Und vergeßt nicht, warum Gorfyddyd überhaupt erst mit der Vermählung einverstanden war.«

»Wegen des Friedens?«

»Meine Güte, nein! Gorfyddyd gestattete Ceinwyn nur, sich zu verloben, weil er glaubte, daß ihr Sohn, sein Enkel, statt Mordred Herrscher von Dumnonia werden würde. Ich dachte, das läge auf der Hand.«

»Für mich nicht«, gestand ich, denn als Arthur sich auf Caer Sws so blind verliebte, war ich nur ein Speerkämpfer seiner Wache gewesen und kein Hauptmann, der sich über die Beweggründe von Königen und Prinzen Gedanken machen mußte.

»Wir brauchen Arthur«, sagte Bedwin und schaute auf, um mir in die Augen zu sehen. »Und wenn Arthur Guinevere braucht, dann ist das eben so.« Er zuckte die Achseln und ging weiter. »Ich hätte Ceinwyn als seine Gemahlin vorgezogen, aber es war nicht meine Aufgabe, die Wahl zu treffen und das Brautbett zu bereiten. Nun wird das arme Ding Gundleus ehelichen.«

»Gundleus?« Ich sagte das so laut, daß es den betrunkenen Soldaten erschreckte, der sich stöhnend über sein Erbrochenes beugte. »Ceinwyn wird Gundleus heiraten?« fragte ich Bedwin ungläubig.

»Die Verlobungsfeier findet in zwei Wochen statt«, gab Bedwin gelassen zurück. »Beim Lugnasafest.« Lugnasa war das Sommerfest des Lichtgottes Lleullaw und war der Fruchtbarkeit geweiht, daher wurde jede Verlobung, die bei diesem Fest stattfand, als besonders glückverheißend betrachtet. »Vermählen werden sie sich im Spätherbst, nach dem Krieg.« Er hielt inne, weil ihm bewußt war, was er damit gesagt hatte: Gorfyddyd und Gundleus würden den Krieg gewinnen, und die Vermählungszeremonie würde Teil der Siegesfeiern sein. »Gorfyddyd hat geschworen, ihnen Arthurs Kopf als Hochzeitsgeschenk zu überreichen«, ergänzte Bedwin traurig.

»Aber Gundleus ist bereits vermählt!« protestierte ich und fragte mich zugleich, warum ich so empört war. Kam das, weil ich an Ceinwyns zarte Schönheit dachte? Ich trug ihre Brosche noch immer unter meinem Brustpanzer, aber ich redete mir ein, ich sei nicht ihretwegen empört, sondern nur, weil ich Gundleus so sehr haßte.

»Daß er mit Ladwys vermählt ist, hat Gundleus nicht daran gehindert, Norwenna zu heiraten«, gab Bedwin verächtlich zu bedenken. »Er wird Ladwys verstoßen, dreimal um den heiligen Felsen marschieren und den magischen Giftpilz küssen, oder was immer ihr Heiden heutzutage tut, um euch scheiden zu lassen. Übrigens ist er kein Christ mehr. Eine heidnische Scheidung, Ceinwyn heiraten, mit ihr einen Erben zeugen und dann, habt Ihr nicht gesehen, wieder in Ladwys' Bett zurück. Das scheint heutzutage die übliche Prozedur zu sein.« Er hielt inne und legte den Kopf schief, um auf das Gelächter zu lauschen, das in der Halle aufbrandete. »Obwohl wir«, fuhr er dann fort, »später einmal an diese Tage als die letzten des Goldenen Zeitalters zurückdenken werden.«

Irgend etwas in seinem Ton ließ mich sogar noch mutloser werden. »Sind wir zum Untergang verurteilt?« fragte ich ihn.

»Wenn Aelle den Waffenstillstand einhält, werden wir vielleicht noch ein weiteres Jahr durchhalten, aber nur, wenn wir Gorfyddyd besiegen. Und wenn nicht? Dann müssen wir beten, daß Merlin uns ein neues Leben bringt.« Er zuckte die Achseln, schien sich aber keine großen Hoffnungen zu machen.

Er war kein guter Christ, dieser Bischof Bedwin, aber er war ein sehr guter Mensch. Heute behauptet Sansum, die Tatsache, daß er gut war, würde nicht verhindern, daß seine Seele in der Hölle schmore. In jenem Sommer aber, als ich eben erst aus Benoic zurückgekommen war, schienen unsere Seelen alle zur Verdammnis verurteilt zu sein. Die Ernte hatte gerade erst begonnen, sobald sie jedoch eingefahren war, würde Gorfyddyd angreifen.

VIERTER TEIL

Die Toteninsel

Igraine wollte unbedingt Ceinwyns Brosche sehen. Sie hielt sie gegen das Fenster, drehte und wendete sie und betrachtete die verschlungenen Muster. Deutlich erkannte ich die Begierde in ihren Augen. »Ihr habt viele, die weit schöner sind«, mahnte ich sie behutsam.

»Aber keine, die eine solche Geschichte hat«, gab sie zurück und hielt die Brosche probeweise an ihren Busen.

»Meine Geschichte, liebste Königin«, sagte ich tadelnd, »nicht die Eure.«

Sie lächelte. »Aber wie habt Ihr doch geschrieben? Ich würde, wäre ich wirklich so gutherzig, wie Ihr glaubt, gewiß gestatten, daß Ihr sie behaltet.«

»Habe ich das geschrieben?«

»Weil Ihr wußtet, daß Ihr mich so dazu bringen könnt, sie Euch zurückzugeben. Ihr seid ein listiger alter Mann, Bruder Derfel.« Sie bot mir die Brosche auf ihrer Handfläche dar, schloß aber die Finger über dem Gold, bevor ich sie mir nehmen konnte. »Wird sie eines Tages mir gehören?«

»Euch allein, liebste Lady. Das verspreche ich Euch.«

Dennoch hielt sie sie weiter fest. »Und Ihr werdet nicht zulassen, daß Bischof Sansum sie sich nimmt?«

»Niemals!« versicherte ich ihr energisch.

Daraufhin ließ sie die Brosche in meine Hand fallen. »Habt Ihr sie wirklich unter Eurem Brustpanzer getragen?«

»Immer«, antwortete ich und verstaute die Brosche sicher unter meiner Kutte.

»Armes Ynys Trebes.« Sie saß wie immer an ihrem Platz auf meiner Fensterbank, von wo aus sie das Dinnewrac-Tal bis zum fernen Fluß, der vom Frühsommerregen angeschwollen war, überblicken konnte. Versuchte sie sich vorzustellen, wie die fränkischen Eindringlinge die Furt durchschritten und die Hänge heraufgeschwärmt kamen? »Was ist aus Leanor geworden?« wollte sie wissen. Diese Frage überraschte mich.

»Der Harfenistin? Sie ist gestorben.«

»Nein! Aber ich dachte, Ihr hättet erzählt, sie hätte aus Ynys Trebes fliehen können?«

Ich nickte. »Das stimmt, aber in ihrem ersten Winter in Britannien wurde sie krank und starb. Legte sich einfach hin und starb.«

»Und was ist mit Eurer Frau?«

»Mit meiner?«

»In Ynys Trebes. Ihr sagtet, Galahad habe Leanor gehabt, ihr anderen Männer aber hättet ebenfalls Frauen gehabt. Wer also war die Eure? Und was ist aus ihr geworden?«

»Ich weiß es nicht.«

»Ach, Derfel! Sie muß Euch doch etwas bedeutet haben!«

Ich seufzte. »Sie war die Tochter eines Fischers. Ihr Name war Pellcyn, aber alle nannten sie Puss. Ihr Ehemann war ertrunken – ein Jahr bevor ich sie kennenlernte. Sie hatte ein Baby, eine kleine Tochter, und als Culhwch unsere Überlebenden zum Boot hinunterführte, stürzte Puss vom Klippenpfad ab. Weil sie ihr Baby auf dem Arm hielt und sich nicht an den Felsen festhalten konnte. Es herrschte Chaos, und alle flohen in panischer Hast. Niemand trug die Schuld an ihrem Tod.« Obwohl Pellcyn, wie ich oft dachte, am Leben geblieben wäre, wenn ich bei ihr gewesen wäre. Sie war ein kräftiges Mädchen mit strahlenden Augen, das gern lachte und ein unstillbares Verlangen nach harter Arbeit hatte. Eine gute Frau. Hätte ich ihr jedoch das Leben gerettet, hätte Merlin sterben müssen. Das Schicksal ist unerbittlich.

Igraine muß denselben Gedanken gehabt haben. »Ich wünschte, ich hätte Merlin kennengelernt«, sagte sie sehnsüchtig.

»Ihr hättet ihm gefallen«, gab ich zurück. »Er mochte hübsche Frauen.«

»Aber das tat Lancelot doch auch, nicht wahr?« fragte sie schnell.

»Aber ja!«

»Keine Knaben?«

»Keine Knaben.«

Igraine lachte. An diesem Tag trug sie ein besticktes Kleid aus blaugefärbtem Leinen, das zu ihrer hellen Haut und ihren dunklen Haaren paßte. Zwei goldene Torques lagen um ihren Hals, und an ihrem schlanken Handgelenk klirrten zahllose Armreifen. Sie stank nach Kot, eine Tatsache, die ich diplomatisch ignorierte, denn mir war klar, daß sie einen Beutel mit dem ersten Stuhlgang eines Neugeborenen bei sich tragen mußte, ein uraltes Mittel gegen Unfruchtbarkeit. Arme Igraine. »Ihr habt Lancelot gehaßt?« fragte sie mich plötzlich anklagend.

»Von ganzem Herzen.«

»Das ist nicht fair!« Sie sprang von der Fensterbank und ging in meinem kleinen Kämmerchen auf und ab. »Die Lebensgeschichte eines Menschen sollte nicht von seinem Feind erzählt werden. Was wäre, wenn Nwylle die meine schriebe?«

»Wer ist Nwylle?«

»Ihr kennt sie nicht.« Sie runzelte die Stirn, und ich vermutete, daß Nwylle die Geliebte ihres Gemahls war. »Aber es ist nicht fair«, wiederholte sie, »denn jeder weiß, daß Lancelot der tapferste von Arthurs Kriegern war. Jeder!«

»Ich nicht.«

»Aber er *muß* doch tapfer gewesen sein!!«

Ich starrte zum Fenster hinaus. Ich versuchte, Lancelot Gerechtigkeit widerfahren zu lassen, versuchte, irgend etwas Gutes über meinen schlimmsten Feind zu sagen. »Er hätte tapfer sein können«, erklärte ich schließlich, »aber er wollte nicht. Zuweilen kämpfte er, normalerweise aber ging er jeder Schlacht aus dem Weg. Er fürchtete nämlich, Narben im Gesicht davonzutragen. Er war eitel und ungeheuer stolz auf sein gutes Aussehen. Er sammelte römische Spiegel. Der Spiegelsaal im Palast von Benoic war Lancelots Idee. Stundenlang konnte er dort sitzen und sich in allen Spiegelwänden bewundern.«

»Ich glaube nicht, daß er so schlecht war, wie Ihr ihn schildert«, protestierte Igraine.

»Ich glaube, er war noch schlechter«, widersprach ich. Es fällt mir nicht leicht, über Lancelot zu schreiben, denn die Erinnerung an ihn ist wie ein dunkler Fleck in meinem Leben. »Vor allem aber«, fuhr ich fort, »war er unehrlich. Er erzählte absichtlich Lügen, weil er die Wahrheit über sich selbst verbergen wollte, aber er verstand es auch, sich beliebt zu machen, wenn er das wollte. Mit seinem Charme konnte er die Fische aus dem Meer locken, meine Liebe.«

Nicht sehr glücklich über diese Beurteilung schniefte sie mißlaunig. Wenn Dafydd ap Gruffud diese Worte übersetzt, wird Lancelots Bild zweifellos aufpoliert werden, genau wie es dem eitlen Kerl gefallen hätte. Der strahlende Lancelot! Der aufrechte Lancelot! Der schöne, tänzelnde, lächelnde, geistreiche, elegante Lancelot! Er war der König ohne Land und der Lord der Lügen, aber wenn es nach Igraine geht, wird er für alle Zeit als Inbegriff des königlichen Kriegers dastehen.

Igraine blickte durch das Fenster dorthin, wo Sansum eine Schar Aussätziger vom Tor verscheuchte. Der Heilige bewarf sie mit Erdklumpen, schrie ihnen zu, sie sollten sich zum Teufel scheren, und rief unsere anderen Brüder zu Hilfe. Der Novize Tudwal, der uns anderen gegenüber täglich unverschämter wird, tanzte neben seinem Herrn und Meister einher und feuerte ihn an. Schließlich tauchten Igraines Leibwachen auf, die sich, wie gewöhnlich, bei der Küchentür herumtrieben, und befreiten mit ihren Speeren das Kloster von den kranken Bettlern. »Wollte Sansum Arthur wirklich opfern?« fragte Igraine.

»So hat es Bedwin mir jedenfalls berichtet.«

Igraine warf mir einen verschlagenen Blick zu. »Liebt Sansum Knaben, Derfel?«

»Der Heilige liebt alle Menschen, meine liebe Königin, selbst junge Frauen, die impertinente Fragen stellen.«

Sie lächelte pflichtschuldigst und verzog dann das Gesicht. »Ich bin überzeugt, daß er Frauen nicht mag. Warum sollte er sonst nicht wollen, daß einer von euch heiratet? Andere Mönche heiraten doch auch, nur hier heiratet keiner.«

»Der fromme und geliebte Sansum«, erklärte ich ihr, »ist der Meinung, daß Frauen uns von der Pflicht ablenken, Gott zu verehren. Genau wie Ihr mich von meiner Schreibarbeit ablenkt.«

Sie lachte; dann fiel ihr plötzlich ein Auftrag ein, und sie wurde ernst. »Es gibt da zwei Wörter in dem letzten Packen Pergamente, Derfel, die Dafydd nicht versteht. Könntet Ihr mir das Wort Ganymed erklären?«

»Sagt ihm, er soll sich bei jemand anders erkundigen.«

»Ich selbst werde mich bei jemand anders erkundigen«, erwiderte sie verärgert. »Und Kamel? Kohle ist es nicht, sagt er.«

»Ein Kamel ist ein mythisches Tier, Lady, mit Hörnern, Flügeln, Schuppen, gegabeltem Schwanz und flammendem Atem.«

»Das klingt nach Nwylle«, stellte Igraine fest.

»Aha! Die Evangelienschreiber am Werk! Meine beiden Evangelisten!« Mit Händen, die von den Erklumpen, die er nach den Aussätzigen geworfen hatte, völlig verdreckt waren, schob sich Sansum zu uns herein, um einen argwöhnischen Blick auf das in Arbeit befindliche Pergament zu werfen. Dann rümpfte er angewidert die Nase. »Rieche ich hier irgend etwas Fauliges?« fragte er.

Ich zog eine verlegene Miene. »Die Bohnen zum Frühstück, Lord Bischof«, antwortete ich ihm. »Bitte, verzeiht.«

»Ich frage mich, wie Ihr seine Nähe ertragen könnt«, wandte Sansum sich an Igraine. »Aber solltet Ihr nicht in der Kapelle sein, meine Lady? Und um ein Baby beten? War das nicht Euer Anliegen?«

»Das Eure ist es bestimmt nicht«, gab Igraine schnippisch zurück. »Wenn Ihr es unbedingt wissen wollt, mein Lord Bischof, wir haben über die Gleichnisse unseres Heilands gesprochen. Habt Ihr uns nicht einmal über das Kamel und das Nadelöhr gepredigt?«

Sansum knurrte etwas und versuchte, mir über die Schulter zu blicken. »Und was, übelriechender Bruder Derfel, ist das sächsische Wort für Kamel?«

»Nwylle«, antwortete ich.

Als Igraine laut auflachte, funkelte Sansum sie wütend an. »Meine Lady findet das Wort unseres gesegneten Herrn lächerlich?«

»Ich bin einfach froh, hier sein zu dürfen«, entgegnete Igraine demütig, »aber ich würde furchtbar gern erfahren, was ein Kamel ist.«

»Das weiß doch jeder!« sagte Sansum geringschätzig. »Ein Kamel ist ein Fisch, ein großer Fisch! Ähnlich dem Lachs«, setzte er geschickt hinzu, »den Euer Gemahl zuweilen die Güte hat, uns armen Mönchen zukommen zu lassen.«

»Mit dem nächsten Bündel Pergamente für Derfel«, versprach Igraine, »werde ich ihn bitten, Euch mehr davon zu schicken, und ich weiß, daß er die Häute bald schicken wird, denn dieses sächsische Evangelium liegt dem König sehr am Herzen.«

»Wirklich?« fragte Sansum mißtrauisch.

»Sehr, mein Lord Bischof«, versicherte Igraine energisch.

Sie ist ein kluges Mädchen, sehr klug und außerdem schön. König Brochvael ist ein Tor, wenn er sich neben seiner Königin eine Geliebte hält, aber die Männer sind, was Frauen betrifft, schon immer Toren gewesen. Oder wenigstens einige, und der größte von ihnen war vermutlich Arthur. Der geliebte Arthur, mein Lord, mein Geschenkgeber, der großzügigste aller Menschen, dessen Geschichte ich hier erzähle.

Es war seltsam, wieder zu Hause zu sein, vor allem, da ich gar kein Zuhause hatte. Ich besaß zwar ein paar goldene Torques und kleinere Schmuckstücke, die ich aber bis auf Ceinwyns Brosche verkauft hatte, damit meine Männer wenigstens während der ersten Tage nach ihrer Rückkehr in die Heimat etwas zu essen hatten. Meine übrigen Habseligkeiten waren alle in Ynys Trebes geblieben und nunmehr Teil der Beute irgendeines Franken. Ich war arm, heimatlos, hatte nichts mehr, was ich meinen Männern hätte schenken können, hatte nicht einmal eine Halle, in der ich sie bewirten konnte, aber das verziehen sie mir. Es waren gute Männer und auf meinen Dienst eingeschworen. Wie ich hatten sie, als Ynys Trebes fiel, alles zurücklassen müssen, was sie nicht tragen konnten. Wie ich waren sie arm, doch keiner von ihnen beschwerte sich. Cavan sagte schlicht, ein Soldat müsse seine Verluste wegstecken können wie seine Beute – leicht. Issa, ein Bauernjunge und außerordentlich guter Speerkämpfer, wollte mir einen schmalen Goldtorques zurückgeben, den ich ihm geschenkt hatte. Es sei nicht recht, behauptete er, daß ein Speerkämpfer einen Goldtorques trage, sein Hauptmann dagegen nichts. Da ich ihn aber nicht annehmen wollte, schenkte Issa ihn als Pfand seiner Liebe dem Mädchen, das er aus Benoic mitgebracht hatte und das ihm bereits am nächsten

Tag mit einem Wanderpriester und seiner Gruppe von Huren davonlief. Das ganze Land wimmelte von diesen reisenden Christen – Missionare nannten sie sich –, und fast alle hatten einen Troß Anhängerinnen bei sich, die ihnen angeblich bei den christlichen Ritualen helfen sollten, die aber, wie gemunkelt wurde, aller Wahrscheinlichkeit nach nur dazu da waren, Männer zu verführen und zu der neuen Religion zu bekehren.

Arthur übergab mir ein Anwesen gleich nördlich von Durnovaria: nicht für mich selbst, denn es gehörte einer Erbin namens Gyllad, einer Waise, aber Arthur ernannte mich zu ihrem Protektor – eine Position, die gewöhnlich darauf hinauslief, daß das Kind ruiniert, der Protektor aber reich wurde. Gyllad war erst knapp acht Jahre alt, aber wenn ich gewollt hätte, hätte ich sie entweder heiraten und anschließend ihren Besitz verkaufen oder sie mit einem Mann verheiraten können, der bereit war, außer dem Ackerland auch noch die Braut zu kaufen; statt dessen lebte ich, wie Arthur es beabsichtigt hatte, von Gyllads Pachteinnahmen und ließ sie unbehelligt heranwachsen. Dennoch erhoben ihre Verwandten Einwände gegen meine Ernennung. Noch in der Woche meiner Rückkehr aus Ynys Trebes, als ich erst seit zwei Tage auf Gyllads Hof war, erhob ein Onkel von ihr, ein Christ, bei Nabur, dem christlichen Magistraten in Durnovaria, Einspruch gegen meine Ernennung und behauptete, Gyllads Vater habe ihm vor seinem Tod die Vormundschaft versprochen. Mir gelang es nur, Arthurs Geschenk zu behalten, indem ich meine Speerkämpfer rings um das Gerichtsgebäude Aufstellung nehmen ließ. Sie erschienen in voller Kriegsrüstung und mit frisch geschärften Speerspitzen, und erst ihre Gegenwart veranlaßte den Onkel und seine Parteigänger dazu, die Klage nicht weiter zu verfolgen. Die Stadtwache wurde zwar gerufen, aber ein einziger Blick auf meine alten Kämpen genügte, um die Männer davon zu überzeugen, daß sie sich besser anderswo betätigen sollten. Nabur beschwerte sich zwar über heimkehrende Soldaten, die in einer friedlichen Stadt Schlägereien anzetteln wollten, doch als meine Gegner nicht vor Gericht erschienen, entschied er den Fall zu meinen Gusten. Später hörte ich, der Onkel habe Nabur bereits für ein gegenteiliges Urteil bezahlt, und es sei ihm nicht gelungen, sich das Geld von ihm zurückzuholen. Ich ernannte

Llystan, einen meiner Männer, der bei einer der Schlachten in Benoics Wäldern einen Fuß verloren hatte, zu Gyllads Verwalter, und sowohl er als auch die Erbin und ihr Besitz gediehen.

In der Woche darauf ließ Arthur mich zu sich kommen. Ich traf ihn in der Halle des Palastes an, wo er mit Guinevere das Mittagsmahl einnahm. Er befahl, ein Liegesofa und weitere Speisen für mich zu bringen. Im Innenhof draußen drängten sich die Bittsteller. »Der arme Arthur«, bemerkte Guinevere, »da kommt er einmal nach Hause, und schon beklagt sich jedermann oder bittet um eine Herabsetzung der Pacht. Warum gehen sie nicht zu den Beamten?«

»Weil sie nicht reich genug sind, sie zu bestechen«, erklärte Arthur.

»Oder mächtig genug, um das Gerichtsgebäude mit Eisenhelmkriegern zu umstellen?« entgegnete Guinevere, lächelte aber dabei, um mir zu zeigen, daß sie diese Handlungsweise keineswegs mißbilligte. Natürlich nicht, denn sie war eine eingeschworene Feindin Naburs, des Anführers der Christenpartei im Reich.

»Eine spontane Hilfestellung meiner Männer«, behauptete ich milde, und Arthur lachte.

Es war eine fröhliche Mahlzeit. Ich war nur selten mit Arthur und Guinevere allein, wenn es sich jedoch ergab, fiel mir stets auf, wie glücklich sie ihn machte. Sie besaß einen beißenden Humor, der ihm persönlich fehlte, den er aber mochte. Sie setzte ihn sehr behutsam ein, weil sie wußte, daß es ihm so lieber war. Sie schmeichelte Arthur, war ihm aber auch eine gute Ratgeberin. Da Arthur immer sofort das Beste von einem Menschen dachte, brauchte er Guineveres Skepsis, um diesen Optimismus zu zügeln. Sie wirkte nicht älter als das letzte Mal, als ich ihr nahe gewesen war, obwohl in diesen hellgrünen Jägerinnenaugen jetzt vielleicht eine neue Klugheit stand. Für eine Schwangerschaft vermochte ich bei ihr keinerlei Anzeichen zu entdecken: Das hellgrüne Gewand lag flach über ihrem Bauch, und um ihre Taille hing wie ein loser Gürtel eine Schnur mit Goldquasten. Um den Hals trug sie ihr Zeichen, den mondgekrönten Hirsch, darüber die sächsische Kette mit den schweren Sonnenstrahlen, die Arthur ihr aus Durocobrivis geschickt hatte. Als ich sie ihr überreichte, hatte sie sich über die Halskette lustig gemacht, nun aber trug sie sie voll Stolz.

Die Gespräche bei jenem Mittagsmahl waren zumeist leichter Natur. Arthur wollte wissen, warum die Amseln und Drosseln im Sommer aufhörten zu singen, doch darauf wußten wir ebensowenig eine Antwort wie auf die Frage, wohin die Schwalben im Winter zogen, obwohl mir Merlin einmal erklärt hatte, sie zögen sich in eine große Höhle in der nördlichen Wildnis zurück, wo sie in riesigen Federhaufen bis in den Frühling hinein schliefen. Als Guinevere mich über Merlin auszufragen begann, versicherte ich ihr auf mein Leben, daß der Druide tatsächlich nach Britannien zurückgekehrt sei. »Er ist zur Toteninsel gegangen«, sagte ich.

»Er ist was?« fragte Arthur entsetzt.

Ich erklärte die Sache mit Nimue und vergaß auch nicht, mich bei Guinevere dafür zu bedanken, daß sie sich bemüht hatte, meine Freundin vor Sansums Rache zu retten.

»Die arme Nimue«, sagte Guinevere. »Aber sie ist ein recht wilder Mensch, nicht wahr? Ich mochte sie, aber ich glaube kaum, daß sie uns mochte. Wir sind ihr alle zu frivol! Und auch für Isis konnte ich sie nicht interessieren. Isis, erklärte sie mir, sei eine fremdländische Göttin, und dann spie sie aus wie ein Kätzchen und murmelte ein Stoßgebet an Manawydan.«

Da Arthur nicht reagierte, als Isis erwähnt wurde, vermutete ich, daß er seine Furcht vor der fremden Göttin verloren hatte. »Ich wünschte, ich hätte Nimue besser kennengelernt«, sagte er statt dessen.

»Das werdet Ihr«, gab ich zurück, »sobald Merlin sie von den Toten zurückgeholt hat.«

»Falls es ihm gelingt«, wandte Arthur zweifelnd ein. »Bisher ist noch keiner lebend von der Insel zurückgekehrt.«

»Nimue wird es schaffen«, beharrte ich.

»Sie ist ein außergewöhnlicher Mensch«, sagte Guinevere, »und wenn überhaupt jemand die Insel überleben kann, dann sie.«

»Mit Merlins Hilfe«, ergänzte ich.

Erst gegen Ende der Mahlzeit kam das Gespräch auf Ynys Trebes, und selbst dann hütete sich Arthur wohlweislich, den Namen Lancelot zu erwähnen. Statt dessen bedauerte er, kein Geschenk zu haben, mit dem er mich für meine Taten belohnen könne.

»Wieder zu Hause zu sein ist Belohnung genug, Lord Prinz«,

behauptete ich und benutzte dabei vorsichtshalber den Titel, den Guinevere bevorzugte.

»Ich kann Euch wenigstens den Titel Lord verleihen«, sagte Arthur. »Darum werdet Ihr von nun an Lord Derfel genannt.«

Ich lachte – nicht etwa, weil ich undankbar war, sondern weil mir eine Belohnung in Form eines Kriegsherrn-Titels viel zuviel für das zu sein schien, was ich erreicht hatte. Aber ich war auch stolz: Ein Mann wurde Lord genannt, weil er ein König, Fürst oder Häuptling war oder weil sein Schwert ihn berühmt gemacht hatte. Abergläubisch berührte ich Hywelbanes Griff, damit mein Glück nicht durch meinen Stolz beeinträchtigt würde. Guinevere lachte ebenfalls, aber sie lachte mich nicht aus, sondern vor Freude über meine Freude, und Arthur, der nichts lieber sah als andere Menschen, die glücklich waren, freute sich mit uns beiden. Er selbst war an jenem Tag ebenfalls glücklich, doch Arthurs Freude äußerte sich stiller als das Glück anderer Menschen. Damals, als er nach Britannien zurückgekehrt war, sah ich ihn niemals betrunken, niemals lärmend, sah ihn kein einziges Mal die Beherrschung verlieren, es sei denn auf dem Schlachtfeld. Er war ein eher stiller Mensch, eine Eigenschaft, die manche Menschen beunruhigend fanden, denn sie fürchteten, er könne in ihren Seelen lesen, aber ich glaube, daß diese Ruhe dem Wunsch entsprang, anders zu sein. Er wollte bewundert werden und liebte es, Bewunderung mit Großzügigkeit zu belohnen.

Der Lärm der wartenden Bittsteller schwoll an, und Arthur seufzte, wenn er an die viele Arbeit dachte, die vor ihm lag. Er schob den Wein zurück und warf mir einen entschuldigenden Blick zu. »Ihr habt es verdient, Euch auszuruhen, Lord«, sagte er, mir absichtlich mit dem neuen Titel schmeichelnd, »aber leider werde ich Euch schon sehr bald bitten müssen, mit Euren Speeren nordwärts zu ziehen.«

»Meine Speere sind die Euren, Lord Prinz«, antwortete ich pflichtschuldigst.

Mit dem Finger zog er einen Kreis auf der Marmortischplatte. »Wir sind rings von Feinden umgeben«, sagte er, »aber die wahre Gefahr liegt in Powys. Gorfyddyd sammelt ein so großes Heer, wie Britannien es noch niemals gesehen hat. Dieses Heer wird sehr bald in den Süden marschieren, und König Tewdric hat, wie ich fürchte, keine große Lust, gegen ihn zu Felde zu ziehen. Ich muß so viele Speere wie möglich nach Gwent schicken, damit Tewdrics Treue standhält. Cei kann Cadwy im Zaum halten, Melwas wird sein Bestes gegen Cerdic geben müssen, wir anderen aber werden alle nach Gwent ausrücken.«

»Was ist mit Aelle?« erkundigte sich Guinevere bedeutungsvoll.

»Der hält Frieden«, behauptete Arthur.

»Er gehorcht dem höchsten Preis«, sagte Guinevere, »und Gorfyddyd wird den Preis schon sehr bald in die Höhe treiben.«

Arthur zuckte die Achseln. »Ich kann nicht beide bekämpfen, Gorfyddyd und Aelle«, gab er leise zurück. »Wir werden dreihundert Speere brauchen, um Aelles Sachsen aufzuhalten – wohlgemerkt, nur aufhalten, nicht besiegen. Und diese dreihundert Speere würden uns in Gwent dann fehlen. Es würde unsere Niederlage bedeuten.«

»Was Gorfyddyd natürlich bekannt ist«, warf Guinevere ein.

»Also, meine Liebste, was soll ich tun?« fragte Arthur seine Gemahlin.

Doch Guinevere wußte auch keine bessere Antwort als Arthur, und dessen Antwort lautete, zu hoffen und zu beten, daß der labile Frieden mit Aelle halten werde. Der Sachsenkönig war mit einer Wagenladung Gold gekauft worden, mehr konnte nun aber nicht bezahlt werden, denn es gab kein Gold mehr im Königreich. »Wir müssen einfach hoffen, daß Gereint ihn so lange aufhalten kann«, sagte Arthur, »bis wir Gorfyddyd geschlagen haben.« Er schob sein Liegesofa vom Tisch zurück und lächelte mir zu. »Ruht Euch bis nach Lugnasa aus, Lord Derfel«, riet er mir, »denn sobald die Ernte eingebracht ist, dürft Ihr mit mir gen Norden marschieren.«

Er klatschte in die Hände, damit die Diener kamen, um die Reste der Mahlzeit abzuräumen und die wartenden Bittsteller einzulassen. Während die Diener flink ihrer Arbeit nachgingen, winkte mich Guinevere zu sich herüber. »Können wir miteinander reden?« fragte sie mich.

»Aber gern, Lady.«

Sie nahm die schwere Halskette ab und reichte sie einer Sklavin. Dann führte sie mich eine Steintreppe empor und durch eine Tür, die in einen Obstgarten führte, wo zwei ihrer großen Jagdhunde sie freudig begrüßten. Wespen summten um das Fallobst herum, und Guinevere befahl den Sklaven, die faulenden Früchte fortzuräumen, damit wir ungestört umherwandern konnten. Während ein Dutzend Sklaven die matschigen Früchte in ihre gerafften Gewänder sammelten, um dann, reichlich zerstochen, wieder davonzueilen und uns allein zu lassen, fütterte sie die Hunde mit den Resten des Hühnerfleischs vom Mittagstisch. Überall an den Mauern des Obstgartens waren Lauben aus Weidenzweigen aufgestellt worden, die für das große Fest Lugnasa mit Blumen dekoriert werden sollten. »Sieht hübsch aus...« – Guinevere meinte den Obstgarten – »aber ich wünschte, ich wäre in Lindinis.«

»Nächstes Jahr, Lady«, tröstete ich sie.

»Es wird dort nur noch Ruinen geben«, gab sie scharf zurück. »Habt Ihr noch nichts davon gehör? Gundleus hat Lindinis überfallen. Caer Cadarn hat er nicht erobert, aber meinen neuen Palast hat er in Schutt und Asche gelegt. Das war vor einem Jahr.« Sie verzog das Gesicht. »Ich hoffe nur, daß Ceinwyn ihn todunglücklich macht, aber das ist höchst unwahrscheinlich. Sie ist ein fades kleines Ding.« Die durch das Blätterdach dringenden Sonnenstrahlen ließen ihr rotes Haar aufleuchten und akzentuierten ihr schönes Gesicht. »Manchmal wünsche ich mir, ich wäre ein Mann«, sagte sie zu meiner Überraschung.

»Tatsächlich?«

»Wißt Ihr eigentlich, wie furchtbar es ist, auf Nachrichten zu warten?« fragte sie leidenschaftlich. »In zwei oder drei Wochen werdet Ihr alle nach Norden ziehen, und ab diesem Zeitpunkt werden wir nur herumsitzen und warten. Warten und warten. Wir werden warten müssen, bis wir erfahren, ob Aelle nun wortbrüchig geworden ist, bis wir erfahren, wie groß Gorfyddyds Armee wirklich ist.« Sie hielt einen Moment inne. »Worauf wartet Gorfyddyd noch? Warum greift er jetzt nicht an?«

»Seine Landwehr muß die Ernte einbringen«, sagte ich. »Während der Ernte kommt alles andere zum Erliegen. Seine Männer wollen ihre Ernte in Sicherheit bringen, bevor sie kommen und die unsere rauben.«

»Können wir sie aufhalten?« fragte sie mich unvermittelt.

»Im Krieg, Lady«, gab ich zurück, »geht es nicht immer darum, was wir tun können, sondern was wir tun müssen. Wir müssen sie aufhalten.« Oder sterben, dachte ich grimmig.

Wir legten ein paar Schritte schweigend zurück, während sie die aufgeregten Hunde zu ihren Füßen verscheuchte. »Wißt Ihr, was die Leute über Arthur sagen?« fragte sie mich schließlich.

Ich nickte. »Daß es besser wäre, wenn er nach Broceliande fliehen und das Königreich Gorfyddyd überlassen würde. Der Krieg sei verloren, sagen sie.«

Sie sah mich an, überwältigte mich mit ihren riesigen Augen. In diesem Moment, als ich so nahe bei ihr stand, allein mit ihr in diesem sonnenwarmen Garten und von ihrem zarten Duft umgeben, begriff ich, warum Arthur den Frieden seines Königreichs für diese Frau aufs Spiel gesetzt hatte. »Aber Ihr werdet für Arthur kämpfen?« fragte sie mich.

»Bis zum Ende, Lady«, antwortete ich. »Und für Euch«, ergänzte ich unbeholfen.

Sie lächelte. »Ich danke Euch.« Wir bogen um eine Ecke und schritten auf die kleine Quelle zu, die einem Felsen in der Ecke der römischen Mauer entsprang. Das Bächlein bewässerte den Obstgarten, und irgend jemand hatte Votivbänder in die Spalten des moosbewachsenen Felsblocks gesteckt. Guinevere raffte den goldenen Saum ihres apfelgrünen Gewandes und stieg über das Rinnsal. »Es gibt eine Mordred-Partei im Reich«, berichtete sie mir und bestätigte damit, was Bischof Bedwin mir am Abend meiner Heimkehr mitgeteilt hatte. »Die meisten Mitglieder sind Christen, und alle beten, daß Arthur unterliegt. Würde er besiegt, müßten sie natürlich vor Gorfyddyd im Staub kriechen, aber das Kriechen ist für die Christen, wie ich bemerkt habe, etwas ganz Natürliches. Wenn ich ein Mann wäre, Derfel Cadarn, würden drei Köpfe unter meinem Schwert fallen: Sansums, Naburs und Mordreds.«

Ich zweifelte keine Sekunde an ihren Worten. »Wenn Nabur und Sansum die besten Männer sind, die die Mordred-Partei aufbieten kann, Lady«, wandte ich ein, »braucht Arthur sich keine Sorgen zu machen.«

»König Melwas ebenfalls, glaube ich«, sagte Guinevere, »und wer weiß, wer noch alles dazugehört! Fast jeder Wanderprediger im

Reich verbreitet diese Pestilenz und fragt ständig, warum die Männer für Arthur sterben sollen. Ich würde allen den Kopf abschlagen, doch Verräter geben sich nicht zu erkennen, Lord Derfel. Sie lauern im Dunkeln und schlagen zu, wenn man nicht aufpaßt. Und wenn Arthur Gorfyddyd besiegt, werden sie alle sein Loblied singen und so tun, als wären sie die ganze Zeit schon auf seiner Seite gewesen.« Sie spie aus, um das Böse abzuwenden, und warf mir einen scharfen Blick zu. »Erzählt mir von König Lancelot«, begehrte sie unvermittelt.

Ich hatte den Eindruck, daß wir endlich zum eigentlichen Grund für unseren Spaziergang unter den Apfel- und Birnbäumen gekommen waren. »Eigentlich kenne ich ihn nicht besonders gut«, antwortete ich ausweichend.

»Er hat gestern abend sehr nett von Euch gesprochen«, sagte sie.

»Hat er das?« erwiderte ich skeptisch. Wie ich wußte, wohnten Lancelot und seine Gefährten noch immer in Arthurs Haus. Ich hatte befürchtet, ihm dort zu begegnen, und war erleichtert gewesen, daß er nicht am Mittagsmahl teilgenommen hatte.

»Ihr seid ein großartiger Soldat, hat er gesagt«, fuhr Guinevere fort.

»Wie gut«, entgegnete ich verdrossen, »daß er zuweilen auch die Wahrheit sagen kann.« Ich vermutete, daß Lancelot seine Fahne nach einem neuen Wind zu richten begann und versucht hatte, Arthurs Gunst zu gewinnen, indem er einen Mann lobte, von dem er wußte, daß er Arthurs Freund war.

»Könnte es sein«, fragte Guinevere, »daß Krieger, die eine so schreckliche Niederlage erlitten haben wie Ihr in Ynys Trebes, danach jedesmal in Streit geraten?«

»Erlitten?« fragte ich rauh. »Ich habe gesehen, wie er Benoic verließ, Lady, aber ich kann mich nicht daran erinnern, daß er gelitten hatte. Genausowenig kann ich mich daran erinnern, daß seine rechte Hand bei seiner Flucht verbunden war.«

»Er ist kein Feigling«, behauptete sie hitzig. »Er trägt sehr viele Kriegerringe an der linken Hand, Lord Derfel.«

»Kriegerringe!« sagte ich verächtlich. Ich schob die Hand in meine Gürteltasche und holte eine ganze Faustvoll dieser Schmuckstücke heraus. Inzwischen besaß ich davon so viele, daß ich mir nicht mehr die Mühe machte, neue anzufertigen. Ich warf die Ringe ins Gras des

Obstgartens und erschreckte damit die Jagdhunde, die ihre Herrin unsicher ansahen. »Kriegerringe findet man überall, Lady.«

Guinevere starrte auf die verstreuten Ringe und trat einen davon beiseite. »Ich mag König Lancelot«, erklärte sie trotzig, mich vor weiteren abwertenden Bemerkungen warnend. »Und wir müssen uns um ihn kümmern. Arthur hat das Gefühl, daß wir Benoic im Stich gelassen haben, darum müßten wir wenigstens seine Überlebenden ehrenvoll behandeln. Ich möchte, daß Ihr freundlich zu Lancelot seid – mir zuliebe.«

»Ja, Lady«, sagte ich gehorsam.

»Wir müssen eine reiche Gemahlin für ihn finden«, fuhr Guinevere fort. »Er braucht Land und Männer, die er befehligen kann. Ich finde, Dumnonia sollte sich glücklich schätzen, daß er zu uns gekommen ist. Wir brauchen gute Soldaten.«

»Die brauchen wir in der Tat, Lady«, stimmte ich ihr zu.

Sie vernahm den Sarkasmus in meiner Stimme und verzog das Gesicht, verfolgte aber trotz meiner Feindseligkeit das Thema, das der eigentliche Grund dafür war, daß wir uns in diesem schattigen, privaten Obstgarten befanden. »König Lancelot«, sagte sie, »möchte zu den Dienern des Mithras gehören, und Arthur und ich möchten nicht, daß jemand sich gegen ihn ausspricht.«

In mir flammte Zorn darüber auf, daß man mit meiner Religion so leichtfertig umsprang. »Mithras, Lady«, antwortete ich eisig, »ist ein Kult für die Tapferen.«

»Sogar Ihr, Derfel Cadarn, braucht nicht unbedingt noch mehr Feinde«, erwiderte Guinevere nicht weniger kalt, damit ich wußte, daß sie zu meinen Feinden zählen würde, falls ich Lancelots Wunsch vereiteln sollte. Und dies, dachte ich, würde Guinevere auch jedem anderen Mann androhen, der es wagte, sich Lancelots Einweihung in die Mysterien des Mithras entgegenzustellen.

»Bis zum Winter wird ohnehin nichts geschehen«, erklärte ich, einer festen Zusage ausweichend.

»Aber sorgt dafür, daß es dann geschieht«, verlangte sie. Damit stieß sie die Hallentür auf. »Ich danke Euch, Lord Derfel.«

»Ich danke Euch, Lady«, erwiderte ich, und als ich die Stufen zur Halle hinablief, spürte ich eine neue Woge von Zorn in mir aufsteigen. Zehn Tage! dachte ich. Zehn Tage nur, und schon hat Lancelot

Guinevere zu seiner Verbündeten gemacht. Fluchend schwor ich, lieber ein elender Christ zu werden, als zuzulassen, daß Lancelot in der Höhle unter dem bluttriefenden Stierkopf tafelte. Ich hatte drei sächsische Schildwälle durchbrochen und Hywelbane bis ans Heft in die Feinde meines Landes gestoßen, bevor ich zum Mithrasdienst erwählt wurde, während Lancelot nichts weiter getan hatte, als zu prahlen und zu posieren.

Als ich die Halle betrat, saß Bedwin dort neben Arthur. Die beiden hörten Bittsteller an, doch Bedwin verließ die Estrade, um mich an einen ruhigen Platz neben der Außentür der Halle zu ziehen. »Wie ich hörte, seid Ihr jetzt ein Lord«, sagte er. »Ich gratuliere.«

»Ein Lord ohne Land«, entgegnete ich verbittert und noch immer wütend über Guineveres unverschämte Forderung.

»Land folgt auf Sieg«, erklärte mir Bedwin, »und Sieg folgt auf Schlacht, und Schlachten, Lord Derfel, werdet Ihr in diesem Jahr mehr als genug erleben.« Er hielt inne, weil die Hallentür aufgestoßen wurde und Lancelot mit seinem Gefolge hereinstolzierte. Bedwin verneigte sich vor ihm, während ich nur kurz nickte. Der König von Benoic schien überrascht zu sein, als er mich sah, ging aber schweigend zu Arthur hinüber, der einen dritten Sessel auf die Estrade stellen ließ. »Gehört Lancelot jetzt etwa auch zum Kronrat?« fragte ich Bedwin ärgerlich.

»Er ist ein König«, gab Bedwin geduldig zurück. »Ihr könnt nicht erwarten, daß er steht, während wir sitzen.«

Ich bemerkte, daß der König von Benoic noch immer den Verband an der Rechten trug. »Wie ich annehme, bedeutet die Verletzung des Königs, daß er nicht mit uns kommen wird«, sagte ich bissig. Fast hätte ich Bedwin sofort erzählt, daß Guinevere gefordert hatte, Lancelot zum Mithrasjünger zu machen, fand aber dann, daß diese Nachricht noch warten könne.

»Er wird nicht mit uns kommen«, bestätigte Bedwin. »Er soll als Befehlshaber von Durnovarias Garnison hierbleiben.«

»Als was?« fragte ich so laut und so zornig, daß Arthur sich in seinem Sessel umwandte, um zu sehen, was dieser Lärm zu bedeuten hatte.

»Wenn König Lancelots Männer Guinevere und Mordred beschützen«, erklärte Bedwin müde, »können Lanvals und Llywarchs Männer mit uns gegen Gorfyddyd kämpfen.« Er zögerte. Dann legte er mir eine zerbrechliche Hand auf den Arm. »Da ist noch etwas, was ich Euch mitteilen muß, Lord Derfel.« Seine Stimme war leise und sehr sanft. »Merlin war letzte Woche in Ynys Wydryn.«

»Mit Nimue?« fragte ich erfreut.

Er schüttelte den Kopf. »Er hat sie nicht geholt, Derfel. Er ist vielmehr nach Norden gegangen, aber warum oder wohin, das wissen wir nicht.«

Die Narbe in meiner linken Hand pochte. »Und Nimue?« fragte ich, die Antwort fürchtend.

»Ist noch auf der Insel. Falls sie noch lebt.« Er hielt inne. »Es tut mir leid.«

Ich starrte in die Halle voller Menschen. Hatte Merlin nichts von Nimues Schicksal gewußt? Oder hatte er es vorgezogen, sie bei den Toten zu lassen? Sosehr ich ihn auch liebte, bisweilen fand ich, daß Merlin der grausamste Mensch der Welt sein konnte. Wenn er auf Ynys Wydryn gewesen war, mußte er gewußt haben, wo Nimue gefangengehalten wurde, aber er hatte dennoch nichts unternommen. Er hatte sie bei den Toten gelassen. Auf einmal schrillten meine Ängste in mir wie die Schreie der sterbenden Kinder von Ynys Trebes. Ein paar eiskalte Sekunden lang vermochte ich weder zu sprechen noch mich zu regen. Dann sah ich Bischof Bedwin an. »Falls ich nicht wiederkomme, wird Galahad meine Männer nach Norden führen«, sagte ich.

»Derfel!« Er packte meinen Arm. »Niemand kommt von den Toten zurück. Niemand!«

»Spielt das eine Rolle?« fragte ich ihn. Denn wenn ganz Dumnonia verloren war – was war dann überhaupt noch wichtig? Aber Nimue war nicht tot, das wußte ich, weil die Narbe in meiner Hand pochte. Merlin mochte sie gleichgültig sein, mir aber nicht – mir war Nimue weitaus wichtiger als Gorfyddyd oder Aelle oder der jämmerliche Lancelot, der zu den Auserwählten des Mithras gehören wollte. Ich liebte Nimue, obwohl sie diese Liebe niemals erwidern würde; außerdem war ich ihr narbenverschworener Beschützer.

Und das bedeutete, daß ich hingehen mußte, wo Merlin nicht hingehen wollte: auf die Toteninsel.

Die Insel lag nur zehn Meilen südlich von Durnovaria, nicht mehr als ein gemächlicher Vormittagsmarsch, aber nach allem, was ich über sie wußte, hätte sie ebensogut hinter dem Mond liegen können.

Daß es sich nicht um eine Insel handelte, sondern um eine Halbinsel aus hartem, hellem Gestein, die am Ende einer langen, schmalen Landzunge lag, war mir bekannt. Die Römer hatten die Insel als Steinbruch benutzt, da wir aber lieber ihre Gebäude als Steinbruch benutzten, statt die Steine aus dem Fels der Erde zu schlagen, hatten wir die Steinbrüche aufgegeben und die Toteninsel menschenleer zurückgelassen. Sie wurde zum finsteren Gefängnis. Quer über den Damm der Landzunge wurden drei hohe Mauern gebaut, Wachen wurden aufgestellt und dann all jene auf die Insel geschickt, die wir bestrafen wollten. Mit der Zeit wurden aber auch andere hinübergeschickt: Männer und Frauen, die den Verstand verloren hatten und nicht in Frieden unter uns zu leben vermochten. Das waren die gewalttätigen Irren, die in einem Reich der Wahnsinnigen landeten, wo es keinen einzigen normalen Menschen gab und wo ihre von Dämonen verfolgten Seelen die Lebenden nicht gefährden konnten. Die Druiden behaupteten, die Insel sei das Reich Crom Dubhs, des dunklen, verkrüppelten Gottes, die Christen sagten, sie sei der Brückenkopf Satans auf Erden, beide waren sich jedoch einig darin, daß Männer und Frauen, die hinter die drei Mauern der Landzunge geschickt wurden, verlorene Seelen waren. Sie waren tot, obwohl ihre Körper noch lebten, und wenn ihre Körper starben, blieben die Dämonen und bösen Geister auf der Insel gefangen und konnten niemals zurückkehren und die Lebenden verfolgen. Familien brachten ihre Wahnsinnigen auf die Insel und überließen sie an der dritten Mauer den unbekannten Schrecken, die sie am Ende des Dammes erwarteten. Nachdem die Familie aufs Festland zurückgekehrt war, wurde ein Totenmahl für den verlorenen Verwandten ausgerichtet. Nicht alle Wahnsinnigen wurden auf die Insel geschickt. Einige von ihnen waren von den Göttern berührt worden und daher heilig, und manche Familien hielten ihre Irren hinter

Schloß und Riegel wie Merlin den armen Pellinore. Doch wenn die Götter, die die Wahnsinnigen berührt hatten, bösartig waren, mußten die gefangenen Seelen auf die Insel geschickt werden.

Das Meer schäumte weiß rings um die Insel. Auf ihrer seewärts gewandten Seite gab es auch bei ruhigem Wetter einen riesigen wirbelnden Mahlstrom über der Stelle, an der Cruachans Höhle in die Anderwelt führte. Vom Wasser über der Höhle spritzte wilde Gischt empor, und die Wellen tosten ohne Ende, um diesen gräßlichen, unsichtbaren Schlund zu kennzeichnen. Kein Fischer würde sich diesem Mahlstrom nähern, denn jedes Boot, das in diesen kreiselnden Wirbel hinabgezogen würde, wäre unausweichlich verloren. Es würde sinken, und seine Besatzung würde zu Schatten in der Anderwelt werden.

Die Sonne schien an dem Tag, als ich zur Insel ging. Ich trug Hywelbane, darüber hinaus jedoch kein Kriegsgerät, denn kein von Menschen gemachter Schild oder Brustpanzer konnte mich vor den Geistern und Schlangen der Insel schützen. Als Proviant hatte ich einen Schlauch Wasser und einen Beutel voll Haferkuchen mitgenommen, während mir Ceinwyns Brosche und ein Zweig Knoblauch, den ich mir an den grünen Umhang gesteckt hatte, als Talismane gegen die Dämonen der Insel dienten.

Ich kam an der Halle vorbei, in der die Totenfeiern abgehalten wurden. Dahinter war die Straße mit Totenschädeln von Menschen und Tieren gesäumt, um die Unbesonnenen zu warnen, daß sie sich dem Reich der toten Seelen näherten. Zu meiner Linken lag jetzt das Meer, zu meiner Rechten ein brackiges, dunkles Moor, wo keine Vögel sangen. Hinter dem Moor sah ich eine breite Kiesbank, die im Bogen von der Küste wegführte und zu jenem Damm wurde, der die Insel mit dem Festland verband. Um die Insel über die Kiesbank zu erreichen, mußte man einen Umweg von vielen Meilen machen, daher benutzten Reisende zumeist die schädelgesäumte Straße, die zu einem verfallenen Kai führte, von dem aus eine Fähre zum Strand übersetzte. Eine Gruppe von Wachhäusern aus Lehm und Weidengeflecht stand dicht am Kai. Weitere Wachtposten patrouillierten auf der Kiesbank.

Die Wachtposten am Kai waren alte Männer oder Kriegsversehrte, die mit ihren Familien in den Hütten wohnten. Als die

Männer mich kommen sahen, versperrten sie mir mit ihren rostigen Speeren den Weg.

»Mein Name ist Lord Derfel«, sagte ich, »und ich verlange, daß man mir den Weg freigibt.«

Der Wachkommandant, ein schäbiger Mann in uraltem, eisernem Brustharnisch und verschimmeltem Lederhelm, verneigte sich vor mir. »Ich bin nicht ermächtigt, Euch aufzuhalten, Lord Derfel«, erklärte er mir, »aber ich darf Euch nicht zurückkehren lassen.« Seine Männer, die es verblüffte, daß jemand freiwillig auf die Insel wollte, starrten mich offenen Mundes an.

»Dann werde ich weitergehen«, sagte ich, und die Speerkämpfer machten mir Platz, während der Wachkommandant ihnen zurief, das kleine Fährboot bereitzumachen. »Kommen viele hier vorbei?« erkundigte ich mich bei ihm.

»Einige«, antwortete er. »Manche sind lebensmüde, andere glauben, eine Insel voller Wahnsinniger regieren zu können. Nur wenige haben lange genug überlebt, um mich bitten zu können, sie wieder rauszulassen.«

»Und habt Ihr sie rausgelassen?« wollte ich wissen.

»Nein«, antwortete er knapp. Er beobachtete, wie aus einer Hütte Riemen geholt wurden. Dann musterte er mich stirnrunzelnd. »Seid Ihr sicher, Lord?« fragte er mich.

»Ich bin sicher.«

Er war neugierig, wagte mich aber nicht zu fragen, was ich hier wollte. Statt dessen half er mir die glitschigen Stufen am Kai hinab und in das mit Pech verstrichene Boot. »Die Ruderer werden Euch das erste Tor öffnen«, erklärte er mir und wies auf einen Punkt weiter hinten am Damm jenseits des schmalen Kanals. »Danach werdet Ihr zu einer zweiten Mauer kommen und dann, am Ende des Dammes, zu einer dritten. Diese Mauern haben keine Tore, es führen nur Treppen hinüber. Zwischen den Mauern werdet Ihr vermutlich keinen toten Seelen begegnen. Aber danach? Das können nur die Götter wissen. Wollt Ihr wirklich hinübergehen?«

»Wart Ihr selbst nie neugierig?« fragte ich ihn.

»Wir dürfen Lebensmittel und tote Seelen bis zur dritten Mauer bringen, und weiter wollte ich nie gehen«, antwortete er grimmig. »Ich will die Schwerterbrücke zur Anderwelt erst dann betreten, wenn meine Zeit gekommen ist, Lord.« Damit reckte er das Kinn zur Landzunge hinüber. »Hinter der Insel liegt Cruachans Höhle, Lord, und nur Toren oder Verzweifelte suchen den Tod vor ihrer Zeit.«

»Ich habe meine Gründe«, gab ich zurück, »und wir werden uns in der Welt der Lebenden wiedersehen.«

»Nicht, wenn Ihr das Wasser überquert, Lord.«

Ich starrte auf die grünen und weißen Hänge der Insel, die über den Mauern der Landzunge emporragten. »Ich war einst in einer Todesgrube und bin wieder herausgekrochen«, entgegnete ich dem Wachkommandanten. »Und ich werde auch hier wieder herauskriechen.« Ich suchte in meinem Geldbeutel und fand eine Münze, die ich ihm in die Hand drückte. »Über meine Rückkehr werden wir sprechen, wenn es soweit ist.«

»In dem Moment, da Ihr diesen Kanal überquert, Lord«, warnte er mich ein letztes Mal, »seid Ihr ein toter Mann.«

»Der Tod kann mich nicht holen, weil er nicht weiß, wie er das anstellen soll«, behauptete ich mit törichter Prahlerei und befahl den Ruderern, mich über den wirbelnden Kanal zu bringen. Schon ein paar Ruderschläge genügten, dann landete das Boot auf einem Schlammstreifen. Wir kletterten zum Tor in der ersten Mauer empor, wo die beiden Ruderer den Querbalken hoben, die Torflügel aufzogen und zurücktraten, um mich hindurchzulassen. Eine schwarze Schwelle markierte die Grenze zwischen dieser und der nächsten Welt. Sobald ich diesen geschwärzten Holzbalken überquert hatte, würde ich als toter Mann gelten. Sekundenlang ließen mich meine Ängste zögern; dann trat ich hinüber.

Hinter mir krachten die Torflügel zu. Ich erschauerte.

Ich wandte mich zurück, um die Innenseite der Hauptmauer zu betrachten. Sie war zehn Fuß hoch, eine Barriere aus glatten Steinen, die so präzise eingepaßt waren wie bei jeder römischen Arbeit und so perfekt gemauert, daß auf der ganzen weißen Fläche kein einziger Halt zu sehen war. Ein schauriger Zaun aus Totenschädeln krönte die Mauer, um die toten Seelen am Betreten der Welt der Lebenden zu hindern.

Ich schickte ein paar Stoßgebete zu den Göttern empor. Eins an Bel, meinen persönlichen Beschützer, ein anderes an Manawydan, den Meeresgott, der Nimue damals gerettet hatte. Dann ging ich weiter den Damm entlang, bis mir die zweite Mauer den Weg versperrte. Diese Mauer war ein grober Wall aus Steinen, die vom Meerwasser abgeschliffen waren, und auch sie war, genau wie die erste, von einem Zaun aus menschlichen Schädeln gekrönt. Ich stieg die Stufen auf der Rückseite der Mauer hinab. Im Westen, zu meiner Rechten, klatschten die schweren Wogen gegen den Kiesstreifen, während zu meiner Linken die seichte Bucht still unter der Sonne lag. Ein paar Fischerboote befuhren die Bucht, aber sie hielten gebührenden Abstand von der Insel. Vor mir lag die dritte Mauer. Nirgends konnte ich Menschen entdecken, die dort warteten. Über mir schossen die Möwen dahin. Ihre Schreie hallten verloren im Wind. An beiden Seiten des Dammes zogen sich Gezeitenlinien aus dunklem Seetang entlang.

Ich hatte Angst. Seit Arthur nach Britannien zurückgekehrt war, hatte ich in der Schlacht vor ungezählten Schildwällen und zahllosen Feinden gestanden, doch in keinem dieser Kämpfe, nicht einmal im brennenden Benoic, hatte ich eine so eiskalte Furcht empfunden wie die, die mein Herz jetzt umkrallte. Ich blieb stehen und wandte mich zurück, um zu Dumnonias sanften grünen Hügeln und dem kleinen Fischerdorf an der östlichen Bucht hinüberzusehen. Kehr um, dachte ich, kehr um! Nimue war jetzt schon ein ganzes Jahr hier, und ich bezweifelte, daß es viele Seelen gab, die auf der Toteninsel so lange durchhielten, es sei denn, sie wären nicht nur brutal, sondern auch mächtig. Und selbst wenn ich sie fand, würde sie wahnsinnig sein. Sie konnte die Insel nicht verlassen. Dies war ihr Reich, das Reich des Todes. Kehr um, sagte ich mir abermals, kehr um. Doch dann begann die Narbe in meiner linken Handfläche zu pochen, und ich redete mir ein, daß Nimue noch lebte.

Ein gackerndes Heulen ließ mich zusammenzucken. Als ich mich umdrehte, sah ich eine schwarze, zerlumpte Gestalt auf der Krone der letzten Mauer tanzen. Dann kletterte die Gestalt die Rückseite des Walls hinunter und verschwand. Ich betete zu den Göttern, sie mögen mir Kraft verleihen. Nimue hatte immer gewußt, daß sie die drei Wunden erleiden mußte, und die Narbe an meiner linken Hand war ihre Garantie dafür, daß ich ihr helfen würde, die schweren Prüfungen zu bestehen. Ich ging weiter.

Ich erklomm die dritte Mauer, die ebenfalls aus glattgeschliffenen grauen Steinen bestand, und entdeckte eine Anzahl grob gehauener Stufen, die auf der anderen Seite zur Insel hinabführten. Am Fuß dieser Treppe lagen ein paar leere Körbe: offensichtlich Behälter, in denen die Lebenden ihren toten Verwandten Brot und Pökelfleisch brachten. Die zerlumpte Gestalt war verschwunden. Ich war allein mit dem hochaufragenden Hügel über mir und einem wirren Dornengestrüpp zu beiden Seiten einer steinigen Straße, die zur Westflanke der Insel führte, wo ich am Fuß des großen Hügels eine Gruppe zerfallener Gebäude ausmachen konnte. Die Insel war riesig. Zu Fuß würde man zwei Stunden brauchen, um von der dritten Mauer dorthin zu gelangen, wo das Meer an die Südspitze der Insel schlug, und ebenso lange, um die Insel über den Grat des gigantischen Felsens hinweg von Westen nach Osten zu durchwandern.

Ich folgte der Straße. Der Wind raschelte im Seegras hinter dem Dornengestrüpp. Ein Vogel schrie mich an und stieg dann mit ausgebreiteten weißen Schwingen in den sonnigen Himmel empor. Die Straße machte einen Bogen, so daß ich jetzt direkt auf die alte Ortschaft zuwanderte. Es war ein römisches Dorf, aber nicht etwa so wie Glevum oder Durnovaria, sondern eine schäbige Ansammlung niedriger Steinhütten, in denen früher die Steinbruchsklaven gehaust hatten. Die Dächer der Hütten waren notdürftig mit Treibholz und trockenem Seetang gedeckt und boten selbst Toten nur unzulänglich Schutz. Die Angst vor dem, was ich in dem Dorf finden würde, ließ mich zögern. Dann rief mir plötzlich eine Stimme eine Warnung zu, ein Stein kam aus dem Gestrüpp am Hang links von mir geflogen und schlug krachend neben mir auf den Weg. Die Warnung lockte einen ganzen Schwarm zerlumpter Kreaturen aus den Hütten, die nachsehen wollten, wer sich der Siedlung näherte. Die Gruppe setzte sich aus Männern und Frauen zusammen, fast alle in Lumpen, doch manche trugen ihre Lumpen mit stolzer Würde und kamen mir entgegen, als wären sie die mächtigsten Monarchen der Welt. Auf die Haare hatten sie sich Kränze aus Seetang gedrückt. Ein paar der Männer trugen Speere, und fast alle hielten Steine in der Hand. Einige von ihnen waren nackt. Auch Kinder gab es unter ihnen, kleine, verwilderte, gefährliche Kreaturen. Einige der Erwachsenen zitterten unkontrollierbar, andere zuckten, und alle musterten mich mit glänzenden, gierigen Augen.

»Ein Schwert!« sagte ein riesiger Mann. »Ich will das Schwert! Ein Schwert!« Eilig kam er auf mich zugeschlurft, und seine Leute folgten ihm auf bloßen Füßen. Eine Frau warf einen Stein, und gleich darauf kreischten sie plötzlich alle laut vor Freude, weil sie wieder mal eine Seele ausrauben konnten.

Ich zog Hywelbane, aber kein einziger von ihnen, weder Mann noch Frau, noch Kind, ließ sich vom Anblick der langen Klinge abschrecken. Dann lief ich davon. Es konnte keine Schande sein, wenn ein Krieger vor den Toten floh. Ich lief die Straße entlang zurück, und ein Hagel von Steinen ging hinter meinen Fersen nieder. Dann sprang mich ein Hund an und verbiß sich in meinem grünen Mantel. Mit dem Schwert schlug ich den Hund von mir. Ich erreichte die Biegung der Straße, wo ich nach rechts rannte und mich durch Dornengestrüpp und Buschwerk zum Berghang vorarbeitete. Plötzlich ragte ein Wesen vor mir auf, ein nacktes Wesen mit dem Gesicht eines Mannes und dem behaarten, verdreckten Körper einer Bestie. Ein Auge dieses Wesens eiterte, und sein Maul war ein schwarzes Loch mit faulendem Zahnfleisch. Es stürzte sich auf mich, und seine ausgestreckten Hände wirkten durch die langen, gekrümmten Nägel wie Klauen. Hywelbane traf schnell und sicher. Ich schrie vor Entsetzen, fest überzeugt, einem Dämon der Insel gegenüberzustehen, doch mein Instinkt war noch genauso scharf wie meine Klinge, die den behaarten Arm des Wesens durchschnitten hatte und tief in seinen Schädel gedrungen war. Ich sprang über ihn hinweg und kletterte den Hang empor. Hinter mir wußte ich die ganze Horde ausgehungerter Seelen. Ein Stein traf mich im Rücken, ein anderer fiel auf den Felsboden neben mir, aber ich kletterte hastig über die Säulen und Plattformen der herausgebrochenen Steine, bis ich auf einen schmalen Pfad stieß, der sich, wie die Pfade auf Ynys Trebes, um die rauhe Flanke des Hügels wand.

Auf dem Pfad wandte ich mich zu meinen Verfolgern um. Sie zögerten, endlich von dem Schwert eingeschüchtert, das sie auf diesem schmalen Pfad erwartete, auf dem sie sich mir nur einzeln nähern konnten. Der große Mann grinste heimtückisch. »Netter Mann«, schmeichelte er, »komm herunter, netter Mann!« Dabei hielt er ein Möwenei hoch, um mich in Versuchung zu führen. »Komm essen!«

Ein altes Weib hob die Röcke und reckte mir ihre Lenden entgegen. »Komm zu mir, Geliebter! Komm zu mir, Liebling! Ich wußte, daß du kommen wirst!« Dann begann sie zu pissen. Ein Kind lachte und warf einen Stein.

Ich ließ sie zurück. Einige folgten mir den Pfad hinauf, nach einer Weile aber wurde es ihnen zu langweilig, und sie kehrten in ihr Geisterdorf zurück.

Der schmale Pfad lief zwischen Himmel und Meer dahin. Hier und da wurde er von einem alten Steinbruch unterbrochen, wo noch die Spuren der römischen Werkzeuge auf den Quadern zu erkennen waren, nach jedem Steinbruch aber wand sich der Pfad weiter durch Thymiangebüsch und Dornengestrüpp. Ich sah keine Menschenseele, bis mich plötzlich in einem kleinen Steinbruch eine Stimme ansprach. »Ihr seht nicht aus, als wärt Ihr wahnsinnig«, stellte die Stimme zweifelnd fest. Als ich mich mit erhobenem Schwert umdrehte, sah ich einen vornehmen Herrn in dunklem Mantel, der mich mit ernster Miene vom Eingang einer Höhle aus beobachtete. Er hob die Hand. »Aber bitte! Keine Waffen! Meine Name ist Malldynn, und ich grüße Euch, Fremdling, wenn Ihr in Frieden kommt. Wenn aber nicht, bitte ich Euch weiterzugehen.«

Ich wischte das Blut von Hywelbane und stieß es in die Scheide zurück. »Ich komme in Frieden«, sagte ich.

»Seid Ihr erst jüngst auf die Insel gekommen?« fragte er, während er vorsichtig näher kam. Er hatte ein angenehmes Gesicht mit tiefen Falten und traurigem Ausdruck, und sein Verhalten erinnerte mich an Bischof Bedwin.

»Ich bin zur Stunde erst eingetroffen«, antwortete ich.

»Und wurdet zweifellos von diesem Pöbel unten am Tor verfolgt. Ich entschuldige mich für sie, obwohl die Götter wissen, daß ich für diese Leichenfledderer nicht verantwortlich bin. Woche für Woche nehmen sie sich das Brot und lassen uns andere dafür bezahlen. Faszinierend, nicht wahr, wie sich sogar an diesem Ort der verlorenen Seelen Hierarchien herausbilden! Es gibt Herrschende hier. Es gibt die Starken und die Schwachen. Manche Menschen träumen von einem Paradies auf Erden, und die erste Bedingung für ein solches Paradies ist, wie ich hörte, daß wir uns der Gesetze entledigen; doch ich argwöhne, mein Freund, daß ein Ort ohne Gesetze weit eher dieser Insel gleichen würde als einem Paradies. Ich hatte noch nicht das Vergnügen, Euren Namen zu erfahren.«

»Derfel.«

»Derfel?« Nachdrücklich runzelte er die Stirn. »Ein Diener der Druiden?«

»Das war ich. Jetzt bin ich Krieger.«

»Irrtum, das seid Ihr nicht«, korrigierte er mich, »Ihr seid tot. Ihr seid auf die Toteninsel gekommen. Bitte, kommt doch und nehmt Platz. Es ist nicht viel, aber es ist mein Heim.« Er deutete in die Höhle hinein, wo zwei halbbehauene Steinquader als Tisch und Stuhl dienten. Ein altes Stück Tuch, möglicherweise vom Meer angespült, verbarg nur unzulänglich seinen Schlafraum, wo ich ein Lager aus getrocknetem Gras ausmachen konnte. Er bestand darauf, daß ich den kleineren Steinquader als Stuhl benutze. »Ich kann Euch einen Schluck Regenwasser anbieten«, erklärte er, »und einen Bissen fünf Tage altes Brot.«

Ich legte einen Haferkuchen auf den Tisch. Malldynn war offensichtlich hungrig, doch er widerstand dem Impuls, sich das Gebäck gierig zu greifen. Statt dessen zog er ein kleines Messer mit einer Klinge, die so oft geschärft worden war, daß sie eine wellenartige Schneide hatte, heraus und teilte den Kuchen damit in zwei Hälften. »Auf die Gefahr hin, undankbar zu wirken – aber Hafer hab' ich noch nie gemocht. Ich bevorzuge Fleisch, frisches Fleisch. Aber ich danke Euch dennoch, Derfel.« Er hatte sich mir gegenüber auf die Knie niedergelassen, aber sobald er den Haferkuchen gegessen und sich die Krümel zierlich von den Lippen getupft hatte, erhob er sich und lehnte sich an die Höhlenwand. »Meine Mutter hat auch immer Haferkuchen gebacken«, erzählte er, »aber ihre waren gröber. Ich vermute, daß der Hafer nicht richtig entspelzt worden war. Dieser hier war köstlich, und ich werde meine Meinung über Hafer wohl revidieren müssen. Ich danke Euch nochmals.« Er verneigte sich höflich.

»Ihr wirkt nicht wie ein Wahnsinniger«, stellte ich fest.

Er lächelte. Er war im mittleren Alter, hatte ein vornehmes Gesicht, intelligente Augen und einen weißen Bart, den er in Form zu halten versuchte. Seine Höhle hatte er mit einem Reiserbesen ausgefegt, der an der Wand lehnte. »Wer hierhergeschickt wird, ist nicht unbedingt wahnsinnig, Derfel«, erklärte er mir vorwurfsvoll. »Manche wollen geistig gesunde Menschen bestrafen und schicken sie ebenfalls hierher. Nun ja, ich habe Uther beleidigt.« Von Reue erfüllt, hielt er inne. »Ich war Berater«, fuhr er fort, »sogar ein hochgestellter Mann, aber als ich Uther erklärte, sein Sohn Mordred sei ein Dummkopf, landete ich hier. Dabei hatte ich recht. Mordred war ein Dummkopf, sogar mit zehn Jahren war er schon ein Dummkopf.«

»So lange seid Ihr schon hier?« fragte ich ihn verblüfft.

»Leider ja.«

»Wie habt Ihr überleben können?«

Bescheiden zuckte er die Achseln. »Die Leichenfledderer am Tor glauben, daß ich die Magie beherrsche. Ich habe ihnen gedroht, ihnen den Verstand zurückzugeben, wenn sie mich belästigen, deswegen geben sie sich die größte Mühe, mich bei Laune zu halten. Glaubt mir, als Wahnsinnige sind sie glücklicher dran. Jeder Mensch, der seinen Verstand beisammen hat, würde auf dieser Insel darum beten, ihn verlieren zu dürfen. Und Ihr, Freund Derfel, darf ich fragen, was Euch hierher führt?«

»Ich suche nach einer Frau.«

»Aha! Davon haben wir eine Menge, die meisten durch keinerlei Schamgefühl gehemmt. Derartige Frauen gelten, glaube ich, als eine weitere Vorbedingung für ein Paradies auf Erden, aber leider beweist die Realität das Gegenteil. Gewiß, sie sind schamlos, aber sie sind auch verdreckt, ihre Konversation ist langweilig, und das Vergnügen, das sie einem verschaffen, ist ebenso flüchtig, wie es beschämend ist. Wenn Ihr eine solche Frau sucht, Derfel, werdet Ihr sie hier in reichlichem Maße finden.«

»Ich suche nach einer Frau namens Nimue«, sagte ich.

»Nimue«, wiederholte er stirnrunzelnd, während er sich offenbar an den Namen zu erinnern versuchte. »Nimue! Aber ja, jetzt erinnere ich mich! Ein einäugiges Mädchen mit schwarzen Haaren. Sie ist zu den Meermenschen gegangen.«

»Ertrunken?« fragte ich entsetzt.

»Nein, nein.« Er schüttelte den Kopf. »Ihr müßt wissen, daß wir hier auf der Insel verschiedene Gemeinden bilden. Die Bekanntschaft der Leichenfledderer am Tor habt Ihr ja schon gemacht. Wir hier in den Steinbrüchen sind die Eremiten, eine kleine Gruppe, die die Einsamkeit vorzieht und die Höhlen auf dieser Seite der Insel bewohnt. Auf der anderen Seite hausen die Bestien. Ihr könnt Euch sicher vorstellen, wie die sind. Am Südende wohnen die Meermenschen. Sie fischen mit Leinen aus Menschenhaar, benutzen Dornen als Angelhaken und sind, wie ich zugeben muß, der Inselstamm mit den besten Manieren, obwohl sie nicht eben für ihre Gastlichkeit berühmt sind. Natürlich bekämpfen die Stämme einander. Seht Ihr, wir haben hier alles, was das Land den Lebenden bietet. Bis auf die Religion, vielleicht, obwohl ein oder zwei von unseren Bewohnern sich für Götter halten. Und wer wollte es ihnen ausreden?«

»Habt Ihr niemals versucht zu fliehen?«

»O doch«, antwortete er bedrückt. »Vor langer Zeit. Einmal habe ich versucht, die Bucht zu durchschwimmen, aber sie beobachten uns, und eine Speerspitze im Kopf ist ein sehr wirksamer Hinweis darauf, daß wir die Insel nicht verlassen dürfen, also kehrte ich um, bevor sie mir einen derartigen Schlag versetzen konnten. Die meisten, die auf diesem Weg zu fliehen versuchen, ertrinken. Einige gehen am Damm entlang, und von denen gelangen ein paar möglicherweise in die Welt der Lebenden zurück, aber nur, wenn sie es zuvor schaffen, an den Leichenfledderern am Tor vorbeizukommen. Und wenn sie diese Gefahr bestehen, müssen sie sich an den Wachen vorbeischleichen, die am Strand warten. Habt Ihr diese Schädel gesehen, als Ihr den Damm entlanggekommen seid? Sie gehörten all jenen Männern und Frauen, die fliehen wollten. Die armen Seelen!« Er verstummte, und ich dachte schon, er werde in Tränen ausbrechen. Dann stieß er sich energisch von der Höhlenwand ab. »Aber wo bin ich mit meinen Gedanken? Habe ich keine Manieren? Ich muß Euch ein wenig Wasser anbieten. Seht Ihr? Meine Zisterne!« Voll Stolz zeigte er auf ein hölzernes Faß, das unmittelbar vor dem Höhleneingang stand und so plaziert war, daß es das Wasser auffangen konnte, das sich bei Unwettern in Kaskaden von den Steinbruchwändern ergoß. Mit einem Schöpflöffel füllte er zwei Holzbecher mit Wasser. »Das Faß und den Schöpflöffel habe ich von einem Fischerboot, das hier strandete. Wann war das noch mal? Laßt mich sehen ... Vor zwei Jahren. Die armen Leute! Drei Männer und zwei Knaben. Ein Mann wollte davonschwimmen und ertrank, die beiden anderen starben unter einem Hagel von Steinen, und die beiden Knaben wurden davongeführt. Ihr könnt Euch vorstellen, was aus ihnen wurde! Es mag ja reichlich Weiber geben, aber das Fleisch eines sauberen, jungen Fischerknaben ist ein seltener Leckerbissen auf unserer Insel.« Er stellte den Becher vor mich hin und schüttelte den Kopf. »Dies ist ein schrecklicher Ort, mein Freund. Es war töricht von Euch, hierherzukommen. Oder wurdet Ihr hergeschickt?«

»Ich bin freiwillig gekommen.«

»Dann gehört Ihr hierher, denn Ihr müßt wahrhaft wahnsinnig sein.« Er trank einen Schluck Wasser. »Erzählt mir«, bat er mich, »was es Neues in Britannien gibt.«

Ich erzählte es ihm. Von Uthers Tod und Arthurs Rückkehr hatte er gehört, aber sonst kaum etwas. Als ich berichtete, König Mordred sei verkrüppelt, runzelte er die Stirn, doch als er hörte, daß Bedwin noch lebte, war er erfreut. »Ich mag Bedwin«, sagte er. »Das heißt vielmehr, ich habe ihn gemocht. Wir hier müssen lernen, so zu sprechen, als wären wir tot. Er muß doch sehr alt sein.«

»Nicht so alt wie Merlin.«

»Merlin lebt noch?« fragte er überrascht.

»Allerdings.«

»Du meine Güte! Merlin lebt also noch!« Er schien sich zu freuen. »Einmal habe ich ihm einen Adlerstein geschenkt, und er hat sich sehr darüber gefreut. Ich muß hier irgendwo noch einen haben. Ja, wo denn nur?« Er kramte in einem kleinen Häufchen Steine und Holzstückchen, die neben dem Höhleneingang lagen. »Ist er womöglich da hinten?« Er zeigte auf den Bettvorhang. »Könnt Ihr ihn sehen?«

Ich sah nach hinten, um nach dem kostbaren Wurfstein Ausschau zu halten, doch kaum hatte ich den Blick abgewandt, da sprang mir Malldynn auf den Rücken und versuchte mir die schartige Schneide seines kleinen Messers durch die Kehle zu ziehen. »Ich werde Euch essen!« verkündete er triumphierend. »Euch essen!« Irgendwie aber hatte ich seine Messerhand mit der Linken packen können, und es gelang mir, die Klinge von meiner Gurgel fernzuhalten. Er rang mit mir, bis wir auf dem Boden lagen, und versuchte mich ins Ohr zu beißen. Sabbernd hockte er über mir, voll Gier bei dem Gedanken an frisches, sauberes Menschenfleisch. Ich schlug ihn einmal, zweimal, dann schaffte ich es, mich so zu winden, daß ich ein Knie anziehen konnte, und schlug ihn abermals, aber der Unglückliche verfügte über eine bemerkenswerte Kraft, und der Lärm unseres Kampfes lockte die Männer aus den anderen Höhlen herbei. Es konnte nur noch Sekunden dauern, bis ich von ihnen gemeinsam überwältigt wurde, also wand ich mich verzweifelt ein letztes Mal, rammte Malldynns Kopf mit dem meinen und warf ihn schließlich ab. Mit einem Tritt beförderte ich ihn davon und rappelte mich panisch auf, um dem Ansturm seiner Freunde zu entkommen. Ich stellte mich in den Eingang zur Bettkammer, wo ich endlich genügend Platz hatte, um Hywelbane zu ziehen. Vor der blitzenden Klinge meines Schwertes wichen die Eremiten zurück.

Malldynn lag mit blutendem Mund auf einer Seite der Höhle. »Nicht mal ein winziges Stückchen Leber?« bettelte er. »Nur ein Bröckchen? Bitte?«

Ich verließ ihn. Auf dem Weg durch den Steinbruch zupften mich die anderen Eremiten am Mantel, doch keiner versuchte mich aufzuhalten. Einer von ihnen lachte, als ich davonging. »Du wirst zurückkommen müssen!« rief er mir nach. »Und dann sind wir noch hungriger!«

»Eßt Malldynn«, gab ich verbittert zurück.

Ich kletterte auf den Kamm der Insel, wo zwischen den Steinen Stechginster wuchs. Vom Gipfel aus konnte ich sehen, daß sich der riesige Felsen nicht ganz bis zur Südspitze der Insel erstreckte, sondern steil zu einer weiten Ebene abfiel, die von einem Gewirr alter Steinmauern durchzogen war: Beweis dafür, daß früher einmal ganz normale Männer und Frauen auf der Insel gelebt und das steinige Plateau beackert hatten, das sich sanft zum Meer hin neigte. Auch jetzt gab es noch Siedlungen auf dieser Ebene: Dort wohnten vermutlich die Meermenschen. Eine Gruppe dieser toten Seelen beobachtete mich von ihren Rundhütten aus, die am Fuß des Hügels standen, und ihre Gegenwart veranlaßte mich, vorerst zu bleiben, wo ich war, und lieber bis zum Morgengrauen zu warten. Am frühen Morgen kriecht das Leben nur langsam dahin, deswegen greifen die Soldaten auch gern im ersten Tageslicht an, und deswegen wollte ich nach meiner verschollenen Nimue suchen, solange die wahnsinnigen Bewohner der Insel noch träge und schlaftrunken waren.

Es war eine harte Nacht. Eine sehr schlimme Nacht. Die Sterne zogen über mir dahin, strahlende Heimstätten, von denen die Geister auf die schwache Erde herabblickten. Ich betete zu Bel, bat ihn um Kraft, und manchmal schlief ich, obwohl ich bei jedem Rascheln im Gras oder dem Fall eines Steins hellwach hochfuhr. Ich hatte in einer schmalen Felsspalte Schutz gesucht, in der man mich nur schwer angreifen konnte, und war daher überzeugt, mich selbst schützen zu können, obwohl Bel allein wußte, wie ich die Insel jemals verlassen sollte. Oder ob ich meine Nimue je finden würde.

Kurz vor Morgengrauen kroch ich aus meiner Felsspalte hervor. Hinter der aufgewühlten See, die den Eingang zu Cruachans Höhle kennzeichnete, hing dichter Nebel über dem Meer, und ein mattes graues Licht ließ die Insel flach und kalt erscheinen. Während ich bergab stieg, sah ich keinen Menschen. Als ich an das erste kleine Dorf aus primitiven Hütten kam, war die Sonne noch nicht aufgegangen. Gestern, hatte ich entschieden, war ich den Bewohnern der Insel gegenüber viel zu zaghaft gewesen. Heute würde ich diese Toten wie das Aasfleisch behandeln, das sie im Grunde ja auch waren.

Die Hütten bestanden aus Lehm und Weidengeflecht und waren mit Zweigen und Gras gedeckt. Mit einem Tritt öffnete ich eine wacklige Holztür, trat geduckt in die Hütte und packte mir die erste schlafende Gestalt, die ich fand. Ich stieß die Kreatur hinaus, versetzte einer weiteren einen Tritt und hieb mit Hywelbane ein Loch ins Dach. Wesen, die früher einmal Menschen gewesen waren, lösten sich voneinander und huschten davon. Den einen Mann trat ich kräftig gegen den Kopf, den anderen verdrosch ich mit Hywelbanes flacher Klinge, einen dritten zerrte ich ans matte Tageslicht hinaus. Ich schleuderte ihn zu Boden, setzte ihm den Fuß auf die Brust und Hywelbanes Spitze an die Kehle. »Ich suche eine Frau namens Nimue«, sagte ich.

Er stammelte unverständliches Kauderwelsch. Da er nicht sprechen konnte, oder vielmehr nur in einer Sprache, die seine eigene

Erfindung war, ließ ich ihn liegen und lief statt dessen einer Frau nach, die hinkend in die Büsche zu flüchten versuchte. Als ich sie packte, schrie sie laut, und als ich ihr den Stahl an die Kehle setzte, schrie sie abermals. »Kennst du eine Frau namens Nimue?«

Sie war zu verängstigt, um sprechen zu können. Statt dessen hob sie ihre verdreckten Röcke und zeigte mir ihr zahnloses Grinsen. Ich schlug ihr die flache Schwertklinge ins Gesicht. »Nimue!« schrie ich sie an. »Ein einäugiges Mädchen namens Nimue! Kennst du sie?« Die Frau brachte immer noch kein Wort heraus, zeigte aber nach Süden und stieß ihren Finger in dem hektischen Versuch, mich nachsichtig zu stimmen, immer wieder in Richtung der südlichen Inselspitze. Ich zog mein Schwert zurück und schob mit dem Fuß ihre Röcke über ihre mageren Schenkel. Hastig verkroch sich die Frau in einem Dornengestrüpp. Die anderen verängstigten Seelen starrten mir aus ihren Hütten nach, als ich dem Pfad in südlicher Richtung hinab zum tosenden Meer folgte.

Ich kam an zwei weiteren winzigen Siedlungen vorbei, aber niemand versuchte jetzt noch, mich aufzuhalten. Ich war zu einem Teil des lebenden Alptraums dieser Insel der Toten geworden, zu einem Wesen, das im Morgengrauen mit nacktem Stahl drohte. Ich ging durch Felder von blassem, mit Hornklee, blauen Kreuzblumen und spitzen karmesinroten Orchideenblüten getupftem Gras und sagte mir, ich hätte wissen müssen, daß Nimue, eine Tochter Manawydans, so dicht wie möglich am Meer Zuflucht suchen würde.

Die Südküste der Insel war ein Gewirr von Felsblöcken am Rand einer niedrigen Klippe. Riesige Wogen zersprangen hier zu Schaum, wurden in Felsspalten gesogen, versprühten weiße Gischt. Vor der Küste wirbelte und spie der Hexenkessel. Es war ein Sommermorgen, aber das Meer lag grau wie Eisen, der Wind blies kalt, und die Seevögel schrien laut ihre Klagen.

Von einem Fels zum anderen springend, näherte ich mich bergabwärts diesem tödlichen Wasser. Als ich um eine Säule aus hellem Gestein bog, blähte sich mein zerfetzter Mantel im Wind, und ich entdeckte eine Höhle, die nur wenige Fuß oberhalb der obersten, von der höchsten Flut angespülten dunklen Linie von See- und Blasentang lag. Ein schmaler Vorsprung führte zum Eingang der Höhle, und auf diesem Felsband türmten sich Knochen von Vögeln und Tieren, die von Menschenhand aufgehäuft worden sein mußten, denn sie lagen in regelmäßigen Abständen, und jedes Häuflein war sorgfältig mit einem Gitterwerk aus längeren Knochen stabilisiert und mit einem Schädel gekrönt worden. Ich hielt inne. Angst stieg in mir auf wie die Fluten des Meeres, als ich auf diesen Zufluchtsort hinabstarrte, der so dicht am Wasser lag, wie es auf dieser Insel der verdammten Seelen nur möglich war. »Nimue?« rief ich, während ich Mut genug sammelte, um mich dem Felsband zu nähern. »Nimue?«

Ich kletterte zu der schmalen Felsplatte hinab und suchte mir vorsichtig einen Weg zwischen den aufgehäuften Knochen. Ich fürchtete mich vor dem, was ich in der Höhle finden würde. »Nimue?« rief ich abermals.

Unter mir klatschte eine Woge gegen einen Felsvorsprung und griff mit weißen Fingern nach dem Sims. Dann fiel das Wasser wieder und floß in dunklen Rinnsalen ins Meer zurück, bevor der nächste Brecher auf die Steine des Felsvorsprungs und die glänzendnassen Felsen donnerte. Die Höhle war still und dunkel. »Nimue?« fragte ich wiederum mit versagender Stimme.

Der Eingang der Höhle wurde von zwei menschlichen Schädeln bewacht, die so in die Felsspalten gezwängt worden waren, daß sie zu beiden Seiten des Eingangs mit zerbrochenen Zähnen in den klagenden Wind grinsten. »Nimue?« Ich bekam keine Antwort, außer dem Heulen des kalten Windes, dem Geschrei der Möwen und dem Beben der grausigen See.

Ich trat ein. Es war kalt in der Höhle, und das Licht wirkte fahl. Die Wände waren feucht. Da der Kieselboden vor mir anstieg, war ich gezwungen, mich vorsichtig und tief gebückt unter der schwer herabhängenden Decke vorwärtszutasten. Immer enger wurde die Höhle, dann bog sie auf einmal scharf nach links. Ich wartete an der Biegung, die von einem dritten Schädel bewacht wurde, bis meine Augen sich an das Halbdunkel gewöhnt hatten, und als ich mich dann vorsichtig an dem Schädel vorbeischob, entdeckte ich, daß sich die Höhle immer weiter verengte und schließlich endete.

Und dort, im hintersten, finstersten Winkel der Höhle, fand ich sie endlich. Meine Nimue.

Zunächst dachte ich, sie sei tot, denn sie war nackt und lag zusammengekrümmt da, die mageren Beine bis zu den Brüsten hochgezogen, die bleichen Arme um die Unterschenkel geklammert. Ihr Gesicht war unter den dunklen, verdreckten Haaren verborgen. Damals, in den grünen Hügeln, hatten wir zuweilen den Zorn der Hügelgeister herausgefordert, in den grasbewachsenen Hünengräbern herumgewühlt und nach dem Gold der Alten gesucht. Wir hatten ihre Knochen in genau derselben Stellung in der Erde vorgefunden, wo sie bis in alle Ewigkeit so dort hockten, um die bösen Geister abzuwehren.

»Nimue?« Ich mußte die letzten paar Schritte bis zu ihr auf allen vieren kriechen. »Nimue?« fragte ich abermals. Diesmal blieb mir ihr Name in der Kehle stecken, denn ich war sicher, daß sie tot war. Dann aber sah ich, daß sich ihre Rippen hoben. Sie atmete, lag aber sonst so still wie eine Tote. Ich legte Hywelbane nieder und streckte die Hand aus, um ihre kalte weiße Schulter zu berühren. »Nimue?«

Sie sprang mich an, zischend, mit gebleckten Zähnen, ein Auge eine grellrote Höhle, das andere so verdreht, daß nur noch das Weiße des Augapfels zu sehen war. Sie versuchte mich zu beißen, krallte mit den Händen nach mir, kreischte mit heulender Stimme einen Fluch, um mich gleich darauf anzuspucken, und schließlich hieb sie mit ihren langen Nägeln nach meinen Augen. »Nimue!« schrie ich. Sie spie, sabberte, kämpfte und schnappte mit verdreckten Zähnen nach meinem Gesicht. »Nimue!«

Sie kreischte einen weiteren Fluch und griff mit ihrer rechten Hand nach meiner Kehle. Sie kämpfte mit der Kraft der Wahnsinnigen, und als sich ihre Finger um meine Gurgel schlossen, stieg ihr Schrei triumphierend empor. Dann aber wußte ich plötzlich, was ich tun mußte. Ich ergriff ihre Linke, ignorierte den Schmerz an meiner Kehle und legte meine eigene, vernarbte Handfläche an ihre Narbe. Ich legte sie dorthin, ließ sie dort liegen und rührte mich nicht.

Und langsam, ganz langsam lockerte sich ihr Griff an meiner Kehle. Langsam, ganz langsam rollte ihr gesundes Auge zurück, so daß ich wieder die klare Seele meiner Liebsten sehen konnte. Sie starrte mich an und begann zu weinen.

»Nimue«, sagte ich, und sie legte die Arme um meinen Hals und klammerte sich fest an mich. Jetzt schluchzte sie so bitterlich, daß ihr fast die dünnen Rippen zersprangen, während ich sie hielt, sie streichelte und ihren Namen flüsterte.

Das Schluchzen ließ nach und hörte schließlich auf. Aber sehr lange noch hing sie an meinem Hals. Dann spürte ich, wie sich ihr Kopf bewegte. »Wo ist Merlin?« fragte sie mit der Stimme eines Kindes.

»Hier in Britannien«, antwortete ich.

»Dann müssen wir gehen.« Sie löste die Arme von meinem Hals und hockte sich auf die Schenkel, damit sie mir ins Gesicht sehen konnte. »Ich habe geträumt, daß du kommen würdest«, sagte sie.

»Ich liebe dich«, sagte ich. Eigentlich hatte ich das nicht sagen wollen, aber es war die Wahrheit.

»Deswegen bist du hergekommen«, stellte sie fest, als läge das auf der Hand.

»Hast du etwas zum Anziehen?« fragte ich sie.

»Ich habe deinen Mantel«, gab sie zurück. »Mehr brauche ich nicht. Nur deine Hand.«

Ich kroch zur Höhle hinaus, steckte Hywelbane in die Scheide zurück und wickelte ihren bleichen, zitternden Körper in meinen grünen Mantel. Sie schob einen Arm durch einen Riß in dem zerfetzten Wollstoff, und dann gingen wir Hand in Hand zwischen den Knochenhaufen hindurch und kletterten den Berg zu den Meermenschen hinauf, die dort warteten und uns beobachteten. Als wir den Gipfel der Klippe erreicht hatten, machten sie uns Platz und folgten uns auch nicht, als wir langsam den Osthang der Insel hinabschritten. Nimue sagte kein Wort. Ihr Wahnsinn hatte sie in dem Augenblick verlassen, da meine Hand die ihre berührte, aber sie war danach erschreckend schwach. Ich half ihr über die schwierigeren Stellen des Pfades. Ohne weiter belästigt zu werden, passierten wir die Höhlen der Eremiten. Möglich, daß sie alle schliefen, aber vielleicht hatten die Götter die Insel ja auch mit einem Bann belegt, während wir beiden uns in nördlicher Richtung immer weiter von den toten Seelen entfernten.

Die Sonne ging auf. Jetzt sah ich, daß Nimues Haare vor Schmutz starrten und von Läusen wimmelten, daß ihre Haut verdreckt war und daß sie ihr goldenes Auge verloren hatte. Sie war so schwach, daß sie kaum gehen konnte, und als wir den Berg zum Damm hinunterstiegen, hob ich sie auf und merkte, daß sie weniger wog als ein zehnjähriges Kind. »Du bist sehr schwach«, sagte ich zu ihr.

»Ich bin schwach geboren, Derfel«, gab sie zurück, »und verbringe mein ganzes Leben damit, so zu tun, als wäre es anders.«

»Du brauchst Ruhe«, sagte ich.

»Das weiß ich.« Sie legte den Kopf an meine Brust und war es ein einziges Mal in ihrem Leben zufrieden, daß jemand sich um sie kümmerte.

Ich trug sie zum Damm und über die erste Mauer. Links neben uns brachen sich die Wogen des Meeres, rechts glänzte die Bucht im reflektierten Licht der aufgehenden Sonne. Wie ich sie an den Wachen vorbeibringen sollte, wußte ich nicht. Ich wußte nur, daß wir die Insel verlassen mußten, weil das ihr Schicksal und ich das Werkzeug dieses Schicksals war. Also marschierte ich weiter und vertraute darauf, daß die Götter sich des Problems schon annehmen würden, wenn wir die letzte Mauer erreicht hatten.

Ich trug sie über die mittlere, von Schädeln gekrönte Mauer und schritt Dumnonias morgengrünen Hügeln entgegen. Da ich über der glatten, reinweißen Fläche der letzten Mauer nur die Silhouette eines einzigen Speerkämpfers sah, vermutete ich, daß einige Wachen über die Bucht gerudert waren, als sie entdeckt hatten, daß ich die Insel verlassen wollte. Am Kiesufer standen mehr Wachen. Sie hatten sich so postiert, daß sie mir den Durchgang zum Festland verstellten. Wenn ich unbedingt töten muß, sagte ich mir, werde ich eben töten. Das war der Wille der Götter, nicht der meine, und Hywelbane würde mit der Gewandtheit und mit der Kraft der Götter zuschlagen.

Doch als ich mit meiner leichten Last auf die letzte Mauer zuschritt, schwangen die Torflügel, die über Leben und Tod entschieden, weit auf, um mich durchzulassen. Eigentlich erwartete ich, den Kommandeur der Wache mit seinem rostigen Speer zu sehen, der mich sofort zurückschicken würde; statt dessen sah ich Galahad und Cavan, die mit gezogenen Schwertern und Kampfschilden am Arm auf der schwarzen Schwelle warteten. »Wir sind dir gefolgt«, erklärte Galahad.

»Bedwin hat uns geschickt«, ergänzte Cavan. Ich verbarg Nimues abstoßende Haare unter der Kapuze meines Mantels, damit meine Freunde nicht sahen, in welch entwürdigtem Zustand sie sich befand, und sie klammerte sich an mich, versuchte sich vor ihnen zu verstecken.

Galahad und Cavan hatten meine Männer mitgebracht, die die Fähre besetzt hatten und die Wächter der Insel auf dem anderen Ufer des Kanals mit ihren Speeren in Schach hielten. »Heute wären wir dich suchen gegangen«, sagte Galahad und bekreuzigte sich, während er den Damm anstarrte. Er warf mir einen seltsamen Blick zu, als fürchtete er, ich wäre als anderer Mensch von der Insel zurückgekehrt.

»Ich hätte wissen müssen, daß du kommen würdest«, sagte ich zu ihm.

»Ja«, gab er zurück, »das hättest du.« In seinen Augen standen Tränen – Freudentränen.

Wir ruderten über den Kanal zurück, und ich trug Nimue die Straße der Schädel entlang bis zur Festhalle am Ende der Straße, wo ich auf einen Mann traf, der einen Karren mit Salz belud, das für Durnovaria bestimmt war. Behutsam bettete ich Nimue auf seine Fracht und folgte dem Karren auf seinem knarrenden Weg nordwärts bis in die Stadt. Ich hatte Nimue von der Toteninsel gerettet und sie in ein Land im Kriegszustand zurückgebracht.

Ich brachte Nimue auf Gyllads Hof. Nicht in die große Halle, sondern in eine verlassene Schäferhütte, wo wir beide allein sein konnten. Ich fütterte sie mit Fleischsuppe und Milch, aber vorher wusch ich sie, wusch jeden einzelnen Zoll ihres Körpers, wusch sie zweimal, dann wusch ich ihre schwarzen Haare und benutzte anschließend einen Knochenkamm, um die Strähnen zu entwirren. Einige Knoten waren so fest, daß ich sie abschneiden mußte, die meisten aber ließen sich lösen, und als ihre Haare naß und glatt herabhingen, benutzte ich den Kamm, um die Läuse aufzustöbern und zu töten, bevor ich sie noch einmal wusch. Sie ließ die Prozedur wie ein kleines, gehorsames Kind über sich ergehen, und als sie endlich sauber war, wickelte ich sie in eine große Wolldecke, nahm die Fleischsuppe vom Feuer und zwang sie, etwas zu essen, während ich mich selbst ebenfalls wusch und jene Läuse einfing, die sich von ihrem auf meinen Körper gerettet hatten.

Als ich fertig war, dämmerte es, und sie lag fest schlafend auf einem Bett, das ich ihr aus frisch geschnittenem Farn bereitet hatte. Sie schlief die ganze Nacht hindurch und aß am anderen Morgen sechs Eier, die ich auf dem Feuer in einer Pfanne gerührt hatte. Dann schlief sie weiter, während ich mir ein Messer und ein Stück Leder nahm und ihr eine Augenklappe mit Schnur zurechtschnitt, die sie sich um den Kopf binden konnte. Ich beauftragte eine von Gyllads Sklavinnen, Kleidung zu besorgen, dann schickte ich Issa in die Stadt, damit er sich nach den neuesten Nachrichten umhörte. Issa war ein kluger Bursche mit einem so freundlichen, offenen Wesen, daß sich ihm selbst völlig Fremde an einem Tisch in der Schenke anvertrauten.

»Die halbe Stadt behauptet, der Krieg sei schon jetzt verloren, Lord«, berichtete er mir bei seiner Rückkehr. Da Nimue schlief, unterhielten wir uns am Ufer des Baches, der dicht neben der Hütte vorüberfloß.

»Und die andere Hälfte?« fragte ich ihn.

Er grinste. »Freut sich auf Lugnasa, Lord. Sie denken nicht darüber hinaus. Aber die Hälfte, die weiter denkt, das sind alles Christen.« Er spie ins Wasser. »Lugnasa sei ein sündiges Fest, sagen sie, und König Gorfyddyd komme über uns, um uns für unsere Sünden zu bestrafen.«

»Wenn das so ist«, gab ich zurück, »sollten wir dafür sorgen, daß wir genügend Sünden begehen, um die Strafe auch zu verdienen.«

Er lachte. »Manche sagen, Lord Arthur verläßt die Stadt nicht, weil er fürchtet, es werde einen Aufstand geben, sobald seine Soldaten weg sind.«

Ich schüttelte den Kopf. »Er will zu Lugnasa bei Guinevere sein.«

»Wer würde das nicht wollen?« gab Issa zurück.

»Warst du beim Goldschmied?« fragte ich ihn.

Er nickte. »Er braucht mindestens zwei Wochen, um das Auge anzufertigen, sagt er, weil er so was noch nie gemacht hat, aber er wird sich einen Toten suchen und ihm ein Auge rausschneiden, damit er die richtige Größe hat. Ich sagte ihm, er solle die Leiche eines Kindes nehmen, denn die Lady ist sehr zierlich, nicht wahr?« Mit dem Kopf deutete er auf die Hütte.

»Hast du ihm gesagt, daß das Auge hohl sein muß?«

»Hab' ich, Lord.«

»Das hast du wirklich gut gemacht«, lobte ich ihn. »Und nun wirst du wohl sündigen gehen und ausgiebig Lugnasa feiern wollen, wie?«

Er grinste. »Und ob, Lord!« An Lugnasa sollte eigentlich die bevorstehende Ernte gefeiert werden, aber die Jugend hat es von jeher zu einem Fest der Fruchtbarkeit gemacht, und diese Feierlichkeiten sollten an jenem Abend beginnen, dem Vorabend des Festtags.

»Dann los!« spornte ich ihn an. »Ich werde hierbleiben.«

An jenem Nachmittag baute ich für Nimue zu Lugnasa eine eigene Laube. Irgendwie bezweifelte ich zwar, daß sie sich darüber freuen würde, aber ich wollte es eben tun, und so flocht ich ein winziges Häuschen am Bach. Ich schnitt die Weidenzweige und bog sie zu einem Unterstand, in den ich Kornblumen, Mohnblumen, Tausendschönchen, Fingerhut und lange, hängende Wickenranken flocht. Solche Hütten wurden an diesem Festtag in ganz Britannien errichtet, und im nächsten Spätfrühling würden dann in ganz Britannien Hunderte von Lugnasakindern geboren werden. Der Frühling galt als günstige Zeit für eine Geburt, denn dann kam das Kind in eine Welt, die vor der Fülle des Sommers stand, obwohl die Frage, ob die Aussaat dieses Jahres gute Ernte bringen würde, von den Schlachten abhing, die nach dem Einbringen der Frucht geschlagen werden mußten.

Gerade als ich die letzten Fingerhutrispen ins Dach der Laube flocht, kam Nimue aus der Hütte. »Ist heute Lugnasa?« fragte sie erstaunt.

»Nein, morgen.«

Sie lachte schüchtern. »Mir hat noch nie jemand eine Laube geflochten.«

»Du wolltest ja nie eine.«

»Jetzt will ich sie aber«, antwortete sie und setzte sich mit so glückstrahlendem Gesicht in den Schatten der Blüten und Zweige, daß mein Herz einen seligen Sprung tat. Sie hatte die Augenklappe gefunden und eins von den Gewändern angelegt, die Gyllads Mädchen ihr gebracht hatte; es war ein Sklavenkleid aus einfachem braunen Tuch, aber es stand ihr so gut, wie ihr fast alle schlichten Dinge standen. Sie war blaß und mager, aber sie war sauber, und auf ihren Wangen lag sogar eine leichte Röte. »Ich weiß nicht, was aus dem goldenen Auge geworden ist«, gestand sie bedrückt und legte die Hand auf die neue Klappe.

»Ich habe ein neues in Auftrag gegeben«, erklärte ich ihr, verschwieg ihr jedoch, daß mich die Anzahlung für den Goldschmied meine letzten Münzen gekostet hatte. Ich brauche unbedingt ein bißchen Kampfbeute, sagte ich mir, um meine Börse wiederaufzufüllen.

»Und außerdem bin ich hungrig«, sagte Nimue mit einem Anflug ihres alten Mutwillens.

Ich legte ein paar Birkenzweige in die Pfanne, damit die Fleischsuppe nicht ansetzte, goß den Rest der Brühe hinein und stellte sie aufs Feuer. Sie aß alles. Anschließend streckte sie sich in ihrer Lugnasalaube aus und betrachtete den Bach. An einer Stelle, wo ein Otter unter Wasser schwamm, stiegen Blasen auf. Ich hatte ihn schon vorher gesehen, es war ein alter Kerl mit einem von den Narben vieler Kämpfe und Streifwunden durch Jagdspeere übersäten Fell. Nimue sah zu, wie seine Luftblasen hinter einer umgestürzten Weide verschwanden. Dann begann sie zu erzählen.

Sie hatte immer gern erzählt und zugehört, an jenem Abend aber war sie unersättlich. Sie wollte Neuigkeiten hören, und ich erzählte sie ihr, aber dann verlangte sie mehr Einzelheiten, und immer noch mehr Einzelheiten, und jede Einzelheit fügte sie wie besessen in ein Muster, das sie sich zurechtgelegt hatte, so daß die Ereignisse des vergangenen Jahres – zumindest für sie – ein großes Mosaik ergaben, auf dem ein einzelnes Steinchen zwar unwichtig erscheinen mochte, im Zusammenhang mit den anderen aber Teil eines komplizierten, bedeutsamen Ganzen wurde. Ihr größtes Interesse galt Merlin und der Handschrift, die er aus Bans verlorener Bibliothek gerettet hatte. »Du hast sie nicht gelesen?« fragte sie mich.

»Nein.«

»Ich werde sie lesen«, erklärte sie energisch.

Ich zögerte einen Moment; dann sprach ich meine Gedanken aus.

»Ich dachte, Merlin würde zur Insel gehen und dich holen«, sagte ich. Damit riskierte ich, sie doppelt zu kränken, erstens durch die angedeutete Kritik an Merlin und zweitens, indem ich das einzige Thema anschnitt, über das sie nicht reden wollte, die Toteninsel. Aber es schien sie nicht zu stören.

»Merlin wird sich wohl gedacht haben, daß ich mir selbst helfen kann«, erklärte sie. Dann lächelte sie. »Außerdem weiß er, daß ich dich habe.«

Inzwischen war es dunkel geworden, und der Bach plätscherte silbern unter dem Lugnasamond dahin. Es gab ein ganzes Dutzend Fragen, die ich ihr gern gestellt hätte, aber nicht zu stellen wagte, plötzlich aber begann sie sie von selbst zu beantworten. Sie sprach von der Insel oder vielmehr davon, daß ein winziger Teil ihrer Seele sich der Schrecken dieser Insel immer bewußt gewesen sei, selbst als ihr übriges Ich sich in ihr Schicksal ergeben habe. »Ich habe gedacht, Wahnsinn wäre wie der Tod«, sagte sie, »und man würde nicht merken, daß es eine Alternative zum Wahnsinn gibt, aber man weiß es doch. Wirklich. Es ist, als beobachte man sich selbst, kann sich aber nicht selber helfen. Man gibt sich auf«, erklärte sie. Dann hielt sie inne, und ich entdeckte die Tränen in ihrem gesunden Auge.

»Hör auf«, sagte ich, denn auf einmal wollte ich es nicht mehr wissen.

»Und manchmal«, fuhr sie beharrlich fort, »saß ich auf meinem Felsen und betrachtete das Meer und wußte, daß ich nicht geisteskrank war, und ich fragte mich, welchem Zweck das alles diene, und dann wurde mir klar, daß ich wahnsinnig sein mußte, denn wenn ich es nicht wäre, hätte das Ganze seinen Zweck nicht erfüllt.«

»Es ergab keinen Sinn«, widersprach ich hitzig.

»Ach Derfel, mein lieber Derfel! Du hast einen Verstand wie ein Stein, der von der Klippe fällt.« Sie lächelte. »Als Merlin Caleddins Handschrift fand, hatte das denselben Sinn. Begreifst du denn nicht? Die Götter treiben ihre Spiele mit uns, aber wenn wir uns öffnen, werden wir Teil des Spiels statt seine Opfer. Der Wahnsinn erfüllt einen Zweck! Er ist ein Geschenk der Götter und hat, wie alle Geschenke der Götter, seinen Preis, aber den habe ich nunmehr bezahlt.« Sie sprach leidenschaftlich, und doch spürte ich plötzlich, wie mich ein Gähnen ankam, und sosehr ich mich bemühte, ich konnte es nicht unterdrücken. Ich versuchte es zu verbergen, aber sie sah es trotzdem. »Du brauchst Schlaf«, stellte sie fest.

»Nein, nein!« protestierte ich.

»Hast du letzte Nacht geschlafen?«

»Ein wenig.« Ich hatte an der Hüttentür gesessen und war, während ich zuhörte, wie die Mäuse im Stroh raschelten, gelegentlich ein wenig eingedöst.

»Dann wirst du jetzt zu Bett gehen«, bestimmte sie energisch, »und mich hier meinen Gedanken überlassen.«

Ich war so müde, daß ich mich kaum entkleiden konnte, aber schließlich lag ich auf dem Farnbett, wo ich wie ein Toter schlief. Es war ein großer, tiefer Schlaf, der der Ruhe glich, die in der Sicherheit nach einer Schlacht eintritt, wenn der schlechte Schlaf, der von Alpträumen voller Erinnerungen an knapp verfehlte Speerstöße und Schwerthiebe unterbrochen wird, von der Seele gewaschen worden ist. So schlief ich, und in der Nacht kam Nimue zu mir. Anfangs dachte ich, es sei ein Traum, als ich dann aber erschrocken hochfuhr, spürte ich ihre kühle, nackte Haut an der meinen. »Schon gut, Derfel«, flüsterte sie mir zu, »schlaf weiter.« Und ich schlief mit ihrem mageren Körper in den Armen.

Wir erwachten in Lugnasas wunderschöner Morgendämmerung. In meinem Leben gab es Zeiten reinsten Glücks, und dies war eine davon. In diesen Zeiten, glaube ich, ist die Liebe mit dem Leben im Gleichtakt, oder die Götter wollen, daß wir uns zum Narren machen, und nichts ist so süß wie die Torheit am Lugnasafest. Die Sonne schien, schickte ihr Licht durch die Blumen in unsere Laube, wo wir uns liebten. Später spielten wir wie Kinder im Bach, wo ich unter Wasser Otterblasen zu machen versuchte, und als ich prustend auftauchte, lachte Nimue laut heraus. Ein Eisvogel schoß zwischen den Weiden hindurch, bunt wie ein Traumteppich. Die einzigen Menschen, die wir den ganzen Tag über sahen, waren zwei Reiter, die, mit Falken auf den Fäusten, am anderen Bachufer entlangritten. Sie sahen uns nicht, und wir blieben still liegen und sahen zu, wie einer ihrer Vögel einen Reiher schlug: ein gutes Zeichen. Denn an diesem einen vollkommenen Tag waren Nimue und ich Liebende, obwohl uns die zweite Freude der Liebe versagt blieb, die in dem sicheren Wissen um eine gemeinsame Zukunft liegt, in einem Glück, das nicht weniger groß ist als zu Beginn der Liebe. Aber ich hatte keine Zukunft mit Nimue. Ihre Zukunft lag auf den Pfaden der Götter, und für diese Pfade hatte ich kein Talent.

Und sogar Nimue war versucht, von diesen Pfaden abzuweichen. Am Abend des Lugnasatages, als das schräg einfallende Sonnenlicht die Bäume an den westlichen Hängen in Schatten tauchte, lag sie im Schutz der Laube zusammengerollt in meinen Armen und sprach von allem, was wir haben könnten. Ein Häuschen, ein Stück Land, Kinder und Viehherden. »Wir könnten nach Kernow gehen«, sagte sie verträumt. »Merlin hat immer gesagt, daß Kernow ein gesegneter Ort ist. Und weit entfernt von den Sachsen.«

»Irland«, wandte ich ein, »ist noch weiter entfernt.«

Ich spürte, wie sie den Kopf an meiner Brust schüttelte. »Irland ist verflucht.«

»Warum?« wollte ich wissen.

»Weil sie die Kleinodien Britanniens besaßen«, antwortete sie, »und sie sich abnehmen ließen.«

Ich wollte jetzt weder über die Kleinodien Britanniens noch über die Götter, noch über irgendein Thema sprechen, das diesen Augenblick verdorben hätte. »Also gut, Kernow«, lenkte ich ein.

»Ein kleines Häuschen«, sagte sie versonnen, und dann zählte sie all die Gegenstände auf, die es in dem kleinen Häuschen geben sollte: Krüge, Pfannen, Spieße, Worfeltücher, Siebe, Eibenholzeimer, Sicheln, Schergeräte, eine Spindel, einen Wollewickler, ein Lachsnetz, ein Faß, einen Herd, ein Bett. Hatte sie in ihrer feuchten, kalten Höhle über dem Hexenkessel von diesen Dingen geträumt? »Und keine Sachsen«, fuhr sie fort, »und auch keine Christen. Vielleicht sollten wir auf die Inseln im Westmeer gehen. Auf die Inseln hinter Kernow. Nach Lyonesse.« Ganz leise sprach sie diesen wundervollen Namen aus. »Leben und Lieben in Lyonesse«, ergänzte sie. Dann lachte sie.

»Warum lachst du?«

Einen Augenblick blieb sie stumm. Dann zuckte sie die Achseln. »Lyonesse ist einem anderen Leben vorbehalten«, erklärte sie, und mit dieser traurigen Feststellung brach sie den Bann. Das heißt, wenigstens für mich, denn ich glaubte, Merlins spöttisches Gelächter im Rascheln des Sommerlaubs zu hören. Also ließ ich den Traum verblassen, während wir reglos im schräg einfallenden, weichen Licht lagen. Zwei Schwäne flogen nordwärts das Tal hinauf, auf das große phallische Abbild des Gottes Sucellos zu, das nördlich von Gyllads Land in den Kreidekalk der Hügel geschnitten worden war. Sansum hatte das Bildnis vernichten lassen wollen, aber Guinevere hatte ihn daran gehindert, obwohl sie nichts dagegen tun konnte, daß er am Fuß des Hügels einen kleinen Schrein errichten ließ. Mir kam die Idee, das Land zu kaufen, sobald ich konnte – nicht, um es zu kultivieren, sondern um zu verhindern, daß die Christen den Kalk mit Gras zuwachsen ließen oder das Bild des Gottes ausgruben.

»Wo ist Sansum?« fragte Nimue. Sie hatte meine Gedanken gelesen.

»Er ist jetzt Wächter des heiligen Dornbuschs.«

»Mögen die Dornen ihn stechen«, wünschte sie rachsüchtig. Sie löste sich aus meinen Armen, richtete sich auf und zog uns beiden die Decke bis an den Hals. »Und Gundleus hat sich heute verlobt?«

»Ja.«

»Lange wird er sich seiner Braut nicht erfreuen können«, sagte sie, obwohl das, wie ich fürchtete, wohl eher eine Hoffnung als eine Prophezeiung war.

»Wird er aber doch, wenn Arthur sein Heer nicht schlagen kann«, wandte ich ein.

Am folgenden Tag schien die Hoffnung auf diesen Sieg endgültig zerstört zu sein. Ich war mit den Vorbereitungen für Gyllads Ernte beschäftigt: Ich wetzte die Sicheln und nagelte die hölzernen Dreschflegel an ihre Lederschlaufen, als ein Bote aus Durocobrivis in Durnovaria eintraf. Issa brachte mir die Nachricht des Boten aus der Stadt, und sie war schrecklich. Aelle hatte den Waffenstillstand gebrochen. Am Vorabend von Lugnasa hatte ein Schwarm Sachsen Gereints Festung angegriffen und gestürmt. Fürst Gereint war tot, Durocobrivis gefallen, Dumnonias Vasallenfürst Meriadoc von Stronggore auf der Flucht, und die letzten Reste seines Reiches waren Lloegyr einverleibt worden. Nun mußte Arthur sich nicht nur Gorfyddyds Heer entgegenwerfen, sondern auch noch gegen die sächsischen Kriegshorden kämpfen. Dumnonia war eindeutig dem Untergang geweiht.

Nimue schalt über meinen Pessimismus. »So schnell werden die Götter das Spiel nicht beenden«, behauptete sie.

»Dann sollten die Götter unsere Schatzkammern füllen«, entgegnete ich scharf, »denn wir können nicht Aelle und Gorfyddyd zur selben Zeit besiegen, und das heißt, daß wir die Sachsen bezahlen müssen oder den Tod erleiden.«

»Nur kleine Geister machen sich Sorgen um Geld«, erklärte Nimue.

»Dann danke ich den Göttern für die kleinen Geister«, gab ich zurück. Ich machte mir ständig Sorgen um Geld.

»In Dumnonia gibt es durchaus Geld«, sagte Nimue obenhin.

»Guineveres?« Ich schüttelte den Kopf. »Das wird Arthur niemals anrühren.« Zu jener Zeit wußte keiner von uns, wie groß der Schatz war, den Lancelot aus Ynys Trebes mitgebracht hatte; dieser Schatz hätte vielleicht genügt, um Aelle den Frieden abzukaufen, aber der exilierte König von Benoic hielt ihn sorgfältig versteckt.

»Nicht Guineveres Gold«, widersprach Nimue. Dann erzählte sie mir, wo wir den Blutpreis für die Sachsen möglicherweise finden könnten, und ich machte mir Vorwürfe, daß ich nicht selbst darauf gekommen war. Also bleibt uns doch noch eine Chance, dachte ich mir, nur eine kleine Chance, solange uns die Götter genügend Zeit lassen und Aelles Preis nicht unmöglich hoch ist. Wie ich vermutete, würde es eine Woche dauern, bis Aelles Männer nach der Plünderung von Durocobrivis wieder nüchtern waren, also blieb uns nur diese eine Woche, um unser Wunder zu vollbringen.

Mit Nimue ging ich zu Arthur. Es würde keine Idylle in Lyonesse geben, weder ein Sieb noch ein Worfeltuch, noch ein Bett am Meer. Merlin war nach Norden gezogen, um Britannien zu retten; nun mußte Nimue ihre eigene Magie im Süden einsetzen. Während hinter uns, am Ufer unseres Sommerbächleins, die Blüten von Lugnasa welkten, zogen wir aus, den Sachsen einen Frieden abzukaufen.

Arthur ritt mit seiner Leibwache auf dem Fosse Way nach Norden. Sechzig Reiter mit Schabracken aus Leder und Eisen zogen in den

Krieg, begleitet von fünfzig Speerkämpfern: sechs davon gehörten zu mir, der Rest wurde von Lanval befehligt, dem Befehlshaber von Guineveres Wache, dessen Aufgabe Lancelot, König von Benoic, übernommen hatte. Lancelot und seine Männer waren nunmehr die Beschützer aller hochgestellten Persönlichkeiten von Durnovaria. Galahad war mit dem Rest meiner Männer nordwärts nach Gwent gezogen, und daran, daß wir noch vor der Ernte marschierten, vermag man zu ermessen, wie kritisch die Lage aussah, aber Aelles Verrat ließ uns keine andere Wahl. Ich marschierte mit Arthur und Nimue. Sie hatte darauf bestanden, mich zu begleiten, obwohl sie bei weitem noch nicht kräftig genug war, doch nichts auf der Welt hätte sie dem Krieg fernhalten können, der uns unmittelbar bevorstand. Von Lugnasa an marschierten wir zwei Tage, während am Himmel – möglicherweise als Vorzeichen dessen, was da kommen sollte – dichte Wolken aufgezogen waren und mit schweren Regenfällen drohten.

Die Reiter mit ihren Pferdeknechten und Packmulis blieben mit Lanvals Speerkämpfern am Fosse Way zurück und warteten, während Arthur die Landbrücke nach Ynys Wydryn überquerte. Nimue und ich begleiteten ihn; darüber hinaus hatten wir nur meine sechs Speerkämpfer mitgenommen. Es war seltsam, wieder vor dem hochaufragenden Gipfel des Tor zu stehen. Gwlyddyn hatte Merlins Halle so wiederaufgebaut, daß es dort fast wieder so aussah wie an dem Tag, da Nimue und ich vor Gundleus' Greueltaten geflohen waren. Selbst der Turm stand wieder, und ich fragte mich, ob er, wie der erste, eine Traumkammer war, in dem das Geflüster der Götter zu dem schlafenden Magier hinabdrang.

Doch unser Vorhaben galt nicht dem Tor, sondern dem Schrein vom heiligen Dornbusch. Fünf meiner Männer blieben draußen vor dem Tor des Schreins, während Arthur, Nimue und ich das Grundstück betraten. Nimues Kopf war unter einer Kapuze verborgen, so daß ihr Gesicht mit der Augenklappe nicht zu sehen war. Sansum kam herausgeeilt, um uns zu begrüßen. Für einen Mann, der angeblich in Ungnade gefallen war, weil er in Durnovaria einen Aufruhr angezettelt hatte, schien er in ausgezeichneter Verfassung zu sein. Er war fülliger, als ich es in Erinnerung hatte, und trug ein neues schwarzes Gewand, das zur Hälfte von einem mit goldenen Kreuzen und silbernen Dornen reich bestickten Überwurf bedeckt war. Auf der Brust hing ihm an einer Goldkette ein schweres goldenes Kreuz, an seinem Hals glänzte ein Torques aus schwerem Gold. Sein Mäusegesicht mit den steif tonsurierten Haaren verzog sich zu einem Grinsen, das als Lächeln gemeint war. »Welch eine Ehre!« rief er und breitete als Willkommensgeste die Arme aus. »Welch eine Ehre! Darf ich hoffen, Lord Arthur, daß Ihr kommt, um unseren geliebten Herrn anzubeten? Dies hier ist der heilige Dornbusch! Er gemahnt uns an die Dornen, die das Haupt unseres Herrn marterten, als er für Eure Sünden litt.« Er zeigte auf den schlaffen Baum mit den winzigen, traurigen Blättern. Eine Gruppe Pilger, die den Baum umstand, hatte seine kläglichen Äste mit Votivgaben behängt. Als sie uns sahen, schlurften die Pilger eilig davon, ohne zu merken, daß der ärmlich gekleidete Bauernjunge, der mit ihnen betete, einer unserer Männer war. Es war Issa, den ich mit einer kleinen Opfergabe an Münzen für das Heiligtum vorausgeschickt hatte. »Einen Schluck Wein, vielleicht?« lud Sansum uns nunmehr ein. »Und etwas zu essen? Wir haben kalten Lachs, frisches Brot und sogar ein paar Erdbeeren.«

»Ihr lebt gut, Sansum«, sagte Arthur, der sich in dem Heiligtum umsah. Es war gewachsen, seit ich zum letztenmal auf Ynys Wydryn gewesen war. Die Steinkirche war erweitert und zwei neue Gebäude errichtet worden, eins als Schlafstätte für die Mönche, das andere als Wohnhaus für Sansum selbst. Beide Gebäude waren aus Stein und hatten Dächer aus Ziegeln von römischen Villen.

Sansum hob den Blick zu den dräuenden Wolken. »Wir sind nur demütige Diener unseres großen Gottes, Lord, und unser Leben auf Erden verdanken wir einzig seiner Gnade und Vorsehung. Ist Eure geschätzte Gemahlin wohlauf?«

»Sie ist wohlauf, danke.«

»Diese Nachricht erfreut unser Herz, Lord«, log Sansum. »Und unser König – befindet er sich ebenso wohlauf?«

»Der Knabe wächst heran, Sansum.«

»Und wie ich hoffe, im rechten Glauben.« Während wir vorrückten, wich Sansum zurück. »Und welches Anliegen, Lord, führt Euch in unsere kleine Ansiedlung?«

Arthur lächelte. »Die Suche, Bischof, die Suche.«

»Nach himmlischer Gnade?« erkundigte sich Sansum.

»Nach Geld.«

Sansum warf die Hände empor. »Würde ein Mensch, der Fisch braucht, auf einen Berg klettern? Oder ein Verdurstender in die Wüste gehen? Warum kommt Ihr zu uns, Lord Arthur? Wir Brüder haben Armut gelobt, und die wenigen Brosamen, die unser geliebter Herr uns in den Schoß fallen läßt, geben wir den Armen.« Anmutig legte er die Hände zusammen.

»Dann bin ich gekommen, mein lieber Sansum«, erklärte Arthur, »um dafür zu sorgen, daß Ihr Euer Armutsgelübde auch einhaltet. Der Krieg ist hart, er verschlingt Geld, die Schatzkammern sind leer, und Ihr werdet die Ehre haben, Eurem König ein Darlehen zu geben.« Es war Nimue – Nimue, die demütig wie eine verhüllte Dienerin hinter uns einherschlurfte –, die Arthur auf den Reichtum der Kirche hingewiesen hatte. Wie sehr mußte sie Sansums Unbehagen jetzt genießen!

»Die Kirche ist von diesen erzwungenen Darlehen ausgenommen«, widersprach Sansum scharf, mit verächtlicher Betonung auf dem Wort Darlehen. »Großkönig Uther, seine Seele ruhe in Frieden, hat die Kirche von all diesen Abgaben befreit, genau wie die heidnischen Schreine...« – hier bekreuzigte er sich – »davon befreit sind – und letzteres ist eine Schande und eine Sünde.«

»König Mordreds Kronrat«, sagte Arthur, »hat diese Befreiung widerrufen, und Euer Schrein, Bischof, ist als der reichste von ganz Dumnonia bekannt.«

Wieder richtete Sansum den Blick gen Himmel. »Wenn wir auch nur soviel wie eine einzige Goldmünze besitzen, Lord, wäre es mir eine Freude, sie Euch zu schenken. Aber wir sind arm. Ihr solltet Euer Darlehen auf dem Berg suchen.« Er deutete zum Tor hinauf. »Die Heiden dort, Lord, horten seit Jahrhunderten das Gold der Ungläubigen!«

»Der Tor«, meldete ich mich eiskalt zu Wort, »wurde von Gundleus geplündert, als Norwenna getötet wurde. Das wenige Gold, das sich dort befand, wurde gestohlen.«

Sansum tat, als hätte er mich eben erst bemerkt. »Das ist doch Derfel, nicht wahr? Das dachte ich mir. Willkommen daheim, Derfel!«

»Lord Derfel«, korrigierte Arthur Sansum.

Sansum riß die kleinen Augen auf. »Gelobt sei Gott! Er sei gelobt! Ihr seid in der Welt hoch aufgestiegen, Lord Derfel, und welch eine Freude für mich, den bescheidenen Gottesmann, der nun damit prahlen kann, er habe Euch schon gekannt, als Ihr noch ein einfacher Speerkämpfer wart! Ein Lord? Welch ein Segen! Und welch eine Ehre, Euch hier begrüßen zu dürfen! Aber selbst Ihr, mein lieber Lord Derfel, wißt doch, daß König Gundleus, als er den Tor überfiel, auch die armen Mönche hier ausraubte. Ach, welch eine Verwüstung er hier anrichtete! Der Schrein mußte für Christus leiden und hat sich nie wieder davon erholt.«

»Gundleus hat sich zuerst mit dem Tor befaßt«, sagte ich. »Ich muß es wissen, denn ich war dabei. Und dadurch gab er den Mönchen hier Zeit genug, ihre Schätze zu verstecken.«

»Was ihr Heiden euch doch über uns Christen zusammenphantasiert! Wollt ihr immer noch behaupten, daß wir bei unseren Liebesfesten kleine Kinder fressen?« Sansum lachte.

Arthur seufzte. »Mein lieber Bischof Sansum«, sagte er, »ich weiß, meine Bitte kommt Euch hart an. Ich weiß, es ist Eure Aufgabe, den Reichtum Eurer Kirche zu bewahren, damit sie wachsen und die Herrlichkeit Gottes spiegeln kann. Das alles ist mir bekannt, ich weiß aber auch, daß unsere Feinde, wenn wir nicht genügend Geld haben, sie zu bekämpfen, hierherkommen werden, und dann wird es keine Kirche mehr geben, dann wird es keinen heiligen Dornbusch mehr geben, und der Bischof dieses Schreins...« – er stieß den Finger in Sansums Rippen – »wird nur noch aus Knochen bestehen, die von den Raben saubergepickt wurden.«

»Es gibt andere Möglichkeiten, den Feind von unseren Toren fernzuhalten«, behauptete Sansum und deutete dabei unklugerweise an, daß Arthur den Grund für den Krieg geliefert hatte und Gorfyddyd sich zufriedengeben würde, wenn Arthur Dumnonia einfach verließe.

Arthur wurde jedoch nicht zornig. Er lächelte nur. »Dumnonia braucht Euren Schatz, Bischof.«

»Wir haben keinen Schatz. Leider!« Sansum schlug das Kreuzeszeichen. »Gott sei mein Zeuge, Lord, daß wir nichts besitzen.«

Ich schlenderte zum Dornbusch hinüber. »Die Mönche von Ivinium ...» – ich meinte ein Kloster wenige Meilen weiter südlich – »sind viel bessere Gärtner als Ihr, Bischof.« Ich zog Hywelbane aus seiner Scheide und bohrte die Spitze in den Boden neben dem armseligen Baum. »Vielleicht sollte man den Heiligen Dornbusch ausgraben und in Ivinium in Pflege geben, wie? Ich bin sicher, die Mönche dort würden eine Menge bezahlen für dieses Privileg.«

»Und der Dornbusch wäre weiter von den Sachsen entfernt!« ergänzte Arthur strahlend. »Ihr seid doch sicher einverstanden mit unserem Plan, nicht wahr, Bischof?«

Sansum wedelte verzweifelt mit den Händen. »Die Mönche in Ivinium sind ignorante Toren, Lord, und können nichts weiter als Gebete murmeln. Wenn Eure Lordschaften in der Kirche warten würden, wäre es vielleicht möglich, daß ich ein paar Münzen für Euch auftreibe, ja?«

»Nur zu«, antwortete Arthur.

Wir drei wurden in die Kirche geführt. Es war ein schlichter Bau mit Steinboden, Steinwänden und Balkendach. Und es war düster, denn nur durch die schmalen, hohen Fenster, in denen Spatzen hausten und Mauerblümchen wuchsen, fiel ein wenig Licht herein. Am anderen Ende der Kirche stand ein Steintisch mit einem Kruzifix. Nimue, die ihre Kapuze zurückgestreift hatte, spie in Richtung auf das Kruzifix, während Arthur zu dem Tisch hinüberschlenderte und sich auf den Rand schwang. »Dies macht mir wirklich kein Vergnügen, Derfel«, sagte er.

»Warum sollte es, Lord?«

»Es ist nicht recht, Götter zu beleidigen«, erklärte Arthur düster.

»Dieser Gott«, sagte Nimue voller Verachtung, »ist doch angeblich so groß im Vergeben. Lieber diese Sorte beleidigen als eine andere.«

Arthur lächelte. Er trug ein einfaches Wams, dazu Hose, Stiefel, Mantel und Excalibur. Er trug weder Gold noch Rüstung, und doch konnte niemand an seiner Autorität zweifeln – oder sein gegenwärtiges Unbehagen übersehen. Eine Weile blieb er schweigend sitzen; dann blickte er zu mir auf. Da Nimue die kleinen Räume im Hintergrund der Kirche erforschte, waren wir beide allein. »Sollte ich Britannien vielleicht doch lieber verlassen?« fragte er mich.

»Und Dumnonia Gorfyddyd zum Fraß vorwerfen?«

»Gorfyddyd wird Mordred zu gegebener Zeit auf den Thron setzen«, erklärte Arthur, »und das ist das einzige, was zählt.«

»Hat er das gesagt?« fragte ich ihn.

»Das hat er.«

»Aber was hätte er sonst sagen sollen?« wandte ich ein, zutiefst erschrocken darüber, daß mein Lord das Exil auch nur in Erwägung zog. »In Wirklichkeit aber«, setzte ich nachdrücklich hinzu, »wird Mordred Gorfyddyds Vasallenkönig sein, und warum sollte Gorfyddyd einen Vasallen auf den Thron setzen? Warum nicht einen seiner Verwandten? Warum nicht seinen Sohn Cuneglas?«

»Cuneglas ist ein ehrenwerter Mann«, sagte Arthur.

»Cuneglas wird tun, was sein Vater ihm befiehlt«, entgegnete ich verächtlich, »Gorfyddyd will Großkönig werden, daher wird er es bestimmt nicht dulden, daß der Erbe des alten Großkönigs zu seinem Rivalen heranwächst. Außerdem – glaubt Ihr wirklich, daß Gorfyddyds Druiden einen verkrüppelten König am Leben lassen werden? Wenn Ihr geht, Lord, sind Mordreds Tage gezählt.«

Arthur antwortete nicht. Er saß da, die Hände auf den Tischrand gestützt, ließ den Kopf hängen und starrte zu Boden. Er wußte, daß ich recht hatte, wie er auch wußte, daß er der einzige von Britanniens Kriegsherren war, der für Mordred kämpfte. Alle anderen wollten ihren eigenen Mann auf Dumnonias Thron sehen, während Guinevere wollte, daß Arthur selbst ihn bestieg. Dann blickte er zu mir auf. »Hat Guinevere...«, begann er.

»Ja«, fiel ich ihm vorschnell ins Wort. Ich war sicher, daß er von Guineveres Wunsch sprach, ihn auf Dumnonias Thron zu setzen, aber er hatte an etwas ganz anderes gedacht.

Er sprang vom Tisch und begann auf und ab zu gehen. »Ich begreife ja Eure Gefühle Lancelot gegenüber«, sagte er überraschend, »aber bedenkt doch, Derfel: Angenommen, Benoic wäre Euer Königreich gewesen, und angenommen, Ihr wärt überzeugt, ich würde es für Euch retten, ja, wüßtet sogar, daß ich durch einen Eid verpflichtet wäre, es zu retten, und dann täte ich es doch nicht. Und Benoic würde vernichtet. Wärt Ihr dann nicht auch verbittert?

Würde Euch das nicht allen Menschen gegenüber mißtrauisch machen? König Lancelot hat viel gelitten, und zwar durch meine Schuld! Meine! Und nun möchte ich, wenn möglich, seine Verluste ausgleichen. Benoic kann ich ihm nicht zurückgeben, aber vielleicht ein anderes Königreich.«

»Und welches?« wollte ich wissen.

Er lächelte verschmitzt. Er hatte sich den ganzen Plan bereits zurechtgelegt und genoß es ungeheuer, ihn mir nunmehr mitzuteilen. »Siluria«, sagte er. »Nehmen wir an, wir können Gorfyddyd und mit ihm Gundleus besiegen. Gundleus hat keinen Erben, Derfel, und wenn es uns gelingt, ihn zu töten, ist sein Thron verwaist. Wir selbst haben einen König ohne Thron, sie haben einen Thron ohne König. Mehr noch, wir haben einen unvermählten König! Bieten wir Ceinwyn Lancelot als Gemahl, wird Gorfyddyds Tochter Königin werden, und wir werden einen Freund auf dem silurischen Thron haben. Frieden, Derfel!« Er sprach jetzt mit der alten Begeisterung, zeichnete mit seinen Worten eine wundervolle Vision. »Ein Bündnis! Das Ehebündnis, das ich nicht geschlossen habe, können wir jetzt nachholen. Lancelot und Ceinwyn! Und um das zu erreichen, müssen wir nur einen einzigen Mann töten. Nur einen.«

Und viele andere Männer, die in der Schlacht fallen werden, dachte ich, sprach es aber nicht aus. Irgendwo im Norden rollte Donner. Der Gott Taranis weiß von uns, dachte ich und hoffte, daß er auf unserer Seite war. Der Himmel, den wir durch die schmalen, hohen Fenster sahen, war schwarz wie die Nacht.

»Nun?« fragte mich Arthur.

Ich hatte geschwiegen, weil der Gedanke, daß Lancelot sich mit Ceinwyn vermählen sollte, für mich so bitter war, daß ich nicht wagte, etwas zu sagen; nun aber zwang ich mich, normal zu sprechen. »Zuerst müssen wir die Sachsen bezahlen und Gorfyddyd besiegen«, sagte ich mürrisch.

»Und wenn wir das getan haben?« fragte er ungeduldig, als wären meine Einwände trivial.

Ich zuckte die Achseln, als läge es weit außerhalb meiner Kompetenz, die geplante Vermählung zu beurteilen.

»Lancelot findet die Idee gut«, sagte Arthur, »und seine Mutter ebenfalls. Auch Guinevere ist einverstanden, aber das war ja klar, denn es war ja schließlich ihre Idee, Lancelot mit Ceinwyn zu vermählen. Sie ist eine sehr kluge Frau. Sehr klug.« Er lächelte, wie immer, wenn er an seine geliebte Gemahlin dachte.

»Aber selbst Eure kluge Gemahlin, Lord«, wagte ich zu widersprechen, »kann keine Vorschriften machen, wenn es um die Jünger des Mithras geht.«

Er warf den Kopf zurück, als hätte ich ihn geschlagen. »Mithras!« wiederholte er zornig. »Warum kann Lancelot nicht beitreten?«

»Weil er ein Feigling ist«, fauchte ich, unfähig, mit meiner Bitterkeit länger hinterm Berg zu halten.

»Bors sagt, daß er das nicht ist. Und ein Dutzend andere auch«, widersprach Arthur.

»Fragt Galahad«, sagte ich, »oder Euren Cousin Culhwch.« Unvermittelt trommelte Regen aufs Dach, und kurz darauf begann es von den Fenstersimsen zu tropfen. Nimue tauchte in der kleinen Bogentür neben dem Steintisch auf und zog sich die Kapuze wieder über den Kopf.

»Wenn Lancelot sich bewährt, werdet Ihr dann nachgeben?« fragte mich Arthur nach einer Weile des Nachdenkens.

»Wenn Lancelot beweist, daß er kämpfen kann, Lord, werde ich nachgeben. Aber ich dachte, er wäre jetzt Eure Palastwache?«

»Es ist sein Wunsch, nur so lange in Durnovaria zu bleiben, bis seine verletzte Hand geheilt ist«, erläuterte Arthur, »doch wenn er kämpft, Derfel, werdet Ihr ihn dann wählen?«

»Wenn er gut kämpft«, versprach ich ihm widerwillig, »ja.« Ich war ziemlich sicher, daß ich dieses Versprechen nicht zu halten brauchte.

»Gut«, sagte Arthur, wie immer hoch erfreut, zu einer gewissen Übereinstimmung gelangt zu sein. Er wandte sich um, weil die Kirchentür unter einem regennassen Windstoß aufflog und Sansum, von zwei Mönchen gefolgt, atemlos hereinstürzte. Die beiden Mönche trugen Lederbeutel. Ziemlich kleine Lederbeutel.

Sansum schüttelte das Wasser von seinem Gewand und eilte durch die Kirche. »Wir haben überall gesucht, Lord«, berichtete er atemlos, »wir haben geforscht, wir haben alles abgeklopft und alles zusammengetragen, was in unserem bescheidenen Domizil an Schätzen aufzutreiben war, welche wir Euch nun in demütigem, doch zögerndem Gehorsam zu Füßen legen.« Traurig schüttelte er den Kopf. »Durch diese unsere Großzügigkeit werden wir alle in diesem Winter hungern müssen, doch wo das Schwert befiehlt, müssen wir niedrigen Diener Gottes gehorchen.«

Die Mönche leerten die beiden Beutel auf die Steinplatten der Kirche. Eine Münze rollte über den Boden, bis ich sie mit dem Fuß aufhielt.

»Gold des Kaisers Hadrian!« behauptete Sansum von der Münze.

Ich hob sie auf. Es war ein Kupfersesterz mit dem Kopf Kaiser Hadrians auf der einen Seite und dem Abbild der Britannia mit Dreizack und Schild auf der anderen. Mit Daumen und Zeigefinger knickte ich die Münze zusammen und warf sie Sansum zu. »Narrengold, Bischof«, sagte ich.

Der übrige »Schatz« bot nicht viel Besseres. Es gab ein paar abgegriffene Münzen, zumeist aus Kupfer, nur wenige aus Silber, ein paar Eisenbarren, die allgemein als Währung benutzt wurden, eine Brosche aus wertlosem Gold und ein paar dünne Goldglieder einer zerrissenen Kette. Die ganze Sammlung war höchstens ein Dutzend Goldstücke wert. »Ist das alles?« fragte Arthur.

»Wir geben es den Armen, Lord!« antwortete Sansum. »Aber wenn Eure Not so dringlich ist, könnte ich vielleicht noch das hier hinzufügen.« Er nahm das Goldkreuz von seinem Hals. Zögernd streckte der Bischof das schwere Kreuz mit der dicken Kette, die zusammen mindestens vierzig bis fünfzig Goldstücke wert waren, Arthur entgegen. »Mein ganz persönliches Darlehen für Euren Krieg, Lord«, sagte er.

Als Arthur nach der Kette griff, zog Sansum sie sofort zurück. »Lord«, fuhr er mit gedämpfter Stimme fort, damit nur Arthur und ich ihn verstehen konnten, »ich wurde im vergangenen Jahr ungerecht behandelt. Für die Leihgabe dieser Kette...« – er bewegte sie, damit die schweren Glieder aneinanderschlugen – »verlange ich, daß ich wieder zu König Mordreds persönlichem Kaplan ernannt werde. Mein Platz ist an der Seite des Königs, Lord, nicht hier in dieser stinkenden Sumpfregion.« Aber bevor Arthur etwas entgegnen konnte, wurde die Kirchentür abermals aufgestoßen, und ein regendurchweichter Issa kam herein. Wütend fuhr Sansum zu ihm herum. »Es gibt festgelegte Andachtszeiten! Hinaus mit dir! Sofort hinaus!«

Issa strich sich das nasse Haar aus dem Gesicht, grinste und meldete mir: »Sie haben all ihre Schätze neben dem Teich hinter dem großen Haus versteckt, Lord, unter einem großen Steinhaufen. Ich hab' gesehen, wie sie die Opfergaben von heute dort verborgen haben.«

Arthur nahm Sansum die schwere Kette aus der Hand. »Ihr dürft diese Schätze dort...« – damit zeigte er auf die schäbige Sammlung auf dem Boden – »gern behalten, um Euer bescheidenes Anwesen durch den Winter zu bringen, Bischof. Und behaltet Euren Torques als Erinnerung daran, daß Euer Hals sich in meinen Händen befindet.« Damit schritt er gemessen zur Tür hinüber.

»Lord!« rief Sansum protestierend. »Ich flehe Euch an...«

»Flehe nur«, fuhr Nimue dazwischen und streifte die Kapuze ab. »Flehe, du Hund!« Sie wandte sich um, spie auf das Kruzifix, spie auf den Boden und dann auf Sansum. »Flehe, du Stück Dreck«, fauchte sie wütend.

»Großer Gott!« Beim Anblick seiner Feindin erbleichte Sansum. Er wich zurück und schlug vor seiner mageren Brust das Kreuzeszeichen. Einen Moment schien er so von Entsetzen gepackt zu sein, daß er keinen Ton hervorbringen konnte. Er mußte geglaubt haben, daß Nimue auf ewig auf der Toteninsel verschwunden war, und nun war sie hier und spuckte ihn triumphierend an. Er bekreuzigte sich ein drittes Mal, dann fuhr er zu Arthur herum. »Ihr wagt es, eine Hexe ins Haus des Herrn mitzubringen?« kreischte er. »Das ist ein Sakrileg! Oh, du lieber Jesus Christus!« Er fiel auf die Knie und hob den Blick zu den Dachbalken. »Laß Feuer vom Himmel regnen! Laß es sofort herabregnen!«

Arthur ignorierte ihn und lief in den prasselnden Regen hinaus, der die kläglichen Votivbänder am heiligen Dornbusch peitschte. »Du rufst die anderen Speerkämpfer herein!« wies Arthur Issa an. Meine Männer hatten draußen vor dem Schrein gewartet, um zu verhindern, daß Sansum seine Schätze außerhalb der Mauer zu verstecken versuchte; doch nun kamen die Speerkämpfer herein, um die empörten Mönche von dem Steinhaufen fernzuhalten, unter dem ihr geheimer Schatz verborgen lag. Als die Mönche Nimue sahen, fielen einige von ihnen auf die Knie. Sie wußten genau, wer sie war.

Sansum kam aus der Kirche gelaufen, warf sich der Länge nach auf die Steine und verkündete dramatisch, er werde sein Leben opfern, um Gottes Geld zu schützen. Arthur schüttelte bekümmert den Kopf. »Wollt Ihr dieses Opfer wirklich bringen, Lord Bischof?«

»Lieber himmlischer Vater!« brüllte Sansum. »Dein Diener kommt, abgeschlachtet von bösen Männern und ihrer teuflischen Hexe! Ich habe nur dein Wort befolgt. Empfange mich, o Herr! Empfange deinen demütigen Diener!« Gefolgt wurde dies von einem Aufschrei in Erwartung seines Todes, aber es war nur Issa, der ihn beim Genick und bei der Sitzfläche seines Gewandes packte, um ihn behutsam vom Steinhaufen zum Teich hinüberzutragen, wo er Sansum ins flache, schlammige Wasser warf. »Herr, ich ertrinke!« rief Sansum. »In tiefe Wassser geschleudert wie Jonas ins Meer! Ein Märtyrer für Jesus Christus! Wie Peter und Paul zu Märtyrern wurden. Herr, ich komme!« Er machte ein paar hektische Blasen, aber da niemand außer seinem Gott Notiz davon nahm, schleppte er sich langsam aus der schlammigen Entengrütze, um meine Männer, die eifrig damit beschäftigt waren, Steine beiseite zu räumen, mit Flüchen zu belegen.

Unter dem Steinhaufen fanden sie einen Deckel aus Holzplanken, und als sie den hoben, entdeckten sie eine steinerne Zisterne voll Ledersäcken und in den Ledersäcken Gold. Schwere Goldmünzen, Goldketten, Goldstatuen, Goldtorques, Goldbroschen, Goldarmreifen, Goldspangen; Gold, das Hunderte von Pilgern hergebracht hatten, um den Segen des Dornbuschs zu erbitten. Arthur bestand darauf, daß dieses Gold von einem Mönch gezählt und gewogen wurde, damit dem Kloster eine entsprechende Quittung ausgestellt werden konnte. Er überließ es meinen Männern, die Zählung zu überwachen, während er den nassen, protestierenden Sansum quer über das Gelände zum heiligen Dornbusch schleifte. »Bevor Ihr Euch in die Geschäfte von Königen einmischt, mein Lord Bischof«, sagte Arthur, »solltet Ihr lernen, wie man

Dornbüsche pflegt. Ihr werdet nicht wieder als Kaplan des Königs eingesetzt, sondern hierbleiben und erst einmal das Wirtschaften lernen.«

»Den nächsten Baum«, riet ich ihm, »solltet Ihr mulchen. Haltet die Wurzeln feucht, bis er sich gesetzt hat. Und niemals einen blühenden Baum verpflanzen, Bischof, das mögen sie nicht. Das war der Fehler bei den letzten paar Dornbüschen, die Ihr hier angepflanzt habt; Ihr habt sie zur falschen Zeit im Wald ausgegraben. Holt sie Euch im Winter und grabt ihnen ein schönes, großes Loch mit etwas Dung und Mulche, dann werdet Ihr vielleicht ein echtes Wunder erleben.«

»Vergib ihnen, Herr!« flehte Sansum, fiel auf die Knie und richtete den Blick in den nassen, grau verhangenen Himmel.

Arthur wollte noch den Tor besuchen, trat zunächst aber an Norwennas Grab, das für die Christen ein Ort der Verehrung geworden war. »Man hat ihr übel mitgespielt«, sagte er zu mir.

»So ergeht es allen Frauen«, erklärte Nimue. Sie war uns an das Grab gefolgt und stand dicht neben dem heiligen Dornbusch.

»Nein«, widersprach Arthur, »so ergeht es den meisten Menschen, doch allen Frauen ebensowenig wie allen Männern. Dieser Frau aber ist Unrecht geschehen, und wir haben es noch immer nicht gerächt.«

»Ihr hattet Gelegenheit zur Rache«, warf Nimue ihm bitter vor, »aber Ihr habt Gundleus das Leben geschenkt.«

»Weil ich mir Frieden davon erhoffte«, antwortete Arthur. »Das nächste Mal aber muß er sterben.«

»Eure Gemahlin«, warf Nimue ein, »hat ihn mir versprochen.« Arthur erschauerte, weil er wußte, welch große Grausamkeit hinter Nimues Wunsch lag, aber er nickte. »Er gehört Euch«, sagte er, »ich verspreche es Euch.« Damit wandte er sich ab und führte uns durch den strömenden Regen zum Gipfel des Tor. Nimue und ich kehrten heim, und Arthur wollte Morgan besuchen.

In der Halle umarmte er seine Schwester. Morgans Goldmaske schimmerte matt im Licht des Unwetters, und um den Hals trug sie die in Gold gefaßten Bärenklauen, die Arthur ihr vor so langer Zeit aus Benoic mitgebracht hatte. Verzweifelt, ausgehungert nach menschlicher Wärme, klammerte sie sich an ihn. Ich ließ die beiden allein. Nimue schlüpfte, als wäre sie niemals fortgewesen, durch die kleine Tür in Merlins wiederaufgebaute Gemächer, während ich durch den Regen zu Gudovans Hütte lief. Ich fand den alten Schreiber an seinem Schreibtisch, allerdings nicht bei der Arbeit, denn der Star hatte ihn erblinden lassen, obwohl er behauptete, hell und dunkel noch unterscheiden zu können. »Aber meistens ist es jetzt dunkel«, sagte er traurig und lächelte. »Du bist inzwischen wohl zu groß, um dich von mir versohlen zu lassen, wie, Derfel?«

»Ihr könnt es ja mal versuchen, Gudovan«, gab ich zurück, »aber das wird jetzt nicht mehr viel helfen.«

»Hat es das je getan?« Er kicherte. »Merlin hat mir von dir erzählt, als er letzte Woche hier war. Leider ist er nicht lange geblieben. Er kam, redete mit uns, hinterließ uns eine weitere Katze, als ob wir nicht schon genug Katzen hätten, und verschwand wieder. Nicht mal über Nacht ist er geblieben, so eilig hat er es gehabt.«

»Wißt Ihr, wohin er wollte?« erkundigte ich mich.

»Er wollte es nicht sagen, aber was meinst du, wohin er gegangen ist?« fragte Gudovan mit einem Anflug seiner alten Strenge. »Nimue suchen. Wenigstens vermute ich, daß er das vorhat, obwohl ich wirklich nicht weiß, warum er dieses törichte Mädchen suchen sollte. Er sollte sich eine Sklavin nehmen!« Er hielt inne, weil ihm auf einmal die Tränen in die Augen stiegen. »Wußtest du, daß Sebile tot ist?« fuhr er dann fort. »Die arme Frau. Sie wurde ermordet, Derfel! Ermordet! Die Kehle hat man ihr aufgeschlitzt. Kein Mensch weiß, wer es getan hat. Irgendein Durchreisender, nehme ich an. Die Welt geht vor die Hunde, Derfel, vor die Hunde!« Einen Moment lang schien er in Gedanken versunken zu sein, dann fand er den Faden wieder. »Merlin sollte sich eine Sklavin nehmen. Gegen eine willige Sklavin ist nichts zu sagen, und es gibt reichlich davon in der Stadt, die ihm gegen ein paar Münzen zu Willen sind. Ich gehe immer in das Haus neben Gwlyddyns alter Werkstatt. Da gibt es eine sehr nette Frau, obwohl wir uns heutzutage mehr unterhalten, als ins Bett zu steigen. Ich werde alt, Derfel.«

»Ihr seht nicht alt aus. Und Merlin ist Nimue nicht suchen gegangen. Nimue ist hier.«

Es donnerte wieder. Gudovan tastete nach einem kleinen Stück Eisen, das er zum Schutz gegen die bösen Mächte streichelte. »Nimue – hier?« fragte er verblüfft. »Aber wir hörten, daß sie auf der Insel ist.« Wieder berührte er das Eisen.

»Das war sie auch«, antwortete ich knapp. »Aber jetzt ist sie es nicht mehr.«

»Nimue ...« Er sprach den Namen fast ungläubig aus. »Wird sie bleiben?«

»Nein, wir ziehen alle noch heute nach Osten.«

»Und laßt uns allein?« klagte er. »Mir fehlt Hywel.«

»Mir auch.«

Er seufzte. »Die Zeiten ändern sich, Derfel. Der Tor ist nicht mehr das, was er einmal war. Wir sind inzwischen alle alt geworden, und es gibt keine Kinder mehr. Sie fehlen mir, und der arme Druidan hat niemanden, den er jagen kann. Pellinore schimpft in die leere Luft, während Morgan völlig verbittert ist.«

»War sie das nicht schon immer?« gab ich leichthin zurück.

»Sie hat ihre Macht verloren«, erklärte er. »Nicht ihre Macht, Träume zu deuten oder Kranke zu heilen, sondern die Macht, die sie genoß, als Merlin noch hier war und Uther auf dem Thron saß. Das ärgert sie, Derfel, und sie ärgert sich auch über deine Nimue.« Er machte eine nachdenkliche Pause. »Besondes zornig war sie darüber, daß Guinevere Nimue holen ließ, um Sansum wegen dieser Kirche in Durnovaria zu bekämpfen. Morgan meint, man hätte sie holen müssen, doch wie wir hören, will Lady Guinevere nur noch schöne Menschen um sich haben, und wo bleibt da Morgan?« Er kicherte über die eigene Frage. »Aber sie ist noch immer eine starke Frau, Derfel, und besitzt den gleichen Ehrgeiz wie ihr Bruder, darum wird sie sich nicht damit zufriedengeben, die Träume der Bauern anzuhören und Kräuter zu mahlen, um das Milchfieber zu kurieren. Sie langweilt sich! So sehr, daß sie mit diesem unseligen Bischof Sansum aus dem Schrein Wurfbrett spielt. Warum haben sie den bloß nach Ynys Wydryn geschickt?«

»Weil sie ihn in Durnovaria nicht mehr haben wollten. Kommt er wirklich her, um mit Morgan Wurfbrett zu spielen?«

Gudovan nickte. »Er braucht intelligente Gesellschaft, sagt er, und sie habe den besten Verstand von Ynys Wydryn, und da muß ich ihm recht geben. Er predigt ihr natürlich endlosen Unsinn über eine Jungfrau, die einen Gott geboren hat, der an ein Kreuz genagelt wird, aber Morgan läßt das an ihrer Maske abprallen. Wenigstens hoffe ich, daß sie das tut.« Er hielt inne und trank aus einem Horn voll Met, in dem zappelnd eine Wespe ertrank. Als er das Horn absetzte, fische ich die Wespe heraus und zerdrückte sie auf dem Schreibtisch. »Das Christentum zieht immer mehr Menschen an, Derfel«, fuhr Gudovan fort. »Selbst Gwlyddyns Frau, diese nette Ralla, hat sich bekehren lassen, und das bedeutet höchstwahrscheinlich, daß Gwlyddyn und die beiden Kinder ihrem Beispiel folgen werden. Mir ist das gleichgültig, aber warum müssen die soviel singen?«

»Mögt Ihr keinen Gesang?« neckte ich ihn.

»Niemand liebt guten Gesang mehr als ich!« protestierte er nachdrücklich. »Uthers Kampfgesang oder Tasanis' Schlachtgesang, das nenne ich Gesang, nicht dieses Jammern und Klagen darüber, daß wir alle Sünder sind und der Gnade bedürfen.« Seufzend schüttelte er den Kopf. »Ich habe gehört, du warst in Ynys Trebes?« fragte er mich.

Ich erzählte ihm vom Untergang der Stadt. Es schien mir eine passende Geschichte zu sein – während wir dort saßen, fiel der Regen auf die Felder, und über ganz Dumnonia dräuten schwarze Wolken. Als ich die Geschichte beendet hatte, starrte Gudovan, ohne etwas zu sehen, zur Tür hinaus und schwieg. Ich dachte, er wäre vielleicht eingeschlafen, doch als ich mich vom Schemel erhob, winkte er mir, sitzen zu bleiben. »Stehen die Dinge wirklich so schlecht, wie Bischof Sansum behauptet?« wollte er wissen.

»Sie stehen schlecht, mein Freund«, mußte ich zugeben.

»Erzähl.«

Ich berichtete ihm, daß Horden aus Irland und Kernow den Westen heimsuchten, wo Cadwy immer noch so tat, als regierte er ein unabhängiges Königreich. Tristan tat sein Bestes, um die Soldaten seines Vaters zurückzuhalten, aber König Mark konnte der Versuchung nicht widerstehen, sein verarmtes Königreich zu sanieren, indem er das geschwächte Dumnonia bestahl. Ich berichtete ihm, daß Aelles Sachsen den Waffenstillstand gebrochen hätten, setzte aber hinzu, daß Gorfyddyds Heer noch immer die größte Bedrohung darstelle. »Er hat die Männer von Elmet, Powys und Siluria um sich versammelt«, erklärte ich Gudovan, »und sobald die Ernte eingebracht ist, wird er sie alle zusammen nach Süden führen.«

»Und Aelle kämpft nicht gegen Gorfyddyd?« erkundigte sich der alte Schreiber.

»Gorfyddyd hat Aelle einen Frieden abgekauft.«

»Und wird Gorfyddyd siegen?« wollte Gudovan wissen.

Ich schwieg eine ganze Weile. »Nein«, antwortete ich schließlich – nicht weil das der Wahrheit entsprach, sondern weil ich verhindern wollte, daß mein alter Freund sich Sorgen machte, das letzte, was er in seinem Leben sähe, könnte der Lichtblitz eines Schwertes sein, das ein Krieger vor seinen erblindenden Augen schwang. »Arthur wird gegen sie kämpfen«, sagte ich, »und Arthur wurde noch niemals besiegt.«

»Wirst du auch gegen sie kämpfen?«

»Das ist jetzt meine Aufgabe, Gudovan.«

»Du wärst ein guter Schreiber geworden«, sagte er traurig, »und das ist ein ehrenwerter, nützlicher Beruf, auch wenn aus uns kein Mensch einen Lord macht.« Ich dachte, er hätte von meiner Ehrung nichts gewußt, und schämte mich plötzlich, daß ich so stolz darauf war. Gudovan tastete nach seinem Met und trank noch einen Schluck. »Wenn du Merlin siehst«, fuhr er fort, »sag ihm, er soll zurückkommen. Der Tor ist tot ohne ihn.«

»Ich werd's ihm ausrichten.«

»Auf Wiedersehen, Lord Derfel«, sagte Gudovan, und ich ahnte, er wußte, daß wir uns auf dieser Welt nicht wiedersehen würden. Ich wollte den Alten umarmen, aber er scheuchte mich davon, weil er befürchtete, seine Gefühle zu verraten.

Arthur wartete am Meerestor, wo er westwärts auf die Marschen hinausblickte, die von schweren, bleichen Regenwogen gepeitscht wurden. »Schlechtes Wetter für die Ernte«, stellte er trübsinnig fest. Über dem Severn-Meer zuckten Blitze.

»Ein solches Unwetter hat es auch nach Uthers Tod gegeben«, sagte ich.

Arthur zog seinen Umhang fester um sich. »Wenn Uthers Sohn am Leben geblieben wäre...«, sinnierte er. Er verstummte, statt den Gedanken weiterzuführen. Seine Stimmung war so düster und trostlos wie das Wetter.

»Uthers Sohn hätte nichts gegen Gorfyddyd ausrichten können, Lord«, sagte ich, »ebensowenig wie gegen Aelle.«

»Und Cadwy«, ergänzte er bitter, »oder Cerdic. So viele Feinde, Derfel.«

»Dann freut Euch, daß Ihr Freunde habt, Lord.«

Er quittierte diese wahren Worte mit einem Lächeln; dann wandte er sich nach Norden. »Um einen Freund mache ich mir Sorgen«, gestand er leise. »Ich fürchte, daß Tewdric nicht kämpfen wird. Er ist der vielen Kriege müde, und ich kann ihm das nicht übelnehmen. Gwent hat weit Schlimmeres erlitten als Dumnonia.« Er sah mich an, und ich entdeckte Tränen in seinen Augen, aber vielleicht war es auch nur der Regen. »Ich wollte so große Dinge tun, Derfel«, sagte er, »so große Dinge. Und am Ende war ich es, der sie verraten hat, nicht wahr?«

»Nein, Lord«, widersprach ich energisch.

»Freunde sollten einander die Wahrheit sagen«, ermahnte er mich freundlich.

»Ihr habt Guinevere gebraucht«, sagte ich verlegen, »und Ihr wart füreinander bestimmt. Warum sonst hätten die Götter sie am Abend Eurer Verlobung in die Festhalle schicken sollen? Es steht uns nicht an, Lord, die Gedanken der Götter zu erraten. Wir müssen das uns zugemessene Schicksal einfach ausleben.«

Bei diesen Worten schnitt er eine Grimasse, denn er zog es vor zu glauben, daß er sein Schicksal selbst in der Hand habe. »Ihr meint also, wir sollten den Wegen des Schicksals blindlings folgen.«

»Ich glaube, Lord, daß man, wenn einen das Schicksal packt, gut daran tut, den Verstand beiseite zu legen.«

»Und das habe ich getan«, sagte er leise und lächelte mich an. »Habt Ihr jemanden, den Ihr liebt, Derfel?« wollte er wissen.

»Die Frauen, die ich liebe, Lord, sind nicht für mich«, antwortete ich voll Selbstmitleid.

Er runzelte die Stirn und schüttelte mitfühlend den Kopf. »Armer Derfel«, sagte er leise, und irgend etwas in seinem Tonfall ließ mich aufmerken. Glaubte er womöglich, daß ich auch Guinevere zu diesen Frauen zählte? Ich errötete und überlegte, was ich darauf erwidern sollte, doch Arthur hatte sich bereits umgedreht, um Nimue entgegenzusehen, die aus der Halle herüberkam. »Wenn wir einmal Zeit haben«, sagte er, »müßt Ihr mir von der Toteninsel erzählen.«

»Das werde ich, Lord – nach Eurem Sieg«, gab ich zurück, »wenn Ihr gute Geschichten braucht, um die langen Winterabende auszufüllen.«

»Ja«, bestätigte er, »nach unserem Sieg.« Das klang allerdings nicht sehr hoffnungsvoll. Gorfyddyds Armee war so groß und unsere so klein.

Aber bevor wir gegen Gorfyddyd zu Felde ziehen konnten, mußten wir mit Gottes Geld einen Sachsenfrieden erkaufen. Und so marschierten wir gen Lloegyr.

Wir rochen Durocobrivis, lange bevor wir es erreichten. Der Geruch schlug uns am zweiten Tag entgegen, als wir noch anderthalb Tagesmärsche von der eroberten Stadt entfernt waren, aber der Wind kam von Osten und trug den üblen Gestank nach Tod und Rauch weit über das verlassene Ackerland. Die Felder waren erntebereit, aber die Menschen waren aus Angst vor den Sachsen geflohen. In Cunetio, einer kleinen, von den Römern erbauten Stadt, in der wir die Nacht verbrachten, wimmelten die Straßen von Flüchtlingen. Ihr Vieh war in hastig wiederaufgebauten Winterhürden zusammengetrieben worden. Niemand hatte Arthur in Cunetio zugejubelt, und das war kein Wunder, denn man gab ihm die Schuld sowohl an der Länge des Krieges als auch an seinen Schrekken. Männer murrten, unter Uther habe es Frieden gegeben, unter Arthur dagegen nichts als Krieg.

Arthurs Reiter führten unsere schweigende Kolonne an. Sie trugen ihre Rüstung, sie trugen Speere und Schwerter, aber die Schilde hatten sie zum Zeichen, daß wir in Frieden kamen, verkehrt herum umgehängt und an die Speerspitzen grüne Zweige gebunden. Hinter der Vorhut marschierten Lanvals Speerkämpfer, dahinter folgten vierzig Packmulis, die mit Sansums Gold und den schweren Lederschilden beladen waren, die Arthurs Pferde in der Schlacht trugen. Ein zweites, kleineres Reiterkontingent bildete die Nachhut. Arthur selbst schritt mit meinen Wolfsruten-Speerkämpfern unmittelbar hinter seinem Bannerträger, der hinter der führenden Reitergruppe ritt. Arthurs schwarze Stute Llamrei wurde von seinem Schildknappen Hygwydd geführt, neben dem ein Fremder marschierte, den ich für einen weiteren Diener hielt. Nimue ging mit uns, und wie Arthur versuchte sie, von mir ein wenig Sächsisch zu lernen, doch gute Schüler waren sie alle beide nicht. Nimue fand die primitive Sprache schon bald langweilig, während Arthur zuviel im Kopf hatte, obwohl er pflichtschuldigst wenigstens einige Wörter lernte: Frieden, Land, Speer, Essen, Mutter, Vater. Ich wollte mich als sein Dolmetscher betätigen; es war das erste von zahllosen Malen, daß ich für Arthur sprach und die Worte seiner Feinde zurückgab.

Mittags begegneten wir dem Feind. Wir marschierten gerade einen langen, sanften Hügel hinab. Zu beiden Seiten der Straße erstreckte sich dichter Wald. Plötzlich kam ein Pfeil aus den Bäumen geflogen und bohrte sich unmittelbar vor Sagramor, unserem Vorreiter, in den Boden. Er hob die Hand, und Arthur befahl den Männern in der Kolonne, Ruhe zu bewahren. »Keine Schwerter!« ordnete er an. »Einfach abwarten!«

Die Sachsen mußten uns den ganzen Vormittag beobachtet haben, denn sie hatten eine kleine Kriegshorde zusammengestellt, die uns gegenübertreten sollte. Die Männer, sechzig oder siebzig an der Zahl, kamen hinter ihrem Anführer aus dem Wald. Er war ein Mann mit mächtigem Brustkasten und ging unter einem Häuptlingsbanner mit Hirschgeweih, von dem in langen Fetzen gegerbte Menschenhaut herunterhing.

Dem Häuptling war die Liebe der Sachsen zu Fellen eigen; eine sehr vernünftige Liebe, denn es gab nicht viel, was einen Schwertstreich so wirksam aufhalten kann wie ein dichter, dicker Pelz. Dieser Mann trug einen schweren schwarzen Fellkragen um den Hals und Fellstreifen um Oberarme und Oberschenkel. Der Rest seiner Kleidung bestand aus Leder und Wolle: Koller, Hose, Stiefel und ein Lederhelm mit einem schwarzen Fellbüschel als Helmzier. An der Hüfte hing ihm ein Langschwert, in der Hand hielt er die Lieblingswaffe der Sachsen, die breitblättrige Axt.

»Habt ihr euch verirrt, *wealhas*?« rief er. *Wealhas* war das sächsische Wort für uns Briten. Es bedeutet Fremde und klingt ebenso verächtlich wie unser Wort Sais für sie. »Oder seid ihr lebensmüde?« Breitbeinig, mit erhobenem Haupt, die Axt auf der

Schulter, stand er vor uns auf unserer Straße. Er hatte einen braunen Bart und dichtes braunes Haar, das struppig unter dem Rand seines Helmes hervorstand. Seine Männer, einige mit Eisenhelmen, andere in Leder und fast alle mit Äxten bewaffnet, bildeten quer über die Straße einen Schildwall. Einige führten riesige Hunde an der Leine, Bestien von der Größe eines Wolfs, und wie wir hörten, setzten die Sais seit neuestem solche Hunde als Waffen ein – sie hetzten sie, kurz bevor sie mit Axt und Speer angriffen, auf unsere Schildwälle. Diese Hunde jagten einigen von unseren Männern weit mehr Angst ein als die Sachsen.

Ich trat neben Arthur nach vorn. Wenige Schritte vor den streitbaren Sachsen machten wir halt. Keiner von uns trug Speer oder Schild, und unsere Schwerter ruhten in ihren Scheiden. »Mein Lord«, begann ich auf sächsisch, »ist Arthur, Protektor von Dumnonia, und er kommt in Frieden.«

»Für den Moment«, antwortete der Mann, »gehört der Friede euch, aber nur für den Moment.« Er sagte es herausfordernd, war aber beeindruckt von Arthurs Namen und musterte meinen Lord lange und neugierig, bevor sein Blick zu mir zurückkehrte. »Bist du Sachse?« fragte er mich.

»Ich wurde als Sachse geboren. Jetzt bin ich Brite.«

»Kann ein Wolf zur Kröte werden?« fragte er finster. »Warum wirst du nicht wieder Sachse?«

»Weil ich in Arthurs Diensten stehe«, sagte ich, »und heute ist es meine Aufgabe, Eurem König ein reiches Goldgeschenk zu bringen.«

»Für eine Kröte«, sagte der Mann, »brüllst du gut. Ich bin Therdig.«

Ich hatte noch nie von ihm gehört. »Euer Ruhm«, sagte ich, »verursacht unseren Kindern Alpträume.«

Er lachte. »Gut gesprochen, Kröte. Also, wer ist unser König?«

»Aelle«, sagte ich.

»Ich habe nichts gehört, Kröte.«

Ich seufzte. »Der Bretwalda Aelle.«

»Gut gesprochen, Kröte«, sagte Therdig. Wir Briten erkennen den Titel Bretwalda nicht an, doch ich benutzte ihn, um den Sachsenhäuptling zu beschwichtigen. Arthur, der nichts von unserem

Wortwechsel verstand, wartete geduldig, bis ich bereit war zu übersetzen. Er vertraute den Menschen, die er ernannte, und würde mich weder zur Eile drängen noch sich einmischen.

»Der Bretwalda«, sagte Therdig, »befindet sich einige Stunden von hier. Kannst du mir einen Grund nennen, Kröte, warum ich ihm den Tag verderben soll mit der Nachricht, daß eine Seuche von Ratten, Mäusen und Maden in sein Land gekrochen kam?«

»Wir bringen dem Bretwalda mehr Gold, als Ihr Euch träumen laßt, Therdig«, sagte ich. »Gold für Eure Männer, für Eure Weiber, für Eure Töchter, sogar genug für Eure Sklaven. Reicht das als Grund?«

»Zeig's mir, Kröte!«

Es war ein Risiko, doch Arthur war bereit, es einzugehen. Also kehrten wir mit Therdig und sechs seiner Männer zu den Mulis zurück und zeigten ihnen den immensen Schatz, den die Säcke enthielten. Das Risiko bestand darin, daß Therdig möglicherweise entschied, der Schatz sei es wert, hier und jetzt darum zu kämpfen, aber wir waren in der Überzahl, und der Anblick von Arthurs Männern auf ihren mächtigen Rossen war eine wirksame Abschreckung. Also nahm er sich lediglich drei Goldmünzen und versprach, dem Bretwalda unsere Ankunft zu melden. »Ihr werdet bei den Steinen warten«, wies er uns an. »Seid gegen Abend dort; mein König wird dann am Morgen zu euch kommen.« Diesem Befehl entnahmen wir, daß Aelle von unserer Ankunft verständigt worden war und offenbar auch erraten hatte, was wir wollten. »Ihr könnt in Frieden bei den Steinen warten«, erklärte uns Therdig. »Bis der Bretwalda über euer Schicksal entscheidet.«

An jenem Abend – denn es dauerte den ganzen Nachmittag, bis wir die Steine erreichten – sah ich zum erstenmal den großen Ring. Merlin hatte oft davon gesprochen, und Nimue hatte von ihrer Kraft gehört, doch niemand wußte, wer sie gemacht hatte oder warum die großen, behauenen Steine in diesem riesigen Kreis angeordnet waren. Nimue war davon überzeugt, daß nur die Götter so etwas zustande gebracht haben könnten, deswegen intonierte sie Gebete, als wir uns den grauen, einsamen Monolithen näherten, deren Abendschatten sich dunkel und lang über die bleichen Wiesen erstreckten. Ein Graben umgab die Steine, die zu einem weiten

Kreis aus Säulen angeordnet waren, auf denen andere Steine quer auflagen, während innerhalb dieser massiven, wuchtigen Arkade wieder andere senkrechte Steine dicht an dicht einen Felsplattenaltar umstanden. Es gab viele Steinkreise in Britannien, manche im Umfang sogar größer, aber keinen, der so geheimnisvoll und majestätisch wirkte. Stumm und ehrfürchtig näherten wir uns ihm.

Nimue murmelte ihre Bannsprüche, und als sie uns erklärte, wir könnten den Graben gefahrlos überqueren, wanderten wir kurz darauf voll Staunen zwischen diesen Steinen der Götter einher. Die Steine, einige im Laufe der zahllosen Jahre eingesunken oder sogar umgekippt, waren dicht mit Flechten überzogen, während andere mit eingekratzten römischen Namen und Zahlen bedeckt waren. Herr dieser Steine war Gereint gewesen, ein Amt, das Uther geschaffen hatte, um den Mann zu belohnen, der dafür verantwortlich war, daß unsere Ostgrenze gegen die Sachsen gehalten werden konnte. Nun würde ein neuer Mann den Titel annehmen und versuchen müssen, Aelle über das niedergebrannte Durocobrivis hinaus zurückzutreiben. Es sei eine Schande, erklärte mir Nimue, daß Aelle verlangt hatte, sich hier mit uns zu treffen, so tief in unserem Dumnonia.

In einem Tal eine Meile weiter südlich gab es ein Waldstück, darum konnten wir mit unseren Mulis genügend Holz herbeischaffen, um ein Feuer zu entfachen, das die ganze geisterhafte Nacht hindurch brannte. Unmittelbar hinter dem östlichen Horizont leuchteten weitere Feuer: Beweis dafür, daß die Sachsen uns gefolgt waren. Es war eine unruhige Nacht. Unser Feuer loderte wie ein Feuer zu Beltane, aber die Schatten auf den Steinen ängstigten uns dennoch. Daß Nimue den ganzen Graben mit Bannsprüchen belegte, beruhigte zwar unsere Männer, die angeleinten Pferde jedoch wieherten und stampften die ganze Nacht. Arthur vermutete, daß sie die sächsischen Kampfhunde witterten, aber Nimue war sicher, daß die Geister der Toten überall um uns schwebten. Unsere Wachtposten packten ihre Speerschäfte fester und riefen jeden Windstoß an, der über die Grabhügel im Umkreis der Steine seufzte, und obwohl weder Hund noch Geist, noch Krieger kam, um uns zu stören, konnten nur wenige von uns schlafen.

Arthur konnte überhaupt nicht schlafen. Irgendwann, mitten in der Nacht, bat er mich, mit ihm spazierenzugehen, und ich schritt mit ihm, der barhäuptig unter den Sternen ging, um den äußeren Kreis der Gigantensteine herum. Eine Weile wanderten wir wortlos dahin. Plötzlich brach er das Schweigen. »Ich war schon einmal hier«, sagte er.

»Wann, Lord?«

»Vor zehn Jahren. Oder auch elf.« Er zuckte die Achseln, als wäre die Anzahl der Jahre unwichtig. »Merlin hat mich hergebracht.« Dann verstummte er wieder, und ich schwieg ebenfalls, denn ich entnahm seinen letzten Worten, daß dieser Ort einen besonderen Platz in seinen Erinnerungen einnahm. Und das stimmte, denn er blieb stehen und zeigte auf den grauen Felsen, der wie ein Altar in der Mitte des Steinkreises lag. »Hier war es, Derfel. Hier hat Merlin mir Caledfwlch gegeben.«

Ich senkte den Blick auf die kreuzweise verzierte Schwertscheide. »Ein kostbares Geschenk, Lord«, sagte ich.

»Und ein schweres, Derfel. Es brachte mir eine schwere Last.« Er zog an meinem Arm, und wir setzten unseren Weg fort. »Er gab es mir unter der Bedingung, daß ich tue, was er mir befehle, und ich gehorchte ihm. Ich ging nach Benoic und lernte von Ban die Pflichten eines Königs. Ich lernte, daß ein König nur so gut ist wie der ärmste Mensch in seinem Land. Das war Bans Lektion.«

»Aber eine, die Ban selbst nicht gelernt hat«, erwiderte ich bitter und dachte daran, wie Ban seine Untertanen mißachtet hatte, um Ynys Trebes zu bereichern.

Arthur lächelte. »Manche Männer sind im Wissen besser als im Tun, Derfel. Ban war ein sehr weiser, aber kein praktischer Mann. Ich aber muß beides sein.«

»Um König zu werden?« wagte ich zu fragen, denn das Eingeständnis dieses Zieles würde allem widersprechen, was Arthurs Behauptungen zufolge sein Schicksal war.

Arthur nahm mir die Worte jedoch nicht übel. »Um Herrscher zu sein«, berichtigte er mich. Wieder war er stehengeblieben und blickte über die dunklen, in ihre Mäntel gewickelten Gestalten seiner schlafenden Männer zu dem Stein in der Mitte des Kreises, und mir schien, als schimmerte die Steinplatte im Mondlicht, aber vielleicht war das nur meiner überhitzten Phantasie zuzuschreiben.

»Merlin befahl mir, mich nackt auszuziehen, und ließ mich die ganze Nacht lang auf diesem Stein dort stehen«, fuhr Arthur fort. »Der Wind trug Regen herbei, und es war kalt. Er murmelte Zaubersprüche und ließ mich das Schwert mit dem ausgestreckten Arm halten – unendlich lange. Ich weiß noch, daß mein Arm erst wie Feuer brannte und schließlich gefühllos wurde, aber Merlin duldete noch immer nicht, daß ich Caledfwlch senkte. ›Halte es!‹ schrie er mich an. ›Halte es!‹ Und ich stand zitternd da, während er die Toten herbeirief, damit sie seine Gabe bezeugten. Und sie kamen, Derfel, Reihe um Reihe von Toten, Krieger mit leeren Augenhöhlen und verrosteten Helmen, die aus der Anderwelt emporstiegen, um zu sehen, wie mir das Schwert übergeben wurde.« Bei dem Gedanken daran schüttelte er den Kopf. »Aber vielleicht habe ich diese wurmzerfressenen Gestalten nur erträumt. Ich war jung, versteht Ihr, und sehr leicht zu beeindrucken, und Merlin weiß genau, wie man junge Menschen vor den Göttern erzittern läßt. Sobald er mich mit dieser Heerschar von toten Zeugen erschreckt hatte, erklärte er mir jedoch, wie man Männer führt, wie man Krieger findet, die Führer brauchen, und wie man Schlachten gewinnt. Er hat mir mein Schicksal vorgezeichnet, Derfel.« Abermals verstummte er. Sein langes, schmales Gesicht wirkte im Mondlicht erschreckend grimmig. Dann lächelte er reumütig. »Alles Unsinn.«

Diese letzten beiden Worte sprach er so leise, daß ich sie fast nicht verstehen konnte. »Unsinn?« fragte ich, ohne meine Mißbilligung verbergen zu können.

»Ich soll Britannien zu den Göttern zurückführen«, sagte Arthur, und der Ton seiner Stimme ließ darauf schließen, daß er diesen Auftrag nicht ernst nahm.

»Das werdet Ihr, Lord«, versicherte ich.

Er zuckte die Achseln. »Merlin wollte einen starken Arm, der ein gutes Schwert halten kann«, sagte er. »Aber wer weiß, was die Götter wollen, Derfel? Wenn sie Britannien wollen – warum brauchen sie mich dazu? Oder Merlin? Brauchen die Götter überhaupt Menschen? Oder sind wir wie Hunde, die für Herren bellen, die nicht zuhören wollen?«

»Wir sind keine Hunde«, wandte ich ein. »Wir sind Geschöpfe der Götter. Sie müssen irgendeine Aufgabe für uns haben.«

»Müssen sie das? Vielleicht sollen wir sie nur zum Lachen bringen.«

»Merlin sagt, wir haben den Kontakt zu den Göttern verloren«, behauptete ich störrisch.

»Genau wie Merlin den Kontakt zu uns verloren hat«, entgegnete Arthur streng. »Ihr habt selbst gesehen, wie er Dumnonia am Abend Eurer Rückkehr aus Ynys Trebes verlassen hat. Merlin ist zu beschäftigt, Derfel. Merlin jagt den Kleinodien von Britannien nach, und alles, was wir in Dumnonia tun, bedeutet ihm nichts. Ich könnte ein großartiges Reich für Mordred schaffen, ich könnte für Gerechtigkeit sorgen, ich könnte Frieden schaffen, ich könnte Christen und Heiden dazu bringen, daß sie gemeinsam im Mondschein tanzen, aber das alles würde Merlin nicht interessieren. Merlin sehnt sich nur nach dem Moment, da alles den Göttern zurückgegeben wird, und wenn dieser Augenblick kommt, wird er Caledfwlch von mir zurückverlangen. Das war seine zweite Bedingung. Ich dürfe das Schwert der Götter behalten, sagte er, müsse es ihm aber zurückgeben, sobald er es selber brauche.«

Das alles hatte er mit einer Spur Ironie gesagt, die mich beunruhigte. »Glaubt Ihr denn nicht an Merlins Traum?« fragte ich ihn.

»Ich glaube, daß Merlin der größte Weise von Britannien ist«, gab Arthur aufrichtig zurück, »und daß er mehr weiß, als ich jemals zu wissen hoffen kann. Ich weiß ebenfalls, daß mein Schicksal mit dem seinen verflochten ist, genau wie das Eure, glaube ich, mit Nimues; aber ich glaube auch, daß Merlin vom Augenblick seiner Geburt an gelangweilt war, und deshalb tut Merlin das, was auch die Götter tun: Er amüsiert sich auf unsere Kosten. Und das bedeutet wohl, Derfel, daß ich Caledfwlch genau in dem Augenblick zurückgeben muß, da ich es selbst am dringendsten brauche.«

»Und was werdet Ihr tun?«

»Ich habe keine Ahnung. Nicht die geringste.« Er schien diesen Gedanken belustigend zu finden, denn er lächelte. Dann legte er mir die Hand auf die Schulter. »Geht schlafen, Derfel. Ich brauche Eure Zunge morgen und möchte nicht, daß sie vor Müdigkeit wie gelähmt ist.«

Ich ließ ihn allein und brachte es irgendwie fertig, im Mondschatten eines aufragenden Steins ein bißchen zu schlafen. Bevor ich einschlief, lag ich jedoch da und dachte an jene längst vergangene Nacht, in der Merlin Arthur gezwungen hatte, das Gewicht seines Schwertes zu ertragen, bis sein Arm schmerzte, und ihm die noch schwerere Last des Schicksals auf die Seele geladen hatte. Warum hat Merlin Arthur erwählt, fragte ich mich, denn ich hatte jetzt den Eindruck, daß Arthur und Merlin Gegner waren. Merlin glaubte, das Chaos könne nur besiegt werden, indem man die Macht der Mysterien einsetzte, während Arthur an die Macht des Menschen glaubte. Vielleicht, dachte ich, hat Merlin Arthur dazu erzogen, Menschen zu beherrschen, damit er selbst genug Freiheit hat, die dunklen Mächte zu beherrschen; daneben erkannte ich jedoch, wenn auch nur dunkel, daß der Augenblick kommen konnte, da wir zwischen den beiden zu wählen hatten, und vor diesem Augenblick fürchtete ich mich. Ich betete, er möge niemals kommen. Dann schlief ich, bis die Sonne aufging und den Schatten einer einzelnen Steinsäule außerhalb des Kreises mitten ins Herz der Steine warf, wo wir müden Krieger das Lösegeld für ein Königreich bewachten.

Wir tranken Wasser und aßen hartes Brot. Dann gürteten wir unsere Schwerter, um anschließend das Gold auf dem taufeuchten Gras neben dem Altarstein auszubreiten. »Was sollte Aelle daran hindern, das Gold zu nehmen und weiter Krieg zu führen?« fragte ich Arthur, während wir auf die Ankunft des Sachsen warteten. Schließlich hatte Aelle schon einmal von uns Gold genommen und sich dadurch nicht abhalten lassen, Durocobrivis zu brandschatzen.

Arthur zuckte die Achseln. Er trug seine Reserverüstung, ein schweres, römisches Kettenhemd, das von zahllosen Gefechten zerkratzt und zerbeult war. Darüber hatte er einen seiner weißen Mäntel geworfen. »Nichts«, antwortete er, »nur das bißchen Ehrgefühl, das er möglicherweise noch besitzt. Und darum werden wir ihm vielleicht mehr bieten müssen als Gold.«

»Mehr?« fragte ich, doch Arthur antwortete nicht, denn am morgengeröteten östlichen Horizont waren die Sachsen aufgetaucht.

Sie kamen in einer langen Reihe, die sich quer über den Horizont zog. Sie schlugen ihre Trommeln, und ihre Speerträger marschierten in Schlachtordnung. Um uns zu zeigen, daß sie uns nicht sofort angreifen würden, hatten sie sich Blätter an die Waffen gesteckt. Aelle führte sie an. Er war der erste der beiden Männer, die ich kennenlernte, die den Titel Bretwalda für sich beanspruchten. Der andere kam später und sollte uns weitaus mehr Probleme bereiten, Aelle aber war problematisch genug. Er war ein hochgewachsener Mann mit flachem, hartem Gesicht und dunklen Augen, die nichts von seinen Gedanken verrieten. Sein Bart war schwarz, seine Wangen waren von Schlachten zernarbt, und an seiner rechten Hand fehlten zwei Finger. Er trug einen schwarzen Tuchmantel, den er mit Leder gegürtet hatte, Lederstiefel, einen Eisenhelm mit Stierhörnern als Zier und einen Umhang aus Bärenfell, den er ablegte, als die Hitze des Tages zu groß für ein so auffallendes Kleidungsstück wurde. Sein Banner war ein blutbesudelter Stierschädel, der auf einem Speerschaft steckte.

Seine Kriegshorde zählte zweihundert Mann, vielleicht ein paar mehr, und über die Hälfte dieser Männer führte an Lederleinen riesige Kriegshunde mit sich. Hinter den Kriegern kam ein Troß von Frauen, Kindern und Sklaven. Insgesamt waren es jetzt mehr als genug Sachsen, um uns zu überwältigen, aber Aelle hatte uns sein Wort gegeben, daß wir in Frieden verweilen könnten – wenigstens bis er über unser Schicksal entschieden hatte –, und seine Männer ließen keinerlei Feindseligkeit erkennen. Die lange Reihe machte außerhalb des Ringgrabens halt, während Aelle, sein Berater, ein Dolmetscher und zwei Zauberer hereinkamen, um Arthur zu begrüßen. Die Zauberer hatten ihre Haare mit Dung zu abstehenden Stacheln geformt und trugen zerlumpte Umhänge aus Wolfsfell. Als sie umherwirbelten, um ihre Zaubersprüche aufzusagen, flogen ihnen Beine, Ruten und Masken der Wölfe um die bemalten Körper. Damit ein jeglicher Zauber getilgt sei, den wir gegen ihren Anführer gewirkt haben mochten, kreischten sie, während sie näher kamen, endlose Zaubersprüche. Nimue kauerte hinter uns und intonierte ihren Gegenzauber.

Die beiden Führer maßen einander. Arthur war größer, Aelle breiter. Arthurs Antlitz war beeindruckend, Aelles einschüchternd. Es war unerbittlich, das Gesicht eines Mannes, der weit übers Meer gekommen war, um sich in einem fremden Land ein Königreich zu erobern, und er hatte sich dieses Königreich mit ungezügelter, unverhohlener Brutalität geschaffen. »Ich sollte Euch auf der Stelle töten, Arthur«, sagte er, »dann gibt es für mich einen Feind weniger, den ich vernichten muß.«

Seine Zauberer, die unter den mottenzerfressenen Fellen beide nackt waren, kauerten sich hinter ihn. Der eine kaute einen Mundvoll Erde, der andere rollte finster die Augen, während Nimue, die ihre Augenhöhle nicht verdeckt hatte, die beiden bösartig anzischte. Der Kampf zwischen Nimue und den Zauberern war ein Privatkrieg, den die Führer ignorierten.

»Die Zeit wird kommen, Aelle«, entgegnete Arthur, »da wir uns auf dem Schlachtfeld gegenüberstehen. Jetzt aber biete ich Euch erst einmal Frieden.« Ich hatte fast erwartet, daß Arthur sich vor Aelle verneigte, denn dieser war, im Gegensatz zu Arthur, tatsächlich ein König; doch Arthur behandelte den Bretwalda wie seinesgleichen, und Aelle nahm diese Behandlung widerspruchslos hin.

»Warum?« fragte Aelle rundheraus. Aelle verzichtete auf weitschweifiges Herumgerede, wie es die Briten bevorzugten. Mir fiel dieser Unterschied zwischen uns und den Sachsen auf. Die Briten dachten in Kurven, wie die verschlungenen Wirbel auf ihrem Schmuck, während die Sachsen offen und geradeaus waren, so primitiv wie ihre schweren Goldbroschen und ihre dicken Halsketten. Die Briten schnitten kaum jemals ein Thema direkt an, sondern redeten darum herum, verpackten es in Hinweise und Andeutungen und waren immer auf der Suche nach Winkelzügen, während die Sachsen jegliche Finesse vermissen ließen. Arthur behauptete einmal, mir sei genau dieselbe Direktheit eigen wie den Sachsen, und ich glaube, er meinte das als Kompliment.

Arthur ignorierte Aelles Frage. »Ich dachte, wir hätten bereits Frieden geschlossen. Wir hatten eine Vereinbarung, die mit Gold besiegelt wurde.«

Aelles Miene verriet keinerlei Scham darüber, daß er den Waffenstillstand gebrochen hatte. Er zuckte die Achseln, als wäre ein gebrochener Frieden eine Bagatelle. »Wenn also ein Frieden gebrochen wurde, warum einen neuen kaufen?« fragte er.

»Weil ich im Kampf mit Gorfyddyd liege«, antwortete Arthur, die unverblümte Art des Sachsen imitierend, »und mich Eurer Unterstützung in diesem Kampf versichern will.«

Aelle nickte. »Aber wenn ich Euch helfe, Gorfyddyd zu schlagen, mache ich Euch stärker. Warum sollte ich das tun?«

»Weil Gorfyddyd, wenn Ihr mir nicht helft, mich vernichten wird und dann selbst stärker wird.«

Aelle lachte so breit, daß seine fauligen Zähne zu sehen waren. »Kümmert's den Hund, welche von zwei Ratten er tötet?« fragte er.

Ich übersetzte das mit: Kümmert's den Hund, welchen Hirsch er reißt, weil es mir so taktvoller erschien. Wie ich bemerkte, machte Aelles Dolmetscher, ein britischer Sklave, seinen Herrn nicht darauf aufmerksam.

»Nein«, räumte Arthur ein, »aber die Hirsche sind nicht gleichwertig.« Aelles Dolmetscher übersetzte, die Ratten seien nicht gleichwertig, und ich sagte Arthur nichts davon. »Im günstigsten Fall, Lord Aelle«, fuhr Arthur fort, »rette ich Dumnonia und mache Powys und Siluria zu meinen Verbündeten. Aber wenn Gorfyddyd siegt, wird er Elmet, Rheged, Powys, Siluria und Dumnonia gegen Euch vereinen.«

»Aber Ihr werdet auch Gwent auf Eurer Seite haben«, wandte Aelle ein. Er war schlau und von schneller Auffassungsgabe.

»Richtig, aber das trifft auch auf Gorfyddyd zu, falls es zwischen den Briten und den Sachsen zum Krieg kommen sollte.«

Aelle knurrte etwas. Die gegenwärtige Situation, das heißt, daß die Briten einander bekämpften, war für ihn am günstigsten, doch ihm war klar, daß die Kriege innerhalb Britanniens nicht ewig währen würden. Da es im Augenblick so schien, als ob Gorfyddyd diese Kriege schon bald gewinnen würde, gab Arthurs Erscheinen ihm die Möglichkeit, den Streit seiner Feinde zu verlängern. »Also, was wollt Ihr von mir?« fragte er. Seine Zauberer hopsten inzwischen wie menschliche Grashüpfer auf allen vieren auf und ab, während Nimue aus Kieseln ein geheimnisvolles Muster auf dem Boden auslegte. Dieses Muster schien die sächsischen Zauberer aufs äußerste zu beunruhigen, denn sie begannen spitze Klageschreie auszustoßen. Aelle achtete nicht auf sie.

»Ich möchte, daß Ihr Dumnonia und Gwent drei Monde Frieden gebt«, sagte Arthur.

»Nur Frieden wollt Ihr kaufen?« brüllte Aelle lauthals. Sogar Nimue zuckte zusammen. Der Sachse zeigte mit der behandschuhten Hand auf seine Männer, die mit ihren Frauen, Hunden und Sklaven hinter dem flachen Graben hockten. »Was tut ein Heer in Friedenszeiten? Sagt mir das! Ich habe ihnen mehr als Gold versprochen. Ich habe ihnen Land versprochen! Ich habe ihnen Sklaven versprochen! Ich habe ihnen *Wealhas*-Blut versprochen, und Ihr gebt mir Frieden?« Er spuckte aus. »Im Namen Thors, Arthur, ich werde Euch Frieden geben, doch einen Frieden, der über Eure Gebeine geht, und meine Männer werden sich bei Eurer Gemahlin abwechseln. Das ist mein Friede!« Er spie aus. Dann sah er mich an. »Sag deinem Herrn, du Hund«, befahl er mir, »daß die Hälfte meiner Männer gerade erst mit Schiffen eingetroffen ist. Sie konnten nichts ernten und haben keine Nahrung, um ihre Leute durch den Winter zu bringen. Gold können wir nicht essen. Wenn wir nicht Land und Korn erobern, werden wir verhungern. Und was soll ein Verhungernder mit Frieden anfangen?«

Ich dolmetschte für Arthur, ließ dabei aber die unverschämtesten Beleidigungen aus.

Ein schmerzlicher Ausdruck huschte über Arthurs Gesicht. Aelle bemerkte ihn, interpretierte ihn als Schwäche und wandte sich verächtlich ab. »Ich gebe euch zwei Stunden Vorsprung, ihr Würmer«, rief er über die Schulter zurück, »danach werde ich euch unbarmherzig verfolgen!«

»Ratae«, sagte Arthur, ohne die Übersetzung von Aelles Drohung abzuwarten.

Der Sachse wandte sich um. Schweigend sah er Arthur ins Gesicht. Der Gestank seines Bärenfellumhangs war widerwärtig: eine Mischung aus Schweiß, Dung und Fett. Er wartete.

»Ratae«, wiederholte Arthur. »Sagt ihm, daß es erobert werden kann. Sagt ihm, daß es dort alles gibt, was er begehrt. Sagt ihm, daß das Land, das es beschützt, ihm gehören wird.«

Ratae war die Festung, die Gorfyddyds östlichste Grenze zum Land der Sachsen verteidigte: Wenn Gorfyddyd diese Festung verlor, wäre es den Sachsen ein leichtes, zwanzig Meilen näher ans Kernland von Powys heranzurücken.

Ich übersetzte. Es kostete mich einige Zeit, Aelle zu erklären, welchen Ort wir meinten, aber schließlich begriff er. Er war nicht besonders glücklich darüber, denn Ratae war offenbar eine mächtige römische Festung, die Gorfyddyd mit einem wuchtigen Erdwall noch verstärkt hatte.

Arthur erklärte nun, daß Gorfyddyd die besten Speerkämpfer der Garnison zu dem Heer abkommandiert hatte, das er für den Einmarsch in Gwent und Dumnonia zusammenstellte. Daß Gorfyddyd das nur wegen des Friedens riskiert hatte, den er, wie er glaubte, Aelle abgekauft hatte – einen Frieden, den Arthur nunmehr überbot –, brauchte er nicht zu erwähnen. Arthur verriet ihm, daß eine Christengemeinde von Ratae unmittelbar außerhalb der Erdwälle des Forts ein Kloster gebaut und das ständige Kommen und Gehen der Mönche einen Weg durch die Wälle gebahnt habe. Der Hauptmann der Festung, erklärte er, sei einer von Gorfyddyds wenigen Christen und habe dem Kloster seinen Segen gegeben.

»Woher weiß er das?« fragte Aelle argwöhnisch.

»Sagt ihm, daß ich einen Mann bei mir habe, einen Mann aus Ratae, der weiß, wie man an das Kloster herankommt, und der bereit ist, ihm als Führer zu dienen. Sagt ihm, daß ich nichts weiter verlange, als daß der Mann mit seinem Leben belohnt wird.« Mir wurde klar, daß das der Fremde sein mußte, der neben Hygwydd marschiert war. Und mir wurde klar, daß Arthur schon vor unserem Abmarsch aus Durnovaria gewußt hatte, daß er Ratae würde opfern müssen.

Als Aelle Näheres über den Verräter wissen wollte, berichtete Arthur, der Mann sei aus Powys desertiert und nach Dumnonia gekommen, weil er sich dafür rächen wollte, daß seine Gemahlin ihn wegen eines von Gorfyddyds Häuptlingen verlassen hatte.

Aelle sprach mit seinem Rat, während die beiden Zauberer auf Nimue einschwatzten. Einer von ihnen deutete mit einem menschlichen Oberschenkelknochen auf sie, aber Nimue spie nur aus. Diese Geste schien den Kampf der Hexenmeister zu beenden, denn die beiden Zauberer zogen sich schlurfend zurück, während Nimue sich erhob und sich die Hände abwischte. Aelles Rat schacherte mit uns. Einmal bestanden sie darauf, daß wir ihnen all unsere schweren Schlachtrösser aushändigen müßten, woraufhin Arthur sämtliche Kriegshunde verlangte, und schließlich, am Nachmittag, akzeptierten die Sachsen die Festung Ratae und Arthurs Gold. Es war vermutlich der größte Goldschatz, der jemals von einem Briten an einen Sachsen gezahlt wurde, aber Aelle bestand darauf, zwei Geiseln zu nehmen, die er freizulassen versprach, sobald sich herausstellte, daß der Angriff auf Ratae sich nicht als Falle herausstellte, in die er von Gorfyddyd und Arthur gelockt werden sollte. Blindlings griff er sich zwei von Arthurs Kriegern heraus: Balin und Lanval.

An diesem Abend aßen wir mit den Sachsen. Ich war gespannt darauf, diesen Männern zu begegnen, die meine Stammesbrüder waren, und fürchtete sogar, ihnen gegenüber eine gewisse Verbundenheit zu empfinden, aber ich fand ihre Gegenwart abstoßend. Ihr Humor war derb, ihre Manieren plump und der Gestank ihrer in Felle gewickelten Körper widerwärtig. Manche von ihnen machten sich über mich lustig und behaupteten, ich sähe König Aelle ähnlich, aber ich konnte keinerlei Ähnlichkeit zwischen seinen flachen, harten Zügen und meinem Gesicht, so wie ich es empfand, entdekken. Schließlich fauchte Aelle meine Quälgeister an, sie sollten das Maul halten. Dann schenkte er mir einen kalten Blick und befahl mir, Arthurs Männer zu einem gemeinsamen abendlichen Mahl zu laden. Es gab riesige Stücke von gebratenem Fleisch, die wir mit behandschuhten Händen aßen, das heißt, wir bissen tief in das glühheiße Fleisch, bis uns der blutige Saft aus den Bärten troff. Wir gaben ihnen Met, sie gaben uns Ale. Ein paar Berauschte begannen zu raufen, aber niemand wurde getötet. Aelle und Arthur blieben nüchtern, aber Aelles Zauberer waren schließlich sturzbetrunken, und als sie neben ihrem eigenen Erbrochenen eingeschlafen waren, erklärte Aelle, sie seien Wahnsinnige, die im Kontakt mit den Göttern stünden. Er besitze noch andere Priester, die nicht geisteskrank seien, sagte er, aber Verrückte besäßen, wie man glaube, spezielle Kräfte, die die Sachsen möglicherweise verwenden konnten. »Wir hatten gefürchtet, ihr bringt Merlin mit«, erklärte er.

»Merlin ist sein eigener Herr«, antwortete Arthur, »aber das hier ist seine Priesterin.« Er deutete auf Nimue, die den Sachsen mit einem Auge anstarrte.

Aelle machte eine Geste, die offenbar das Böse abwenden sollte. Er fürchtete Nimue wegen Merlin, und es war gut, das zu wissen. »Aber Merlin ist in Britannien?« erkundigte Aelle sich ängstlich.

»Manche sagen ja«, antwortete ich an Arthurs Stelle, »und manche sagen nein. Wer weiß? Vielleicht ist er ja da draußen im Dunkeln.« Mit dem Kopf deutete ich auf die Nacht hinter den vom Feuerschein beleuchteten Steinen.

Aelle stieß einen seiner verrückten Zauberer mit einem Speerschaft an, um ihn zu wecken. Der Mann begann erbärmlich zu jaulen, und Aelle schien zu glauben, daß dieser Lärm jegliche Gefahr bannen würde. Der Bretwalda hatte sich Sansums Kreuz um den Hals gehängt, während einige seiner Männer Ynys Wydryns schwere Goldtorques trugen. Später in der Nacht, als die meisten Sachsen schnarchten, berichteten einige ihrer Sklaven von Durocobrivis' Fall und von Fürst Gereint, der lebend gefangengenommen und dann zu Tode gefoltert worden sei. Bei dieser Nachricht weinte Arthur. Keiner von uns hatte Gereint besonders gut gekannt, aber er war ein bescheidener, anspruchsloser Mann gewesen und hatte getan, was er konnte, um die anwachsenden Streitkräfte der Sachsen aufzuhalten. Einige Sklaven baten uns, sie mitzunehmen, aber wir wagten es nicht, unsere Gastgeber zu beleidigen, indem wir ihrer Bitte entsprachen. »Eines Tages werden wir euch holen«, versprach Arthur den Sklaven. »Eines Tages werden wir kommen und euch nach Hause holen.«

Am folgenden Nachmittag zogen die Sachsen ab. Um sicherzugehen, daß wir ihm nicht folgten, bestand Aelle darauf, daß wir noch eine weitere Nacht bei den Steinen verbrachten, und nahm Balin, Lanval sowie den Mann aus Powys beim Abmarsch mit. Arthur befragte Nimue, ob Aelle Wort halten werde. Sie nickte und sagte, sie habe im Traum gesehen, daß der Sachse sich an die Abmachung halten werde und die Geiseln heil und sicher zurückkehren würden. »Aber Rataes Blut klebt an Euren Händen«, verkündete sie düster.

Wir packten und machten uns für den Marsch bereit, der erst bei Morgengrauen des folgenden Tages beginnen sollte. Arthur war nie sehr glücklich, wenn er untätig herumsitzen mußte, und so bat er Sagramor und mich gegen Abend, mit ihm einen Spaziergang in den Wald südlich der Steine zu machen. Eine Weile hatte ich den Eindruck, daß wir ziellos umherwanderten, doch schließlich blieb Arthur unter einer riesigen Eiche stehen, von der lange Bärte grauer Flechten herabhingen. »Ich fühle mich schmutzig«, sagte er. »Ich habe meinen Schwur, Benoic zu helfen, nicht gehalten, und nun erkaufe ich den Tod von Hunderten von Briten.«

»Ihr hättet Benoic nicht retten können«, behauptete ich.

»Ein Land, das Poeten kauft statt Speerkämpfer, verdient es nicht, gerettet zu werden«, ergänzte Sagramor.

»Ob ich es hätte retten können oder nicht«, wandte Arthur ein, »spielt keine Rolle. Ich habe Ban einen Eid geleistet und ihn nicht gehalten.«

»Ein Mann, dessen Haus niederbrennt, trägt kein Wasser zum Brand seines Nachbarn«, sagte Sagramor. Sein schwarzes Gesicht, ebenso undurchdringlich wie Aelles, hatte die Sachsen fasziniert. Viele von ihnen hatten in den vergangenen Jahren gegen ihn gekämpft und geglaubt, er sei eine Art Dämon, den Merlin herbeigezaubert habe, und Arthur hatte diese Furcht ausgenutzt, indem er andeutete, er werde Sagramor zur Verteidigung der neuen Grenze zurücklassen. In Wirklichkeit aber wollte Arthur Sagramor nach Gwent mitnehmen, denn für den Kampf gegen Gorfyddyd brauchte er seine besten Männer. »Daß Ihr Euren Eid für Benoic unmöglich halten konntet«, fuhr Sagramor fort, »werden die Götter Euch mit Sicherheit vergeben.« Sagramor hatte eine gesunde, pragmatische Auffassung von Göttern und Menschen, und das gehörte zu seinen Stärken.

»Die Götter mögen mir vergeben«, entgegnete Arthur, »ich selbst aber kann es nicht. Und nun bezahle ich die Sachsen dafür, daß sie Briten töten.« Schon bei dem Gedanken erschauerte er. »Gestern abend habe ich mir gewünscht, Merlin wäre da«, gestand er, »weil ich gern gewußt hätte, ob er billigen würde, was wir tun.«

»Das würde er«, entgegnete ich. Gewiß, Nimue mißbilligte Rataes Preisgabe, aber Nimue war schon immer reineren Herzens als Merlin gewesen. Sie begriff die Notwendigkeit, die Sachsen zu bezahlen, fühlte sich von dem Gedanken, mit britischem Blut zu bezahlen, jedoch abgestoßen, selbst wenn es das Blut unserer Feinde war.

»Aber was Merlin denkt, ist unwichtig«, sagte Arthur zornig. »Es würde nicht einmal etwas bedeuten, wenn jeder Priester, Druide und Barde in Britannien mit mir einverstanden wäre. Den Segen eines anderen Menschen erbitten bedeutet nichts weiter, als sich der Verantwortung zu entziehen. Nimue hat recht, ich werde für die Toten von Ratae verantwortlich sein.«

»Aber was sonst hättet Ihr tun sollen?« fragte ich ihn.

»Ihr versteht das nicht, Derfel«, warf Arthur mir bitter vor, obwohl er in Wirklichkeit sich selbst beschuldigte. »Ich wußte von vornherein, daß Aelle mehr wollen würde als nur Gold. Es sind Sachsen! Die wollen keinen Frieden, die wollen Land! Das wußte ich, warum sonst hätte ich diesen armen Mann aus Ratae mitbringen sollen? Noch ehe Aelle fordern konnte, war ich bereit zu geben, und wie viele Männer werden für diese Voraussicht sterben müssen? Dreihundert? Und wie viele Frauen werden in die Sklaverei verschleppt? Zweihundert? Wie viele Kinder? Wie viele Familien werden auseinandergerissen? Und wozu? Um zu beweisen, daß ich ein besserer Führer bin als Gorfyddyd? Ist mein Leben denn so viele Seelen wert?«

»Diese Seelen«, wandte ich ein, »werden Mordred auf dem Thron halten.«

»Auch so ein Eid!« sagte Arthur verbittert. »All diese Eide, die uns binden! Uther gegenüber bin ich durch einen Eid daran gebunden, seinen Enkel auf den Thron zu setzen, Leodegan gegenüber bin ich durch einen Eid gebunden, Henis Wyren zurückzuerobern.« Unvermittelt unterbrach er sich, und Sagramor warf mir einen beunruhigten Blick zu, denn wir hörten beide zum erstenmal von einem Eid, Diwrnach zu vertreiben, den gefürchteten irischen König von Lleyn, der Leodegans Land erobert hatte. »Und ausgerechnet ich«, fuhr Arthur todunglücklich fort, »bin ein Mensch, der einen Eid mühelos bricht. Ich habe den Eid gebrochen, den ich Ban geschworen habe, und ich habe den Eid gebrochen, den ich Ceinwyn gegeben habe. Die arme Ceinwyn.« Zum erstenmal hörten wir ihn so offen sein gebrochenes Eheversprechen beklagen. Ich hatte gedacht, Guinevere sei eine so hell leuchtende Sonne an Arthurs Firmament, daß sie Ceinwyns bleicheren Glanz bis zur Unsichtbarkeit überstrahlte, doch wie es schien, konnte die Erinnerung an die Prinzessin von Powys Arthurs Gewissen noch immer wie ein Stachel quälen. Genau wie ihn jetzt der Gedanke an Rataes Schicksal quälte. »Vielleicht sollten wir ihnen eine Warnung zukommen lassen«, meinte er.

»Und die Geiseln opfern?« fragte Sagramor.

Arthur schüttelte den Kopf. »Ich werde mich an Balins und Lanvals Stelle als Geisel anbieten.«

Offensichtlich erwog er tatsächlich, das zu tun. Ich sah es ihm an. Der Schmerz der Reue nagte an ihm, und nun suchte er eine Möglichkeit, aus diesem Durcheinander von Gewissen und Pflicht herauszukommen, und sei es um den Preis des eigenen Lebens. »Merlin würde mich jetzt auslachen.«

»Ja«, bestätigte ich, »das würde er.« Merlins Gewissen, falls er überhaupt eins besaß, war für ihn lediglich ein Hinweis darauf, wie sich geringere Menschen verhalten würden, und diente ihm als Anreiz, genau das Gegenteil zu tun. Merlins Gewissen war ein Witz, der die Götter amüsieren sollte. Arthurs Gewissen war eine Bürde.

Jetzt starrte er auf den moosbewachsenen Boden im Schatten der Eiche. Der Tag neigte sich dem Ende zu, und Arthurs Stimmung versank in Schwermut. War er sich wirklich versucht, alles im Stich zu lassen? Zu Aelles Festung zu reiten und sein Leben für das Leben von Rataes Bewohnern hinzugeben? Ich glaube, das war er. Doch dann überschwemmte die tückische Logik seines ehrgeizigen Verstandes seine Verzweiflung wie die Flut, die die Sandflächen vor Ynys Trebes überschwemmte. »Vor einhundert Jahren«, sagte er langsam, »lebte dieses Land in Frieden. Und es gab Gerechtigkeit. Ein Mann konnte sein Land in dem glücklichen Bewußtsein roden, daß seine Enkel es noch beackern würden. Doch diese Enkel sind jetzt tot, ermordet von den Sachsen oder von ihren eigenen Landsleuten. Wenn wir nichts dagegen tun, wird sich das Chaos verbreiten, bis nichts mehr übrig ist als diese überheblichen Sachsen mit ihren verrückten Zauberern. Wenn Gorfyddyd siegt, wird er Dumnonia seines Reichtums berauben, wenn ich aber siege, werde ich Powys wie einen Bruder umarmen. Ich hasse das, was wir tun, doch wenn wir es tun, können wir die Dinge wieder zurechtrücken.« Er blickte zu uns beiden auf. »Da wir alle zum Mithraskult gehören«, sagte er, »ist es zulässig, daß ihr Zeugen dieses Eides werdet, den ich ihm leiste.« Er hielt inne. Die Zeit hatte ihn gelehrt, Eide und ihre Verpflichtungen zu hassen; nach seinem Treffen mit Aelle war er jedoch in einer so verzweifelten Stimmung, daß er sich freiwillig mit einem weiteren Eid belastete. »Sucht mir einen Stein, Derfel«, befahl er mir.

Ich trat einen Stein aus dem Boden und befreite ihn von der Erde. Dann kratzte ich auf Arthurs Weisung mit der Spitze meines Messers Aelles Namen in den Stein. Arthur grub mit seinem eigenen Messer ein tiefes Loch in den Boden zu Füßen der Eiche und erhob sich. »Ich schwöre diesen Eid«, erklärte er. »Wenn ich den Kampf mit Gorfyddyd überlebe, werde ich für die unschuldigen Seelen von Ratae, die ich zum Untergang verurteilt habe, Rache nehmen. Ich werde Aelle töten. Ich werde ihn und seine Männer vernichten. Ich werde sie den Raben zum Fraß vorwerfen und ihren Reichtum an die Kinder von Ratae verteilen. Ihr seid meine Zeugen, und wenn ich diesen Eid breche, seid Ihr jeglicher Pflicht entbunden, die Ihr mir schuldet.« Damit warf er den Stein in das Loch, das wir zu dritt mit Erde auffüllten. »Mögen die Götter mir vergeben«, sagte Arthur, »daß ich den Tod so vieler Menschen verursacht habe.«

Dann zogen wir aus, den Tod noch weiterer Menschen herbeizuführen.

Der Marsch nach Gwent führte uns durch Corinium. Ailleann lebte noch immer dort, doch Arthur kam zwar mit seinen Söhnen zusammen, die Mutter aber empfing er nicht, damit kein Wort über ein solches Zusammentreffen Guinevere Schmerz zufüge. Allerdings schickte er mich mit einem Geschenk zu Ailleann. Sie begrüßte mich sehr freundlich, zuckte aber nur müde die Achseln, als sie Arthurs Geschenk sah, eine kleine Brosche aus emailliertem Silber, die ein Tier darstellte, das fast wie ein Hase aussah, aber kürzere Beine und Ohren hatte. Sie hatte sich unter den Schätzen in Sansums Schrein befunden, und Arthur hatte den Wert der Brosche gewissenhaft durch Münzen aus seiner Börse ersetzt. »Er wünschte, er hätte Euch etwas Besseres schicken können«, richtete ich ihr Arthurs Botschaft aus, »aber leider müssen wir unseren wertvollsten Schmuck heutzutage den Sachsen geben.«

»Es gab eine Zeit«, erwiderte sie verbittert, »da bekam ich seine Geschenke aus Liebe, nicht aus schlechtem Gewissen.« Ailleann war immer noch eine bemerkenswerte Frau, obwohl ihre Haare inzwischen von Grau durchzogen und ihre Augen von Resignation matt geworden waren. Sie war in ein langes blaues Wollgewand gekleidet, die Haare hatte sie über den Ohren zu Schnecken aufgerollt. Sie betrachtete das seltsame Emailletier. »Was glaubt Ihr, was das ist?« fragte sie mich. »Ein Hase ist es nicht. Ist es eine Katze?«

»Sagramor sagt, es heißt Kaninchen. Er hat sie in Kappadokien gesehen, wo immer das auch sein mag.«

»Ihr müßt nicht alles glauben, was Sagramor erzählt«, schalt mich Ailleann, während sie sich die kleine Brosche ans Gewand heftete. »Ich habe Schmuck für eine Königin«, setzte sie hinzu, während sie mich in den kleinen Innenhof ihres römischen Hauses führte, »aber ich bin immer noch Sklavin.«

»Hat Arthur Euch nicht die Freiheit geschenkt?« fragte ich entsetzt.

»Er hat Angst, ich würde nach Armorica zurückkehren. Oder nach Irland. Und ihm dadurch die Zwillinge nehmen.« Sie zuckte die Achseln. »Am selben Tag, da die beiden großjährig werden, wird Arthur mir die Freiheit schenken, und wißt Ihr, was ich dann tun werde? Ich werde genau hier bleiben.« Sie bot mir einen Sessel an, der im Schatten eines Klettergewächses stand. »Ihr seht älter aus«, stellte sie fest und schenkte strohfarbenen Wein aus einer mit Weidengeflecht umwickelten Flasche ein. »Wie ich hörte, hat Lunete Euch verlassen?« fragte sie, als sie mir einen Hornbecher reichte.

»Wir haben, glaube ich, einander verlassen.«

»Sie soll jetzt Isis-Priesterin sein«, sagte Ailleann spöttisch. »Ich höre eine Menge aus Durnovaria und wage nur die Hälfte davon zu glauben.«

»Zum Beispiel?« fragte ich neugierig.

»Wenn Ihr es nicht wißt, Derfel, dann werde ich es Euch auch nicht erzählen.« Sie trank einen Schluck Wein und verzog angewidert das Gesicht. »Arthur ebenfalls. Der will immer nur gute Nachrichten hören, niemals schlechte. Er glaubt sogar, daß etwas Gutes in den Zwillingen steckt.«

Es schockierte mich, daß eine Mutter so von ihren Söhnen sprach. »Davon bin ich auch überzeugt«, behauptete ich.

Sie warf mir einen belustigten Blick zu. »Die Knaben sind heute nicht besser, Derfel, als sie früher waren, und gut waren sie wahrhaftig nie. Sie ärgern sich über ihren Vater. Sie finden, sie müßten Prinzen sein, und benehmen sich wie Prinzen. Es gibt keinen Ärger in der Stadt, den sie nicht selber anzetteln oder unterstützen, und wenn ich versuche, sie zu bändigen, nennen sie mich eine Hure.« Sie zerdrückte ein Stückchen Kuchen und warf die Krümel ein paar aufdringlichen Spatzen hin. Im Hintergrund fegte ein Diener mit Reiserbesen den Hof, bis Ailleann dem Mann befahl, sich zu entfernen. Dann fragte sie mich über den Krieg aus, und ich versuchte meinen Pessimismus im Hinblick auf Gorfyddyds riesiges Heer zu verbergen. »Könnt Ihr nicht Amhar und Loholt mit Euch nehmen?« fragte mich Ailleann nach einer Weile. »Es wäre möglich, daß sie recht gute Soldaten sind.«

»Ich bezweifle, daß ihr Vater sie für alt genug hält«, wandte ich ein.

»Falls er überhaupt über sie nachdenkt. Er schickt ihnen Geld. Ich wünschte, er würde es nicht tun.« Sie befingerte ihre neue Brosche. »Die Christen in der Stadt behaupten alle, daß Arthur dem Untergang geweiht sei.«

»Noch nicht, Lady.«

Sie lächelte. »Noch lange nicht, Derfel. Die Menschen unterschätzen Arthur. Sie sehen seine Güte, hören seine Freundlichkeit, lauschen seinen Worten von Gerechtigkeit, und keiner von ihnen, nicht einmal Ihr, erkennt, was wirklich in ihm brennt.«

»Und das wäre?«

»Ehrgeiz«, antwortete sie kurz. Sie überlegte eine Sekunde. »Seine Seele«, fuhr sie fort, »ist ein Wagen, der von zwei Pferden gezogen wird: Ehrgeiz und Gewissen. Ich aber sage Euch, Derfel, das Pferd namens Ehrgeiz geht im rechten Geschirr und wird das andere stets ausstechen. Und er ist tüchtig, so ungeheuer tüchtig.« Sie lächelte traurig. »Beobachtet ihn doch einmal, Derfel, wenn ihm die Vernichtung droht, wenn alles nur noch Finsternis ist, denn dann wird er Euch in Erstaunen versetzen. Ich habe das früher schon beobachtet. Er wird siegen, doch dann wird das Pferd namens Gewissen an seinen Zügeln zerren, und Arthur wird seinen üblichen Fehler begehen: den Feinden zu vergeben.«

»Ist das so schlecht?«

»Das ist keine Frage von gut oder schlecht, Derfel, sondern des praktischen Denkens. Eins haben wir Iren erkannt: Ein Feind, dem man vergibt, ist ein Feind, den man immer wieder bekämpfen muß. Arthur verwechselt Moral mit Macht und verschlimmert diese Verwechslung noch, indem er nicht von der Überzeugung abzubringen ist, die Menschen seien von Natur aus gut, sogar die schlechtesten unter ihnen, und das ist der Grund – Ihr werdet noch an mich denken –, warum er den Frieden niemals herbeiführen wird. Er sehnt sich nach Frieden, er redet von Frieden, aber gerade sein vertrauensseliges Herz ist der Grund, warum er stets Feinde haben wird. Es sei denn, es gelingt Guinevere, ihm ein bißchen Härte einzutrichtern. Kann sein, daß es ihr gelingt. Wißt Ihr, an wen sie mich erinnert?«

»Ich wußte nicht, daß Ihr sie kennt«, gab ich zurück.

»Den Menschen, an den sie mich erinnert, kenne ich ebenfalls nicht, aber ich höre so einiges, und ich kenne Arthur. Sie klingt wie seine Mutter; sehr schön und sehr stark, und ich vermute, daß er alles tun wird, um ihr zu gefallen.«

»Selbst um den Preis seines Gewissens?«

Ailleann lächelte über meine Frage. »Ihr solltet wissen, Derfel, daß manche Frauen stets von ihren Männern verlangen, einen maßlos hohen Preis zu bezahlen. Je mehr der Mann bezahlt, desto höher steigt der Wert der Frau, und ich vermute, daß Guinevere sich selbst sehr hoch einschätzt. Und das sollte sie auch. Das sollten wir alle.« Diese letzten Worte klangen traurig. Dann erhob sie sich aus ihrem Sessel. »Richtet ihm liebe Grüße aus«, bat sie mich, als wir durch das Haus zurückkehrten, »und bittet ihn, seine Söhne in den Krieg mitzunehmen.«

Arthur wollte sie nicht mitnehmen. »Ich lasse ihnen noch ein weiteres Jahr Zeit«, erklärte er mir, als wir am folgenden Morgen abmarschierten. Er hatte mit den Zwillingen zu Abend gegessen und ihnen kleine Geschenke gemacht, aber uns allen war aufgefallen, wie mürrisch Amhar und Loholt auf die Zuneigung des Vaters reagierten. Arthur hatte es ebenfalls bemerkt, deswegen war er ungewöhnlich verdrossen, als wir nach Westen marschierten. »Kindern von unvermählten Frauen«, sagte er nach langem Schweigen, »fehlt immer ein Teil ihrer Seele.«

»Und was ist mit Eurer Seele, Lord?« fragte ich ihn.

»Die flicke ich jeden Morgen, Derfel, Stück für Stück.« Er seufzte. »Ich werde Amhar und Loholt Zeit widmen müssen, und die Götter allein wissen, woher ich sie nehmen soll, denn in vier oder fünf Monaten werde ich wieder Vater werden. Falls ich dann überhaupt noch lebe«, ergänzte er düster.

Lunete hatte also recht gehabt: Guinevere war schwanger. »Das freut mich für Euch, Lord«, sagte ich, mußte aber unwillkürlich an Lunetes Bemerkung denken, daß Guinevere alles andere als glücklich über ihren Zustand war.

»Mich freut es ebenfalls!« Er lachte, und seine finstere Stimmung war augenblicklich verflogen. »Auch für Guinevere. Es wird ihr guttun, und in zehn Jahren, Derfel, wird Mordred auf dem Thron sitzen, während Guinevere und ich uns ein hübsches Plätzchen suchen, wo wir Rinder, Schweine und Kinder großziehen können! Dann werde ich wirklich glücklich sein. Ich werde Llamrei abrichten, einen Wagen zu ziehen, und Excalibur benutzen, um meine Pflugochsen anzutreiben.«

Ich versuchte mir Guinevere als Bauersfrau oder wenigstens als reiche Gutsherrin vorzustellen, doch irgendwie wollte mir das nicht recht gelingen. Ich hielt den Mund.

Von Corinium ging es nach Glevum, dann überquerten wir den Severn und marschierten durchs Kernland von Gwent. Wir boten einen schönen Anblick, denn Arthur ritt bewußt mit fliegenden Bannern, und seine Reiter trugen ihre Kampfrüstung. Wir hatten diesen stolzen, auffallenden Stil absichtlich gewählt, weil wir den Einheimischen neue Zuversicht schenken wollten, die ihnen im Augenblick abhanden gekommen war. Alle vermuteten, daß Gorfyddyd siegen würde, und auf dem Land war es, obwohl Erntezeit war, unnatürlich trist und still. Als wir an einem Dreschboden vorbeikamen, hörten wir den Vorsänger »Essylts Klage« singen statt des üblichen fröhlichen Liedes, das den Dreschflegeln einen Rhythmus vorgab. Außerdem beobachteten wir, daß jede Villa, jedes Haus und jede Hütte seltsamerweise all ihrer Wertgegenstände beraubt zu sein schienen. Kostbare Besitztümer waren versteckt, vermutlich sogar vergraben worden, damit Gorfyddyds Eroberer die Bevölkerung nicht gänzlich ausrauben konnten. »Die Maulwürfe werden wieder reich«, bemerkte Arthur säuerlich.

Arthur war der einzige, der nicht seine kostbarste Rüstung trug. »Den Schuppenpanzer hat Morfans«, erklärte er mir, als ich mich erkundigte, warum er sein Reservekettenhemd trage. Morfans war der häßliche Krieger, mit dem ich beim Festmahl nach Arthurs Ankunft auf Caer Cadarn vor so vielen Jahren Freundschaft geschlossen hatte.

»Morfans?« fragte ich erstaunt. »Womit hat der ein solches Geschenk verdient?«

»Kein Geschenk, Derfel. Morfans hat ihn sich nur ausgeborgt und ist damit in der letzten Woche tagtäglich vor Gorfyddyds Männern herumgeritten, damit sie glauben, ich sei schon dort. Möglich, daß sie deswegen ein bißchen zögern, jedenfalls haben wir bis jetzt noch keine Meldung über einen Angriff erhalten.«

Bei der Vorstellung, daß sich hinter den Wangenstücken von Arthurs Helm Morfans' häßliches Gesicht verbarg, mußte ich lachen, aber die Täuschung funktionierte vermutlich, denn als wir uns im römischen Fort Magnis mit König Tewdric trafen, hatte sich der Feind noch immer nicht aus seinen Stellungen in den Hügeln von Powys hervorgewagt.

Tewdric, der seine schöne römische Rüstung trug, sah fast aus wie ein alter Mann. Seine Haare waren grau geworden, und er ging gebückt, was ich bisher nicht an ihm gekannt hatte. Die Neuigkeiten über Aelle quittierte er mit einem Knurren, riß sich dann aber zusammen, um etwas höflicher zu antworten. »Gute Nachrichten«, sagte er kurz und rieb sich die Augen. »Obwohl Gott weiß, daß Gorfyddyd die Hilfe der Sachsen nicht nötig hat, um uns zu schlagen. Er hat mehr Männer, als er braucht.«

Das römische Fort wimmelte von Menschen. Waffenschmiede fertigten Speerspitzen, und jeder Eschenhain im Umkreis von Meilen war zum Herstellen von Schäften geplündert worden. Stunde um Stunde trafen Wagenladungen frisch geschnittenen Getreides ein, und die Öfen der Bäcker brannten wie die Feuer der Hufschmiede so heiß, daß ständig eine Rauchwolke über den Palisadenwällen stand. Aber das versammelte Heer litt trotz der frisch eingebrachten Ernte immer noch großen Hunger. Die meisten Speerkämpfer kampierten außerhalb der Wälle, manche sogar Meilen entfernt, und stritten sich ständig um die Verteilung des hartgebakkenen Brotes und der getrockneten Bohnen. Andere Truppen beschwerten sich über das Wasser, das von den Latrinen der stromaufwärts kampierenden Soldaten verunreinigt war. Es gab Krankheiten, Hunger und Desertionen – Beweis dafür, daß weder Tewdric noch Arthur sich jemals mit den Problemen hatten herumschlagen müssen, die der Oberbefehl über ein so riesiges Heer mit sich brachte. »Aber wenn *wir* schon Schwierigkeiten haben«, sagte Arthur optimistisch, »stellt Euch mal vor, wie es bei Gorfyddyd aussehen muß!«

»Ich hätte lieber seine Probleme als unsere«, gab Tewdric mißgelaunt zurück.

Meine Speerkämpfer kampierten – noch immer unter Galahads Befehl – acht Meilen nördlich von Magnis, wo Agricola, Tewdrics Feldherr, die Hügel im Auge behielt, die die Grenze zwischen Gwent und Powys markierten. Mein Herz schlug freudig, als ich ihre Wolfsrutenhelme wiedersah. Nach der Schicksalsergebenheit im ganzen Land tat es mir unendlich gut zu wissen, daß es hier wenigstens Männer gab, die sich niemals geschlagen gaben. Nimue, die mich begleitete, wurde sofort von meinen Männern umdrängt, damit sie ihre Speerspitzen und Schwertklingen berühre und ihnen dadurch Kraft verleihe. Selbst die Christen verlangten, wie ich bemerkte, nach ihrer heidnischen Berührung. Sie erfüllte Merlins Aufgaben, und weil man wußte, daß sie von der Toteninsel zurückgekehrt war, hielt man sie für fast ebenso mächtig wie ihren Meister.

Agricola empfing mich in einem Zelt, dem ersten, das ich je zu Gesicht bekam. Es war ein wundersames Ding, mit einem hohen Mittelpfosten und vier Eckstangen, die ein Leinendach trugen, durch das das Sonnenlicht gefiltert wurde, so daß Agricolas kurzes graues Haar sonderbar gelblich wirkte. Er trug seine römische Rüstung und saß an einem Tisch, der mit vielen Pergamenten bedeckt war. Agricola war ein strenger Mann, der mich nur flüchtig begrüßte, mir jedoch ein Kompliment über meine Männer machte.

»Sie sind sehr zuversichtlich. Aber das sind die Feinde auch, und von denen gibt es weitaus mehr, als es Krieger auf unserer Seite gibt.« Sein Ton war grimmig.

»Wie viele?« wollte ich wissen.

Meine Direktheit schien Agricola zu verletzen, aber ich war nicht mehr der Knabe von damals, der Gwents Kriegsherrn zum erstenmal sah. Inzwischen war ich selber ein Lord und befehligte Männer; ich hatte das Recht zu erfahren, welches Risiko meine Männer erwartete. Aber vielleicht war es gar nicht meine Direktheit, die Agricola reizte, sondern die Tatsache, daß er nicht an die Übermacht des Feindes erinnert werden wollte. Letztlich nannte er mir jedoch die Zahlen. »Nach den Berichten unserer Spione«, sagte er, »hat Powys sechshundert Speerkämpfer aus dem eigenen Land zusammengezogen. Gundleus hat weitere zweihundertfünfzig aus Siluria mitgebracht, vielleicht auch mehr. Ganval aus Elmet hat zweihundert Mann geschickt, und die Götter allein wissen, wie viele herrenlose Männer zu Gorfyddyds Banner geströmt sind, um einen Anteil an der Beute zu bekommen.« Herrenlose Männer waren Vagabunden, Exilanten, Mörder und Wilde, die sich einem Heer nur wegen der Beute anschlossen, die sie in der Schlacht machen konnten. Diese Männer waren gefürchtet, denn sie hatten nichts zu verlieren, aber alles zu gewinnen. Ich bezweifelte, daß wir viele von ihnen auf unserer Seite hatten – nicht nur, weil man erwartete, daß wir besiegt wurden, sondern weil sowohl Tewdric als auch Arthur strikt gegen diese herrenlosen Kreaturen waren. Seltsamerweise waren jedoch viele von Arthurs besten Reitern früher einmal solche Männer gewesen. Krieger wie Sagramor hatten in den römischen Heeren gekämpft, die von den heidnischen Eroberern Italiens zerschlagen wurden, und nur Arthurs jugendlichem Genie war es gelungen, diese herrenlosen Söldner zu einer Kriegshorde zusammenzuschmieden.

»Es kommt noch schlimmer«, fuhr Agricola finster fort. »Das Königreich Cornovia hat Männer zur Verfügung gestellt, und erst gestern hörten wir, daß Oengus Mac Airem von Demetia mit einer Kriegshorde seiner Schwarzschilde eingetroffen ist – ungefähr einhundert Mann. Ein weiterer Bericht meldet, daß sich auch Gwynedds Männer Gorfyddyd angeschlossen haben.«

»Landwehr?« fragte ich.

Agricola zuckte die Achseln. »Fünf- bis sechshundert. Vielleicht sogar tausend. Aber die werden erst kommen, wenn die Ernte eingebracht ist.«

Allmählich wünschte ich, ihn nicht gefragt zu haben. »Und wie steht es bei uns, Lord?«

»Nun, da Arthur gekommen ist...« Er hielt inne. »Siebenhundert Speere.«

Ich schwieg. Kein Wunder, dachte ich, daß die Menschen in Gwent und Dumnonia ihre Schätze vergraben und einander zuflüstern, Arthur solle Britannien verlassen. Wir standen einer gewaltigen Übermacht gegenüber.

»Ich wäre dankbar«, schloß Agricola bissig, als wäre Dankbarkeit etwas, was seinem Gefühlsleben völlig fremd war, »wenn Ihr diese Zahlen nicht verbreiten würdet. Uns laufen ohnehin schon genug Männer davon. Wenn es noch mehr werden, können wir unser eigenes Grab schaufeln.«

»Von meinen Männern wird keiner weglaufen«, behauptete ich.

»Nein«, räumte er ein, »noch nicht.« Er stand auf und holte sein römisches Kurzschwert von der Zeltstange herunter, an die er es gehängt hatte. Im Zelteingang blieb er stehen, um finster zu den feindlichen Hügeln hinüberzublicken. »Die Männer sagen, daß Ihr ein Freund von Merlin seid.«

»Das bin ich, Lord.«

»Wird er kommen?«

»Ich weiß es nicht, Lord.«

Agricola stöhnte. »Ich wünschte, er käme. Irgend jemand muß diesem Heer Vernunft beibringen. Die Befehlshaber sind heute abend alle nach Magnis bestellt. Zum Kriegsrat.« Er sagte es so bitter, als wüßte er, daß solche Kriegsräte mehr Streit als Kameradschaft produzieren. »Bei Sonnenuntergang. Seid pünktlich.«

Galahad begleitete mich. Nimue blieb bei meinen Männern, denn ihre Nähe verlieh ihnen Zuversicht. Ich war froh, daß sie nicht mitkam, denn der Kriegsrat wurde durch ein Gebet von Bischof Conrad aus Gwent eröffnet, der unsere Chancen höchst pessimistisch einzuschätzen schien, denn er flehte seinen Gott an, uns Kraft zu verleihen, um unseren übermächtigen Feinden entgegenzutreten. Galahad, der die Arme in christlicher Gebetshaltung ausgebreitet hatte, murmelte seine Gebete mit dem Bischof zusammen, während wir Heiden grollend verlangten, daß nicht um Kraft, sondern um Sieg gebetet werde. Ich wünschte, wir hätten ein paar Druiden unter uns, aber Tewdric, der Christ, verfügte über keinen, und Balise, der Alte, der Mordreds Ernennung beigewohnt hatte, war während meines ersten Winters in Benoic gestorben. Agricola hoffte zu Recht, daß Merlin käme, denn ein Heer ohne Druiden verzichtete dem Feind gegenüber auf einen Vorteil.

Ungefähr vierzig bis fünfzig Mann nahmen an dem Kriegsrat teil, allesamt Häuptlinge oder Heerführer. Wir trafen uns in der kahlen Steinhalle des Badehauses von Magnis, die mich an die Kirche von Ynys Wydryn erinnerte. König Tewdric, Arthur, Agricola und Tewdrics Sohn, Edling Meurig, saßen an einem Tisch auf einem steinernen Podium. Meurig war zu einem blassen, mageren Menschen herangewachsen, der in seiner schlecht sitzenden römischen Rüstung einen äußerst unglücklichen Eindruck machte. Er war gerade alt genug, um kämpfen zu können, wirkte auf Grund seiner Nervosität aber höchst ungeeignet für eine Schlacht. Er blinzelte ununterbrochen, als wäre er soeben erst aus einem sehr dunklen Raum ins helle Sonnenlicht getreten, und spielte ständig mit einem schweren Goldkreuz an seinem Hals. Arthur war der einzige Befehlshaber, der keine Rüstung trug, und wirkte in seiner Landmannstracht entspannt und gelassen.

Als König Tewdric verkündete, die Sachsen hätten sich vermutlich von der Ostgrenze zurückgezogen, jubelten die Krieger und stießen mit ihren Speerschäften auf den Boden, doch das war an jenem Abend für lange Zeit der letzte Jubel, denn dann erhob sich Agricola und gab seine ungeschönte Einschätzung der beiden Heere bekannt. Er verzichtete darauf, die kleineren Kontingente des Feindes aufzuzählen, aber auch so wurde deutlich, daß Gorfyddyds Heer dem unseren im Verhältnis zwei zu eins überlegen war. »Dann müssen wir die Feinde eben doppelt schnell töten!« rief Morfans aus dem Hintergrund. Er hatte Arthur den Schuppenpanzer zurückgegeben und geflucht, daß nur ein echter Held soviel Metall tragen und trotzdem kämpfen könne. Agricola ignorierte die Unterbrechung und erklärte, in einer Woche werde die Ernte eingebracht sein, so daß unser Heer durch die Landwehr von Gwent verstärkt werden könne. Aber auch diese Ankündigung schien nicht dazu angetan, irgend jemanden aufzumuntern.

König Tewdric schlug vor, wir sollten Gorfyddyd vor den Wällen von Magnis bekämpfen. »Gebt mir eine Woche«, sagte er, »und ich werde diese Festung bis oben hin mit der neuen Ernte füllen, so daß Gorfyddyd uns niemals von hier vertreiben wird. Kämpfen wir hier...« – er deutete auf die Nacht jenseits der Hallentore – »und der Kampf verläuft ungünstig, ziehen wir uns hinter die Tore zurück und warten ab, bis sie ihre Speere auf die Holzpalisaden verschwendet haben.« Das war die Art von Krieg, die Tewdric bevorzugte und über lange Zeit hinweg vervollkommnet hatte: ein Belagerungskampf, bei dem er sich das Werk längst verstorbener römischer Ingenieure zunutze machen konnte, um Speere und Schwerter abzuwehren. Zustimmendes Gemurmel erklang, und dieses Gemurmel schwoll noch an, als Tewdric dem Kriegsrat mitteilte, Aelle werde womöglich versuchen, Ratae anzugreifen.

»Haltet Gorfyddyd hier auf«, sagte ein Mann, »und sobald er hört, daß Aelle durch seine Hintertür hereinkommt, wird er Hals über Kopf nach Norden zurückrennen.«

»Aelle wird nicht meine Schlacht schlagen.« Es war das erstemal, daß Arthur sprach, und sofort verstummte der ganze Saal. Es schien Arthur peinlich zu sein, daß er so energisch gesprochen hatte, deswegen schenkte er König Tewdric ein entschuldigendes Lächeln und fragte, wo sich die feindlichen Streitkräfte versammelt hätten. Das wußte Arthur natürlich schon, aber er stellte diese Frage, damit auch wir anderen die Antwort vernehmen konnten.

An Tewdrics Stelle antwortete Agricola. »Die Vorhuten sind zwischen Coels Hügel und Caer Lud verteilt«, erklärte er, »während sich der Hauptteil des Heeres bei Branogenium versammelt. Weitere Truppen ziehen von Caer Sws heran.«

Diese Namen bedeuteten uns wenig, aber Arthur schien die geographische Situation zu begreifen. »Dann bewachen sie also die Hügel zwischen uns und Branogenium?«

»Jeden einzelnen Paß«, bestätigte Agricola. »Und jeden Hügelkamm.«

»Wie viele stehen bei Lugg Vale?« fragte Arthur.

»Mindestens zweihundert ihrer besten Speerkämpfer. Die Leute sind nicht dumm, Lord«, setzte Agricola grimmig hinzu.

Arthur erhob sich. Bei solchen Kriegsräten war er stets besonders gut, und mühelos gelang es ihm, die verdrießlichen Männer zu beherrschen. Lächelnd musterte er uns. »Die Christen werden dies am besten verstehen«, sagte er, geschickt den Männern schmeichelnd, die ihm vermutlich ablehnend gegenüberstanden. »Stellt Euch ein Christenkreuz vor. Hier in Magnis befinden wir uns am Fuß dieses Kreuzes. Der senkrechte Kreuzbalken ist die Römerstraße, die von Magnis in nördlicher Richtung nach Branogenium führt, und den Querbalken bilden die Hügel, die die Straße versperren. Coels Hügel liegt links des Querstücks, Caer Lud rechts; und Lugg Vale liegt im Mittelpunkt des Kreuzes. Lugg Vale ist das Tal, in dem Straße und Fluß die Hügel durchschneiden.«

Er kam hinter dem Tisch hervor und hockte sich auf dessen Kante, damit er seinen Zuhörern näher war. »Ich möchte, daß ihr eins bedenkt«, sagte er. Der Flammenschein der Fackeln in ihren Haltern warf Schatten über seine knochigen Wangen, doch seine Augen strahlten und sein Ton war voll Energie. »Jeder weiß, daß wir diese Schlacht verlieren müssen«, fuhr er fort. »Wir sind zahlenmäßig unterlegen. Wir warten hier darauf, daß Gorfyddyd uns angreift. Wir warten, und einige von uns verlieren den Mut und ziehen mit ihren Speeren nach Hause. Andere werden krank. Und wir alle denken voller Befürchtungen an das riesige Heer, das sich im Talkessel der Hügel rund um Branogenium versammelt, und wir versuchen, uns nicht vorzustellen, wie unser Schildwall an den Flügeln umgangen wird und der Feind von drei Seiten gleichzeitig attackiert. Aber denkt auch mal an die Feinde! Sie warten ebenfalls, doch während sie warten, werden sie immer stärker! Männer kommen aus Cornovia, aus Elmet, aus Demetia, aus Gwynedd. Landlose Männer kommen, um Land zu erobern, herrenlose Männer, um Beute zu machen. Sie wissen, daß sie siegen werden, und sie wissen, daß wir warten wie Mäuse, die von einem Rudel Katzen umringt sind.«

Er lächelte und stand auf. »Aber wir sind keine Mäuse. Wir haben einige der größten Krieger, die jemals einen Speer erhoben haben. Wir haben Champions!« Jubel setzte ein. »Wir können die

Katzen töten! Und wir wissen auch, wie man ihnen das Fell über die Ohren zieht! Aber...«, das letzte Wort ließ den Jubel ersterben, der eben aufbranden wollte. »Aber«, fuhr Arthur fort, »nicht, wenn wir hier warten, bis wir angegriffen werden. Wenn wir hier hinter den Wällen von Magnis warten – was passiert dann? Die Feinde werden um uns herummarschieren. Unsere Häuser, unsere Frauen, unsere Kinder, unser Land, unsere Herden und unsere neue Ernte werden ihnen anheimfallen, und das einzige, was wir davon haben werden, ist, daß wir wie Mäuse in der Falle sitzen. Wir müssen angreifen, und zwar bald!«

Agricola wartete, bis sich der Jubel der Dumnonier legte. »Angreifen – wo?« fragte er griesgrämig.

»Dort, wo sie es am wenigsten erwarten, Lord, an ihrer am besten gesicherten Stelle. Lugg Vale. Geradewegs auf dem Kreuzbalken entlang! Mitten in ihr Herz hinein!« Mit erhobener Hand beschwichtigte er den Jubel. »Das Tal ist so eng«, sagte er, »daß ein Schildwall nicht umgangen werden kann. Nördlich des Tals führt die Straße zu einer Furt über den Fluß.« Er runzelte die Stirn beim Sprechen, während er versuchte, sich an einen Ort zu erinnern, den er nur einmal im Leben gesehen hatte, doch Arthur war Soldat und besaß den Blick des Soldaten für ein Terrain. Er brauchte einen Ort nur einmal zu sehen. »Wir müßten Männer auf dem westlichen Hügel postieren, damit ihre Bogenschützen uns nicht mit Pfeilen eindecken können, aber wenn wir einmal im Tal sind, kann uns nichts mehr vertreiben, das schwöre ich euch.«

Agricola erhob Einwände. »Gewiß, wir können dort standhalten«, stimmte er zu, »aber wie sollen wir uns den Weg hinein erkämpfen? Der Feind hat zweihundert Speerkämpfer dort postiert, vielleicht auch mehr, aber selbst einhundert Mann können das Tal einen Tag lang halten. Bis wir uns ans andere Ende des Tals durchgekämpft haben, hat Gorfyddyd seine Truppen aus Branogenium geholt. Schlimmer noch, die Schwarzschild-Iren, die auf dem Coel's Hill stehen, können um die Hügel herum nach Süden marschieren und uns von hinten angreifen. Schon möglich, daß uns nichts mehr vertreiben kann, Lord, dafür werden wir an Ort und Stelle getötet werden.«

»Die Iren auf dem Coel's Hill sind unwichtig«, entgegnete

Arthur leichthin. Er war erregt und konnte nicht stillstehen; er ging erklärend und aufmunternd auf dem Podium auf und ab. »Überlegt doch, ich bitte Euch, Lord König...« – damit wandte er sich an Tewdric – »was geschehen wird, wenn wir hierbleiben. Die Feinde kommen, wir ziehen uns hinter unüberwindliche Wälle zurück, und sie überfallen unsere Ländereien. Wir selbst werden Mitte des Winters noch leben, aber wird dann außer uns noch irgend jemand in Gwent oder Dumnonia am Leben sein? Nein. Diese Hügel südlich von Branogenium sind Gorfyddyds Schutzwälle. Wenn wir jene Wälle durchbrechen, muß er sich uns stellen, und wenn er im Lugg Vale gegen uns kämpft, hat er schon verloren.«

»Seine zweihundert Mann im Lugg Vale werden uns aufhalten«, beharrte Agricola.

»Sie werden sich verziehen wie der Nebel!« behauptete Arthur zuversichtlich. »Diese zweihundert Mann haben in der Schlacht noch nie ein gepanzertes Pferd gesehen.«

Agricola schüttelte den Kopf. »Das Tal wird von einer Mauer aus gefällten Bäumen verbarrikadiert. Das wird die gepanzerten Pferde aufhalten, und zwar...« – er schlug sich mit der geballten Faust in die flache Hand – »so!« Er sprach das Wort entschieden aus, und es klang so endgültig, daß Arthur sich wieder setzte. Eine Ahnung der kommenden Niederlage lastete auf der Halle. Von draußen, wo die Schmiede Tag und Nacht arbeiteten, drang das Zischen einer frisch geschmiedeten Klinge herein, die in kaltes Wasser getaucht wurde.

»Würdet Ihr mir gestatten, auch etwas zu sagen?« Der Sprecher war Meurig, Tewdrics Sohn. Er hatte eine seltsam hohe Stimme, die fast schmollend klang, und war offenbar kurzsichtig, denn er kniff die Augen zusammen und legte den Kopf schief, wenn er einen Mann im Hauptteil der Halle ansehen wollte. »Meine Frage«, sagte er, als sein Vater ihm die Erlaubnis gegeben hatte, sich an den Kriegsrat zu wenden, »ist folgende: Warum kämpfen wir überhaupt?« Nachdem er seine Frage gestellt hatte, sah er hektisch blinzelnd in die Runde.

Niemand antwortete. Möglicherweise waren wir alle zu verblüfft über die Frage.

»Laßt mich, erlaubt mir, gestattet mir, meine Frage zu erklären«, sagte Meurig in pedantischem Ton. Er mochte jung sein, doch er besaß die Selbstsicherheit eines Prinzen, obwohl ich die gespielte Bescheidenheit, mit der er seine Worte vortrug, aufreizend fand. »Wir kämpfen gegen Gorfyddyd – korrigiert mich, wenn ich mich irre –, weil wir seit langer Zeit Verbündete von Dumnonia sind. Dieses Bündnis war uns allen von Nutzen, das bestreite ich nicht, aber Gorfyddyd erhebt, wie ich höre, keinen Anspruch auf den dumnonischen Thron.«

Unwilliges Murren kam aus den Reihen unserer Dumnonier, doch Arthur gebot mit erhobener Hand Schweigen. Er winkte Meurig, er möge fortfahren. Meurig zwinkerte und zerrte an seinem Kreuz. »Ich möchte wissen, warum wir kämpfen! Was ist, wenn ich es so ausdrücken darf, unser *casus belli*?«

»Käsebällchen?« brüllte Culhwch. Culhwch hatte mich entdeckt, als ich eintraf, und hatte sich durch die ganze Halle gedrängt, um mich zu begrüßen. Jetzt schob er den Mund dicht an mein Ohr. »Bastarde haben dünne Schilde, Derfel«, sagte er, »und sie suchen nach einem Ausweg.«

Wieder erhob sich Arthur und richtete das Wort höflich an Meurig. »Der Grund für den Krieg, Lord Prinz, ist der Eid Eures Vaters, König Mordreds Thron zu sichern, und König Gorfyddyds offensichtliches Begehren, meinem König diesen Thron streitig zu machen.«

Meurig zuckte die Achseln. »Aber – bitte, korrigiert mich – nach allem, was ich gehört habe, denkt Gorfyddyd nicht daran, König Mordred vom Thron zu stürzen.«

»Woher wißt Ihr das?« rief Culhwch.

»Es gibt Anzeichen dafür«, erklärte Meurig gereizt.

»Bastarde haben mit dem Feind gesprochen«, flüsterte mir Culhwch ins Ohr. »Schon mal ein Messer in den Rücken gekriegt, Derfel? Arthur geschieht das gerade.«

Arthur blieb ruhig. »Welche Anzeichen?« fragte er gelassen.

König Tewdric hatte geschwiegen, während sein Sohn sprach, was bewies, daß er Meurig erlaubt hatte, behutsam anzudeuten, Gorfyddyd müsse beschwichtigt werden statt attackiert. Nun aber ergriff der König, der alt und müde wirkte, die Initiative. »Es gibt keine Anzeichen, Lord, auf die ich meine Strategie stützen würde.

Nichtsdestoweniger...« – als Tewdric dieses Wort so nachdrücklich betonte, wußten wir alle, daß Arthur die Debatte verloren hatte – »nichtsdestoweniger, Lord, bin ich überzeugt, daß wir Powys nicht unnötig provozieren sollten. Laßt uns sehen, ob wir nicht doch noch Frieden schließen können.« Er hielt inne, als fürchtete er fast, daß dieses Wort Arthur erzürnen könnte, doch Arthur schwieg. Tewdric seufzte. »Gorfyddyd kämpft«, sagte er langsam und sehr behutsam, »weil seiner Familie Unrecht getan wurde.« Abermals hielt er inne, weil er Angst hatte, Arthur mit diesen offenen Worten beleidigt zu haben, doch Arthur war kein Mann, der sich seiner Verantwortung entzog. Er nickte zögernd, aber zustimmend. »Während wir«, fuhr Tewdric fort, »während wir kämpfen, um den Eid zu halten, den wir Großkönig Uther geschworen haben. Einen Eid, mit dem wir versprochen haben, Mordreds Thron zu schützen. Ich jedenfalls werde diesen Eid nicht brechen.«

»Ich ebenfalls nicht!« sagte Arthur energisch.

»Aber was ist, Lord Arthur, wenn König Gorfyddyd gar keine Ambitionen auf diesen Thron hat?« fragte König Tewdric. »Wenn er Mordred König bleiben lassen will? Warum kämpfen wir dann?«

Die Halle geriet in Aufruhr. Wir Dumnonier witterten Verrat, die Männer von Gwent witterten einen Ausweg aus dem Krieg, und eine Weile schrien wir einander an, bis Arthur schließlich die Ordnung wiederherstellte, indem er auf den Tisch schlug. »Das letzte Mal, als ich einen Abgesandten zu Gorfyddyd geschickt habe«, erklärte Arthur, »kam sein Kopf in einem Sack zurück. Wollt Ihr vorschlagen, Lord König, daß wir einen weiteren schicken?«

Tewdric schüttelte den Kopf. »Gorfyddyd weigert sich, meine Abgesandten zu empfangen. Sie werden an der Grenze zurückgeschickt. Wenn wir aber hier warten, während seine Truppen ihre Energie auf unsere Wälle vergeuden, wird er, glaube ich, den Mut verlieren, und dann können wir verhandeln.« Seine Männer murmelten Zustimmung.

Noch einmal versuchte Arthur, Tewdric umzustimmen. Er zeichnete ein Bild unserer Truppen, wie sie hinter den Wällen festsaßen, während Gorfyddyds Kriegshorden unsere Bauernhöfe mitsamt der eben eingefahrenen Ernte verwüsteten, aber die Männer aus

Gwent ließen sich weder von seiner Redekunst noch von seiner Leidenschaft erweichen. Sie sahen nur umgangene Schildwälle und Schlachtfelder voller Toter und hielten sich darum an die Überzeugung ihres Königs, es werde Frieden geben, wenn sie sich nur nach Magnis zurückzögen und abwarteten, bis Gorfyddyds Männer durch immer neues Anstürmen gegen die starken Wälle erschöpft waren. Als sie Arthur aufforderten, ihrer Strategie zuzustimmen, sah ich den Schmerz in seinem Gesicht. Er hatte verloren. Wenn er hier wartete, würde Gorfyddyd seinen Kopf fordern. Floh er nach Armorica, würde er am Leben bleiben, aber er würde Mordred und seinen eigenen Traum von einem gerechten, vereinigten Britannien aufgeben. Der Lärm in der Halle schwoll an, doch dann erhob sich Galahad und verlangte laut rufend das Wort.

Tewdric zeigte auf Galahad, der sich zunächst einmal vorstellte. »Ich bin Galahad, Lord König«, sagte er, »ein Prinz von Benoic. Wenn König Gorfyddyd keine Abgesandten aus Gwent oder Dumnonia empfangen will, wird er einem aus Armorica doch sicher nicht die Tür weisen – oder? Laßt mich nach Caer Sws gehen, Lord König, und erfragen, was Gorfyddyd mit Mordred zu tun gedenkt. Und wenn ich gehe, Lord König, werdet Ihr dann akzeptieren, was ich über seine Absichten zu berichten habe?«

Tewdric akzeptierte nur allzugern. Er war mit allem einverstanden, was einen Krieg abwenden konnte, aber er hoffte immer noch auf Arthurs Zustimmung. »Angenommen, Gorfyddyd erklärt, daß Mordred nicht gefährdet ist«, wandte er sich an Arthur. »Was werdet Ihr dann tun?«

Arthur starrte auf die Tischplatte. Sein Traum entglitt ihm, aber selbst um diesen Traum zu retten, mochte er nicht lügen. Er blickte mit traurigem Lächeln auf. »In diesem Fall, Lord König, werde ich Britannien verlassen und Mordred Eurer Obhut anvertrauen.«

Wieder protestierten wir Dumnonier lautstark, doch diesmal war es Tewdric, der uns beschwichtigte. »Wir wissen nicht, welche Antwort uns Prinz Galahad bringen wird«, sagte er, »aber eins verspreche ich Euch: Wenn Mordreds Thron tatsächlich in Gefahr ist, werde ich, König Tewdric, kämpfen. Und wenn nicht? Dann sehe ich keinen Grund für einen Krieg.«

Mit dieser Zusicherung mußten wir uns zufriedengeben. Der

Krieg hing, wie es schien, von Gorfyddyds Antwort ab. Um sie einzuholen, begab sich Galahad am folgenden Morgen auf den Ritt gen Norden.

Ich begleitete Galahad. Er hatte nicht gewollt, daß ich mitkomme, denn er behauptete, das werde lebensgefährlich für mich sein, aber ich redete auf ihn ein wie nie zuvor. Außerdem diskutierte ich mit Arthur und führte dabei an, daß mindestens ein Dumnonier dabeisein sollte, wenn Gorfyddyd offenbarte, was er mit unserem König vorhabe, und Arthur setzte sich bei Galahad für mich ein, bis dieser schließlich doch nachgab. Immerhin waren wir Freunde, obwohl Galahad um meiner eigenen Sicherheit willen darauf bestand, daß ich als sein Diener mitreiste und auf meinem Schild sein Zeichen trug. »Du hast kein Zeichen«, sagte ich.

»Jetzt habe ich eins«, entgegnete er und ordnete an, daß unsere Schilde mit einem Kreuz geschmückt wurden. »Warum nicht?« fragte er mich. »Ich bin schließlich Christ.«

»Es wirkt irgendwie unecht«, sagte ich. Denn ich war daran gewöhnt, auf den Schilden der Krieger Bullen, Adler, Drachen und Hirsche zu sehen, nicht aber irgendein langweiliges Stück religiöser Geometrie.

»Mir gefällt es«, gab er zurück, »und außerdem bist du jetzt mein ergebenster Diener, Derfel, daher interessiert mich deine Meinung nicht. Nicht im geringsten.« Er lachte und wich dem Knuff aus, den ich ihm auf den Arm versetzen wollte.

Leider sah ich mich gezwungen, nach Caer Sws zu reiten. In all den Jahren, die ich mit Arthur verbrachte, hatte ich mich nicht daran gewöhnen können, auf dem Rücken eines Pferdes zu sitzen. Mir schien es immer am natürlichsten, mich ganz hinten auf ein Pferd zu hocken, doch dabei war es praktisch unmöglich, das Tier mit den Knien zu lenken; um das zu tun, mußte man nach vorn rutschen, bis man unmittelbar hinter dem Halsansatz saß, während die Beine hinter den Vorderbeinen des Pferdes in der Luft baumelten. Schließlich hakte ich einen Fuß in den Sattelgurt, um wenigstens ein bißchen Halt zu haben, eine Position, die Galahad offenbar beleidigte, der stolz auf seine Reitkunst war. »Reit vernünftig«, pflegte er zu sagen.

»Aber ich weiß nicht, wo ich die Füße lassen soll!«

»Das Pferd hat vier davon. Wie viele brauchst du noch?«

Wir ritten nach Caer Lud, Gorfyddyds Hauptfestung in den Hügeln an der Grenze. Da die Stadt auf einem Hügel in einer Flußschleife lag, nahmen wir an, daß die Stadtwachen weniger mißtrauisch sein würden als jene, die die Römerstraße im Lugg Vale bewachten. Dennoch nannten wir nicht den wahren Grund für unseren Besuch in Powys, sondern behaupteten, landlose Männer aus Armorica zu sein, die Einlaß in Gorfyddyds Land begehrten. Als die Wachen vernahmen, daß Galahad ein Prinz war, bestanden sie darauf, ihn zum Befehlshaber der Stadt zu begleiten. Sie führten uns durch die Stadt, in der es von Bewaffneten wimmelte, deren Speere vor jeder Tür steckten und deren Helme sich unter den Bänken der Schenken türmten. Der Befehlshaber war ein überforderter Mann, der eindeutig die Verantwortung haßte, welche die Verwaltung einer Garnison, die wegen des unmittelbar bevorstehenden Krieges über die Maßen angeschwollen war, mit sich brachte. »Als ich Eure Schilde sah, Lord Prinz, wußte ich, daß Ihr aus Armorica sein müßt«, sagte er zu Galahad. »In den Augen von uns Provinzlern wirkt Euer Symbol sehr fremdländisch.«

»Aber ehrenwert in den meinen«, sagte Galahad ernst und vermied es, mich anzusehen.

»Aber gewiß doch, gewiß«, lenkte der Befehlshaber ein. Sein Name war Halsyd. »Und selbstverständlich seid Ihr willkommen, Lord Prinz. Unser Großkönig heißt alle...« Verlegen hielt er inne. Er hatte sagen wollen, daß Gorfyddyd alle landlosen Krieger willkommen heiße, doch diese Worte grenzten zu sehr an eine Beleidigung, wenn sie dem enteigneten Prinzen eines armoricanischen Königreichs gegenüber geäußert wurden, »...heißt alle tapferen Männer willkommen«, schloß der Befehlshaber statt dessen. »Ihr habt doch nicht etwa vor, hier bei uns zu bleiben?« Er befürchtete, daß wir uns als zwei weitere hungrige Mäuler erweisen würden, und es fiel ihm schon schwer, die Garnison so, wie sie war, zu versorgen.

»Ich möchte nach Caer Sws reiten«, verkündete Galahad. »Mit meinem Diener.« Er deutete auf mich.

»Mögen die Götter Euren Weg beschützen, Lord Prinz.«

So betraten wir das Land der Feinde. Wir ritten durch stille Täler, wo die Garben des frisch geschnittenen Getreides aufgestellt waren und die Bäume in den Obstgärten sich unter den reifenden Äpfeln neigten. Am Tag darauf waren wir in den Hügeln und folgten einer ungepflasterten Straße, die sich durch weite Gebiete feuchter Waldungen wand, bis wir schließlich die Baumgrenze hinter uns ließen und den Paß überquerten, der zu Gorfyddyds Hauptstadt hinunterführte. Als ich die Erdwälle von Caer Sws sah, überlief mich ein ängstlicher Schauer. Gorfyddyds Heer war zwar mindestens vierzig Meilen entfernt in Branogenium versammelt, aber das Land rings um Caer Sws wimmelte noch immer von Soldaten. Die Truppen hatten sich primitive Unterstände mit Wänden aus Stein und Dächern aus Grassoden gebaut, und diese Unterstände umringten das Fort, auf dessen Wällen acht Banner wehten – Zeichen dafür, daß Männer aus acht Königreichen in Gorfyddyds immer größer werdendem Heer dienten. »Acht?« fragte Galahad. »Powys, Siluria, Elmet – aber wer noch?«

»Cornovia, Demetia, Gwynedd, Rheged und Demetias Schwarzschilde«, ergänzte ich die furchteinflößende Liste.

»Kein Wunder, daß Tewdric sich Frieden wünscht«, sagte Galahad leise. Staunend musterte er die vielen Männer, die zu beiden Seiten des Flusses kampierten, der an der feindlichen Hauptstadt vorbeieilte.

Wir ritten mitten hinein in diesen von Eisen starrenden Bienenstock. Kinder folgten uns, bestaunten unsere fremdartigen Schilde, während ihre Mütter uns argwöhnisch von den verschatteten Eingängen ihrer Unterstände aus beobachteten. Die Männer warfen uns kurze Blicke zu, registrierten unsere fremdartigen Insignien und die Qualität unserer Waffen, aber keiner hielt uns an, bis wir das Tor von Caer Sws erreichten, wo uns Gorfyddyds königliche Wache mit blankpolierten Speerspitzen den Weg versperrte. »Ich bin Galahad, Prinz von Benoic«, verkündete Galahad hochmütig, »und bin gekommen, um meinen Cousin, den Großkönig, aufzusuchen.«

»Ist er wirklich dein Cousin?« fragte ich ihn flüsternd.

»So drückt man sich in königlichen Kreisen aus«, gab Galahad ebenfalls flüsternd zurück.

Das, was wir innerhalb der Festung zu sehen bekamen, erklärte recht gut, warum sich auf Caer Sws so viele Soldaten versammelt hatten. Drei starke Pfähle waren in den Boden getrieben worden und warteten auf die offiziellen Zeremonien, die einem Krieg vorausgingen. Das Christentum hatte in Powys noch kaum Fuß gefaßt, daher würde man dort die alten Rituale besonders sorgfältig durchführen. Ich nahm an, daß viele der Soldaten, die draußen kampierten, ausschließlich deswegen aus Branogenium hergeholt worden waren, um bei den Riten anwesend sein und ihren Kameraden später berichten zu können, daß die Götter besänftigt worden seien. Gorfyddyds Invasion sollte nicht ungeordnet und überstürzt vonstatten gehen, sondern methodisch vorbereitet werden. Arthur, dachte ich mir, geht vermutlich recht in der Annahme, daß das ausschließlich aus Fußvolk bestehende Unternehmen durch einen Überraschungsangriff aus den Fugen geraten könne.

Unsere Pferde wurden von Bediensteten weggeführt, und nachdem ein Aufseher Galahad befragt und entschieden hatte, daß er in der Tat derjenige war, der zu sein er vorgab, wurden wir in die große Festhalle geführt. Der Türposten nahm uns Schwerter, Schilde und Speere ab und legte sie auf den Haufen ähnlicher Waffen, die den in Gorfyddyds Halle versammelten Männern gehörten.

Zwischen den gedrungenen Eichenpfosten, an denen zum Zeichen, daß sich das Reich im Kriegszustand befand, Menschenschädel hingen, waren über einhundert Mann zusammengekommen. Die Männer unter diesen grinsenden Totenköpfen waren die Könige, Prinzen, Fürsten, Lords, Häuptlinge und Champions der zusammengezogenen Heere. Die einzigen Möbel in der Halle waren mehrere Throne, die in einer Reihe auf einem Podium am anderen, dunklen Ende standen. Dort saß Gorfyddyd unter seinem Adlersymbol, und neben ihm saß Gundleus, allerdings auf einem etwas niedrigeren Thron. Allein der Anblick des silurischen Königs ließ die Narbe in meiner linken Handfläche pochen. Tanaburs kauerte neben Gundleus, während Gorfyddyd Iorweth, seinen eigenen Druiden, rechts neben sich hatte. Cuneglas, Edling von Powys, saß auf einem dritten Thron und war flankiert von Königen, die ich nicht kannte. Frauen waren nicht anwesend. Diese Versammlung war zweifellos ein Kriegsrat oder wenigstens eine Gelegenheit für die anwesenden Männer, sich mit dem großen Sieg zu brüsten, der ihnen bald schon zufallen würde. Die Krieger trugen Kettenhemden und Lederrüstungen.

Wir hielten uns im Hintergrund der Halle. Flüchtig sah ich, daß Galahad die Lippen in einem stummen Gebet an seinen Gott bewegte. Ein Wolfshund mit zerbissenem Ohr und vernarbten Keulen beschnupperte unsere Stiefel und trottete dann zu seinem Herrn zurück, der mit den anderen Kriegern auf den Binsenbündeln stand, mit denen der Erdboden bedeckt war. In einer entfernten Ecke der Halle intonierte ein Barde leise einen Kriegsgegang, sein Stakkatovortrag wurde von den Männern allerdings ignoriert. Sie hörten lieber Gundleus zu, der die Truppen beschrieb, die er aus Demetia erwartete. Ein Häuptling, der offensichtlich schon unter den Iren zu leiden gehabt hatte, erhob Protest und behauptete, Powys brauche keine Schwarzschilde, um Arthur und Tewdric zu besiegen, aber Gorfyddyd schnitt seinen Protest mit einer einzigen, kurzen Geste ab. Ich hatte eigentlich erwartet, daß man uns schmoren lassen würde, während der Rat zunächst über andere Probleme beriet, aber wir brauchten nicht mehr als eine Minute zu warten, bis wir zu dem freien Raum in der Mitte der Halle unmittelbar vor Gorfyddyd geführt wurden. Ich musterte sowohl Gundleus als auch Tanaburs, aber keiner von beiden schien mich zu erkennen.

Wir fielen auf die Knie und warteten.

»Erhebt Euch«, forderte Gorfyddyd uns auf. Wir gehorchten, und dann sah ich ihm nach langer Zeit wieder in das vergrämte Gesicht. Er hatte sich in den dazwischenliegenden Jahren kaum verändert. Sein Gesicht war noch immer so verquollen und argwöhnisch wie damals, als Arthur um Ceinwyns Hand angehalten hatte, nur seine Haare und sein Bart waren durch die Krankheit in den letzten paar Jahren weiß geworden. Mißtrauisch blickte er uns an.

»Galahad«, sagte er mit heiserer Stimme, »Prinz von Benoic. Wir haben von Eurem Bruder Lancelot gehört, nicht aber von Euch. Seid Ihr, wie Euer Bruder, einer von Arthurs Kumpanen?«

»Ich bin an niemanden durch einen Eid gebunden, Lord König«, sagte Galahad, »es sei denn, an meinen Vater, dessen Knochen von seinen Feinden zertreten wurden. Ich bin landlos.«

Gorfyddyd rutschte auf seinem Thron hin und her. Sein leerer linker Ärmel hing über die Armlehne, eine ständige Erinnerung an seinen verhaßten Feind Arthur. »Dann seid Ihr also um Land gekommen, Galahad von Benoic?« fragte er. »Viele andere sind aus demselben Grund gekommen«, ergänzte er warnend und deutete auf die überfüllte Halle. »Aber ich möchte meinen, daß es in Dumnonia Land genug für alle gibt.«

»Ich bin zu Euch gekommen, Lord König, um Euch als freier Botschafter Grüße von König Tewdric von Gwent zu überbringen.«

Dies löste Unruhe in der Halle aus. Die Männer, die weiter hinten standen und Galahads Worte nicht verstanden hatten, ließen sie sich wiederholen, und das Geraune dauerte einige Sekunden an. Cuneglas, Gorfyddyds Sohn, merkte plötzlich auf. Sein rundes Gesicht mit dem langen, dunklen Schnauzbart wirkte besorgt. Kein Wunder, dachte ich, denn wie Arthur ersehnte Cuneglas den Frieden, aber als Arthur Ceinwyn zurückwies, hatte er auch Cuneglas' Hoffnungen zerstört. Nun konnte der Kronprinz von Powys nichts anderes tun, als seinem Vater in einen Krieg folgen, der alle südlichen Königreiche zu verwüsten drohte.

»Unsere Feinde scheinen den Appetit auf die Schlacht zu verlieren«, sagte Gorfyddyd. »Warum sollte mir Tewdric sonst Grüße entbieten?«

»König Tewdric, Großkönig, fürchtet niemanden, noch mehr aber liebt er den Frieden«, erklärte Galahad, vorsichtshalber den Titel benutzend, den Gorfyddyd sich in Erwartung seines Sieges schon jetzt zugelegt hatte.

Gorfyddyds Körper krümmte sich, und einen Augenblick lang dachte ich, er müsse sich erbrechen. Dann jedoch merkte ich, daß er lachte. »Wir Könige«, sagte Gorfyddyd schließlich, »lieben den Frieden nur, wenn der Krieg für uns unbequem wird. Diese Versammlung, Galahad von Benoic...« – er deutete auf das Gedränge der Häuptlinge und Fürsten – »dürfte Tewdrics neu erwachte Liebe zum Frieden erklären.« Er hielt inne und holte Luft. »Bis jetzt, Galahad von Benoic, habe ich mich geweigert, Tewdrics Botschaften zu empfangen. Warum sollte ich sie auch empfangen? Hört ein Adler zu, wenn ein Lamm um Gnade blökt? In wenigen Tagen werde ich mir anhören, wie alle Männer aus Gwent um Gnade blöken, doch da Ihr von so weit hergekommen seid, habt Ihr vorerst meine Erlaubnis, mich zu belustigen. Was will Tewdric mir denn bieten?«

»Frieden, Lord König, einfach Frieden.«

Gorfyddyd spie aus. »Ihr seid landlos, Galahad, und kommt mit leeren Händen. Glaubt Tewdric wirklich, er kriegt den Frieden gratis? Glaubt Tewdric wirklich, ich habe das Gold meines Reiches ohne Grund für ein Heer ausgegeben? Hält er mich für einen Dummkopf?«

»Er findet, Lord König, daß Blut, das zwischen Briten vergossen wird, verschwendetes Blut ist.«

»Ihr redet wie ein Weib, Galahad von Benoic.« Gorfyddyd sprach diese Beleidigung mit besonders lauter Stimme aus, so daß die Halle von höhnischem Gejohle und Gelächter widerhallte. »Dennoch«, fuhr er fort, als sich der Lärm ein wenig gelegt hatte, »müßt Ihr dem König von Gwent eine Antwort bringen. Formulieren wir sie also folgendermaßen.« Er hielt inne, um seine Gedanken zu sammeln. »Sagt Tewdric, daß er ein Lamm ist, das an Dumnonias trockener Zitze nuckelt. Sagt ihm, daß ich nicht mit ihm Streit habe, sondern mit Arthur, und sagt Tewdric, daß er seinen Frieden unter folgenden Bedingungen haben kann: erstens, daß er mein Heer ungehindert durch sein Land ziehen läßt, und zweitens, daß er mir genügend Getreide überläßt, um tausend Mann zehn Tage lang zu versorgen.« Die Krieger in der Halle hielten hörbar die Luft an, denn das waren großzügige Bedingungen, aber auch sehr kluge. Wenn Tewdric akzeptierte, würde er verhindern, daß sein Land geplündert wurde, und Gorfyddyd den Einmarsch in Dumnonia erleichtern. »Seid Ihr, Galahad von Benoic«, erkundigte sich Gorfyddyd, »ermächtigt, diese Bedingungen zu akzeptieren?«

»Nein, Lord König, nur zu erfragen, welche Bedingungen Ihr stellt, und mich zu erkundigen, was Ihr im Hinblick auf Mordred, den König von Dumnonia, zu tun gedenkt, den zu beschützen Tewdric geschworen hat.«

Gorfyddyd setzte eine gekränkte Miene auf. »Sehe ich aus wie ein Mann, der Krieg gegen Kinder führt?« fragte er. Dann erhob er sich und trat an den Rand des Thronpodiums. »Ich liege nur mit Arthur im Streit«, erklärte er – nicht nur uns, sondern der gesamten Halle –, »der es vorgezogen hat, eine Hure aus Henis Wyren zu heiraten, statt sich mit meiner Tochter zu vermählen. Gibt es einen Mann, der eine derartige Beleidigung ungerächt lassen würde?« Brüllend gab ihm die Halle Antwort. »Arthur ist ein Emporkömmling«, rief Gorfyddyd, »geboren von einer Hurenmutter, und zu einer Hure ist er zurückgekehrt! Solange Gwent den Hurenliebhaber beschützt, ist Gwent unser Feind. Solange Dumnonia für den Hurenliebhaber kämpft, ist Dumnonia unser Feind. Und unsere Feinde werden uns großzügig mit Gold, Sklaven, Lebensmitteln, Land, Frauen und Ruhm versorgen! Arthur werden wir töten, und seine Hure werden wir in unseren Garnisonen arbeiten lassen.« Er wartete, bis die Jubelrufe verstummten. Dann blickte er gebieterisch auf Galahad hinab. »Sagt das Tewdric, Galahad von Benoic, und sagt es anschließend auch Arthur.«

»An Arthur kann Derfel die Botschaft weitergeben«, meldete sich eine Stimme aus der Halle, und als ich mich umdrehte, entdeckte ich Ligessac, den verschlagenen Ligessac, ehemals Befehlshaber von Mordreds Leibwache und nunmehr Verräter in Gundleus' Diensten. Er zeigte auf mich. »Dieser Mann ist Arthur durch einen Eid verbunden, Großkönig. Ich schwöre es auf mein Leben.«

Die Halle brodelte von Lärm. Ich hörte, wie einige Männer riefen, ich sei ein Spion, andere verlangten meinen Tod. Tanaburs starrte mich finster an; offenbar versuchte er, meinen langen blonden Bart und den dicken Schnauzbart mit Blicken zu durchdringen. Dann erkannte er mich plötzlich und begann laut zu schreien: »Tötet ihn! Tötet ihn!«

Gorfyddyds Wachen, die einzigen Bewaffneten in der Halle, stürzten auf mich zu. Gorfyddyd hielt seine Speerkämpfer mit erhobener Hand zurück, die auch den Lärm der Menge beschwichtigte. »Seid Ihr dem Hurenliebhaber durch einen Eid verbunden?« wollte der König drohend wissen.

»Derfel steht in meinen Diensten, Großkönig«, behauptete Galahad.

Gorfyddyd deutete auf mich. »Er wird selbst antworten«, verlangte er. »Seid Ihr durch einen Eid an Arthur gebunden?«

Wenn es um meinen Eid ging, konnte ich nicht lügen. »Ja, Lord König«, bekannte ich.

Gorfyddyd stieg schwerfällig von der Plattform und streckte, ohne den Blick von mir zu wenden, die Hand nach einer der Wachen aus. »Weißt du, du Hund, was wir mit Arthurs letztem Botschafter gemacht haben?«

»Ihr habt ihn getötet, Lord König«, antwortete ich.

»Ich habe seinen madenverseuchten Kopf an deinen Hurenliebhaber zurückgeschickt, das habe ich mit ihm gemacht. Na komm schon, schnell!« herrschte er den nächsten Gardisten an, der nicht wußte, was er dem König in die ausgestreckte Hand drücken sollte. »Dein Schwert, Dummkopf!« forderte Gorfyddyd. Der Mann zog hastig sein Schwert aus der Scheide und reichte es dem König mit dem Griff nach vorn.

»Lord König.« Galahad trat vor, aber Gorfyddyd wirbelte die Klinge so geschickt herum, daß sie nur wenige Zoll vor Galahads Augen haltmachte.

»Seid vorsichtig mit Euren Worten, Galahad von Benoic«, grollte Gorfyddyd drohend.

»Ich bitte um Derfels Leben«, sagte Galahad. »Er ist nicht als Spion hergekommen, sondern als Botschafter des Friedens.«

»Ich will keinen Frieden!« schrie Gorfyddyd Galahad an. »Frieden kann mir keine Genugtuung geben! Ich will Arthur weinen sehen, wie meine Tochter einstmals geweint hat. Begreift Ihr das? Ich will seine Tränen sehen! Ich will, daß er mich anbettelt, wie sie mich angebettelt hat. Ich will, daß er vor mir kriecht, ich will, daß er stirbt und seine Hure meine Männer befriedigt. Kein Botschafter Arthurs ist hier willkommen, und Arthur ist das wohlbekannt! Und du hast das auch gewußt!« Die letzten Worte schrie er mir entgegen, während er das Schwert auf mein Gesicht richtete.

»Tötet ihn! Tötet ihn!« In seinem zerlumpten, bestickten Gewand sprang Tanaburs auf und ab, so daß die Knochen in seinem Haar klapperten wie getrocknete Bohnen in einem Topf.

»Wenn Ihr ihn anrührt, Gorfyddyd«, meldete sich eine neue Stimme in der Halle, »gehört Euer Leben mir. Ich werde es unter dem Dunghaufen von Caer Idion vergraben und die Hunde rufen, damit sie darauf pissen. Ich werde Eure Seele den Geistkindern überantworten, die kein Spielzeug haben. Ich werde Euch in der Finsternis festhalten, bis der letzte Tag vorüber ist, und dann werde ich auf Euch spucken, bis die nächste Ära einsetzt, und selbst dann, Lord König, werden Eure Qualen kaum erst begonnen haben.«

Ich spürte, wie mich die ängstliche Spannung schlagartig verließ. Nur ein einziger Mann konnte es wagen, so mit einem Großkönig zu sprechen. Das war Merlin. Merlin! Merlin, der nun mit hocherhobenem Kopf würdevoll den Mittelgang der Halle heraufgeschritten kam, Merlin, der an mir vorbeiging und mit einer Geste, die weitaus königlicher war als alles, was Gorfyddyd zustande brachte, das Schwert des Königs mit seinem schwarzen Stab beiseite stieß. Merlin, der auf Tanaburs zuging und ihm etwas ins Ohr flüsterte, das den geringeren Druiden schreiend aus der Halle fliehen ließ.

Es war Merlin, der sich verwandeln konnte wie kein zweiter. Er liebte die Verstellung, er liebte es, andere zu verwirren und zu täuschen. Er konnte barsch, boshaft, geduldig und hoheitsvoll sein, an jenem Tag aber hatte er sich dafür entschieden, in unverhohlener, eisiger Majestät aufzutreten. Auf seinem finsteren Gesicht zeigte sich kein Lächeln, keine Andeutung von Freude in seinen tiefen Augen – nichts als der Ausdruck einer so arroganten Autorität, daß die Männer in seiner unmittelbaren Nähe instinktiv auf die Knie sanken, und selbst König Gorfyddyd, der eben noch bereit gewesen war, mir das Schwert in den Hals zu stoßen, ließ die Klinge sinken. »Ihr sprecht für diesen Mann, Lord Merlin?« fragte Gorfyddyd.

»Seid Ihr taub, Gorfyddyd?« fuhr Merlin ihn an. »Derfel Cadarn wird weiterleben. Er wird Euer hochgeehrter Gast sein. Er wird von Eurem Tisch essen und von Eurem Wein trinken. Er wird in Euren Betten schlafen und, falls er es wünscht, Eure Sklavinnen nehmen. Derfel Cadarn und Galahad von Benoic stehen unter meinem Schutz.« Er wandte sich um und musterte die gesamte Halle, forderte die Männer heraus, ihm zu widersprechen. »Derfel Cadarn und Galahad von Benoic stehen unter meinem Schutz!« wiederholte er. Diesmal hob er seinen schwarzen Stab, und man spürte, wie die Krieger vor der Drohung zurückschreckten. »Ohne Derfel Cadarn und Galahad von Benoic«, fuhr Merlin fort, »wäre das geheime Wissen Britanniens verloren. Ohne sie wäre ich in Benoic gestorben, und ihr alle wärt dazu verdammt, Sklaven unter sächsischer Herrschaft zu werden.« Er wandte sich wieder an Gorfyddyd.

»Sie brauchen etwas zu essen. Und hör auf, mich anzustarren, Derfel«, setzte er hinzu, ohne mich auch nur anzusehen.

Ich hatte ihn mit ebensoviel Verwunderung wie Erleichterung angestarrt, aber ich fragte mich auch, was Merlin in dieser Zitadelle des Feindes zu suchen hatte. Gewiß, Druiden konnten reisen, wohin sie wollten, sogar ins Feindesland hinein, doch daß er gerade jetzt auf Caer Sws war, kam mir seltsam und sogar gefährlich vor, denn obwohl Gorfyddyds Männer durch die Gegenwart des Druiden eingeschüchtert waren, lehnten sie sein Eingreifen ab, und einige, die im hinteren Teil der Halle standen und sich in Sicherheit wähnten, verlangten, er solle sich um seine eigenen Angelegenheiten kümmern.

Sofort wandte sich Merlin ihnen zu. »Meine Angelegenheit«, sagte er mit leiser Stimme, die die spärlichen Proteste dennoch zum Schweigen brachte, »ist es, mich um eure Seelen zu kümmern, und wenn es mir gefällt, diese Seelen in Leid zu ertränken, werdet ihr wünschen, eure Mütter hätten euch niemals geboren, Toren!« Das letzte Wort spie er laut aus und bewegte dazu seinen Stab, was die Anwesenden veranlaßte, sich auf die Knie zu werfen. Keiner der Könige wagte einzugreifen, als Merlin den Stab schwenkte und einem der Schädel, die an einer Säule hingen, einen scharfen Stoß versetzte. »Ihr betet für den Sieg!« sagte Merlin. »Doch über wen? Über eure Landsleute, nicht über eure Feinde! Denn eure Feinde sind die Sachsen. Jahrelang haben wir unter der Herrschaft der Römer gelitten, doch schließlich hielten es die Götter für angebracht, das römische Gewürm zu entfernen. Und was tun wir? Wir bekämpfen uns gegenseitig und lassen zu, daß ein ganz neuer Feind unser Land erobert, unsere Frauen vergewaltigt und unser Getreide erntet. Also führt euren Krieg, ihr Toren, führt ihn und triumphiert, aber den Sieg werdet ihr dennoch nicht erringen.«

»Aber meine Tochter wird gerächt werden«, sagte Gorfyddyd hinter Merlin.

»Eure Tochter, Gorfyddyd«, sagte Merlin und wandte sich um, »wird sich für ihren Schmerz selbst rächen. Wollt Ihr, daß ich Euch ihr Schicksal vorhersage?« Er stellte die Frage in spöttischem Ton, beantwortete sie jedoch sachlich und in einem Ton, in dem seherisches Wissen mitschwang. »Sie wird niemals hoch aufsteigen und wird niemals tief absinken, aber sie wird glücklich sein. Ihre Seele, Gorfyddyd, ist gesegnet, und wenn Ihr auch nur den Verstand eines Flohs hättet, würdet Ihr Euch damit zufriedengeben.«

»Ich werde mich mit Arthurs Schädel zufriedengeben«, entgegnete Gorfyddyd trotzig.

»Dann geht und holt ihn Euch«, gab Merlin verächtlich zurück. Darauf ergriff er meinen Ellbogen. »Komm mit, Derfel, wir wollen die Gastfreundschaft des Feindes genießen.«

Unbekümmert führte er uns durch die Reihen der eisen- und lederbewehrten Feinde zur Halle hinaus. Die Krieger musterten uns grollend, konnten aber weder verhindern, daß wir den Raum verließen, noch, daß wir uns eine von Gorfyddyds Gästekammern nahmen, die Merlin offensichtlich schon benutzt hatte. »So«, begann er, »Tewdric will also Frieden?«

»Ja, Lord«, antwortete ich.

»Sieht Tewdric ähnlich. Weil er Christ ist, glaubt er, alles besser zu wissen als die Götter.«

»Und Ihr kennt den Willen der Götter, Lord?« erkundigte sich Galahad.

»Ich glaube, daß es den Göttern zuwider ist, wenn sie sich langweilen müssen, also gebe ich mir die größte Mühe, sie zu zerstreuen. Auf diese Weise lächeln sie auf mich herab. Euer Gott«, fuhr Merlin säuerlich fort, »verabscheut die Zerstreuung und verlangt statt dessen kriecherische Anbetung. Er muß eine sehr traurige Kreatur sein. Vermutlich ist er wie Gorfyddyd, ewig mißtrauisch und eifersüchtig auf seinen Ruf bedacht. Was für ein Glück für euch, daß ich zur Stelle war!« Plötzlich grinste er uns spitzbübisch an, und erst jetzt merkte ich, wie sehr er die öffentliche Demütigung genoß, die er Gorfyddyd zugefügt hatte. Merlins Ruf beruhte zum Teil auf seinen Auftritten; manche Druiden, wie etwa Iorweth, arbeiteten im stillen, andere, wie Tanaburs, verließen sich auf ihre finstere Verschlagenheit, Merlin aber dominierte und blendete gern, und einen ehrgeizigen König zu demütigen war für ihn nicht nur eine instinktive, sondern auch eine vergnügliche Handlungsweise.

»Ist Ceinwyn wirklich gesegnet?« fragte ich ihn.

Bei dieser unerwarteten Frage sah er mich verwundert an. »Was kümmert es dich? Aber sie ist ein hübsches Mädchen, und ich gestehe, daß ich eine Schwäche für hübsche Mädchen habe, also werde ich für sie einen Segenzauber wirken. Das habe ich für dich auch einmal getan, Derfel, allerdings nicht etwa, weil du hübsch bist.« Er lachte und schaute dann zum Fenster hinaus, um die Länge der Schatten zu beurteilen. »Ich muß mich bald aufmachen.«

»Was hat Euch hergeführt, Lord?« erkundigte sich Galahad.

»Ich mußte mit Iorweth reden«, antwortete Merlin und sah sich im Raum um, um sich zu vergewissern, daß er all seine Habseligkeiten beisammen hatte. »Er mag ein tolpatschiger Dummkopf sein, aber er verfügt über ein wenig Wissen, das mir vorübergehend entfallen ist. Vor allem im Zusammenhang mit dem Ring von Eluned hat sich sein Wissen als wertvoll erwiesen. Moment, ich muß ihn hier irgendwo haben.« Er klopfte alle Taschen ab, die ins Futter seines Gewandes genäht waren. »Nun, ich hatte ihn jedenfalls einmal«, sagte er gleichmütig, obwohl ich argwöhnte, daß diese Gleichmut nur vorgetäuscht war.

»Was ist der Ring von Eluned?« wollte Galahad wissen.

Merlin zog angesichts der Unwissenheit meines Freundes eine finstere Miene, dann beschloß er, es durchgehen zu lassen. »Der Ring von Eluned«, verkündete er bedeutungsschwer, »ist eines der dreizehn Kleinodien Britanniens. Gewußt haben wir natürlich immer von den Kleinodien – das heißt, wenigstens jene von uns, welche die wahren Götter anerkennen«, ergänzte er nachdrücklich und sah Galahad an, »aber keiner von uns wußte genau, worin ihre eigentliche Macht lag.«

»Und die Handschrift hat Euch das verraten?« fragte ich ihn.

Merlin grinste zufrieden. Seine langen weißen Haare wurden im Nacken ordentlich von einem schwarzen Band zusammengehalten, sein Bart war zu festen Zöpfchen geflochten. »Die Handschrift«, erklärte er, »hat alles bestätigt, was ich entweder ahnte oder wußte, und hat mich sogar ein oder zwei neue Dinge gelehrt. Ah, da ist er ja!« Er hatte nicht aufgehört, seine Taschen nach dem Ring zu durchsuchen, und zog ihn nun triumphierend hervor. Auf mich wirkte der Talisman wie ein ganz normaler Kriegerring aus Eisen, aber Merlin hielt ihn auf der Handfläche, als wäre er der größte Schatz Britanniens. »Der Ring von Eluned«, sagte Merlin, »geschmiedet in der Anderwelt zu Anbeginn aller Zeiten. Nichts weiter als ein Stück Metall, nichts Besonderes.« Er warf ihn mir zu, und ich fing ihn hastig auf. »Der Ring an sich«, fuhr Merlin fort, »besitzt keine Kraft. Keiner der Kleinodien besitzt für sich allein Kraft. Der Tarnumhang macht ebensowenig unsichtbar, wie das Horn von Bran Galed schöner klingt als jedes andere Jagdhorn. Übrigens, Derfel, hast du Nimue geholt?«

»Ja.«

»Gut gemacht. Ich hatte es mir schon gedacht. Interessanter Ort, diese Toteninsel. Findest du nicht? Ich gehe manchmal hin, wenn ich anregende Gesellschaft brauche. Wo war ich stehengeblieben? Ach ja, die Kleinodien. Recht wertloser Müll. Den Mantel von Padarn würdest du keinem Bettler anbieten, jedenfalls nicht, wenn du ein netter Mensch bist, und dennoch gehört er zu den Schätzen.«

»Welchen Nutzen haben sie dann überhaupt?« fragte Galahad. Er hatte sich den Ring von mir geben lassen und reichte ihn nun dem Druiden zurück.

»Sie beherrschen die Götter, natürlich«, fuhr Merlin ihn an, als läge die Antwort auf der Hand. »An sich sind sie wertloser Plunder, gibt man sie aber alle zusammen, kann man die Götter springen lassen wie die Frösche. Aber natürlich genügt es nicht, sie einfach alle zusammenzutragen«, berichtigte er sich hastig, »man muß noch das eine oder andere Ritual einhalten. Und wer weiß, ob das alles funktioniert? Soweit ich weiß, hat sich bisher noch niemand daran versucht. Geht es Nimue gut?« erkundigte er sich ernst bei mir.

»Jetzt ja.«

»Du klingst so vorwurfsvoll! Meinst du vielleicht, ich hätte sie holen sollen? Mein lieber Derfel, ich habe genug zu tun, auch ohne Britannien nach Nimue abzusuchen! Wenn das Mädchen nicht mit der Toteninsel fertig wird, welchen Nutzen hat sie dann überhaupt?«

»Sie hätte sterben können«, sagte ich anklagend und dachte an die Leichenfledderer und Kannibalen auf der Insel.

»Natürlich hätte sie das! Welchen Sinn hat eine Feuerprobe, wenn sie nicht gefährlich ist? Du hast wirklich kindische Vorstellungen, Derfel.« Mitleidig schüttelte Merlin den Kopf. Dann schob er den Ring auf einen seiner langen, knochigen Finger. Er sah uns so ernst an, daß wir beide voll Ehrfurcht auf irgendeine Manifestation übernatürlicher Kräfte warteten, aber nach ein paar unheilschwangeren Sekunden lachte Merlin über unsere feierlichen Mienen. »Ich hab's euch doch gesagt, die Kleinodien sind nichts Besonderes«, sagte er.

»Wie viele Kleinodien habt Ihr schon?« wollte Galahad wissen.

»Mehrere«, antwortete Merlin ausweichend, »doch selbst wenn ich zwölf der dreizehn besäße, hätte ich noch immer Probleme, solange ich nicht den dreizehnten fände. Und das, Derfel, ist das fehlende Kleinod. Der Kessel von Clyddno Eiddyn. Ohne den Kessel sind wir verloren.«

»Wir sind ohnehin verloren«, gab ich bitter zurück.

Merlin musterte mich, als wäre ich heute besonders dumm. »Der Krieg?« fragte er nach einer kleinen Pause. »Seid ihr deswegen hierhergekommen? Um Frieden zu erbitten? Wie töricht ihr doch beide seid! Gorfyddyd will keinen Frieden. Der Mann ist ein brutaler Kerl. Er hat das Hirn eines Ochsen, und eines nicht besonders klugen dazu. Er will Großkönig werden, und das bedeutet, daß er Dumnonia regieren muß.«

»Er will Mordred auf dem Thron lassen, sagt er«, warf Galahad ein.

»Natürlich sagt er das!« gab Merlin verächtlich zurück. »Was soll er sonst sagen? Aber sobald er das unglückliche Kind in der Hand hat, wird er ihm wie einem Küken den Hals umdrehen, und das wäre sogar wünschenswert.«

»Ihr wollt, daß Gorfyddyd siegt?« fragte ich entgeistert.

Er seufzte. »Derfel, Derfel«, sagte er, »du bist Arthur ja so ähnlich! Du glaubst, daß die Welt einfach ist, daß gut gut ist und schlecht schlecht, daß oben oben ist und unten unten. Du fragst, was ich will? Ich sage dir, was ich will. Ich will die dreizehn Kleinodien und werde sie dazu benutzen, die Götter nach Britannien zurückzuholen, und dann werde ich ihnen befehlen, Britannien in den gesegneten Zustand zurückzuversetzen, der hier herrschte, bevor die Römer kamen. Keine Christen mehr...« – dabei zeigte er mit dem Finger auf Galahad – »und auch keine Mithrasanbeter...« – dabei deutete er auf mich – »nur noch ein Volk der Götter im Land der Götter. Das, Derfel, ist es, was ich will.«

»Und was ist mit Arthur?« fragte ich ihn.

»Was soll mit ihm sein? Er ist ein Mann, er hat ein Schwert, er kann sich selbst helfen. Das Schicksal ist unerbittlich, Derfel. Wenn das Schicksal bestimmt hat, daß Arthur diesen Krieg gewinnen soll, dann ist es unwichtig, ob Gorfyddyd alle Heere der Welt gegen ihn mobilisiert. Wenn ich nichts Besseres zu tun hätte, würde ich, das muß ich gestehen, Arthur helfen, weil ich ihn mag, aber das Schicksal hat bestimmt, daß ich ein alter Mann sein soll, der immer schwächer wird und eine Blase wie ein undichter Wasserschlauch besitzt, also muß ich mit meinen schwindenden Kräften haushalten.« Er beschrieb seinen bedauernswerten Zustand mit kräftiger Stimme. »Selbst ich kann nicht alles auf einmal tun, Arthurs Kriege gewinnen, Nimues Geist heilen und die Kleinodien suchen. Gewiß, wenn sich herausstellt, daß es bei der Suche hilfreich ist, werde ich Arthurs Leben retten und zum Schlachtfeld kommen, soviel steht fest. Aber sonst?« Er zuckte die Achseln, als hätte der Krieg keine Bedeutung für ihn. Und das hatte er meiner Meinung nach auch nicht. Er wandte sich dem kleinen Fenster zu und starrte die drei Pfosten an, die auf dem Gelände errichtet worden waren. »Ihr werdet doch hoffentlich bleiben und euch die Rituale ansehen – oder?«

»Sollten wir?« gab ich zurück.

»Selbstverständlich solltet ihr – falls Gorfyddyd es euch erlaubt. Jede Erfahrung, und sei sie noch so häßlich, ist von Nutzen. Ich habe die Riten oft genug selbst vollzogen, deswegen bleibe ich nicht hier, um mich unterhalten zu lassen. Aber ihr werdet hier in Sicherheit sein. Wenn Gorfyddyd euch auch nur ein Härchen auf euren Dummköpfen krümmt, werde ich ihn in eine Schnecke verwandeln, aber jetzt muß ich wirklich gehen. Iorweth glaubt, daß es an der demetischen Grenze eine alte Frau gibt, die etwas Wichtiges weiß. Wenn sie noch lebt, natürlich, und ihr Gedächtnis nicht verloren hat. Ich hasse es, mit alten Weibern zu reden; sie sind so dankbar für etwas Gesellschaft, daß sie überhaupt nicht mehr aufhören zu plappern und auch niemals beim Thema bleiben. Was für Aussichten! Sag Nimue, daß ich mich darauf freue, sie wiederzusehen!« Damit war er zur Tür hinaus und überquerte den inneren Hof der Festung.

Am Nachmittag bezog sich der Himmel, und vor dem Abend noch setzte ein grauer, häßlicher Nieselregen das Fort unter Wasser. Der Druide Iorweth kam zu uns, um uns zu versichern, daß wir nicht in Gefahr seien, ließ aber taktvoll durchblicken, daß wir Gorfyddyds widerwillige Gastfreundschaft doch ziemlich stark strapazieren würden, wenn wir am abendlichen Festmahl teilnähmen, der letzten Zusammenkunft von Gorfyddyds Verbündeten und Häuptlingen, bevor die Männer von Caer Sws nach Süden aufbrachen, um sich in Branogenium mit dem Rest des Heeres zu vereinigen. Wir konnten Iorweth beruhigen: Wir hätten nicht den Wunsch, am Festmahl teilzunehmen, erklärten wir ihm. Der Druide dankte uns lächelnd; dann setzte er sich auf eine Bank neben der Tür. »Ihr seid Freunde von Merlin?« fragte er.

»Lord Derfel ist Merlins Freund«, antwortete Galahad.

Iorweth rieb sich müde die Augen. Er war alt und hatte ein freundliches, sanftes Gesicht und einen Kahlkopf mit der Andeutung einer Tonsur unmittelbar über den Ohren. »Ich kann mir nicht helfen«, sagte er, »aber ich habe den Eindruck, daß mein Bruder Merlin zuviel von den Göttern erwartet. Er glaubt, daß man die Welt erneuern und die Geschichte auslöschen kann wie einen Strich, den man auf dem Erdboden zieht. Aber das geht nicht.« Er kratzte sich eine Laus aus dem Bart und wandte sich an Galahad, der ein Kreuz um den Hals trug. Er schüttelte den Kopf. »Ich beneide Euren Christengott. Er ist drei und ist eins, er ist tot, und er lebt, er ist überall, und er ist nirgends, und er verlangt, daß ihr ihn anbetet, behauptet aber, daß außer ihm nichts einer Anbetung würdig sei. All diese Widersprüche bieten so viel Raum, daß der Mensch an alles oder nichts glauben kann; das ist bei unseren Göttern anders. Die sind wie Könige, launisch und mächtig, und wenn sie uns vergessen wollen, tun sie das einfach. Es spielt keine Rolle, woran wir glauben, wichtig ist nur, was *sie* wollen. Unsere Zaubersprüche funktionieren nur, wenn die Götter es erlauben. Merlin ist da natürlich anderer Ansicht. Er glaubt, wenn wir laut genug rufen, werden wir ihre Aufmerksamkeit schon erregen, aber was tut man mit einem Kind, das zu laut schreit?«

»Man schenkt ihm Aufmerksamkeit?« erwiderte ich fragend.

»Man schlägt es, Lord Derfel«, korrigierte mich Iorweth. »Man schlägt es, bis es endlich still ist. Und ich fürchte, Lord Merlin könnte zu lange zu laut schreien.« Er erhob sich und griff nach seinem Stab. »Ich bitte um Verzeihung, daß Ihr heute nicht mit den Kriegern speisen dürft, aber Prinzessin Helledd sagt, daß ihr herzlich willkommen seid, die Abendmahlzeit mit ihrer Familie einzunehmen.«

Helledd von Elmet war die Gemahlin von Cuneglas, und ihre Einladung war nicht unbedingt ein Kompliment. Tatsächlich hätte diese Einladung eine wohlüberlegte Beleidigung sein können, die Gorfyddyd sich ausgedacht hatte, um anzudeuten, wir seien höchstens geeignet, mit Frauen und Kindern zu speisen, aber Galahad antwortete, es sei uns eine Ehre, die Einladung anzunehmen.

Und dort, in Helledds kleiner Halle, saß Ceinwyn. Ich hatte sie wiedersehen wollen, hatte es mir gewünscht, seit Galahad den Vorschlag machte, eine Abordnung nach Powys zu schicken, und das war der Grund, warum ich mich so sehr darum bemüht hatte, ihn begleiten zu dürfen. Ich war nicht nach Caer Sws gekommen, um Frieden zu schließen, sondern um Ceinwyns Gesicht wiederzusehen, und nun, im flackernden Fackelschein von Helledds Halle, wurde mir dieser Wunsch endlich erfüllt.

Die Jahre hatten sie nicht verändert. Ihr Antlitz war genauso süß, ihr Verhalten genauso zurückhaltend, ihr Haar so leuchtend, ihr Lächeln so lieblich wie früher. Als wir den Raum betraten, beschäftigte sie sich mit einem Kleinkind, das sie mit Apfelstückchen zu füttern versuchte. Das Kind war Cuneglas' Sohn Perddel. »Ich hab' ihm gesagt, wenn er seinen Apfel nicht ißt, werden die bösen Dumnonier kommen und ihm alles wegnehmen«, erklärte sie lächelnd. »Ich glaube, er möchte mit Euch gehen, denn er will einfach nichts essen.«

Helledd von Elmet, Perddels Mutter, war eine hochgewachsene Frau mit schwerer Kinnpartie und blassen Augen. Sie hieß uns willkommen, befahl einer Dienerin, uns Met einzuschenken, und machte uns dann mit zwei ihrer Tanten bekannt, Tonwyn und Elsel, die uns mißbilligend musterten. Wir hatten offensichtlich ein Gespräch unterbrochen, das die beiden genossen, und die verärgerten Blicke der Tanten deuteten an, daß wir wieder gehen sollten, aber Helledd verhielt sich höflicher. »Kennt Ihr Prinzessin Ceinwyn?« fragte sie uns.

Galahad verneigte sich vor ihr und hockte sich zu Perddel. Er hatte Kinder gern, und diese hatten sofort Vertrauen zu ihm. Es war kaum ein Moment vergangen, da spielten die beiden Prinzen mit den Apfelstückchen, als wären es Füchse, während Perddels Mund der Fuchsbau war und Galahads Finger die Jagdhunde darstellten, die den Fuchs jagten. Im Nu waren die Apfelstückchen verschwunden. »Warum bin ich nicht darauf gekommen?« fragte Ceinwyn.

»Weil Ihr nicht von Galahads Mutter großgezogen wurdet, Lady«, antwortete ich, »die ihn zweifellos genauso gefüttert hat. Bis heute kann er nämlich nichts essen, solange nicht irgend jemand das Jagdhorn bläst.«

Sie lachte. Dann entdeckte sie die Brosche, die ich trug. Sie hielt den Atem an, wurde rot, und einen Moment lang glaubte ich, einen schweren Fehler begangen zu haben. Dann lächelte sie. »Sollte ich mich an Euch erinnern, Lord Derfel?«

»Nein, Lady. Ich war noch sehr jung.«

»Und Ihr habt sie behalten?« fragte sie, anscheinend verwundert, daß jemand ein Geschenk von ihr so sehr schätzte.

»Ich habe sie behalten, Lady, obwohl ich alles andere verloren habe.«

Prinzessin Helledd unterbrach uns, um sich zu erkundigen, welches Anliegen uns nach Caer Sws geführt habe. Ich bin überzeugt, daß sie es wußte, aber es war höchst diplomatisch von einer Prinzessin, so zu tun, als hätte sie mit den Beratungen der Männer nichts zu tun. Ich antwortete, wir seien hergeschickt worden, um herauszufinden, ob ein Krieg unabwendbar sei. »Und ist er das?« fragte die Prinzessin mit verständlicher Sorge, denn am nächsten Tag sollte ihr Gemahl dem Feind entgegen nach Süden ziehen.

»Leider, Lady«, antwortete ich, »hat es den Anschein.«

»Das ist alles Arthurs Schuld«, erklärte Prinzessin Helledd energisch, und ihre Tanten nickten nachdrücklich.

»Ich glaube, Arthur würde euch beipflichten, Lady«, sagte ich, »und er bedauert es sehr.«

»Warum kämpft er dann gegen uns?« verlangte Helledd neugierig zu wissen.

»Weil er geschworen hat, Mordred auf dem Thron zu halten, Lady.«

»Mein Schwiegervater würde Uthers Erben niemals entrechten«, behauptete Helledd heftig.

»Lord Derfel hätte heute vormittag bei dieser Diskussion beinah den Kopf verloren«, sagte Ceinwyn ein wenig boshaft.

»Lord Derfel«, mischte sich Galahad ein und sah von seiner Fuchsjagd auf, »behielt seinen Kopf, weil seine Götter ihn lieben.«

»Nicht die Euren, Lord Prinz?« fragte Helledd ihn scharf.

»Mein Gott liebt jeden Menschen, Lady.«

»Ihr meint, er macht keinen Unterschied?« Sie lachte.

Wir aßen Gans, Huhn, Hasen und Wild, und dazu wurde uns ein gräßlicher Wein kredenzt, der zu lange gelagert haben mußte, seit er nach Britannien gekommen war. Nach dem Mahl begaben wir uns auf kissenbedeckte Liegesofas und ließen uns von einer Harfenistin vorspielen. Die Liegesofas waren für die Halle einer Frau gedacht, und Galahad und ich fühlten uns beide nicht sehr wohl auf diesen niedrigen, weichen Lagerstätten, doch ich war trotzdem froh, denn ich hatte dafür gesorgt, daß ich das Sofa neben Ceinwyn bekam. Eine Zeitlang saß ich hoch aufgerichtet, dann aber stützte ich mich auf einen Ellbogen, damit ich mich leise mit ihr unterhalten konnte. Ich beglückwünschte sie zu ihrer Verlobung mit Gundleus.

Sie warf mir einen belustigen Blick zu. »Das klingt, als hätte ich einen Höfling neben mir«, sagte sie.

»Zuweilen bin ich gezwungen, ein Höfling zu sein, Lady. Wäre ich Euch als Krieger lieber?«

Sie lehnte sich auf einen Ellbogen zurück, damit wir plaudern konnten, ohne die Musik zu stören, und ihre Nähe gab mir das Gefühl, all meine Sinne trieben im Rauch dahin. »Mein Lord Gundleus«, antwortete sie leise, »hat meine Hand als Preis für die Teilnahme seiner Truppen an diesem bevorstehenden Krieg erbeten.«

»Dann sind seine Truppen, Lady«, gab ich zurück, »die wertvollsten von ganz Britannien.«

Sie lächelte nicht über mein Kompliment und wandte den Blick nicht von meinen Augen. »Stimmt es«, fragte sie sehr leise, »daß er Norwenna getötet hat?«

Die Direktheit ihrer Frage brachte mich in Verlegenheit. »Was sagt er denn, Lady?« fragte ich, statt ihr zu antworten.

»Er sagt...« – ihre Stimme wurde noch leiser, so daß ich kaum noch etwas verstehen konnte – »seine Männer wurden angegriffen, und sie starb in dem Durcheinander. Es sei ein Unfall gewesen, sagt er.«

Ich sah flüchtig zu dem jungen Mädchen hinüber, das die Harfe spielte. Die Tanten warfen uns wütende Blicke zu, Helledd jedoch schien sich an unserem Gespräch nicht zu stören. Galahad lauschte, einen Arm um den schlafenden Perdell gelegt, der Musik. »Ich war an jenem Tag auf dem Tor, Lady«, sagte ich, mich wieder Ceinwyn zuwendend.

»Und?«

Ich entschied, daß ihre Offenheit eine offene Antwort verdiene. »Sie kniete nieder, um ihn willkommen zu heißen, Lady«, sagte ich, »und er stieß ihr sein Schwert in die Kehle. Ich habe es mit eigenen Augen gesehen.«

Sekundenlang verhärtete sich ihre Miene. Das glimmende Fakkellicht rötete ihre bleiche Haut und legte weiche Schatten auf ihre Wangen und unter ihre Unterlippe. Sie trug ein kostbares Gewand aus blaßblauem Leinen, besetzt mit dem schwarz gefleckten, silbrigweißen Pelz eines Winterwiesels. Ein Silbertorques schmückte ihren Hals, in ihren Ohren blitzten silberne Ohrringe, und ich überlegte, wie gut das Silber zu ihrem hellglänzenden Haar passe. Sie stieß einen kleinen Seufzer aus. »Ich hatte gefürchtet, diese Wahrheit zu hören«, erklärte sie, »doch da ich eine Prinzessin bin, muß ich den Mann heiraten, der uns am meisten nützt, und nicht den, mit dem ich mich gern vermählen würde.« Eine Weile sah sie zu der Musikerin hinüber. Dann beugte sie sich wieder zu mir herüber. »Mein Vater behauptet«, sagte sie beunruhigt, »daß es in diesem Krieg um meine Ehre geht. Stimmt das?«

»Für ihn, Lady, ja. Obwohl ich Euch versichern kann, daß Arthur es sehr bedauert, Euch Unrecht zugefügt zu haben.«

Sie verzog ein wenig das Gesicht. Das Thema war offenbar schmerzlich für sie, aber sie konnte es nicht loslassen, denn Arthurs Ablehnung hatte Ceinwyns Leben weit tiefgreifender und trauriger verändert als das seine. Arthur war davongezogen, während sie zurückblieb, um voll Kummer um ihn zu trauern und schmerzliche Antworten zu suchen, die sie offensichtlich noch nicht gefunden hatte. »Versteht Ihr ihn?« fragte sie mich nach einer Weile.

»Damals habe ich ihn nicht verstanden, Lady«, antwortete ich. »Ich hielt ihn für töricht. Das taten wir alle.«

»Und jetzt?« wollte sie wissen, während sie mich mit ihren blauen Augen ansah.

Ich überlegte ein paar Sekunden. »Ich glaube, Lady, daß Arthur in seinem Leben ein einziges Mal ein Wahn überkam, den er nicht zu beherrschen vermochte.«

»Liebe?«

Ich sah sie an und redete mir ein, daß ich nicht in sie verliebt war und daß ihre Brosche ein Talisman sei, der mir rein zufällig in die Hand geraten war. Ich sagte mir, daß sie eine Prinzessin und ich der Sohn einer Sklavin sei. »Ja, Lady«, antwortete ich.

»Versteht Ihr diesen Wahn?« wollte sie wissen.

Für mich gab es nichts in diesem Raum außer Ceinwyn. Prinzessin Helledd, der schlafende Prinz, Galahad, die Tanten, die Harfenistin – keiner von ihnen existierte für mich, auch nicht die gewebten Wandbehänge und die bronzenen Fackelhalter. Ich war mir nur Ceinwyns großer, trauriger Augen und meines eigenen, pochenden Herzens bewußt.

»Ich verstehe, daß man einem Menschen in die Augen sieht«, hörte ich mich sagen, »und plötzlich weiß, daß man ohne ihn nicht mehr leben kann. Man hört die Stimme, bei der einem das Herz aussetzt, und spürt, daß das ganze Glück des Lebens in der Gegenwart des anderen liegt und daß die Abwesenheit des anderen die eigene Seele allein, verlassen und verloren zurückläßt.«

Eine Weile blieb sie still und sah mich nur mit leicht verwirrter Miene an. »Ist Euch das jemals selbst geschehen, Lord Derfel?« fragte sie mich schließlich.

Ich zögerte. Ich wußte, was meine Seele antworten wollte, und ich wußte, wie ich, meiner Stellung entsprechend, antworten sollte, dann aber sagte ich mir, daß Schüchternheit noch keinem Krieger geholfen hat, und ließ meiner Seele den Vortritt. »Niemals – bis zu diesem Augenblick, Lady«, antwortete ich. Und diese Erklärung kostete mich mehr Mut, als ich jemals gebraucht habe, um einen Schildwall zu durchbrechen.

Sie wandte augenblicklich den Kopf ab und richtete sich auf, und ich verfluchte mich dafür, daß ich sie mit meiner dummen Unbeholfenheit beleidigt hatte. Mit rotem Gesicht und vor Verlegenheit schmerzender Seele blieb ich auf meinem Sofa zurückgelehnt liegen, während Ceinwyn die Harfenistin belohnte, indem sie ein paar Silbermünzen auf den Teppich neben dem Instrument warf. Dann bat sie um das Lied von Rhiannon.

»Ich dachte, du hörst nicht zu, Ceinwyn«, sagte eine der Tanten spitz.

»Ich höre zu, Tonwyn, ich höre zu. Und alles, was ich höre, bereitet mir großes Vergnügen«, antwortete Ceinwyn, und ich fühlte mich plötzlich, wie ein Krieger sich fühlt, wenn der feindliche Schildwall zusammenbricht. Nur wagte ich ihren Worten nicht zu glauben. Ich wollte es, ich wagte es nicht – der Liebeswahn, der in einer wilden Sekunde von Verzückung in Verzweiflung umschlug.

Wieder setzte die Musik ein. Im Hintergrund ertönten rauhe Jubelrufe aus der großen Halle, wo die Krieger die bevorstehende Schlacht feierten. Mit immer noch hochrotem Gesicht lehnte ich mich ganz in die Kissen zurück und zerbrach mir den Kopf darüber, ob Ceinwyns letzte Worte sich auf unser Gespräch oder auf die Musik bezogen. Ceinwyn lehnte sich zurück und beugte sich weit zu mir herüber. »Ich will nicht, daß meinetwegen ein Krieg ausbricht«, sagte sie.

»Es scheint, daß es nicht mehr zu ändern ist, Lady.«

»Mein Bruder ist derselben Meinung wie ich.«

»In Powys regiert jedoch Euer Vater, Lady.«

»Das ist richtig«, antwortete sie. Sie zögerte, runzelte die Stirn und blickte schließlich zu mir auf. »Wenn Arthur siegt – wem wird er mich dann zur Frau geben wollen?«

Wieder überraschte mich die Offenheit ihrer Frage, aber ich gab ihr eine aufrichtige Antwort. »Er möchte, daß Ihr Königin von Siluria werdet, Lady.«

Beunruhigt sah sie mich an. »Als Gemahlin von Gundleus?«

»Als Gemahlin König Lancelots von Benoic, Lady«, berichtigte ich und gab damit Arthurs heimliche Hoffnung preis. Aufmerksam beobachtete ich ihre Reaktion.

Ceinwyn sah mir in die Augen und versuchte dabei offenbar zu erkennen, ob ich die Wahrheit gesprochen hatte. »Es heißt, daß

Lancelot ein großer Krieger sei«, sagte sie nach einer Weile, jedoch mit einem Mangel an Begeisterung, der mir das Herz wärmte.

»Das sagt man, Lady, ja.«

Wieder schwieg sie. Dann lehnte sie sich auf ihren Ellbogen zurück und beobachtete die Hände der Harfenistin, die geschickt über die Saiten flogen. Und ich beobachtete sie. »Richtet Arthur aus«, sagte sie nach einer Weile und ohne mich anzusehen, »daß ich keinen Groll gegen ihn hege. Und richtet ihm noch etwas aus.« Unvermittelt hielt sie inne.

»Ja, Lady?« ermunterte ich sie.

»Richtet ihm aus, wenn er siegt«, sagte sie, wandte sich zu mir um, streckte ihre schlanke Hand über den Zwischenraum zwischen unseren Sofas und berührte meine Hand, um mir zu zeigen, wie wichtig ihre Worte waren, »wenn er siegt«, wiederholte sie, »werde ich ihn um seinen Schutz bitten.«

»Ich werde es ihm ausrichten, Lady«, versicherte ich und machte mit übervollem Herzen eine winzige Pause. »Und den meinen schwöre ich Euch ebenfalls, in allen Ehren.«

Sie ließ ihren Finger auf meiner Hand ruhen – eine Berührung, so hauchzart wie der Atem des schlafenden Prinzen. »Es könnte sein, daß ich Euch beim Wort nehme, Lord Derfel«, sagte sie und sah mir tief in die Augen.

»Mein Eid gilt bis ans Ende aller Zeiten und darüber hinaus, Lady.«

Sie lächelte, zog ihre Hand zurück und richtete sich auf.

Als ich an jenem Abend das Bett aufsuchte, befand ich mich in einem Traumzustand aus Verwirrung, Hoffnung, Torheit, Besorgnis, Angst und Seligkeit. Denn genau wie Arthur hatte mich, als ich nach Caer Sws kam, unversehens der Blitzschlag der Liebe getroffen.

FÜNFTER TEIL

Der Schildwall

Dann war sie es also!« sagte Igraine vorwurfsvoll. »Es war Prinzessin Ceinwyn, die Euer Blut in Rauch verwandelte, Bruder Derfel!«

»Ja, Lady, so ist es«, gab ich zu, und ich gestehe, daß mir bei der Erinnerung an Ceinwyn Tränen in die Augen traten. Aber vielleicht ist es ja auch das Wetter, das meine Augen tränen läßt, denn der Herbst ist nach Dinnewrac gekommen, und ein kalter Wind stiehlt sich durch mein Fenster herein. Bald muß ich meine Geschichte unterbrechen, denn wir werden alle damit beschäftigt sein, die Vorräte für den Winter einzulagern und den Holzstapel aufzuschichten, den nicht zu verbrennen dem gesegneten heiligen Sansum gefallen wird, damit wir am Leiden unseres lieben Heilands teilhaben können.

»Kein Wunder, daß Ihr Lancelot so sehr haßt«, behauptete Igraine. »Ihr wart Rivalen. Wußte er, was Ihr für Ceinwyn empfandet?«

»Mit der Zeit«, antwortete ich, »ja.«

»Und was geschah?« fragte sie neugierig.

»Warum behandeln wir die Geschichte nicht in der richtigen Reihenfolge, Lady?«

»Weil ich nicht will, natürlich.«

»Nun, aber ich will es«, entgegnete ich, »und ich erzähle die Geschichte, nicht Ihr.«

»Wenn ich Euch nicht so gut leiden könnte, Bruder Derfel, würde ich Euch den Kopf abschneiden und Euren Leichnam den Hunden vorwerfen lassen.« Nachdenklich runzelte sie die Stirn. Sie sieht heute wirklich sehr hübsch aus, in ihrem mit Otterfell besetzten Umhang aus grauer Wolle. Sie ist nicht schwanger, also hat entweder der kleine Beutel mit Säuglingskot nicht gewirkt, oder Brochvael verbringt zuviel Zeit mit Nwylle. »In der Familie meines Gemahls wurde immer sehr viel über Großtante Ceinwyn geredet«, sagte sie, »aber niemand hat mir je richtig erklärt, um was es bei dem Skandal eigentlich ging.«

»Ich habe nie einen Menschen kennengelernt, Lady«, gab ich in strengem Ton zurück, »der weniger mit Skandalen zu tun gehabt hätte.«

»Ceinwyn hat sich nie vermählt«, wandte Igraine ein. »Soviel ist mir bekannt.«

»Ist das so skandalös?« fragte ich sie.

»Es wäre skandalös, wenn sie sich wie eine verheiratete Frau verhalten hätte«, erklärte Igraine indigniert. »Das predigt jedenfalls Eure Kirche. Unsere Kirche«, verbesserte sie sich hastig. »Also, was ist passiert? Erzählt!«

Ich zog den Ärmel meiner Kutte über den Armstumpf, denn dieser litt immer zuerst unter dem kalten Wind. »Ceinwyns Geschichte ist zu lang, um sie jetzt zu erzählen«, antwortete ich und weigerte mich trotz der hartnäckigen Forderungen meiner Königin, ein einziges Wort hinzuzusetzen.

»Hat Merlin denn nun den Kessel gefunden?« erkundigte Igraine sich statt dessen.

»Dazu kommen wir, wenn es soweit ist«, erwiderte ich.

Sie hob die Hände. »Ihr macht mich rasend, Derfel! Wenn ich mich wie eine richtige Königin verhielte, würde ich jetzt wirklich Euren Kopf verlangen.«

»Und wenn ich etwas anderes wäre als ein uralter, schwächlicher Mönch, Lady, würde ich ihn Euch von Herzen gern geben.«

Sie lachte und wandte sich um, um aus dem Fenster zu sehen. Die Blätter der kleinen Eichen, die Bruder Maelgwyn gepflanzt hatte, um den Wind abzuhalten, sind vorzeitig braun geworden, und die Wälder in der Talmulde unter uns strotzen von Beeren: beides Anzeichen für einen harten Winter. Sagramor erzählte mir einmal, daß es Orte gäbe, wo es nie Winter wird und die wärmende Sonne das ganze Jahr über scheint, aber vielleicht war das genauso eine Ausgeburt seiner Phantasie wie die Kaninchen. Früher hatte ich gehofft, der Himmel der Christen wäre ein warmer Ort, der heilige Sansum aber behauptet, es müsse kalt im Himmel sein, weil die

Hölle heiß ist, und ich vermute, daß der Heilige recht hat. Es gibt so wenig, worauf man sich freuen kann. Igraine erschauerte und wandte sich zu mir zurück. »Niemand hat mir je eine Lugnasalaube gebaut«, sagte sie schließlich wehmütig.

»Aber natürlich habt Ihr Lauben bekommen!« widersprach ich. »Jedes Jahr eine.«

»Aber das ist die Laube für den ganzen Caer. Die werden von den Sklaven gebaut, weil die das tun müssen, und natürlich setze ich mich da hinein, aber das ist nicht dasselbe wie eine Laube, die ein junger Mann seinem Mädchen aus Fingerhut und Weidenzweigen macht. War Merlin böse, weil Ihr und Nimue euch geliebt habt?«

»Ich hätte Euch das nicht erzählen dürfen«, sagte ich. »Falls er es wußte, so hat er nie ein Wort darüber verloren. Es hätte für ihn auch keine Rolle gespielt. Er war nicht eifersüchtig.« Nicht wie wir anderen. Nicht wie Arthur, nicht wie ich. Wieviel Blutvergießen hat es durch Eifersucht auf unserer Erde gegeben! Und was spielt das am Ende unsres Lebens noch für eine Rolle? Wir werden alt, und die Jungen starren uns an, vermögen aber nicht zu sehen, daß wir aus Liebe einstmals ein Königreich zum Klingen gebracht haben.

Igraine setzte wieder ihre mutwillige Miene auf. »Gorfyddyd hat Guinevere als Hure bezeichnet, sagt Ihr. War sie eine?«

»Ihr solltet dieses Wort nicht in den Mund nehmen.«

»Na schön, war Guinevere das, was Gorfyddyd von ihr behauptete, das, was ich nicht aussprechen darf, um Eure unschuldigen Ohren nicht zu beleidigen?«

»Nein«, sagte ich, »das war sie nicht.«

»Aber war sie Arthur treu?«

»Wartet ab«, sagte ich.

Sie streckte mir die Zunge raus. »Ist Lancelot ein Mithrasjünger geworden?«

»Wartet ab«, sagte ich.

»Ich hasse Euch!«

»Und ich bin Euer untertänigster Diener, meine liebe Lady«, gab ich zurück, »aber ich bin auch müde, und bei dieser Kälte klumpt die Tinte. Ich werde den Rest der Geschichte bestimmt noch aufschreiben, das verspreche ich Euch.«

»Falls Sansum das zuläßt«, wandte Igraine ein.

»Das wird er«, antwortete ich. Der Heilige ist in letzter Zeit weit glücklicher als sonst, was unserem letzten Novizen zu verdanken ist, der kein Novize mehr ist, sondern ein geweihter Priester und Mönch sowie, behauptet Sansum, bereits ein Heiliger wie er selbst. Sankt Tudwal müssen wir ihn jetzt nennen. Die beiden Heiligen teilen sich eine Zelle und preisen gemeinsam unseren Herrn. Das einzige,was mir an dieser gesegneten Partnerschaft nicht gefällt, ist die Tatsache, daß der heilige Tudwal, inzwischen zwölf Jahre alt, wieder einmal den Versuch unternimmt, lesen zu lernen. Sächsisch spricht er natürlich nicht, aber auch so macht mir die Frage angst, wieviel er von meinen Schriften entziffern können wird. Doch diese Angst muß warten, bis der heilige Tudwal sein Abc beherrscht – falls er es überhaupt jemals lernen wird –, und so werde ich vorerst, falls es Gottes Wille ist und um die ungeduldige Neugier meiner wunderschönen Königin Igraine zu befriedigen, mit dieser Erzählung von Arthur fortfahren, meinem lieben, verlorenen Lord, meinem Freund und meinem Kriegsherrn.

Mir fiel nichts auf am folgenden Tag. Mit Galahad stand ich als unwillkommener Gast meines Feindes Gorfyddyd dabei, als Iorweth den Göttern das Opfer darbrachte, aber der Druide hätte von mir aus Pusteblumensamen in die Luft blasen können, so wenig Notiz nahm ich von den Zeremonien. Sie töteten einen Stier, fesselten drei Gefangene an die drei Pfosten und erdrosselten sie, dann deuteten sie die Vorzeichen für den Krieg, indem sie einem vierten Gefangenen einen Spieß in den Bauch rammten. Während sie um die Toten herumtanzten, sangen sie den Schlachtgesang von Maponos, dann tauchten Könige, Fürsten und Häuptlinge ihre Speerspitzen ins Blut der Toten, um anschließend das Blut von den Klingen zu lecken und es sich auf die Wangen zu schmieren. Galahad bekreuzigte sich, während ich von Ceinwyn träumte. Sie nahm nicht an den Zeremonien teil. Das tat keine einzige Frau. Die Aussichten, berichtete mir Galahad, stünden für Gorfyddyd günstig, aber das war mir gleichgültig. Ich erinnerte mich selig an die silbrig-leichte Berührung von Ceinwyns Fingern auf meiner Hand.

Man brachte unsere Pferde, Waffen und Schilde, und Gorfyddyd begleitete uns persönlich zum Tor von Caer Sws. Cuneglas, sein

Sohn, kam ebenfalls mit. Er mochte das durchaus als höfliche Geste gemeint haben, Gorfyddyd dagegen hatte keine derartigen Feinheiten im Sinn. »Sagt eurem Hurenbock«, verlangte der König, dessen Wangen noch mit Blut beschmiert waren, »daß der Krieg nur durch eins vermieden werden kann: Sagt Arthur, wenn er sich im Lugg Vale meinem Richterspruch unterwirft, werde ich den Makel auf der Ehre meiner Tochter als gelöscht betrachten.«

»Ich werde es ihm ausrichten, Lord König«, antwortete Galahad.

»Ist Arthur immer noch bartlos?« erkundigte sich Gorfyddyd in einem Ton, der die Frage wie eine Beleidigung klingen ließ.

»Das ist er, Lord König«, antwortete Galahad.

»Dann kann ich aus seinem Bart keine Gefangenenleine flechten«, grollte Gorfyddyd. »Also sagt ihm, er soll seiner Hure die roten Haare abschneiden, bevor er kommt, und sie zu einer Leine für sich flechten lassen.« Gorfyddyd schien es zu genießen, derartige Demütigungen von seinen Feinden zu verlangen, Prinz Cuneglas' Miene jedoch verriet, daß ihm die Grobheit seines Vaters äußerst peinlich war. »Sagt ihm das, Galahad von Benoic«, fuhr Gorfyddyd fort, »und sagt ihm auch, wenn er mir gehorcht, wird seine geschorene Hure frei ausgehen, solange sie Britannien verläßt.«

»Prinzessin Guinevere wird frei ausgehen«, wiederholte Galahad das Angebot.

»Die Hure!« brüllte Gorfyddyd. »Ich muß es wissen, ich habe oft genug bei ihr gelegen. Sagt Arthur das!« Er spie Galahad seine Forderung regelrecht ins Gesicht. »Sagt ihm, sie sei bereitwillig in mein Bett gekommen – und in andere Betten auch!«

»Ich werde es ihm ausrichten«, log Galahad, um den Schwall der bitteren Worte einzudämmen. »Und was, Lord König«, fuhr Galahad dann fort, »geschieht mit Mordred?«

»Ohne Arthur«, antwortete Gorfyddyd, »wird Mordred einen neuen Protektor brauchen. Für Mordreds Zukunft werde ich selbst die Verantwortung übernehmen. Und nun geht.«

Wir verneigten uns, saßen auf und ritten davon. Einmal wandte ich mich in der Hoffnung, Ceinwyn zu sehen, noch zurück, doch auf den Wällen von Caer Sws waren nur Männer auszumachen. Die Unterstände rings um die Festung wurden inzwischen abgerissen, weil sich die Männer für den Marsch nach Branogenium bereit machten. Sie würden den direkten Weg nehmen, wir aber hatten versprochen, diese Straße nicht zu benutzen, sondern einen Umweg über Caer Lud zu nehmen, damit wir Gorfyddyds versammelte Heerscharen nicht ausspionieren konnten.

Während wir ostwärts ritten, machte Galahad ein grimmiges Gesicht, ich aber konnte meine Glückseligkeit nicht unterdrücken und begann, sobald wir die wimmelnden Kriegslager hinter uns ließen, das Lied von Rhiannon zu singen.

»Was ist los mit dir?« fragte mich Galahad gereizt.

»Nichts. Nichts! Nichts! Nichts!« rief ich laut vor Freude und schlug meinem Pferd die Fersen in die Flanken, daß es auf dem grünen Weg einen Satz machte und ich in einem Brennesselgebüsch landete. »Gar nichts«, wiederholte ich, als Galahad mir das Pferd zurückbrachte. »Ganz und gar nichts.«

»Du bist wahnsinnig, mein Freund.«

»Da hast du recht«, gab ich zu und kletterte mühsam wieder auf mein Roß. Ich war tatsächlich wahnsinnig, doch da ich meinem Freund den Grund für diesen Wahnsinn nicht mitteilen wollte, versuchte ich eine Zeitlang, mich vernünftig zu verhalten. »Was werden wir Arthur ausrichten?« fragte ich ihn.

»Was Guinevere betrifft, gar nichts«, entschied Galahad energisch. »Außerdem hat Gorfyddyd gelogen. Großer Gott! Wie kann er nur solche Lügen über Guinevere verbreiten!«

»Um uns zu provozieren, natürlich«, antwortete ich. »Aber was sagen wir Arthur wegen Mordred?«

»Die Wahrheit. Daß Mordred nicht gefährdet ist.«

»Aber wenn Gorfyddyd bei Guinevere gelogen hat«, wandte ich ein, »warum sollte er nicht auch bei Mordred lügen? Außerdem hat Merlin ihm nicht geglaubt.«

»Wir wurden nicht ausgesandt, um Merlins Antwort einzuholen«, sagte Galahad.

»Wir wurden ausgesandt, die Wahrheit herauszufinden, mein Freund, und ich behaupte, daß Merlin die Wahrheit gesprochen hat.«

»Aber Tewdric«, gab Galahad zurück, »wird Gorfyddyd glauben.«

»Und das bedeutet, daß Arthur verloren hat«, stellte ich trübsinnig fest. Aber ich wollte jetzt nicht über Niederlagen reden, deswegen fragte ich Galahad, was er von Ceinwyn halte. Wieder überließ ich mich meinem Liebeswahn und wollte unbedingt hören, wie Galahad sie pries und erklärte, sie sei das schönste Wesen, das je zwischen Meeren und Bergen einhergewandelt sei, aber er zuckte nur die Achseln. »Ein nettes kleines Ding«, sagte er achtlos, »und ziemlich hübsch, wenn man diese zarten Mädchen mag.« Nachdenklich hielt er inne. »Sie wird Lancelot gefallen«, fuhr er dann fort. »Arthur will, daß die beiden sich vermählen, wußtest du das? Obwohl ich jetzt kaum noch glaube, daß es soweit kommen wird. Wie ich es sehe, ist Gundleus' Thron gesichert, und Lancelot wird sich anderswo eine Gemahlin suchen müssen.«

Von nun an verlor ich kein Wort mehr über Ceinwyn. Wir ritten auf demselben Weg zurück, den wir gekommen waren, und erreichten Magnis am zweiten Abend. Wie Galahad vorausgesagt hatte, setzte Tewdric auf Gorfyddyds Zusicherungen, während Arthur es vorzog, Merlin zu glauben. Gorfyddyd hatte uns, wie ich feststellte, benutzt, um Tewdric und Arthur zu entzweien, und mir schien, daß Gorfyddyd das gelungen war, denn als wir hörten, wie die beiden Männer in Tewdrics Quartier haderten, wurde klar, daß der König von Gwent sich kaum für den bevorstehenden Krieg erwärmen konnte. Galahad und ich ließen die beiden Streitenden allein, um einen Spaziergang auf den Befestigungsanlagen von Magnis zu machen, die aus einem großen, von einer stabilen Palisade gekrönten Erdwall bestanden, um den sich ein wassergefüllter Graben zog.

»Tewdric wird den Streit gewinnen«, sagte Galahad bedrückt. »Weil er kein Vertrauen zu Arthur hat, verstehst du?«

»Hat er doch!« protestierte ich.

Galahad schüttelte den Kopf. »Er weiß, daß Arthur ein ehrlicher Mann ist«, räumte er ein, »aber Arthur ist auch ein Abenteurer. Er ist landlos, hast du je daran gedacht? Er verteidigt seinen Ruf, nicht seinen Besitz. Er nimmt seinen Rang nur wegen Mordreds Alter ein, nicht auf Grund seiner eigenen Geburt. Wenn Arthur Erfolg haben will, muß er kühner sein als andere Männer, Kühnheit aber ist etwas, was Tewdric im Augenblick nicht wünscht. Er will Sicherheit. Er wird Gorfyddyds Angebot annehmen.« Eine Zeitlang versank er in Schweigen. »Vielleicht ist es unser Schicksal, umherziehende Krieger zu sein«, fuhr er dann schwermütig fort, »ohne Land, und durch immer neue Feinde immer weiter zum Westmeer zurückgedrängt.«

Ich erschauerte und zog meinen Mantel fester um mich. Der Abendhimmel bezog sich, und der Westwind trug eine kühle Vorankündigung von Regen herbei. »Willst du sagen, daß Tewdric uns im Stich lassen wird?«

»Das hat er schon getan«, entgegnete Galahad offen. »Sein einziges Problem besteht jetzt nur noch darin, Arthur möglichst elegant loszuwerden. Tewdric hat zuviel zu verlieren und will keine weiteren Risiken eingehen, Arthur dagegen hat nichts zu verlieren als seine Hoffnungen.«

»He, ihr zwei!« rief eine laute Stimme hinter uns, und als wir uns umwandten, sahen wie Culhwch, der uns auf dem Wall entgegeneilte. »Arthur braucht euch.«

»Weswegen?« fragte Galahad.

»Was meint Ihr wohl, Lord Prinz? Daß es ihm an Wurfbrettspielern mangelt?« Culhwch grinste. »Mag ja sein, daß diese Bastarde...« – er zeigte zur Festung hinüber, in der sich Tewdrics sauber uniformierte Männer drängten – »keinen Mumm zum Kämpfen haben, aber wir sind da anders. Ich nehme an, daß wir den Angriff allein unternehmen werden.« Als er unsere Überraschung sah, lachte er laut auf. »Ihr habt gehört, was Lord Agricola neulich abends gesagt hat. Mit zweihundert Mann kann man Lugg Vale gegen ein ganzes Heer halten. Also! Wir haben zweihundert Speerkämpfer, und Gorfyddyd verfügt über ein Heer – wozu brauchen wir da noch Leute aus Gwent? Es wird Zeit, die Raben zu füttern!«

Die ersten Regentropfen fielen zischend in die Schmiedefeuer, und es sah aus, als würden wir bald zu Felde ziehen.

Zuweilen denke ich, daß dies Arthurs mutigste Entscheidung war. Er hat, weiß Gott, in ähnlich verzweifelten Situationen andere Entscheidungen getroffen, doch niemals war Arthur schwächer als an jenem regnerischen Abend in Magnis, an dem Tewdric beharrlich die Befehle ausarbeitete, die seine Vorposten in Erwartung eines Waffenstillstands zwischen Gwent und den Feinden zu den römischen Wällen zurückbeordern würden.

Fünf von uns rief Arthur in einem Soldatenhaus dicht neben jenen Wällen zusammen. Der Regen trommelte aufs Dach, während darunter ein Holzfeuer rauchte, das uns mit unheimlichem Glühen beleuchtete. Sagramor, Arthurs verläßlichster Befehlshaber, saß neben Morfans auf der schmalen Bank der Hütte, Culhwch, Galahad und ich hockten auf dem Boden, und Arthur sprach.

Prinz Meurig, räumte Arthur ein, habe eine unangenehme Wahrheit ausgesprochen, denn er sei tatsächlich schuld an diesem Krieg. Hätte er Ceinwyn nicht verschmäht, gäbe es keine Feindschaft zwischen Powys und Dumnonia. Gwent sei in die Auseinandersetzung verwickelt, weil es Powys' ältester Feind und Dumnonias traditioneller Freund sei, aber es liege nicht in Gwents Interesse, den Krieg fortzusetzen. »Wäre ich nicht nach Britannien gekommen«, erklärte Arthur, »müßte König Tewdric jetzt nicht der Möglichkeit ins Auge sehen, daß sein Land erobert wird. Dieser Krieg ist mein Krieg – ich habe ihn begonnen, also muß ich ihn auch beenden.« Er hielt inne. Er war ein sehr emotionaler Mensch, und im Moment übermannten ihn seine Gefühle. »Ich werde morgen ins Lugg Vale ziehen«, sagte er schließlich, und eine schreckliche Sekunde lang glaubte ich, er wolle sich Gorfyddyds gräßlicher Rache ausliefern, dann aber zeigte uns Arthur sein offenes, herzliches Lächeln. »Und es würde mich freuen, wenn ihr alle mit mir kämt, aber ich habe nicht das Recht, so etwas von euch zu verlangen.«

Eine Zeitlang herrschte Schweigen. Vermutlich dachten wir alle daran, daß uns der Kampf in jenem Tal schon ziemlich riskant erschienen war, als die vereinten Heere von Gwent und Dumnonia dort eingesetzt werden sollten – wie sollten wir ihn da mit Dumnonias Männern allein gewinnen? »Ihr habt das Recht, zu verlangen, daß wir mitkommen«, brach Culhwch das Schweigen, »denn wir haben den Eid geschworen, Euch zu dienen.«

»Ich entbinde euch von diesem Eid«, verkündete Arthur, »und bitte nur darum, daß ihr, solltet ihr am Leben bleiben, mein Versprechen erfüllt und dafür sorgt, daß Mordred zu unserem König heranwächst.«

Wieder herrschte Stille. Ich glaube, keiner von uns wankte in seiner Loyalität, aber wir wußten nicht, wie wir es ausdrücken sollten – bis Galahad das Wort ergriff. »Ich habe Euch keinen Eid geschworen«, wandte er sich an Arthur, »aber ich tue es jetzt. Wo Ihr kämpft, Lord, werde ich kämpfen, und wer Euer Feind ist, der ist der meine, und wer Euer Freund ist, der ist auch der meine. Das schwöre ich beim heiligen Blut Jesu Christi.« Er beugte sich vor, ergriff Arthurs Hand und küßte sie. »Möge mein Leben verwirkt sein, wenn ich diesen Eid breche.«

»Es braucht zwei, um einen Eid zu leisten«, erklärte Culhwch. »Ihr könnt mich aus dem Eid entlassen, Lord, aber ich selbst entlasse mich nicht daraus.«

»Ich auch nicht, Lord«, setzte ich hinzu.

Sagramor zog eine gelangweilte Miene. »Ich bin Euer Mann«, sagte er zu Arthur, »und nur der Eure.«

»Zum Teufel mit dem Eid«, rief der häßliche Morfans, »ich will endlich kämpfen!«

Arthur hatte Tränen in den Augen. Eine Zeitlang konnte er nicht sprechen, deshalb beschäftigte er sich damit, ein Holzscheit ins Feuer zu stoßen, bis es ihm gelungen war, die Wärme zu halbieren und den Rauch zu verdoppeln. »Eure Männer sind nicht durch einen Eid gebunden«, sagte er mit erstickter Stimme, »und ich will morgen im Lugg Vale keinen, der nicht freiwillig mitkommt.«

»Warum morgen?« fragte Culhwch. »Warum nicht übermorgen? Je mehr Zeit für Vorbereitungen wir haben, desto besser, oder?«

Arthur schüttelte den Kopf. »Und wenn wir ein ganzes Jahr warteten – wir würden nicht besser vorbereitet sein. Außerdem werden Gorfyddyds Spione bereits mit der Nachricht nach Norden laufen, daß Tewdric Gorfyddyds Bedingungen akzeptiert; deswegen müssen wir angreifen, bevor ebendiese Spione entdecken, daß wir Dumnonier uns nicht zurückgezogen haben.« Er sah mich an. »Ihr werdet zuerst angreifen, Lord Derfel, deswegen müßt Ihr noch heute abend Eure Männer erreichen und mit ihnen sprechen, und wenn sie nicht wollen, dann soll's eben so sein, doch wenn sie wollen, kann Morfans Euch erklären, was Ihr zu tun habt.«

Morfans hatte die ganze feindliche Kampflinie abgeritten und sich in Arthurs Rüstung gezeigt, zugleich aber die feindlichen Stellungen ausgekundschaftet. Jetzt nahm er eine Handvoll Körner aus einem Topf und häufte sie auf seinen ausgebreiteten Mantel um ein grobes Modell des Lugg Vale zu machen. »Es ist kein langes Tal«, erklärte er, »aber die Wände sind steil. Die Barrikade liegt hier, am südlichen Ende.« Er zeigte auf einen Punkt innerhalb des Talmodells. »Sie haben Bäume gefällt und einen Zaun errichtet. Er ist groß genug, um ein Pferd aufzuhalten, mit ein paar Mann jedoch kann man die Baumstämme sehr schnell beiseite räumen. Der Schwachpunkt liegt hier.« Er deutete auf die westliche Anhöhe. »Am Nordende des Tals fällt der Hügel steil ab, dort aber, wo sie die Barrikade errichtet haben, kann man den Hang leicht hinablaufen. Klettert den Hügel im Dunkeln hinauf, dann könnt ihr im Morgengrauen von oben angreifen und die Baumbarrikade entfernen, während sie noch mit dem Aufwachen beschäftigt sind. Danach können die Pferde durchbrechen.« Bei der Aussicht, den Feind zu überraschen, grinste er breit.

»Eure Männer sind an Nachtmärsche gewöhnt«, wandte sich Arthur wieder an mich. »Also werdet Ihr morgen bei Tagesanbruch die Barrikade stürmen und beseitigen und anschließend das Tal so lange halten, bis unsere Pferde eintreffen. Nach den Pferden werden unsere Speerkämpfer kommen. Sagramor wird die Speerkämpfer im Tal befehligen, während ich mit fünfzig Reitern Branogenium angreifen werde.« Sagramor reagierte kaum auf diese Erklärung, durch die ihm der Befehl über den größten Teil von Arthurs Heer übertragen wurde.

Wir anderen vermochten unser Erstaunen nicht zu verbergen – nicht über Sagramors Ernennung, sondern über Arthurs Taktik. »Fünfzig Reiter sollen Gorfyddyds gesamtes Heer angreifen?« fragte Galahad zweifelnd.

»Wir werden Branogenium nicht erobern«, gestand Arthur ein, »möglicherweise kommen wir der Stadt nicht einmal nahe, aber wir werden Gorfyddyds Männer dazu bringen, uns zu verfolgen, und das wird sie zum Tal hinunterführen. Sagramor wird die Verfolgung am Nordende des Tals aufhalten, dort, wo die Straße durch eine Furt den Fluß überquert, und sich zurückziehen, sobald sie angreifen.« Er sah uns der Reihe nach an, um sich zu vergewissern, daß wir seine Anweisungen verstanden hatten. »Zurückziehen«, wiederholte er, »immer weiter zurückziehen. Sie sollen denken, daß sie siegen! Und wenn ihr sie tief genug ins Tal gelockt habt, werde ich angreifen.«

»Von wo aus?« wollte ich wissen.

»Von hinten natürlich!« Angespornt von der Aussicht auf eine Schlacht, hatte Arthur seine ganze Begeisterung zurückgewonnen. »Wenn meine Reiter vor Branogenium zurückweichen, werden wir uns nicht ins Tal zurückziehen, sondern uns draußen vor dem Nordende verstecken. Die ganze Gegend ist dicht bewaldet. Und wenn Ihr den Feind hereingelockt habt, werde ich ihm in den Rücken fallen.«

Sagramor starrte auf die Körnerhäufchen. »Die Schwarzschild-Iren auf Coel's Hill«, wandte er in seinem gräßlichen Akzent ein, »könnten zur Südseite der Hügel marschieren und uns von hinten packen.« Um uns zu zeigen, was er meinte, schob er seinen Finger durch die verstreuten Körner am Südende des Tals. Die Iren waren, wie wir alle wußten, die furchterregenden Krieger von Oengus Mac Airem, König von Demetia. Sie waren unsere Verbündeten gewesen, bis Gorfyddyd ihre Loyalität mit Hilfe von Gold umgekehrt hatte. »Ihr wollt, daß wir vorn ein Heer in Schach halten, während uns die Schwarzschilde im Nacken sitzen?« fragte Sagramor.

»Nun seht ihr«, gab Arthur lächelnd zurück, »warum ich euch anbiete, euch aus eurem Eid zu entlassen. Sobald Tewdric weiß, daß wir im Kampf liegen, wird er kommen. Im Verlauf des Tags, Sagramor, werdet Ihr feststellen, daß Euer Schildwall mit jeder Minute stärker wird. Tewdrics Männer werden den Feind vom Coels Hügel bekämpfen.«

»Und wenn sie das nicht tun?« fragte Sagramor.

»Werden wir vermutlich verlieren«, gab Arthur gelassen zu. »Aber durch meinen Tod wird Gorfyddyd zum Sieg und Tewdric zu seinem Frieden kommen. Mein Kopf wird als Hochzeitsgeschenk an Ceinwyn geschickt werden, und ihr, meine Freunde, werdet in der Anderwelt tafeln, wo ihr, wie ich hoffe, für mich einen Platz freihalten werdet.«

Abermals herrschte Schweigen. Arthur schien überzeugt zu sein, daß Tewdric mitkämpfen werde, wir dagegen hegten da gewisse Zweifel. Mir kam es wahrscheinlicher vor, daß Tewdric es vorziehen werde, Arthur mit seinen Männern im Lugg Vale umkommen zu lassen und sich auf diese Weise aus einem unbequemen Bündnis zu lösen, aber ich sagte mir auch, daß diese hohe Politik nicht meine Sache sei. Meine Aufgabe war es, den folgenden Tag zu überleben, und als ich Morfans' provisorisches Schlachtfeldmodell betrachtete, machte ich mir Gedanken über den westlichen Hügel, dessen Hang uns unser Angriff bei Morgengrauen hinabführen sollte. »Sie werden unseren Schildwall umgehen«, gab ich zu bedenken.

Arthur schüttelte den Kopf. »Am Nordende des Tals ist der Hügel so steil, daß ihn ein Mann in schwerer Rüstung nicht erklimmen kann. Schlimmstenfalls werden sie ihre Landwehr dorthin schicken, und das bedeutet Bogenschützen. Wenn Ihr Männer entbehren könnt, Derfel, postiert dort eine Handvoll, ansonsten aber betet, daß Tewdric möglichst schnell erscheint. Zu welchem Ende Ihr«, sagte er, an Galahad gewandt, »so ungern ich Euch auch bitte, dem Schildwall fernzubleiben, Lord Prinz, mir morgen von größtem Nutzen wärt, wenn Ihr als mein Botschafter zu König Tewdric reiten würdet. Ihr seid ein Prinz, Ihr sprecht mit Autorität, und besser als jeder andere könnt Ihr ihn überreden, sich den Sieg zunutze zu machen, den ich ihm durch meinen Ungehorsam zu Füßen zu legen gedenke.«

Galahads Miene war besorgt. »Ich würde lieber kämpfen, Lord.«

»Letzten Endes...« – Arthur lächelte – »würde ich lieber siegen als unterliegen. Dafür aber ist es notwendig, daß Tewdrics Männer vor Tagesende kommen, und Ihr, Lord Prinz, seid der einzig akzeptable Bote, den ich einem zutiefst besorgten König schicken kann. Ihr müßt ihn überreden, ihm schmeicheln, ihn anflehen, aber vor allem, Lord Prinz, müßt Ihr ihn davon überzeugen, daß wir den Krieg morgen gewinnen oder bis ans Ende unserer Tage kämpfen werden.«

Galahad akzeptierte den Auftrag. »Habe ich dennoch Eure Erlaubnis, zurückzukehren und an Derfels Seite zu kämpfen, sobald die Botschaft überbracht worden ist?« setzte er hinzu.

»Aber mit Freuden«, antwortete Arthur. Dann hielt er inne und blickte auf die Körnerhäufchen hinab. »Wir sind nur wenige«, sagte er schlicht, »und die Feinde sind eine ganze Heerschar, aber

Träume werden nicht verwirklicht, indem man Vorsicht walten läßt, sondern nur, indem man der Gefahr trotzt. Morgen können wir den Briten den Frieden bringen.« Unvermittelt brach er ab, möglicherweise weil ihm eingefallen war, daß Tewdric genau wie er von Frieden träumte. Möglicherweise fragte sich Arthur, warum er überhaupt kämpfen sollte. Ich dachte daran, wie Arthur nach unserem Treffen mit Aelle, als wir unter der Eiche unseren Eid schworen, erwogen hatte, den Kampf aufzugeben, und erwartete fast, daß er uns wieder seine Seele offenbarte, aber an jenem regnerischen Abend zerrte das Pferd Ehrgeiz an seiner Seele. Er konnte keinen Frieden ins Auge fassen, dessen Preis sein eigenes Leben oder auch sein Exil sein sollte. Er wollte Frieden, aber noch mehr wollte er diesen Frieden diktieren. »Zu welchen Göttern ihr auch betet«, sagte er ruhig, »mögen sie morgen mit euch sein.«

Ich mußte reiten, um zu meinen Männern zurückzukehren. Da ich es eilig hatte, fiel ich dreimal vom Pferd. Als Zeichen waren diese Stürze unheilverkündend, doch da der Regen die Straße aufgeweicht hatte, trug nur mein Stolz eine Wunde davon. Arthur begleitete mich. Er hielt mein Reittier an, als wir noch einen Speerwurf von den im unablässigen Regen nur niedrig flackernden Lagerfeuern meiner Männer entfernt waren. »Wenn Ihr das morgen für mich schafft, Derfel«, sagte er, »werdet Ihr Euer eigenes Banner tragen und Euer eigenes Symbol auf Eure Schilde malen.«

In dieser Welt oder der nächsten, dachte ich, sprach es aber nicht aus, um die Götter nicht zu versuchen. Denn morgen, im frühen, trostlosen Grau des Tagesanbruchs, würden wir gegen die ganze Welt antreten.

Keiner meiner Männer machte den Versuch, sich aus seinem Eid zu stehlen. Einige wenige wären der Schlacht vielleicht gern ausgewichen, aber keiner wollte vor seinen Kameraden als Schwächling dastehen, und so marschierten wir alle zusammen. Wir brachen mitten in der Nacht auf und durchquerten das regendurchweichte Land. Arthur verabschiedete uns noch, dann machte er sich dorthin auf, wo seine Reiter ihr Lager aufgeschlagen hatten.

Nimue bestand darauf, uns zu begleiten. Nachdem sie uns einen Tarnzauber versprochen hatte, waren meine Männer nicht mehr dazu zu bewegen, sie zurückzulassen. Sie wirkte den Zauber, bevor wir losritten. Dabei bediente sie sich des Schädels eines Schafes, das sie bei Fackelschein in einem Graben dicht neben unserem Lager fand. Sie schleppte den Kadaver aus dem Dickicht herbei, wo sich ein Wolf daran gütlich getan hatte, schlug den Kopf ab, löste die Reste der würmerwimmelnden Haut und kauerte sich dann so hin, daß ihr Umhang sowohl sie als auch den stinkenden Schädel verbarg. Lange Zeit blieb sie dort hocken und atmete dabei ständig den gräßlichen Gestank des verwesenden Schädels ein; dann stand sie auf und versetzte dem Schädel einen verächtlichen Tritt, so daß er davonflog. Sie beobachtete, wo er landete, und erklärte nach einer kurzen Pause des Überlegens, der Feind werde zur Seite blicken, wenn wir durch die Nacht marschierten. Arthur, den Nimues Intensität faszinierte, erschauerte bei dieser Ankündigung. Dann umarmte er mich. »Ich stehe in Eurer Schuld, Derfel.«

»Ihr schuldet mir nichts, Lord.«

»Wenn schon für nichts anderes«, gab er zurück, »dann danke ich Euch dafür, daß Ihr mir Ceinwyns Botschaft überbracht habt.« Er war sehr glücklich darüber gewesen, daß sie ihm verziehen hatte, doch als ich ihre Bitte um Schutz wiederholte, zuckte er die Achseln. »Sie hat von keinem einzigen Mann in Dumnonia etwas zu befürchten«, sagte er. Jetzt klopfte er mir den Rücken. »Wir sehen uns im Morgengrauen«, versprach er mir. Er sah uns nach, als wir aus dem Licht des Feuers in die Dunkelheit verschwanden.

Wir durchquerten grasgrüne Wiesen und frisch abgeerntete Felder, wo es kein anderes Hindernis als den aufgeweichten Boden, die Dunkelheit und den strömenden Regen gab. Der Regen kam von links, aus Westen, und es schien, als werde er niemals aufhören: ein stechender, peitschender, kalter Regen, der uns in die Koller sickerte und uns den Körper auskühlte. Anfangs drängten wir uns eng zusammen, damit kein Mann allein im Dunkeln zurückblieb, obwohl wir einander sogar in leichtem Gelände ständig mit gedämpfter Stimme anrufen mußten, um zu hören, wo sich die Kameraden befanden. Manche Männer versuchten sich am Umhang eines Freundes festzuhalten, aber dann klirrten ihre Speere aneinander, und die Männer stolperten. Schließlich gebot ich allen Halt und formierte sie zu zwei langen Reihen. Jeder Mann erhielt

Befehl, den Schild auf dem Rücken zu tragen und sich am Speer des Mannes vor ihm festzuhalten. Cavan bildete die Nachhut, um sicherzustellen, daß niemand zurückblieb, während Nimue und ich die Spitze übernahmen. Sie hielt meine Hand – nicht etwa aus Zuneigung, sondern einfach, damit wir in dieser stockfinsteren Nacht zusammenblieben. Lugnasa schien jetzt wie ein Traum, hinweggefegt nicht von der Zeit, sondern von Nimues wilder Entschlossenheit zu leugnen, daß es die Stunden in der Laube jemals gegeben hatte. Wie die Monate, die sie auf der Toteninsel verbracht hatte, hatten auch jene gemeinsamen Stunden ihren Zweck erfüllt und waren nunmehr bedeutungslos.

Wir kamen an ein Wäldchen. Ich zögerte, dann stiefelte ich einen steilen, schlammigen Abhang hinab und in eine Finsternis, die so undurchdringlich war, daß ich mich verzweifelt fragte, ob es mir je gelingen würde, fünfzig Mann durch dieses schwarze Loch zu bringen, doch dann begann Nimue mit leiser Stimme zu singen, und dieser Klang wirkte wie ein Leuchtfeuer, das meine Männer sicher durch die Dunkelheit führte. Beide Speerketten rissen, doch indem wir Nimues Stimme folgten, gelang es uns allen irgendwie, durch die Bäume zu stolpern. Wir kamen auf einer Wiese heraus, wo wir haltmachten. Cavan und ich zählten die Männer, während Nimue uns, Zaubersprüche zischelnd, in der Finsternis unermüdlich umkreiste.

Meine Stimmung, ohnehin durch Regen und Dunkelheit gedämpft, verschlechterte sich. Ich hatte geglaubt, mir eine genaue Vorstellung von dem Gelände unmittelbar nördlich vom Lager meiner Männer gemacht zu haben, doch die Mühen unseres Marsches hatten das Bild verzerrt. Ich hatte keine Ahnung, wo ich war und wohin ich mich wenden sollte. Ich dachte, wir seien in Richtung Norden marschiert, doch ohne Sterne, die mich leiten konnten, und ohne den Mond, der meinen Weg beleuchtete, waren meine Ängste stärker als meine Entschlossenheit.

»Worauf wartest du?« Nimue war neben mich getreten und flüsterte mir die Frage ins Ohr.

Ich schwieg, weil ich nicht zugeben wollte, daß ich mich verirrt hatte. Oder vielleicht auch nicht zugeben wollte, daß ich mich fürchtete.

Nimue schien meine Hilflosigkeit zu spüren und übernahm das Kommando. »Wir haben eine lange Strecke offenes Weideland vor uns«, erklärte sie meinen Männern. »Es wurde als Schafweide genutzt, aber die Schafe sind weitergezogen, also gibt es weder Schäfer noch Hunde, die uns entdecken könnten. Es geht bergauf, ist aber leicht zu bewältigen, solange wir zusammenbleiben. Am Ende der Weide werden wir auf einen Wald stoßen, wo wir auf den Tagesanbruch warten. Es ist nicht weit, und es ist nicht schwierig. Ich weiß, wir sind alle naß, und wir frieren, aber morgen werden wir uns an den Feuern unserer Feinde wärmen.« Sie sprach mit unerschütterlicher Zuversicht.

Ich glaube kaum, daß ich meine Männer durch jene naßkalte Nacht hätte führen können, aber Nimue konnte es. Sie behauptete, mit ihrem einen Auge im Dunkeln sehen zu können, wo unsere Augen nichts zu erkennen vermochten, und vielleicht stimmte das, aber vielleicht hatte sie ja auch nur eine bessere Vorstellung von diesem Gelände als ich. Wie dem auch sei, sie machte ihre Sache gut. Während der letzten Stunde marschierten wir an einer Felsschulter entlang, und plötzlich ließ es sich leichter gehen, denn wir hatten den westlichen Hügel oberhalb des Lugg Vale erreicht, und in der Dunkelheit unter uns brannten die Wachfeuer der Feinde. Ich konnte sogar die Barrikade aus gefällten Kiefern und das Glitzern des Lugg-Flusses dahinter sehen. Unten im Tal warfen die Männer riesige Holzklötze auf die Feuer, damit sie die Straße beleuchteten, auf der sich Angreifer von Süden her nähern konnten.

Als wir das Wäldchen erreichten, sanken wir erschöpft auf den nassen Boden. Einige von uns fielen in den irreführenden, traumerfüllten Halbschlummer, der gar kein Schlaf zu sein scheint und den Schläfer frierend, müde und steif macht, aber Nimue blieb wach, murmelte ihre Zaubersprüche und unterhielt sich mit den Männern, die nicht schlafen konnten. Es waren keine oberflächlichen Gespräche, denn Nimue hatte keine Zeit für seichtes Geplauder. Eifrig legte sie die Gründe für unseren Kampf dar. Wir kämpften nicht für Mordred, sagte sie, sondern für ein Britannien ohne fremde Menschen und fremde Ideen, und selbst die Christen unter meinen Männern hörten ihr zu.

Mit dem Angriff wartete ich nicht bis zum Tagesanbruch, sondern ich weckte die Schlafenden schon, als sich im Osten der erste, bleiche Schimmer stahlgrauen Lichts am regennassen Himmel zeigte, und führte meine fünfzig Speerkämpfer bis zum Waldrand hinab. Wir warteten oberhalb eines Grashangs, der sich nicht weniger steil auf den Talboden hinabsenkte als die Flanken von Ynys Wydryns Tor. Mein linker Arm lag fest in den Schildriemen, Hywelbane hing an meiner Seite, und mit der Rechten umklammerte ich meinen schweren Speer. Ein leichter Dunst zeigte sich dort, wo der Fluß das Tal verließ. Dicht neben den Bäumen strich eine weiße Eule vorbei, was meine Männer für ein böses Zeichen hielten, doch dann fauchte hinter uns eine Wildkatze, und Nimue behauptete, dadurch sei die unheilbringende Wirkung der Eule aufgehoben. Ich sprach ein Gebet zu Mithras, indem ich die nächsten Stunden seiner Glorie widmete. Dann erklärte ich meinen Männern, die Franken seien weitaus gefährlichere Feinde gewesen als diese verschlafenen Powysianer in dem Tal unter uns. Zwar zweifelte ich selbst an der Wahrheit meiner Worte, doch was die Männer unmittelbar vor der Schlacht brauchen, ist nicht die Wahrheit, sondern Zuversicht. Insgeheim hatte ich Issa und einem anderen Mann befohlen, sich in Nimues Nähe zu halten, denn wenn sie starb, würde sich die Zuversicht meiner Männer auflösen wie Sommerdunst, das war mir klar.

Der Regen, der uns von hinten peitschte, machte den Grashang gefährlich glatt. Der Himmel über der anderen Talseite wurde heller und zeigte die ersten Schatten zwischen den dahinfliegenden Wolken. Die Welt war grau und schwarz, im Tal selbst noch nachtdunkel, am Waldrand jedoch etwas heller, ein Kontrast, der mich fürchten ließ, der Feind könne uns entdecken, während wir ihn nicht zu sehen vermochten. Die Feuer unten loderten noch immer, aber weitaus niedriger als während der finsteren, von Geistern heimgesuchten Nachtstunden. Wachtposten konnte ich nirgends entdecken. Es war Zeit aufzubrechen.

»Bewegt euch nur langsam«, befahl ich meinen Männern. Ich hatte mir einen wilden Sturm den Hang hinab vorgestellt, aber jetzt änderte ich meine Meinung. Das nasse Gras würde rutschig sein, deswegen entschied ich, daß es besser wäre, wenn wir langsam und lautlos wie Gespenster im Morgengrauen den Hang hinabschlichen. Ich machte den Anfang und setzte die Füße immer vorsichtiger, je steiler der Hang wurde. Da sogar Nagelstiefel nur trügerischen Halt auf dem nassen Boden fanden, bewegten wir uns so langsam wie schleichende Katzen, und das lauteste Geräusch im Halbdunkel war unser Atem. Die Speere benutzten wir als Wanderstäbe. Zwei Mann stürzten so schwer, daß ihre Schilde klappernd gegen Schwertscheiden und Speere stießen, und jedesmal lauschten wir atemlos auf den Ruf der Wachen. Es blieb jedoch alles still.

Der letzte Teil des Hügels war der steilste, aber von der Kante dieses letzten Abhangs konnten wir endlich den gesamten Talboden sehen. Der Fluß eilte wie ein schwarzer Schatten an der gegenüberliegenden Talwand entlang, während die Römerstraße direkt unter uns zwischen einer Gruppe Strohdachhütten hindurchführte, in denen der Feind Zuflucht gesucht haben mußte. Nur vier Mann konnte ich ausmachen. Zwei kauerten bei den Feuern, ein dritter saß unter der Traufe einer Hütte, während der vierte hinter der Baumbarrikade auf und ab wanderte. Der östliche Himmel erwartete bleich das flammende Rot des Morgens, und es war an der Zeit, daß ich meine Wolfsruten-Speerkämpfer aufs Schlachtfeld führte. »Mögen die Götter euer Schildwall sein«, sagte ich zu ihnen. »Und gutes Töten!«

Gleich darauf stürzten wir uns die letzten Meter des Steilhangs hinunter. Manche Männer glitten auf ihrer Kehrseite bergab, statt auf den Füßen zu bleiben, andere rannten Hals über Kopf, und ich selbst als ihr Führer rannte mit ihnen. Die Angst verlieh uns Flügel und ließ uns lautes Kampfgebrüll anstimmen. Wir waren die Wölfe von Benoic, die in die Grenzhügel von Powys gekommen waren, um den Tod zu bringen, und plötzlich geschah, was in der Schlacht immer geschah: Die Begeisterung ergriff Besitz von uns. Jubelnde Freude flammte in unseren Seelen auf und löschte alle Hemmungen, jede Vernunft und allen Anstand aus, bis nur noch ungezähmte Kampfeslust in uns loderte. Mit einem einzigen Satz sprang ich die letzten paar Fuß hinab, stolperte durch die Himbeersträucher, trat einen leeren Eimer um und sah, wie der erste, völlig entgeisterte Mann aus einer nahen Hütte auftauchte. Er war in Hose und Koller gekleidet, trug einen Speer und spähte blinzelnd in den regnerischen Morgen hinaus. So starb er, als ich ihm den Speer in den Bauch rammte. Dann stieß ich unser Wolfsgeheul aus, mit dem ich meine Feinde herausforderte, zu mir zu kommen, damit ich sie töten könne.

Mein Speer steckte im Körper des Sterbenden. Ich ließ ihn zurück und zog Hywelbane. Ein weiterer Mann schob den Kopf vorsichtig zur Hütte hinaus, um zu sehen, was draußen los war. Ich stieß ihm Hywelbane in die Augen und warf ihn zurück. Meine Männer strömten heulend und brüllend an mir vorbei. Die Wachtposten flohen. Einer lief zum Fluß, zögerte, wandte sich um und starb durch zwei Speerstöße. Einer meiner Männer holte sich ein brennendes Holzscheit aus dem Feuer und warf es auf ein nasses Strohdach. Weitere brennende Scheite folgten, bis die Hütten schließlich Feuer fingen und die Bewohner hinauslaufen mußten, wo sie von meinen Speerkämpfern erwartet wurden. Eine Frau schrie auf, als brennendes Stroh auf sie herabregnete. Nimue hatte einem toten Feind das Schwert abgenommen und grub es in den Hals eines gestürzten Mannes. Sie stieß ein unheimliches, hohes Kreischen aus, das der kalten Morgendämmerung einen ganz neuen Schrekken verlieh.

Cavan schrie den Männern zu, sie sollten die Baumbarrikade beiseite räumen. Ich überließ die wenigen Feinde, die noch am Leben waren, meinen Männern, und ging ihm helfen. Die Barrikade bestand aus zwei Dutzend gefällter Kiefern, die so dick waren, daß zwanzig Mann benötigt wurden, um jeden einzelnen Baum zu bewegen. Wir hatten gerade dort, wo die Straße die Barrikade kreuzte, eine vierzig Fuß breite Lücke geschaffen, als Issa mir eine Warnung zurief.

Die Männer, die wir getötet hatten, waren nicht die ganze Wachmannschaft im Tal gewesen, sondern eher der Vorposten, der die Barrikade bewachte, und nun tauchte, durch den Lärm aufgestört, die Haupttruppe im schattigen nördlichen Teil des Tals auf.

»Schildwall!« rief ich laut. »Schildwall!«

Sofort formierten wir uns unmittelbar nördlich der brennenden Hütten zu einer Linie. Zwei meiner Männer hatten sich bei der Rutschpartie über den steilen Abhnag den Knöchel gebrochen, ein dritter war in den ersten Minuten des Kampfes getötet worden, aber wir anderen stellten uns in einer Reihe auf und stießen die

Schildränder aneinander, um sicherzugehen, daß der Wall hielt. Ich hatte mir meinen Speer zurückgeholt, deswegen steckte ich Hywelbane jetzt in die Scheide und richtete meine Speerspitze nach vorn wie die anderen Stahlspitzen, die fünf Fuß vor unserem Schildwall drohten. Einem halben Dutzend Männer befahl ich, mit Nimue hinter uns zu bleiben – für den Fall, daß sich noch Feinde in den Schatten verbargen –, dann mußten wir warten, während Cavan seinen Schild austauschte. Da die Riemen seines eigenen gerissen waren, griff er sich einen Powysschild und schnitt den Lederbezug mit dem Adlersymbol herunter. Er nahm seinen Platz am rechten Ende des Schildwalls ein, dem empfindlichsten Punkt, weil in einer Reihe der rechte Mann den Mann zu seiner Linken mit dem Schild beschützen muß und somit seine eigene rechte Seite ungeschützt dem feindlichen Angriff bietet. »Fertig, Lord!« rief er mir zu.

»Vorwärts!« schrie ich, weil ich dachte, daß es besser sei, selbst anzugreifen, als dem Feind Zeit zu lassen, sich zu formieren und uns zu attackieren.

Je weiter wir nach Norden marschierten, desto höher und steiler wurden die Talwände. Auf dem Hang zu unserer Rechten, hinter dem Fluß, stand dichter Wald, während der Hang zu unserer Linken anfangs mit Gras, dann aber nur noch mit Gestrüpp bewachsen war. Immer enger wurde das Tal, wenn auch an keiner Stelle so eng, daß man es als Schlucht hätte bezeichnen können. Das Lugg Vale bot einer Kriegshorde genügend Platz zum Manövrieren, obwohl die sumpfigen Flußufer die Fläche des trockenen Bodens, der für eine Schlacht nötig war, noch weiter eingrenzten. Das erste, wolkenverhangene Tageslicht fiel auf die westlichen Hügel, drang aber noch nicht in die Tiefen des Tales vor. Der Regen hatte zwar endlich aufgehört, aber der Wind kam in kalten, feuchten Böen und ließ die Flammen der Lagerfeuer flackern, die im oberen Teil des Tals brannten. Die Lagerfeuer beleuchteten ein Strohdachdorf, das sich um ein römisches Gebäude drängte. Schattenhaft huschten Männer vor den Feuern umher, ein Pferd wieherte, und dann, als das letzte geisterhafte Licht der Morgendämmerung die Straße entlang ins Tal eindrang, sah ich plötzlich, daß sich ein Schildwall formierte.

Außerdem entdeckte ich, daß dieser Schildwall aus mindestens einhundert Mann bestand und daß von hinten immer mehr herbeieilten. »Halt!« rief ich meinen Männern zu. Angestrengt starrte ich ins schlechte Licht und schätzte, daß der Schildwall mittlerweile aus nahezu zweihundert Mann bestand. Das graue Licht blitzte von ihren Speerspitzen. Das war die Elitegarde, die Gorfyddyd abgestellt hatte, das Tal zu verteidigen.

Das Tal war eindeutig zu breit, um von meinen fünfzig Mann verteidigt zu werden. Die Straße verlief dicht am westlichen Hang. Zu unserer Rechten erstreckte sich eine breite Wiese, auf der der Feind uns mühelos umgehen konnte, daher befahl ich meinen Männern den Rückzug. »Langsam zurück!« rief ich ihnen zu. »Langsam, aber sicher! Zurück bis zur Barrikade!« Die Lücke, die wir in den Zaun aus Baumstämmen gerissen hatten, konnten wir verteidigen, obwohl es auch dann eine Frage von Sekunden war, bis der Feind über die restlichen Bäume kletterte und uns umzingelte. »Langsam zurück!« rief ich abermals und blieb stehen, während meine Männer zurückwichen. Ich wartete, weil sich ein einzelner Reiter aus den Reihen der Feinde löste und auf uns zugeritten kam.

Der Abgesandte des Feindes war ein hochgewachsener Mann, ein guter Reiter. Sein Eisenhelm war von einer Schwanenfederzier gekrönt, er trug einen Speer, ein Schwert und einen Brustpanzer, doch keinen Schild. Sein Sattel bestand aus einem Lammfell. Er war ein gutaussehender Mann mit dunklen Augen und schwarzem Bart, der mir irgendwie bekannt vorkam, doch erst als er sein Roß vor mir zügelte, wußte ich plötzlich, wer er war: Valerin, der Häuptling, dem Guinevere anverlobt gewesen war, als sie Arthur kennenlernte. Mit durchdringendem Blick starrte er mich an. Dann hob er ganz langsam die Speerspitze, bis sie auf meine Kehle zeigte. »Ich hatte gehofft«, sagte er, »du wärst Arthur.«

»Mein Lord sendet Euch Grüße, Lord Valerin«, entgegnete ich.

Valerin spie auf meinen Schild, der wieder Arthurs Bärensymbol trug. »Du darfst ihm sagen, daß ich seine Grüße erwidere«, sagte er. »Ihm und der Hure, mir der er sich vermählt hat.« Er hielt inne und hob die Speerspitze, bis sie auf meine Augen wies. »Du bist weit weg von zu Hause, Knabe«, sagte er. »Weiß deine Mutter, daß du aus dem Bett gekrochen bist?«

»Meine Mutter«, gab ich zurück, »setzt schon den Kessel aufs Feuer, um Eure Knochen zu kochen, Lord Valerin. Wir brauchen dringend Leim, und wie wir hörten, bringen die Knochen von Schafen das beste Ergebnis.«

Er schien erfreut zu sein, daß ich ihn kannte, und hielt die Tatsache, daß ich seinen Namen nannte, fälschlich für Ruhm. Er ahnte nicht, daß ich zu jenen Wachen gehört hatte, die vor so vielen Jahren mit Arthur nach Caer Sws gekommen waren. Er nahm die Speerspitze von meinem Gesicht und musterte meine Männer. »Ihr seid nicht viele«, stellte er fest, »wir hingegen schon. Möchtet ihr euch lieber gleich ergeben?«

»Mag sein, daß ihr viele seid«, gab ich zurück, »aber meine Männer hungern nach einer Schlacht. Sie werden sich weiden an einer reich gedeckten Tafel voll Feinden.« Von jedem Heerführer wurde erwartet, daß er den Ritus der Beleidigungen vor der Schlacht beherrschte, und ich hatte ihn immer sehr genossen. Arthur dagegen war bei diesem Schlagabtausch nie besonders gut gewesen, weil er auch im letzten Moment vor Beginn des Tötens noch zu erreichen versuchte, daß seine Feinde ihn mochten.

Valerin begann sein Pferd zu wenden. »Dein Name?« fragte er noch, bevor er davonritt.

»Lord Derfel Cadarn«, antwortete ich stolz und glaubte zu sehen, oder hoffte wohl eher zu sehen, daß ein Funke des Erkennens in seinem Gesicht aufleuchtete, bevor er seinem Roß die Fersen gab und Richtung Norden davonpreschte.

Wenn Arthur nicht kommt, dachte ich, ist es um uns alle geschehen. Doch als ich zu meinen Speerkämpfern an der Barrikade stieß, traf ich dort Culhwch an, der wieder einmal für Arthur ritt. Sein mächtiges Roß rupfte geräuschvoll das Gras neben der Straße aus. »Wir sind nicht weit von euch entfernt, Derfel«, versicherte er mir, »und wenn dieses Ungeziefer angreift, werdet ihr sofort die Flucht ergreifen. Verstanden? Sorgt dafür, daß sie euch verfolgen. Dadurch werden ihre Truppen auseinandergezogen. Und sobald ihr uns kommen seht, müßt ihr uns sofort den Weg freimachen.« Er packte meine Hand und nahm mich fest in die Arme. »So was ist doch besser, als ewig über Frieden zu reden, was?« meinte er. Dann kehrte er zu seinem Pferd zurück und schwang sich in den Sattel.

»Tut eine Weile so, als wärt ihr Feiglinge!« rief er meinen Männern zu. Dann hob er die Hand und ritt gen Süden.

Ich erklärte meinen Männern, was Culhwchs Abschiedsworte zu bedeuten hatten, und nahm meinen Platz in der Mitte des Schildwalls ein, der sich quer über die Lücke erstreckte, die wir zwischen den gefällten Bäumen geschaffen hatten. Nimue, die noch immer ihr blutbesudeltes Schwert in der Hand hielt, stand hinter mir. »Sobald sie mit ihrem ersten Angriff beginnen«, rief ich meinem Schildwall zu, »tun wir, als gerieten wir in Panik. Aber stolpert nicht, wenn ihr davonlauft, und paßt auf, daß ihr den Pferden nicht in den Weg geratet.« Ich befahl, daß vier meiner Männer den beiden mit den gebrochenen Knöcheln in ein Dickicht hinter der Barrikade halfen, wo sie sich verstecken konnten.

Dann warteten wir. Ich warf einen kurzen Blick hinter mich, konnte jedoch keinen von Arthurs Männern entdecken. Vermutlich hielten sie sich dort verborgen, wo die Straße eine Viertelmeile weiter südlich durch ein kleines Waldstück führte. Zu meiner Rechten verlief der Fluß in dunkel glänzenden Wirbeln, auf denen zwei Schwäne dahinglitten. Ein Reiher fischte am Ufer des Flusses. Gleich darauf aber breitete er die Schwingen und flog mit klatschenden Flügelschlägen nach Norden, eine Richtung, die Nimue als gutes Zeichen auslegte, weil der Vogel das Unglück, das er brachte, zu den Feinden hinübertrug.

Ganz langsam rückten Valerins Speerkämpfer vor. Sie waren gerade erst zum Kampf geweckt worden und daher noch schlaftrunken und schwerfällig. Manche waren barhäuptig, woraus ich schloß, daß ihre Führer sie in so großer Hast aus den Strohlagern gerissen hatten, daß nicht alle Zeit gehabt hatten, ihre Rüstung anzulegen. Da sie keinen Druiden dabeihatten, brauchten wir wenigstens keine Zaubersprüche zu fürchten, obwohl auch ich, wie meine Männer, kurze Stoßgebete murmelte. Ich richtete meine an Mithras und Bel. Nimue rief Andraste an, die Göttin der Schlachten, während Cavan seine irischen Götter anflehte, seinem Speer eine gute Todesernte zu bescheren. Wie ich sah, war Valerin abgesessen und führte seine Männer von der Mitte der Angriffslinie aus, doch mir entging nicht, daß ein Diener mit dem Pferd des Häuptlings am Zügel der vorrückenden Kriegerreihe dichtauf folgte.

Ein heftiger, feuchter Windstoß trieb den Rauch der brennenden Hütten quer über die Straße und verbarg die Feinde fast vor unseren Augen. Die Leichen ihrer gefallenen Kameraden werden diese vorrückenden Krieger hellwach machen, dachte ich; und tatsächlich vernahm ich Zornesrufe, als sie auf die jüngst getöteten Männer stießen. Als ein weiterer Windstoß den Rauch davonfegte, rückte die Angriffslinie schneller vor, und die Krieger riefen uns Beleidigungen zu. Wir warteten schweigend, während das graue Frühmorgenlicht auf den feuchten Talboden herabsickerte.

Fünfzig Schritte von uns entfernt blieben die feindlichen Speerkämpfer stehen. Alle trugen den Adler von Powys auf den Schilden, also stammte keiner aus den silurischen oder aus anderen Truppen, die zu Gorfyddyd gestoßen waren. Diese Speerkämpfer gehörten, wie ich vermutete, zu den besten von Powys, daher würde jeder einzelne, den wir jetzt töteten, später eine Hilfe sein, und die Götter wußten, wie dringend wir Hilfe benötigten. Bislang waren wir im Vorteil gewesen, und ich mußte mir immer wieder vor Augen führen, daß diese leicht errungene Überlegenheit nur dazu dienen sollte, die Streitmacht Gorfyddyds und seiner Verbündeten in voller Stärke auf Arthurs wenige Getreue zuzuführen.

Zwei Mann brachen aus Valerins Kampflinie hervor und schleuderten Speere, die hoch über unseren Köpfen dahinflogen und sich hinter uns in die Erde bohrten. Meine Männer johlten, und einige nahmen ihre Schilde beiseite, als wollten sie den Feind mit ihren ungedeckten Körpern zu einem weiteren Versuch einladen. Ich dankte Mithras, daß Valerin keine Bogenschützen hatte. Nur wenige Krieger trugen Bogen, denn kein Pfeil vermag einen Schild oder einen ledernen Brustharnisch zu durchbohren. Der Bogen war die Waffe des Jägers, am nützlichsten bei der Jagd auf Wildgeflügel oder Niederwild, doch die Bogenschützen einer großen Landwehr konnten immerhin recht störend wirken, weil sie die Krieger zwangen, sich hinter ihren Schildwall zu ducken.

Zwei weitere Männer schleuderten ihre Speere. Die eine Waffe schlug dumpf in einen Schild, wo sie steckenblieb, die andere flog wieder hoch über uns hinweg. Valerin beobachtete uns, versuchte unseren Kampfeswillen einzuschätzen und glaubte – möglicherweise weil wir nicht ebenfalls Speere warfen –, daß wir uns bereits geschlagen gaben. Er hob die Arme, schlug mit seinem Speer auf seinen Schild und befahl seinen Männern mit lauter Stimme, zum Angriff überzugehen.

Brüllend stießen sie ihren Schlachtruf aus, während wir, wie Arthur es befohlen hatte, den Schildwall auflösten und die Flucht ergriffen. Einen Augenblick herrschte großes Durcheinander, weil die Männer aus dem Schildwall sich gegenseitig behinderten, dann aber zerstreuten wir uns und rannten, so schnell wir konnten, die Straße entlang. Nimue lief uns mit wehendem Umhang voraus, wandte sich aber immer wieder um, weil sie sehen wollte, was hinter ihr geschah. Die Feinde jubelten über diesen leichten Sieg und machten sich auf, uns einzufangen, während Valerin, der eine Gelegenheit sah, sein Pferd durch unkontrolliert fliehende Pöbelhaufen zu reiten, seinem Diener zurief, das Tier herzubringen.

Wir liefen schwerfällig, behindert von unseren Mänteln, Schilden und Speeren. Ich war müde, und mein Atem ging stoßweise, als ich meinen Männern gen Süden folgte. Hinter mir hörte ich den Feind, und als ich einen Blick zurückwarf, sah ich einen hochgewachsenen, rothaarigen Mann, der mich mit grimmiger Miene verfolgte. Er konnte schneller laufen als ich, und ich dachte schon, ich müsse stehenbleiben, kehrtmachen und mit ihm kämpfen, als ich den gesegneten, süßen Klang von Arthurs Horn hörte. Zweimal ertönte es, dann kam aus den morgenmatten Bäumen vor uns Arthurs Streitmacht hervorgebrochen.

Zuerst kam Arthur selbst, in seiner schimmernden Rüstung und mit den weißen Federn auf dem Helm. Er trug seinen spiegelblanken Schild, und sein weißer Mantel wehte hinter ihm her wie Flügel. Als seine fünfzig Mann auf ihren gepanzerten Rössern, mit glitzernden Speerspitzen und eisenbewehrten Gesichtern, in Sicht gerieten, senkte er grüßend seinen Speer. Die Banner des Drachen und des Bären flatterten über ihnen, und als die Pferde schneller wurden, bebte die Erde unter den schweren Hufen, die Wasser und Schlamm hoch in die Luft schleuderten. Meine Männer stoben auseinander und sammelten sich sofort zu zwei Gruppen, die mit nach außen gekehrten Schilden und Speeren zwei Verteidigungskreise bildeten. Ich lief nach links und drehte mich noch rechtzeitig um, um zuzusehen, wie Valerins Männer verzweifelt versuchten, sich zu einem Schildwall zu formieren. Valerin rief ihnen vom Pferd aus zu, sich bis an die Barrikade zurückzuziehen, aber es war zu spät. Unsere Falle war zugeschnappt, und die Verteidiger des Lugg Vale waren dem Untergang geweiht.

Arthur donnerte auf Llamrei, seiner Lieblingsstute, an mir vorbei. Die Schabracken seines Pferdes und der Saum seines Umhangs waren bereits schlammbedeckt. Ein Mann schleuderte einen Speer, der von Llamreis Brustharnisch abprallte, dann stieß Arthur seinen Speer in den ersten feindlichen Soldaten, ließ die Waffe zurück und riß Excalibur ans Licht des frühen Tages. Der Rest der Pferde stürmte an mir vorbei, daß es nur so spritzte. Valerins Männer schrien angstvoll, als die riesigen Tiere gegen ihre aufgelösten Reihen anstürmten. Schwerter sausten, und überall fielen blutende Männer zu Boden, während die Pferde weitergaloppierten und panisch durcheinanderlaufende Männer unter ihren mit schweren Eisen geschützten Hufen zertrampelten. Auseinandergetriebene Speerkämpfer haben keine Chance gegen Pferde, und diese Powys-Krieger hatten keine Möglichkeit, auch nur den kleinsten Schildwall zu bilden. Sie konnten nur fliehen, und als Valerin erkannte, daß es keine Rettung mehr gab, wandte auch er sein leichtes Pferd und jagte in gestrecktem Galopp gen Norden.

Einige seiner Männer folgten ihm, doch jeder Mann zu Fuß lief Gefahr, von den Pferden niedergeritten zu werden. Andere versuchten sich über den Fluß oder den Hügel hinauf zu retten, doch diese wurden von uns mit schnell zusammengestellten Speerhorden verfolgt. Einige warfen Speere und Schilde weg und hoben die Arme; diese ließen wir am Leben, doch jeder, der auch nur den geringsten Widerstand leistete, wurde wie ein Keiler im Dickicht umstellt und mit den Speeren niedergemacht. Arthurs Pferd war im Tal verschwunden. Es ließ eine gräßliche Spur von Leichen mit gespaltenen Schädeln hinter sich. Andere Feinde hinkten und fielen, und als Nimue das Gemetzel sah, brach sie in ein kreischendes Triumphgeheul aus.

Wir machten nahezu fünfzig Gefangene. Mindestens ebenso viele Männer waren tot oder lagen im Sterben. Einige wenige waren uns den Hang hinauf entwischt, den wir im Morgengrauen herabgekommen waren, und einige waren bei dem Versuch, den Lugg zu durchqueren, ertrunken, die übrigen aber bluteten und wankten, kotzten und gaben sich geschlagen. Während wir die letzten von Valerins Überlebenden zusammentrieben, kam Sagramor mit seinen einhundertfünfzig Speerkämpfern in Sicht. »Wir können keinen Mann entbehren, um die Gefangenen zu bewachen«, begrüßte mich Sagramor.

»Ich weiß.«

»Dann tötet sie«, befahl er mir, und Nimue spendete ihm Beifall.

»Nein«, protestierte ich. Sagramor war für den Rest dieses Tages zwar mein Befehlshaber, und ich widersprach ihm wirklich nur ungern, aber Arthur wollte den Briten Frieden bringen, und das Abschlachten hilfloser Gefangener war nicht die richtige Art, um Powys in diesen Frieden einzubinden. Außerdem waren es meine Männer gewesen, die diese Gefangenen gemacht hatten, deswegen lag deren Schicksal in meiner Hand, und so befahl ich, sie nackt auszuziehen, statt sie zu töten. Dann wurden sie einer nach dem anderen zu Cavan geführt, der sie mit einem schweren Stein als Hammer und einem Felsbrocken als Amboß erwartete. Wir legten die Speerhand eines jeden Mannes auf den Felsblock, hielten sie dort fest und zerschmetterten ihm zwei Finger mit dem Stein. Ein Mann mit zwei zerschmetterten Fingern würde am Leben bleiben und möglicherweise sogar wieder einen Speer schwingen, aber bestimmt nicht an diesem Tag. Bestimmt eine ziemlich lange Zeit nicht mehr. Dann schickten wir sie, nackt und blutend, nach Süden und erklärten ihnen, wenn wir ihre Gesichter vor dem Abend wiedersähen, würden sie mit Sicherheit sterben. Sagramor verspottete mich für diese Nachsicht, versuchte aber nicht, sich durchzusetzen. Meine Männer nahmen sich die besten Kleidungsstücke und Stiefel der Feinde, durchsuchten die weggeworfene Kleidung nach Münzen und schleuderten sie dann in die noch immer brennenden Hütten. Die erbeuteten Waffen stapelten wir am Straßenrand auf.

Als wir dann nach Norden marschierten, entdeckten wir, daß Arthur seine Verfolgung an der Furt abgebrochen hatte und in jenes Dorf zurückgekehrt war, das rings um jenes große römische Gebäude lag, das einstmals, wie Arthur vermutete, ein Rasthaus für

Reisende, die in die nördlichen Hügel wollten, gewesen war. Neben dem Haus drängte sich unter Bewachung eine Anzahl Frauen, die ihre Kinder und ihre elenden Besitztümer an sich preßten.

»Euer Feind«, berichtete ich Arthur, »war Valerin.«

Es dauerte einige Sekunden, bis er den Namen einordnen konnte. Dann lächelte er voller Genugtuung. Er hatte den Helm abgesetzt und saß nun ab, um uns zu begrüßen. »Der arme Valerin«, sagte er, »ein doppelter Verlierer.« Er umarmte mich und dankte meinen Männern. »Die Nacht war so dunkel«, sagte er, »daß ich nicht wußte, ob Ihr das Tal finden würdet.«

»Hab' ich auch nicht. Das war Nimue.«

»Dann schulde ich Euch Dank«, wandte er sich an Nimue.

»Dankt mir«, gab sie zurück, »indem Ihr diesen Tag zu einem Tag des Sieges macht.«

»Das werde ich, mit Hilfe der Götter.« Er wandte sich um und sah Galahad an, der in seiner Truppe mitgeritten war. »Geht nach Süden, Lord Prinz, überbringt Tewdric meine Grüße und bittet ihn, uns die Speere seiner Männer zur Seite zu stellen. Möge Gott Eurer Zunge Beredsamkeit verleihen.« Galahad spornte sein Pferd an und ritt durch das nach Blut stinkende Tal zurück.

Arthur wandte sich um und blickte zu einem Gipfel eine Meile nördlich der Furt hinüber. Oben auf dem Hügel lag eine alte Erdfestung, Erbe des Alten Volkes, die aber jetzt verlassen zu sein schien. »Sollte irgend jemand entdecken, wo wir uns verstecken«, sagte er, »wird es uns schlecht ergehen.« Er wollte sein Versteck aufsuchen und die schweren Pferderüstungen dort zurücklassen, bevor er nach Norden ritt, um Gorfyddyds Männer aus ihren Lagern bei Branogenium aufzustören.

»Nimue wird Euch mit einem Tarnspruch schützen«, versicherte ich ihm.

»Werdet Ihr das, Lady?« fragte er sie ernst.

Sie ging, sich einen Schädel zu suchen. Arthur umarmte mich abermals und rief nach seinem Schildknappen Hygwydd, damit er ihm half, die schwere Schuppenrüstung abzunehmen. Als er sie über den Kopf gestreift hatte, waren seine kurzgeschnittenen Haare zerzaust. »Würdet Ihr sie tragen?« fragte er mich.

»Ich?« fragte ich verblüfft zurück.

»Wenn die Feinde angreifen«, erklärte er mir, »werden sie erwarten, mich hier zu sehen, und wenn ich nicht hier bin, werden sie eine Falle vermuten.« Er lächelte. »Ich würde ja Sagramor bitten, doch dessen Gesicht ist irgendwie einprägsamer als das Eure, Lord Derfel. Ihr werdet allerdings ein Stück von Euren langen Haaren abschneiden müssen.« An meinem langen blonden Haar, das unter dem Helmrand zu sehen war, würde ein jeder sofort erkennen, daß ich nicht Arthur war. »Und vielleicht solltet Ihr Euch auch den Bart ein wenig stutzen«, ergänzte er.

Als ich die Rüstung von Hygwydd entgegennahm, erschrak ich über ihr Gewicht. »Es wird mir eine Ehre sein«, beteuerte ich.

»Sie ist schwer«, warnte er mich. »Euch wird heiß werden, und wenn Ihr den Helm tragt, werdet Ihr auf beiden Seiten nichts sehen können, deswegen werdet Ihr zwei zuverlässige Männer neben Euch brauchen.« Er spürte mein Zögern. »Soll ich lieber einen anderen bitten, sie zu tragen?«

»Nein, nein, Lord«, protestierte ich. »Ich werde sie tragen.«

»Aber es wird gefährlich sein«, warnte er mich.

»Ich hatte heute keinen ungefährlichen Tag erwartet, Lord«, gab ich zurück.

»Ich werde Euch die Banner überlassen«, sagte er. »Wenn Gorfyddyd kommt, muß er fest überzeugt sein, daß sich all seine Feinde an einem Ort versammelt haben. Es wird ein schwerer Kampf werden, Derfel.«

»Galahad wird Hilfe bringen«, versicherte ich ihm.

Er nahm meinen Brustharnisch und meinen Schild, überreichte mir seinen heller glänzenden Schild mitsamt dem weißen Mantel, dann machte er kehrt und ergriff Llamreis Zügel. »Das«, sagte er zu mir, nachdem man ihm in den Sattel geholfen hatte, »war der leichtere Teil des Tages.« Er winkte Sagramor herbei und sagte dann zu uns beiden: »Der Feind wird gegen Mittag eintreffen. Tut, was ihr könnt, um bis dahin kampfbereit zu sein, und dann kämpft, wie ihr noch nie zuvor gekämpft habt. Wenn wir uns wiedersehen, werden wir die Sieger sein. Wenn nicht, danke ich euch, grüße euch und werde euch erwarten, um mit euch gemeinsam in der Anderwelt zu tafeln.« Er befahl seinen Männern aufzusitzen; dann ritten sie nach Norden.

Während wir darauf warteten, daß die eigentliche Schlacht begann.

Die Schuppenrüstung war entsetzlich schwer; sie lastete auf meinen Schultern wie die Joche, mit denen die Frauen jeden Morgen Wasser holen. Sogar den Schwertarm zu heben fiel mir schwer, obwohl es ein wenig leichter wurde, als ich meinen Schwertgurt ganz eng um die Eisenschuppen zusammenzog und damit meine Schultern vom Gewicht des unteren Teils entlastete.

Nachdem Nimue ihren Tarnzauber beendet hatte, schnitt sie mir mit ihrem Messer die Haare. Die abgeschnittenen Haare verbrannte sie, damit kein Feind die Reste finden und damit einen Zauber wirken konnte. Anschließend benutzte ich Arthurs Schild als Spiegel, um meinen langen Bart so weit zu stutzen, daß er hinter den tiefreichenden Wangenstücken des Helms verborgen blieb. Dann probierte ich den Helm auf, drückte mir seine Lederpolsterung fest auf den Schädel und zog ihn so weit herunter, daß er meinen Kopf wie eine Muschel umfing. Obwohl das glänzende Metall über den Ohren Löcher aufwies, wirkte meine Stimme gedämpft. Ich hob den schweren Schild, ließ mir von Nimue den weißen, schlammbespritzten Mantel um die Schultern drapieren und versuchte mich sodann an das behindernde Gewicht der Rüstung zu gewöhnen. Ich bat Issa, mit einem Speerschaft als Kampfstock gegen mich zu kämpfen, und mußte feststellen, daß ich weit langsamer war als sonst. »Die Angst wird Euch schneller machen«, behauptete Issa, nachdem er meine Abwehr zum zehntenmal durchbrochen und mir einen dröhnenden Schlag auf den Schädel versetzt hatte.

»Reiß mir nicht die Federn herunter!« warnte ich ihn. Insgeheim wünschte ich, die schwere Rüstung nicht angenommen zu haben. Es war die Rüstung eines Reiters und dazu gedacht, dem Mann, der sie trug und der sich zu Pferde einen Weg durch die Reihen der Feinde bahnen mußte, mehr Gewicht und Wucht zu verleihen. Wir Speerkämpfer dagegen mußten uns, wenn wir nicht Schulter an Schulter im Schildwall standen, auf unsere Wendigkeit und Schnelligkeit verlassen.

»Aber Ihr seht wunderschön aus, Lord!« sagte Issa bewundernd.

»Wenn du nicht meine Flanke deckst, werde ich eine wunderschöne Leiche sein«, gab ich zurück. »Ich komme mir vor, als müßte ich in einem Eimer kämpfen.« Ich riß mir den Helm vom Kopf und war erleichtert, als ich von seinem beengenden Druck befreit war. »Als ich diese Rüstung zum erstenmal sah«, erzählte ich Issa, »wünschte ich sie mir mehr als alles andere auf der Welt. Jetzt würde ich sie sofort gegen einen anständigen Brustharnisch aus Leder eintauschen.«

»Es wird schon gutgehen, Lord«, tröstete er mich grinsend.

Auf uns wartete Arbeit. Die Frauen und Kinder, die Valerins besiegte Männer zurückgelassen hatten, mußten in südlicher Richtung aus dem Tal getrieben werden. Dann errichteten wir in unmittelbarer Nähe der Baumbarrikade Verteidigungsstellungen. Da Sagramor fürchtete, die überwältigende Zahl der Feinde könne uns aus dem Tal hinausdrängen, bevor uns Arthurs Reiter zu Hilfe kämen, bereitete er den Boden, so gut es ging. Meine Männer wollten zwar schlafen, mußten statt dessen aber quer durch das Tal einen flachen Graben ausheben. Dieser Graben war nirgendwo auch nur annähernd tief genug, um einen Mann aufzuhalten, würde aber die angreifenden Speerkämpfertruppen aus dem Tritt und möglicherweise ganz aus dem Gleichgewicht bringen, wenn sie sich unserer Speerlinie näherten. Die Baumbarrikade, die gleich hinter diesem Graben lag, markierte die südliche Grenze, bis zu der wir uns zurückziehen durften, und somit den Ort, an dem wir bis zum Tod kämpfen mußten. Sagramor verankerte die Baumstämme mit einigen der von Valerin hinterlassenen Speere, die er tief in die Erde treiben ließ, um so innerhalb des Gewirrs von Kiefernästen eine von Speerspitzen starrende Abwehr zu bauen. Die Lücke, die wir dort, wo die Straße die Barrikade kreuzte, geschlagen hatten, ließen wir offen, damit wir uns hinter die provisorische Barriere zurückziehen konnten, bevor wir sie verteidigten.

Meine Sorge galt dem steilen, ungeschützten Hang, den meine Männer bei unserem morgendlichen Überfall hinabgelaufen waren. Gorfyddyd würde seine Krieger unten im Tal angreifen lassen, die Landwehr dagegen würde er vermutlich nach oben schicken, damit sie von dort aus unsere linke Flanke bedrohen konnte, und Sagramor konnte keinen einzigen Mann entbehren, um das Gelände dort oben zu verteidigen, aber Nimue behauptete, das sei nicht nötig. Sie nahm sich zehn der erbeuteten Speere und schnitt dann mit Hilfe von sechs meiner Männer zehn von Valerins toten Speerkämpfern den Kopf ab, um sodann sowohl die Speere als auch die blutigen Köpfe auf den Gipfel des Hügels zu tragen. Dort ließ sie die Speerschäfte mit dem Ende voran in die Erde rammen, setzte die blutigen Köpfe auf die eisernen Speerspitzen und krönte die Totenköpfe mit grausigen Kränzen verknoteter Grashalme, wobei jeder Knoten ein Zauber für sich war. Schließlich verstreute sie zwischen den weit verteilten Pfosten Eibenzweige. Sie hatte einen Geisterzaun aus menschlichen Vogelscheuchen gebaut, bespickt mit Zauber- und Bannsprüchen, und kein menschliches Wesen würde es ohne die Hilfe eines Druiden wagen, über diese Grenze vorzudringen. Sagramor wollte, daß sie nördlich der Furt einen weiteren Zaun errichtete, aber Nimue weigerte sich. »Ihre Krieger werden von Druiden begleitet sein«, erklärte sie, »und für einen Druiden ist so ein Geisterzaun ein Witz. Ihre Landwehr aber wird keinen Druiden dabeihaben.« Sie hatte sich einen Armvoll Eisenkraut vom Hügel geholt und verteilte die kleinen purpurroten Blüten nun an die Speerkämpfer, die alle wußten, daß Eisenkraut sie in der Schlacht schützen würde. Mir stopfte sie gleich einen ganzen Zweig in die Rüstung.

Die Christen versammelten sich, um ihre Gebete zu sprechen, während wir Heiden unsere Götter um Hilfe anriefen. Viele Männer warfen Münzen in den Fluß und kamen dann mit ihren Talismanen zu Nimue, damit sie ihnen durch Berührung Kraft verleihe. Die meisten trugen eine Hasenpfote bei sich, manche aber brachten ihr auch Donnerkeile oder Schlangensteine. Donnerkeile waren winzige Speerspitzen aus Feuerstein, die von Geistern abgeschossen worden und bei den Soldaten heiß begehrt waren, während Schlangensteine leuchtendbunte Kiesel waren, deren Farben Nimue verstärkte, indem sie die Steine in den Fluß tauchte und anschließend an ihr gesundes Auge preßte. Ich selbst drückte mir die Schuppenrüstung gegen die Rippen, bis ich Ceinwyns Brosche spürte, kniete nieder und küßte den Boden. Ich berührte den feuchten Boden mit der Stirn und flehte Mithras an, mir Kraft, Mut und – falls es sein Wille war – einen heldenhaften Tod zu schenken. Einige unserer

Männer tranken den Met, den wir im Dorf gefunden hatten, ich aber trank nichts als Wasser. Wir vertilgten das Essen, von dem Valerins Männer gedacht hatten, es wäre ihr Frühstück, und dann halfen einige der Speerkämpfer Nimue, Kröten und Spitzmäuse zu fangen. Sie tötete die Tiere und legte sie auf der Straße hinter der Furt aus, damit die herannahenden Feinde auf ein paar unheilbringende Zeichen stießen. Anschließend schärften wir noch einmal unsere Waffen und warteten. Sagramor hatte einen Mann aufgestöbert, der sich im Wald hinter dem Dorf versteckt hatte. Sagramor fragte den Mann, einen Schäfer, über das umliegende Gelände aus und erfuhr, daß es stromaufwärts eine weitere Furt gab, wo der Feind unsere Flanken umgehen konnte, wenn wir das Flußufer am nördlichen Talende zu verteidigen suchten. Die Existenz einer zweiten Furt konnte uns jetzt noch nicht beunruhigen, aber wir durften nicht vergessen, daß es sie gab.

Der bevorstehende Kampf bereitete mir Unbehagen, aber Nimue schien keine Angst zu haben. »Ich habe nichts zu fürchten«, erklärte sie mir. »Ich habe die drei Wunden erlitten, was also sollte mich noch verletzen können?« Wir saßen neben der Furt am nördlichen Ende des Tals. Hier sollte unsere erste Verteidigungslinie verlaufen, dies sollte der Platz sein, an dem wir unseren langsamen Rückzug begannen, um den Feind ins Tal und in Arthurs Falle zu locken. »Außerdem«, ergänzte sie, »stehe ich unter Merlins Schutz.«

»Weiß er, daß wir hier sind?« fragte ich sie.

Sie zögerte; dann nickte sie. »Er weiß es.«

»Wird er kommen?«

Sie krauste die Stirn, als wäre meine Frage eine Zumutung. »Er wird tun, was er für nötig hält«, sagte sie dann bedächtig.

»Dann wird er kommen«, behauptete ich hoffnungsvoll.

Nimue schüttelte ungeduldig den Kopf. »Merlins Sorge gilt allein Britannien. Er glaubt, daß Arthur ihm helfen kann, das geheime Wissen Britanniens wiederzuerlangen, doch wenn ihm plötzlich einfällt, daß Gorfyddyd ihm eine größere Hilfe sein könnte, dann, Derfel, glaube mir, wird Merlin sich mit Gorfyddyd verbünden.«

So ähnlich hatte sich Merlin mir gegenüber auf Caer Sws ausgedrückt, aber ich konnte immer noch nicht glauben, daß seine Ziele so weit von meinen eigenen Hoffnungen und Treueiden entfernt sein könnten. »Und was ist mit dir?« fragte ich Nimue.

»Ich habe eine einzige Verpflichtung, die mich an dieses Heer bindet«, erklärte sie. »Danach kann ich Merlin helfen, wenn er es will.«

»Gundleus«, sagte ich.

Sie nickte. »Bring mir Gundleus – lebendig, Derfel«, sagte sie mit einem tiefen Blick in meine Augen. »Bring ihn mir lebend, ich bitte dich!« Mit den Fingern berührte sie ihre lederne Augenklappe und verstummte, während sie all ihre Kraft für die Vergeltung sammelte, nach der sie sich sehnte. Ihr Antlitz war noch immer knochenbleich, und das schwarze Haar hing glatt über ihre Wangen. Die Sanftmut, die ich am Lugnasafest an ihr erlebt hatte, war einer so eisigen Schärfe gewichen, daß ich mich fragte, ob ich sie jemals verstehen würde. Ich liebte sie – nicht so, wie ich Ceinwyn zu lieben glaubte, sondern wie ein Mensch eine schöne wilde Kreatur lieben kann, einen Adler oder eine Wildkatze, und mir war klar, daß ich weder ihr Leben noch ihre Träume jemals wirklich begreifen würde. Plötzlich verzog sie das Gesicht. »Ich werde dafür sorgen, daß Gundleus' Seele bis ans Ende aller Zeiten schreien wird«, sagte sie leise, »ich werde sie durch den Abgrund ins Nichts schicken, aber er wird das Nichts niemals erreichen, Derfel, sondern auf ewig schmerzschreiend an seinem Rand leiden müssen.«

Ich erschauerte für Gundleus.

Ein Ruf lenkte meinen Blick ans andere Flußufer. Dort kamen sechs Reiter auf uns zugaloppiert. Unser Schildwall stand fest, die Männer schoben die Arme in die Riemen ihrer Schilde, dann jedoch erkannte ich, daß sie von Morfans geführt wurden. Er ritt verzweifelt, spornte sein erschöpftes, schweißbedecktes Pferd immer wieder an, so daß ich schon fürchtete, daß diese sechs alles waren, was von Arthurs Truppe übriggeblieben war.

Als die Pferde spritzend durch die Furt jagten, gingen Sagramor und ich ihnen entgegen. Am Flußufer zügelte Morfans endlich sein Tier. »Zwei Meilen von hier«, berichtete er keuchend. »Arthur schickt uns, damit wir euch zur Seite stehen. Götter, da kommen Hunderte von diesen Bastarden!« Er wischte sich den Schweiß von der Stirn und grinste. »Es gibt Beute genug für tausend von uns!«

Schwerfällig glitt er von seinem Pferd. Dabei sah ich, daß er das Silberhorn trug, und schloß daraus, daß er Arthur herbeirufen würde, wenn der Moment gekommen war.

»Wo ist Arthur?« erkundigte sich Sagramor.

»In einem sicheren Versteck«, beruhigte uns Morfans. Er musterte meine Rüstung, und sein häßliches Gesicht verzog sich zu einem schiefen Grinsen. »Ziemlich schwer, die Rüstung, stimmt's?«

»Wie kann er damit kämpfen?« fragte ich ihn.

»Sehr gut, Derfel, sehr gut. Genau wie Ihr es tun werdet.« Er legte mir die Hand auf die Schulter. »Gibt es Neuigkeiten von Galahad?«

»Nichts.«

»Agricola wird uns nicht allein kämpfen lassen, ganz gleich, was dieser christliche König und sein Schwächling von Sohn entscheiden«, erklärte Morfans. Dann führte er seine fünf Reiter durch den Schildwall nach hinten. »Gebt uns ein paar Minuten, damit sich die Pferde ausruhen können«, rief er dabei.

Sagramor zog sich den Helm über den Kopf. Der Numidier trug ein Kettenhemd, einen schwarzen Mantel und hohe Stiefel. Sein Eisenhelm, mit Pech geschwärzt, verlief nach oben zu einer scharfen Spitze, was sehr exotisch aussah. Obwohl er normalerweise zu Pferde kämpfte, zeigte er kein Bedauern darüber, daß er an diesem Tag Fußsoldat sein mußte. Ohne die geringste Besorgnis stelzte er langbeinig vor unserem Schildwall auf und ab, um seinen Männern Mut zuzusprechen.

Ich zog mir Arthurs einengenden Helm über den Kopf und schnallte den Riemen unter meinem Kinn zu. Dann ging ich, in der Rüstung meines Lords, ebenfalls an der Speerreihe entlang und erklärte meinen Männern, daß es ein schwerer Kampf werden, der Sieg aber mit Sicherheit unser sein werde, solange unser Schildwall halte. Es war ein gefährlich dünner Wall, an einigen Stellen nur drei Mann tief, doch die, die diesen Wall bildeten, waren alle hervorragende Kämpfer. Als ich an die Stelle kam, wo Sagramors Speerkämpfer an die meinen grenzten, trat einer von ihnen aus der Reihe. »Erinnert Ihr Euch an mich, Lord?« rief er mir zu.

Einen Moment lang dachte ich, er hätte mich für Arthur gehalten, und zog die in Scharnieren hängenden Wangenstücke beiseite, damit er mein Gesicht sehen konnte, dann jedoch erkannte ich ihn endlich. Es war Griffid, Owains Hauptmann, der in Lindinis versucht hatte, mich umzubringen, bevor Nimue eingriff und mir das Leben rettete. »Griffid ap Annan«, begrüßte ich ihn.

»Es herrschte böses Blut zwischen uns, Lord«, sagte er und fiel auf die Knie. »Vergebt mir!«

Ich zog ihn empor und umarmte ihn. Sein Bart war grau geworden, aber er war noch immer der schlaksige Mann mit dem traurigen Gesicht, den ich in Erinnerung hatte. »Meine Seele liegt in Euren Händen«, sagte ich zu ihm, »und ich lege sie gern hinein.«

»Und die meine in Euren, Lord«, gab er zurück.

»Minac!« Ich hatte einen weiteren von meinen alten Kameraden erkannt. »Vergebt Ihr mir?«

»War da irgend etwas zu vergeben, Lord?« fragte er, von der Frage in Verlegenheit gebracht.

»Es war nichts zu vergeben«, versicherte ich ihm. »Ich habe keinen Eid gebrochen, das schwöre ich.«

Minac trat vor und umarmte mich. Inzwischen wurden überall im Schildwall ähnliche Streitereien beigelegt. »Wie ist es Euch ergangen?« erkundigte ich mich bei Griffid.

»Wir haben hart gekämpft, Lord. Zumeist gegen Cerdics Sachsen. Der heutige Tag wird nicht weiter schwierig sein, im Vergleich mit diesen Bastarden – bis auf eins.« Er zögerte.

»Nun?«

»Wird sie uns unsere Seelen zurückgeben, Lord?« fragte er mich mit einem kurzen Blick auf Nimue. Er dachte an den schrecklichen Fluch, mit dem sie ihn und seine Männer belegt hatte.

»Selbstverständlich wird sie das«, antwortete ich und rief Nimue herbei, die zunächst Griffids Stirn und dann die Stirnen aller anderen Überlebenden berührte, die an jenem fernen Tag in Lindinis mein Leben bedroht hatten. So wurde der Fluch aufgehoben, und die Männer bedankten sich bei ihr, indem sie ihr die Hand küßten. Ich umarmte Griffid abermals; dann hob ich die Stimme, damit mich all meine Männer hören konnten. »Heute«, sagte ich, »werden wir den Barden so viel Stoff zum Singen geben, daß es für tausend Jahre reicht! Und heute werden wir endlich wieder reich werden!«

Sie jubelten. So hoch wogten die Gefühle in diesem Schildwall, daß manche Männer vor Glück weinten. Heute weiß ich, daß es keine größere Freude gibt als die Freude, Jesus Christus zu dienen, aber wie sehr vermisse ich die Gesellschaft von Kriegern! Nichts trennte uns an jenem Morgen, und in uns wallte eine große Liebe füreinander auf, als wir da auf den Feind warteten. Wir waren Brüder, wir waren unbesiegbar, und selbst der wortkarge Sagramor hatte Tränen in den Augen. Ein Speerkämpfer stimmte den Kriegsgesang von Beli Mawr an, Britanniens großes Schlachtenlied, und bald stiegen die kräftigen Männerstimmen in instinktiver Harmonie am ganzen Schildwall entlang empor. Andere Männer tanzten über ihren Schwertern, machten in ihren Lederrüstungen hohe Sprünge, um die schwierigen Schritte zu beiden Seiten der Klingen auszuführen. Unsere Christen hatten beim Singen die Arme ausgebreitet, fast so, als wäre das Lied ein heidnisches Gebet an ihren eigenen Gott, während andere Männer im Takt der Musik mit den Speeren auf ihre Schilde schlugen.

Als wir noch davon sangen, wie wir das Blut unserer Feinde vergießen würden, tauchten diese Feinde plötzlich am Horizont auf. Trotzig sangen wir weiter, während eine Speertruppe nach der anderen erschien und auf den fernen Feldern unter den Königsbannern Aufstellung nahm, die hell im wolkenverhangenen Grau des Tages leuchteten. Wir sangen immer weiter, unser Gesang schwoll noch an, um Gorfyddyds Heer zu trotzen, dem Heer des Vaters der Frau, die zu lieben ich überzeugt war. Das war der Grund, warum ich kämpfte – nicht nur für Arthur, sondern weil ich nur durch einen Sieg den Weg nach Caer Sws zurückfinden würde, um Ceinwyn wiederzusehen. Ich konnte keinen Anspruch auf sie erheben und hegte auch keine Hoffnungen, denn ich war als Sklave geboren und sie als Prinzessin, doch irgendwie hatte ich an jenem Tag das Gefühl, als hätte ich mehr zu verlieren, als ich im ganzen Leben besessen hatte.

Es dauerte über eine Stunde, bis die schwerfällige Horde auf dem anderen Flußufer eine Kampflinie gebildet hatte. Der Fluß konnte nur an der Furt überquert werden, und das bedeutete, daß wir Zeit zum Rückzug hatten, wenn es soweit war. Vorerst aber nahmen die Feinde wohl an, daß wir die Furt den ganzen Tag verteidigen wollten, denn sie massierten ihre besten Männer in der Mitte der Linie. Dort befand sich auch Gorfyddyd selbst, dessen Adlerbanner rote Flecken von der im Regen auslaufenden Farbe aufwies, so daß es aussah, als wäre es bereits in unser Blut getaucht worden. In der Mitte unserer Schlachtreihe, wo ich der Furt gegenüberstand, flatterten Arthurs Banner, der schwarze Bär und der rote Drache. Sagramor stand neben mir und zählte die Banner der Feinde. Gundleus' Fuchs war da zu sehen, das rote Roß von Elmet und mehrere andere, die wir nicht kannten. »Sechshundert Mann?« schätzte Sagramor.

»Und weitere im Anmarsch«, ergänzte ich.

»Höchstwahrscheinlich.« Er spie zur Furt hinüber. »Und sie werden gesehen haben, daß Tewdrics Stier nicht dabei ist.« Er schenkte mir sein seltenes Lächeln. »Dies wird eine Schlacht, die wir so leicht nicht vergessen werden, Lord Derfel.«

»Ich freue mich, daß Ihr mir dabei Gesellschaft leistet, Lord«, entgegnete ich inbrünstig, und das stimmte. Es gab keinen größeren Krieger als Sagramor, keinen, der von seinen Feinden so sehr gefürchtet wurde. Selbst Arthurs Gegenwart löste nicht ganz dieselbe Furcht aus wie das leidenschaftslose Antlitz und das grausame Schwert des Numidiers. Es war ein gebogenes Schwert fremdländischer Herkunft, und Sagramor schwang es mit schreckenerregender Geschwindigkeit. Einmal fragte ich Sagramor, warum er Arthur den Treueid geschworen habe. »Weil Arthur mir«, erklärte er mir knapp, »alles gab, als ich nichts hatte.«

Unsere Speerkämpfer hatten endlich aufgehört zu singen. Aus Gorfyddyds Heerscharen traten zwei Druiden vor. Da wir nur Nimue hatten, um ihre Zaubersprüche zunichte zu machen, watete sie durch die Furt den beiden Männern entgegen, die beide mit einem erhobenen Arm und einem geschlossenen Auge die Straße entlanggehüpft kamen. Die Druiden waren Iorweth, Gorfyddyds Zauberer, und Tanaburs in seinem langen, mit Monden und Hasen bestickten Gewand. Die beiden Männer tauschten Küsse mit Nimue aus und unterhielten sich kurz mit ihr, dann kehrte sie auf unsere Seite des Flusses zurück. »Sie wollen, daß wir kapitulieren«, berichtete sie verächtlich, »und ich habe sie meinerseits dazu aufgefordert.«

»Gut«, knurrte Sagramor.

Iorweth hüpfte linkisch zur anderen Seite der Furt zurück. »Die Götter grüßen Euch!« rief er uns zu, aber keiner von uns antwortete. Weil ich nicht erkannt werden wollte, hatte ich meine Wangenstücke geschlossen. Tanaburs hüpfte, seinen Stab als Stütze benutzend, am Ufer flußaufwärts. Iorweth hob seinen Stab über den Kopf, um uns zu zeigen, daß er weitersprechen wollte. »Mein König, der König von Powys und Großkönig von Britannien, König Gorfyddyd ap Cadell ap Brychan ap Laganis ap Coel ap Beli Mawr, wird euren unerschrockenen Seelen die Reise in die Anderwelt ersparen. Ihr braucht nichts weiter zu tun, ihr tapferen Krieger, als uns Arthur auszuliefern!« Er zeigte mit dem Stab auf mich, und Nimue zischte unverzüglich ein Schutzgebet und warf zwei Handvoll Erde in die Luft.

Ich antwortete nicht, und dieses Schweigen verkündete meine Weigerung. Iorweth wirbelte seinen Stab und spie dreimal in unsere Richtung; dann begann er am Ufer entlang flußabwärts zu hüpfen und Tanaburs' Zaubersprüche durch seine Flüche zu ergänzen. König Gorfyddyd war, begleitet von seinem Sohn Cuneglas und seinem Verbündeten Gundleus, halbwegs bis zum Fluß hinabgeritten, um die Druiden bei ihrer Arbeit zu beobachten, und sie leisteten tatsächlich Schwerarbeit. Sie verfluchten unser Leben bei Tag und unsere Seelen bei Nacht. Sie überließen unser Blut den Würmern, unser Fleisch den wilden Tieren und unsere Knochen der Agonie. Sie verfluchten unsere Frauen, unsere Kinder, unsere Felder und unser Vieh. Nimue wirkte den Zaubersprüchen entgegen, doch unsere Männer erschauerten trotzdem. Die Christen riefen laut, es sei nichts zu befürchten, aber auch sie schlugen das Kreuzeszeichen, als die Flüche auf den Schwingen der Dunkelheit über den Fluß geflogen kamen.

Eine ganze Stunde lang fluchten die Druiden, bis wir zitterten. Nimue ging an der Schildlinie entlang, berührte die Speerspitzen und versicherte den Männern, daß die Flüche nichts bewirkt hätten, doch unsere Männer fürchteten den Zorn der Götter, als die Speerreihe der Feinde endlich vorzurücken begann. »Schilde hoch!« rief Sagramor rauh. »Speere hoch!«

Die Feinde machten fünfzig Schritt vom Fluß entfernt halt, während ein einzelner Mann zu Fuß weiterschritt. Es war Valerin, der Häuptling, den wir bei Morgengrauen aus dem Tal vertrieben hatten. Mit Schild und Speer näherte er sich nun der Furt. Heute morgen hatte er eine Niederlage erlitten, und sein Stolz trieb ihn dazu, sich jetzt dafür zu rächen und seinen Ruf wiederherzustellen. »Arthur!« schrie er mir zu. »Du hast eine Hure geheiratet!«

»Nicht antworten, Derfel«, ermahnte mich Sagramor.

»Eine Hure!« rief Valerin. »Sie war benutzt, als sie zu mir kam. Willst du eine Liste ihrer Liebhaber? Eine Stunde, Arthur, würde nicht reichen, dir alle aufzuzählen! Und mit wem hurt sie jetzt, während du dich auf den Tod vorbereitest? Glaubst du etwa, sie wartet auf dich? Ich kenne diese Hure! Sie schlingt ihre Beine um den einen oder anderen Mann!« Er breitete die Arme aus und zuckte auf obszöne Weise mit den Hüften. Meine Speerkämpfer brüllten höhnisch, aber Valerin ignorierte ihre Beleidigungen. »Eine Hure!« wiederholte er. »Eine stinkende, abgenutzte Hure! Willst du für deine Hure kämpfen, Arthur? Oder hast du den Mut zum Kämpfen verloren? Verteidige deine Hure, du Wurm!« Damit durchquerte er die Furt, deren Wasser ihm bis an die Oberschenkel reichte, und blieb an unserem Ufer mit tropfendem Mantel höchstens ein Dutzend Schritte entfernt von mir stehen. Angestrengt versuchte er in den dunklen Schatten der Augenöffnung in meinem Helm zu spähen. »Eine Hure, Arthur«, wiederholte er, »deine Gemahlin ist eine Hure.« Er spie aus. Er war barhäuptig und hatte sich schützende Mistelzweige ins lange schwarze Haar geflochten. Er trug einen Brustharnisch, doch keine weitere Körperrüstung. Sein Schild war mit Gorfyddyds Adler bemalt. Er lachte mich aus. Dann hob er die Stimme und wandte sich an unsere Männer. »Euer Führer will nicht für seine Hure kämpfen, warum also solltet ihr für ihn kämpfen?«

Sagramor ermahnte mich grollend, die Schmähungen zu ignorieren, aber Valerins Hohn beunruhigte unsere Männer, deren Seelen schon durch die Flüche der Druiden niedergedrückt waren. Ich wartete ab, bis Valerin Guinevere noch ein einziges Mal als Hure bezeichnete, und als er das tat, schleuderte ich meinen Speer nach ihm. Es war ein ungeschickter Wurf, da mich die enge Kettenrüstung behinderte. Der Speer flog an ihm vorbei und klatschte ins

Wasser. »Eine Hure!« brüllte er und stürzte, seinen Kriegsspeer auf mich gerichtet, vorwärts, während ich Hywelbane aus der Scheide riß. Ich ging ihm entgegen und hatte gerade noch Zeit für zwei Schritte, bevor er unter lautem Wutgebrüll mit dem Speer nach mir stieß.

Ich fiel auf ein Knie und hob den polierten Schild so angewinkelt, daß die Speerspitze über meinen Kopf hinweg abgelenkt wurde. Vor mir sah ich Valerins Füße, und ich hörte sein Gebrüll, als ich unter meinem Schildrand hindurch mit Hywelbane zustieß. Ich riß die Klinge nach oben und spürte, wie sie traf, bevor sein noch im Schwung befindlicher Körper auf meinen Schild prallte und mich zu Boden warf. Er brüllte jetzt nicht mehr, sondern schrie, denn der Schwertstoß unter dem Schild hindurch war ein bösartiger Stoß von unten nach oben gewesen, der den Bauch des Gegners durchstoßen konnte, und ich wußte, daß Hywelbane tief in Valerin eingedrungen war. Ich fühlte, wie sein Körpergewicht die Schwertklinge hinabzog, als er über dem Schild zusammensank. Mit aller Kraft drückte ich nach oben, um ihn von meinem Schild zu werfen, und stieß einen dumpfen Laut aus, als ich das Schwert aus der Umklammerung seines Fleisches löste. Grausig ergoß sich sein Blut neben dem Speer, der zu Boden gefallen war. Er lag da in seinem Blut und krümmte sich vor unerträglichen Schmerzen. Dennoch versuchte er sein Schwert zu ziehen, als ich mich aufrappelte und ihm den Fuß auf die Brust setzte. »Guinevere ist eine Lady«, sagte ich zu ihm, »und wenn Ihr das leugnet, gehört Eure Seele mir.«

»Sie ist eine Hure«, stieß er mühsam zwischen zusammengebissenen Zähnen hervor. Dann würgte er und schüttelte schwach den Kopf. »Der Stier behütet mich«, brachte er noch heraus, und da ich nun wußte, daß er zum Mithraskult gehörte, stieß ich rasch mit Hywelbane zu. Die Klinge traf auf seine Kehle und machte seinem Leben dann mit einem raschen Schnitt ein Ende. Blut schoß an der Klinge empor, und ich glaube, Valerin hat nicht mehr gemerkt, daß es nicht Arthur war, der seine Seele zur Schwerterbrücke in Cruachans Höhle schickte.

Unsere Männer jubelten. Ihr Kampfgeist, von den Druiden zermürbt und durch Valerins bösartige Beleidigungen abgekühlt, war augenblicklich wiederhergestellt, denn wir hatten das erste Blut vergossen. Ich stieg zum Flußufer hinab, wo ich einen Siegestanz aufführte, während ich den entmutigten Feinden Hywelbanes blutige Klinge zeigte. Nun, da ihr Champion besiegt worden war, wendeten Gorfyddyd, Cuneglas und Gundleus ihre Pferde, und meine Männer verhöhnten sie als Memmen und Schwächlinge.

Als ich zum Schildwall zurückkehrte, nickte Sagramor. Dieses Nicken war offensichtlich seine Art, mich für einen gut geführten Kampf zu loben. »Was machen wir mit ihm?« Er deutete auf Valerins Leichnam.

Ich wies Issa an, den Schmuck des Toten an sich zu nehmen. Dann warfen ihn zwei andere Männer in den Fluß, und ich bat die Wassergeister, meinen Bruder in Mithras seinem gerechten Lohn zuzuführen. Issa brachte mir Valerins Waffen, seinen goldenen Torques, zwei Broschen und einen Ring. »Das gehört Euch, Lord«, sagte er und reichte mir die Beute. Außerdem hatte er meinen Speer aus dem Fluß gefischt.

Ich nahm den Speer und Valerins Waffen, aber sonst nichts. »Das Gold gehört dir, Issa«, sagte ich, weil ich daran denken mußte, wie er versucht hatte, mir seinen eigenen Torques zu geben, nachdem wir aus Ynys Trebes zurückgekehrt waren.

»Das hier nicht, Lord«, entgegnete er und zeigte mir Valerins Ring. Es war ein Schmuckstück aus schwerem Gold, wunderschön gefertigt und mit der Figur eines Hirschs geschmückt, der unter einem Halbmond dahinjagt. Es war Guineveres Zeichen, und in die Rückseite des Ringes war grob, aber tief ein Kreuz in das dicke Gold geritzt. Also war es ein Liebesring, und es war sehr klug von Issa gewesen, das gleich zu merken.

Ich nahm den Ring an mich und dachte daran, daß Valerin ihn während all dieser Jahre seiner Kränkung getragen hatte. Aber vielleicht, wagte ich zu hoffen, hatte er sich nur für seinen Schmerz rächen und ihren guten Ruf zerstören wollen, indem er ein falsches Kreuz in den Ring ritzte, damit die Leute denken sollten, er sei ihr Liebhaber gewesen. »Arthur darf niemals davon erfahren«, ermahnte ich Issa und schleuderte den schweren Ring weit in den Fluß.

»Was war das?« erkundigte sich Sagramor, als ich zu ihm zurückkehrte.

»Ach, nichts«, antwortete ich, »gar nichts. Nur ein Amulett, das uns Unglück gebracht hätte.«

Dann ertönte auf der anderen Flußseite ein Widderhorn, und sein Klang ersparte es mir, weiter über den Ring nachzudenken.

Der Feind rückte an.

Von dieser Schlacht singen die Barden noch heute, obwohl die Götter allein wissen, woher sie die vielen Einzelheiten nehmen, mit denen sie die Erzählung ausschmücken, denn wenn man ihre Gesänge hört, möchte man meinen, daß keiner von uns Lugg Vale überlebt haben könnte, daß wir es vielleicht auch nicht überlebt haben sollten. Es war ein verzweifelter Kampf. Und, obwohl die Barden das nicht zugeben, eine Niederlage für Arthur.

Gorfyddyds erster Angriff war ein Ansturm rasender Speerkämpfer, die sich in die Furt stürzten. Sagramor befahl uns vorzurücken. Wir trafen in der Mitte des Flußbetts auf sie, und unsere Schilde prallten laut wie Donnerschlag aneinander, der im ganzen Tal widerhallte. Die Feinde waren uns an Zahl überlegen, doch ihre Attacke wurde durch die Enge der Furt begrenzt, und so konnten wir es uns leisten, Männer von den Flanken abzuziehen, um die Mitte zu verstärken.

Wir in der ersten Reihe hatten nur Zeit für einen einzigen Stoß; dann duckten wir uns hinter unsere Schilde und drückten einfach gegen die feindliche Linie, während unsere Männer in der zweiten Reihe über unsere Köpfe hinweg fochten. Das Klirren der Schwerter, das Dröhnen der Schildbuckel und das Klappern der Speerschäfte wirkten ohrenbetäubend, aber es starben bemerkenswert wenige Männer, denn das Töten ist schwierig, wenn zwei ineinander verkeilte Schildwälle gegeneinanderdrücken. Statt dessen wird der Kampf zum Wettschieben. Die eigene Speerspitze wird vom Feind gepackt, so daß man sie nicht zurückziehen kann, es ist räumlich unmöglich, ein Schwert zu ziehen, und die ganze Zeit regnet es aus der zweiten feindlichen Reihe Schwert-, Axt- und Speerhiebe auf Helme und Schildränder. Die schlimmsten Verletzungen werden von Männern verursacht, denen es gelingt, mit ihrem Schwert unterhalb des Schildrandes zuzustoßen, und so baut sich an der Front allmählich ein Wall von Verwundeten auf, der das Töten noch weiter erschwert. Nur wenn eine Seite zurückweicht, kann die andere die Verwundeten töten, die an der Flutlinie der Schlacht gestrandet sind. Wir jedoch hielten stand bei dieser ersten Attacke – nicht, weil wir so tapfer waren, sondern weil Morfans seine sechs Reiter durch das Gedränge unserer Männer trieb und seine langen Reiterspeere dazu benutzte, die geduckte Frontlinie der Feinde niederzuhalten. »Schilde! Schilde!« hörte ich Morfans rufen, als der ungeheure Druck der sechs Pferde unseren Schildwall vorwärtsschob. Die Männer in unserer letzten Reihe reckten ihre Schilde hoch, um die gewaltigen Schlachtrösser vor dem Regen der feindlichen Speere zu schützen, während wir in der Frontreihe im Wasser kauerten und die Männer zu erledigen trachteten, die vor den Stößen der Reiter zurückwichen. Ich schützte mich mit Arthurs poliertem Schild und stieß mit Hywelbane zu, wo immer sich in der Reihe der Feinde eine Lücke bot. Ich mußte zwei mächtige Hiebe auf den Kopf einstecken, aber der Helm dämpfte alle beide, obwohl mir noch eine Stunde lang der Schädel dröhnte. Ein Speer traf meine Schuppenrüstung, vermochte sie aber nicht zu durchbohren. Der Mann, der den Speer geführt hatte, wurde von Morfans getötet, und nach seinem Tod verloren die Feinde plötzlich den Mut und kehrten platschend ans Nordufer des Flusses zurück. Ihre Verwundeten nahmen sie mit, eine Handvoll von ihnen befand sich jedoch zu dicht an unseren Linien, und diese Handvoll töteten wir, bevor wir uns ans eigene Ufer zurückzogen. Wir hatten sechs Mann an die Anderwelt verloren, und doppelt so viele waren verwundet. »Ihr solltet nicht in der Frontlinie stehen«, warnte mich Sagramor, während er zusah, wie unsere Verwundeten davongetragen wurden. »Sie werden erkennen, daß Ihr nicht Arthur seid.«

»Sie sehen, daß Arthur kämpft«, gab ich zurück. »Im Gegensatz zu Gorfyddyd und Gundleus.« Die feindlichen Könige hatten sich in der Nähe des Kampfplatzes aufgehalten, aber niemals so nahe, daß sie ihre eigenen Waffen einsetzen konnten.

Iorweth und Tanaburs schrien auf Gorfyddyds Männer ein, ermutigten sie zum Kampf und versprachen ihnen den Lohn der

Götter, doch während Gorfyddyd seine Speerkämpfer umformierte, watete eine Gruppe herrenloser Männer in den Fluß, um uns auf eigene Faust anzugreifen. Krieger dieser Kategorie verließen sich darauf, daß ihnen besondere Tapferkeit Rang und Reichtum einbrachte, und die dreißig rasenden Männer griffen uns wild schreiend an, sowie sie den tiefsten Teil des Flusses hinter sich hatten. Sie waren entweder betrunken oder vom Schlachtenwahn erfüllt, denn sie rannten allein gegen unsere gesamte Streitmacht an. Der Lohn für einen Erfolg wären Land, Gold, Vergebung ihrer Verbrechen und der Lordstatus an Gorfyddyds Hof gewesen, aber dreißig Mann waren viel zuwenig. Sie fügten uns zwar geringen Schaden zu, mußten dabei aber ihr Leben lassen. Sie waren alle gute Speerkämpfer, deren Schildhände von Kriegerringen strotzten, doch jedem von ihnen standen jetzt drei bis vier Feinde gegenüber. Eine ganze Gruppe stürzte sich auf mich, weil sie in meiner Rüstung und der weißen Federhelmzier den kürzesten Weg zum Ruhm vermuteten, doch Sagramor und meine Wolfsruten-Speerkämpfer fingen sie ab und stellten sie. Ein riesiger Mann schwang eine sächsische Streitaxt. Sagramor tötete ihn mit seinem Krummschwert. Dann nahm er dem Sterbenden die Axt aus der Hand und schleuderte sie gegen einen weiteren Speerkämpfer, und dabei sang er die ganze Zeit einen unheimlichen Schlachtgesang in seiner Muttersprache. Als mich ein letzter Schwertkämpfer angreifen wollte, parierte ich seinen sensenartigen Schlag mit dem Eisenbuckel auf Arthurs Schild, schlug seinen eigenen Schild mit Hywelbane beiseite und versetzte ihm dann einen Tritt zwischen die Beine. Er krümmte sich, zu sehr von Schmerz gepeinigt, um aufzuschreien, und Issa rammte ihm einen Speer in den Hals. Wir erleichterten die toten Angreifer um ihre Rüstung, ihre Waffen und ihren Schmuck und ließen die Leichen am Rand der Furt als Barriere gegen den nächsten Angriff liegen.

Der Angriff kam schnell und hart. Genau wie der erste Angriff wurde auch diese dritte Attacke von einer Masse von Speerkämpfern ausgeführt, doch diesmal trafen wir sie auf unserem Flußufer, wo der Ansturm der Männer hinter der feindlichen Frontreihe die ersten Speerträger dazu brachte, über die aufgetürmten Leichen zu stolpern. Dadurch waren sie unserem Gegenangriff ausgeliefert, und unter Triumphgeheul stießen wir mit unseren roten Speeren zu. Wieder dröhnten die Schilde gegeneinander, wieder schrien Sterbende und riefen ihre Götter an, wieder klirrten die Schwerter so laut wie auf den Ambossen von Magnis. Und wieder stand ich in der Frontreihe, so dicht am Feind, daß ich den Met im Atem der Männer riechen konnte. Ein Mann, der mir den Helm vom Kopf reißen wollte, verlor die Hand durch einen Schwertstreich. Abermals begann das Geschiebe, und abermals schien es, als müßte der Feind uns allein durch seinen ungeheuren Druck zurückzwingen, abermals schleuderten die feindlichen Krieger Speere, die auf unseren Schilden klapperten, abermals stießen Morfans' Reiter mit ihren langen Reiterspeeren zu, und abermals zog sich der Feind zurück. Die Barden behaupten, das Wasser des Flusses sei rot von Blut gewesen, aber das stimmt nicht, obwohl ich tatsächlich ein paar Blutrinnsale flußabwärts verschwinden sah, aber die stammten von den Verwundeten, die vergebens versuchten, sich durch die Furt ans andere Ufer zu retten.

»Wir könnten den ganzen Tag hier gegen diese Bastarde kämpfen«, sagte Morfans. Sein Pferd blutete, und er war abgesessen, um die Wunde des Reittiers zu behandeln.

Ich schüttelte den Kopf. »Weiter flußabwärts gibt es eine zweite Furt.« Ich zeigte nach hinten. »Es wird nicht lange dauern, und ihre Speerkämpfer kommen uns an diesem Ufer entgegen.«

Die feindlichen Truppen erschienen schneller, als ich dachte, denn schon zehn Minuten später wurden wir durch einen Ruf an unserer Flanke gewarnt, daß eine Gruppe von Feinden den Fluß überquert habe und nun auf unserem Ufer vorrücke.

»Wir sollten allmählich den Rückzug antreten«, ermahnte mich Sagramor. Sein glattrasiertes schwarzes Gesicht war mit Blut und Schweiß verschmiert, in seinen Augen aber leuchtete die Freude, denn dies war ein Kampf, der die Dichter veranlassen würde, nach neuen Worten zu suchen, eine Schlacht, an die sich die Männer noch viele Winter lang in ihren verräucherten Hallen erinnern würden, eine Schlacht, die, selbst wenn wir unterlagen, die Männer in Ehren in die Halle der Krieger in der Anderwelt Einzug halten ließ. »Wir sollten sie jetzt hereinlocken«, sagte Sagramor. Er gab den Befehl zum Rückzug, und so bewegte sich unsere gesamte

Truppe langsam und schwerfällig an dem Dorf mit seinem römischen Gebäude vorbei, um einige hundert Schritt dahinter haltzumachen. Unsere linke Flanke war nun an der steilen Westseite des Tals verankert, während die rechte durch die Marschwiesen geschützt war, die sich bis zum Fluß hinabzogen. Dennoch waren wir weniger gesichert als an der Furt, denn unser Schildwall war jetzt verzweifelt dünn, und der Feind konnte ihn auf seiner ganzen Breite angreifen.

Es dauerte eine ganze Stunde, bis Gorfyddyd seine Männer über den Fluß gebracht und zu einem neuen Schildwall formiert hatte. Ich vermutete, daß es inzwischen Nachmittag geworden war, und warf einen Blick hinter mich, ob irgendwo Galahad oder Tewdrics Truppen auftauchten, aber ich konnte nichts entdecken. Allerdings, und das erleichterte mich sehr, sah ich auch nichts auf dem Westhügel, wo Nimues Geisterzaun unsere Flanke bewachte, aber Gorfyddyd würde dort kaum Männer benötigen, denn sein Heer war nunmehr größer denn je. Neue Kontingente waren aus Branogenium nachgerückt, und Gorfyddyds Befehlshaber schoben und zogen diese Neuankömmlinge in den Schildwall hinein. Wir sahen zu, wie die Hauptleute ihre langen Speere benutzten, um die feindliche Linie zu begradigen, und obwohl wir trotzige Rufe hinüberschickten, wußten wir alle, daß für jeden Mann, den wir an der Furt getötet hatten, zehn weitere über den Fluß gekommen waren. »Hier werden wir sie nie aufhalten können«, stellte Sagramor fest, als er sah, wie sich die Truppen des Feindes vermehrten. »Wir werden uns bis zur Baumbarrikade zurückziehen müssen.«

Bevor Sagramor jedoch den Befehl zum weiteren Rückzug geben konnte, kam Gorfyddyd persönlich nach vorn geritten, um uns herauszufordern. Er erschien allein, sogar ohne seinen Sohn, und brachte nichts weiter mit als das Schwert in der Scheide und einen Speer, denn er hatte keinen Arm, mit dem er einen Schild zu tragen vermochte. Gorfyddyds goldgeschmückter Helm, den Arthur ihm in der Woche seiner Verlobung mit Ceinwyn zurückgebracht hatte, war von den ausgebreiteten Schwingen eines Steinadlers gekrönt, und sein schwarzer Mantel war über die Kruppe seines Pferdes gebreitet. Sagramor befahl mir grollend zu bleiben, wo ich war, und ging dem König gemessenen Schrittes entgegen.

Gorfyddyd benutzte keine Zügel, sondern sprach zu seinem Pferd, das gehorsam zwei Schritt von Sagramor entfernt stehenblieb. Gorfyddyd stützte das Ende seines Speerschafts auf den Boden und zog dann die Wangenstücke seines Helmes beiseite, damit sein grämliches Gesicht zu sehen war. »Ihr seid Arthurs schwarzer Dämon«, beschuldigte er Sagramor und spie aus, um das Böse abzuwenden, »und Euer Hurenliebhaber versteckt sich hinter Eurem Schwert.« Wieder spie Gorfyddyd aus, diesmal jedoch in meine Richtung. »Warum sprecht Ihr nicht mit mir, Arthur?« rief er laut. »Habt Ihr Eure Zunge verschluckt?«

»Mein Lord Arthur«, gab Sagramor in seinem mit schwerem Akzent behafteten Britisch zurück, »spart seinen Atem für den Siegesgesang.«

Gorfyddyd zückte den langen Speer. »Ich bin einhändig«, rief er mir zu, »aber ich werde dennoch gegen Euch kämpfen.«

Ich schwieg und rührte mich nicht von der Stelle. Arthur, das wußte ich, würde niemals Mann gegen Mann mit einem Krüppel kämpfen. Allerdings wäre Arthur auch niemals stumm geblieben, sondern hätte Gorfyddyd inzwischen längst um Frieden gebeten.

Aber Gorfyddyd wollte keinen Frieden. Er wollte die Schlacht. Sein Pferd nur mit den Knien lenkend, ritt er an unserer Frontlinie auf und ab und schrie auf unsere Männer ein. »Ihr werdet sterben, weil euer Lord nicht von seiner Hure lassen kann! Ihr werdet sterben für ein Miststück, das feucht zwischen den Beinen ist! Für eine ständig läufige Hündin! Eure Seelen werden verflucht sein. Meine Toten tafeln bereits in der Anderwelt, doch eure Seelen werden ihre Wurfsteine sein. Und warum werdet ihr sterben? Wegen seiner rothaarigen Hure!« Er zeigte mit dem Speer auf mich; dann lenkte er sein Pferd direkt auf mich zu. Ich wich zurück, damit er durch die Augenschlitze meines Helms nicht erkennen konnte, daß ich nicht Arthur war, und meine Speerkämpfer umringten mich schützend. Gorfyddyd lachte über meine scheinbare Ängstlichkeit. Sein Pferd war so nah, daß meine Männer es hätten berühren können, aber Gorfyddyd ließ sich keinerlei Angst anmerken, sondern spie mich verächtlich an. »Weib!« rief er laut – seine schlimmste Beleidigung. Dann berührte er sein Pferd mit dem linken Fuß, wendete es und galoppierte zu seinen Männern zurück.

Sagramor wandte sich zu uns um und hob die Arme. »Zurück!« rief er. »Bis zur Barrikade zurück! Schnell, schnell! Zurück!«

Also kehrten wir den Feinden den Rücken und machten uns davon, und als sie sahen, daß sich unsere beiden Banner entfernten, stieg ein großes Jubelgeschrei aus ihren Reihen empor. Sie glaubten, daß wir vor ihnen flohen, und lösten ihre Reihen auf, um uns zu verfolgen, aber wir hatten einen zu großen Vorsprung vor ihnen und waren längst hinter der Barrikade, als sie die Lücke in den Baumstämmen erreichten. Hinter dem Schutzzaun bildeten wir wieder eine Linie, während ich Arthurs Platz in der Mitte einnahm, wo die Straße durch die offene Lücke zwischen den gefällten Bäumen führte. Wir hatten die Lücke absichtlich offengelassen, weil wir hofften, daß Gorfyddyd dort angreifen und unseren Flanken ein wenig Ruhe gönnen würde. Nun ließ ich Arthurs beide Banner wehen und wartete auf den Angriff.

Gorfyddyd befahl seinen verwirrten Speerkämpfern brüllend, sie sollten einen neuen Schildwall bilden. König Gundleus befehligte die rechte Flanke des Feindes, Prinz Cuneglas die linke. Diese Aufteilung ließ darauf schließen, daß Gorfyddyd sich nicht von unserer offenen Lücke ködern lassen würde, sondern statt dessen auf der ganzen Linie anzugreifen gedachte. »Ihr bleibt hier!« befahl Sagramor unseren Speerkämpfern. »Ihr seid Krieger! Und das werdet ihr jetzt beweisen! Hier werdet ihr bleiben, hier werdet ihr töten, und hier werdet ihr siegen!« Morfans hatte sein verletztes Pferd ein kleines Stück den westlichen Hügelhang hinaufgeführt und blickte von dort aus das Tal entlang nach Norden, um zu sehen, ob dies der richtige Augenblick sei, ins Horn zu stoßen und Arthur zu rufen. Da aber immer noch feindliche Truppen durch die Furt nachrückten, kehrte er zu uns zurück, ohne das silberne Horn an die Lippen gesetzt zu haben.

Statt dessen ertönte Gorfyddyds Horn. Der heisere Ruf des Widderhorns führte nicht etwa dazu, daß sein Schildwall vordrang. Statt dessen löste sich ein Dutzend nackter Verrückter aus den feindlichen Linien und warf sich gegen unsere Mitte. Solche Männer haben ihre Seelen in die Hand der Götter gegeben und sich anschließend die Sinne von einer Mischung aus Met, Stechapfelsud, Alraunewurzeln und Belladonna verwirren lassen, die einem zwar die Furcht nimmt, aber im Wachen Alpträume verursacht. Diese Männer mochten wahnsinnig, betrunken und nackt sein, aber sie waren auch gefährlich, denn sie kannten nur ein einziges Ziel – die Befehlshaber des Feindes niederzumachen. Also stürzten sie, vor dem Mund den Schaum der Zauberkräuter, die sie gekaut hatten, die Speere hoch erhoben, auf mich zu, fest entschlossen, mich zu durchbohren.

Meine Wolfsruten-Speerkämpfer gingen vor, um sich ihnen zu stellen. Der Tod kümmerte die nackten Männer nicht. Sie warfen sich meinen Kriegern entgegen, als hießen sie deren Speerspitzen willkommen. Einer meiner Männer wurde zurückgetrieben, während ein nackter Wilder mit seinen Fingern nach seinen Augen krallte und ihm ins Gesicht spie. Issa tötete die Bestie, einem anderen jedoch gelang es, einen meiner besten Männer zu töten: Laut kreischte er seinen Sieg hinaus, breitbeinig dastehend, beide Arme erhoben, den blutigen Speer in der blutigen Hand, und alle meine Männer glaubten, die Götter hätten uns verlassen, doch Sagramor schlitzte dem nackten Mann den Bauch auf und trennte ihm mit einem Hieb nahezu den Kopf vom Rumpf, bevor der Leichnam auch nur den Boden berührte. Sagramor spie auf den nackten, ausgeweideten Körper, dann spie er abermals in Richtung des feindlichen Schildwalls. Und als dieser Wall sah, daß unsere Frontlinie durcheinandergeraten war, griff er an.

Unsere hastig wiederformierte Mitte drohte zu brechen, als die Masse der Speerkämpfer gegen sie anging. Die dünne Reihe meiner Männer, die quer über der Straße stand, bog sich durch wie ein junger Baum, schaffte es aber irgendwie, standzuhalten. Jubelnd suchten wir uns gegenseitig aufzumuntern, riefen die Götter an, stießen und hieben, während Morfans und seine Reiter am Schildwall entlangritten und sich überall dort in den Kampf warfen, wo der Feind durchzubrechen drohte. Da die Flanken unseres Schildwalls von der Barrikade geschützt waren, hatten sie es ein wenig leichter, aber in der Mitte führten wir einen verzweifelten Kampf. Ich selbst, inzwischen in Kampfeswut geraten, überließ mich der flammenden Freude des Schlachtens. Da ich meinen Speer durch den festen Griff eines Feindes verloren hatte, zog ich Hywelbane, hielt mich mit dem ersten Streich aber zurück, um abzuwarten, bis der Schild eines Feindes gegen Arthurs poliertes Silber prallte. Die beiden Schilde donnerten aufeinander. Ich konnte das Antlitz des Feindes kurz sehen; dann stieß ich mit Hywelbane zu und spürte, wie der Druck von meinem Schild wich. Der Mann stürzte, und sein Leichnam bildete ein Hindernis, das seine Kameraden überwinden mußten. Issa tötete einen Mann, um gleich darauf einen Speerstoß in seinen Schildarm einzustecken, der seinen Ärmel mit Blut tränkte. Er kämpfte weiter. Ich hackte wie rasend auf die Lücke ein, die durch den Fall meines Feindes entstanden war, um ein Loch in Gorfyddyds Schildwall zu brechen. Einmal entdeckte ich den feindlichen König, wie er von seinem Pferd aus dorthin starrte, wo ich brüllte und hieb, und seine Männer herausforderte, sie sollten doch angreifen und mir die Seele stehlen. Einige wagten es tatsächlich, weil sie glaubten, in die Gesänge der Barden einzugehen, endeten statt dessen aber als Tote. Hywelbane war voll Blut, meine Rechte klebte von Blut, und der Ärmel meines schweren Schuppenpanzers war mit Blut besudelt, doch nicht ein Tropfen davon war meins.

Einmal wäre unsere Schlachtreihe in der Mitte, wo sie nicht von den verzweigten Bäumen geschützt war, fast durchbrochen worden, aber zwei von Morfans' Reitern sprangen mit ihren Pferden in die Bresche, um sie zu stopfen. Eins der Pferde starb; schreiend und mit den Hufen schlagend, lag es auf der Straße und verblutete. Dann richtete sich unser Schildwall wieder auf, und wir drängten die Feinde zurück, die langsam, ganz langsam unter dem Druck der Toten und Sterbenden erstickten, die zwischen den beiden Frontlinien lagen. Nimue hinter uns kreischte und schleuderte dem Feind Flüche entgegen.

Dann wichen die Feinde zurück, und wir vermochten endlich auszuruhen. Wir waren allesamt blut- und dreckverschmiert, und unser Atem ging in keuchenden Stößen. Unsere Schwert- und Speerarme waren ermüdet. Nachrichten über Kameraden machten die Runde. Minac war tot, dieser Mann war verwundet, jener lag im Sterben. Männer verbanden die Wunden ihrer Nebenmänner, dann schworen sie sich, einander bis in den Tod zu verteidigen. Ich versuchte mir den lästigen Druck von Arthurs Rüstung zu erleichtern, der mir tiefe Schürfwunden auf den Schultern zugefügt hatte.

Der Feind war jetzt wachsamer geworden. Die müden Männer,

die uns gegenüberstanden, hatten unsere Schwerter zu spüren bekommen und gelernt, uns zu fürchten, und dennoch griffen sie wieder an. Diesmal war es Gundleus' königliche Garde, die unsere Mitte angriff. Wir erwarteten sie vor dem blutigen Berg der Toten und Sterbenden, der vom letzten Angriff übriggeblieben war, und diese schaurige Mauer rettete uns, denn die feindlichen Speerkämpfer konnten nicht über die Leichen klettern und sich gleichzeitig mit den Schilden schützen. Wir brachen ihnen die Knöchel, schnitten ihnen die Beine auf und durchbohrten sie, während sie fielen und den blutigen Wall höher machten. Raben kreisten über der Furt, ihre ausgefransten Schwingen zeichneten sich vor dem graubraunen Himmel ab. Ich entdeckte Ligessac, den Verräter, der Norwenna Gundleus' Schwert ausgeliefert hatte, und versuchte mich zu ihm durchzukämpfen, aber die Wogen der Schlacht trugen ihn davon und retteten ihn vor Hywelbane. Dann wich der Feind wieder zurück, und ich befahl einigen meiner Männer mit heiserer Stimme, ein paar Schläuche Wasser aus dem Fluß zu holen. Wir waren alle durstig, denn der Schweiß lief uns in Strömen herab und mischte sich mit dem Blut. Ich hatte einen Kratzer an meiner Schwerthand davongetragen, war sonst aber unverletzt. Ich war in der Todesgrube gewesen und führte mein Glück im Kampf stets darauf zurück.

Der Feind begann, frische Truppen nach vorn zu schicken. Einige trugen Cuneglas' Adler, andere Gundleus' Fuchs, und einige wenige hatten eigene Embleme. Dann ertönten hinter mir Jubelrufe. In der Erwartung, Tewdrics Männer in ihren römischen Uniformen zu sehen, wandte ich mich um, erblickte jedoch Galahad, der ganz allein auf einem schweißbedeckten Pferd heransprengte. Hinter unserer Linie kam er rutschend zum Stehen und wäre vor Hast, uns zu erreichen, beinah vom Pferd gefallen. »Ich dachte schon, ich käme zu spät«, sagte er.

»Werden sie kommen?« fragte ich ihn.

Er zögerte, und noch ehe er zum Sprechen ansetzte, wußte ich, daß sie uns im Stich gelassen hatten. »Nein«, antwortete er schließlich.

Ich fluchte und blickte zum Feind hinüber. Den letzten Angriff hatten wir nur mit Hilfe der Götter überstanden, und die Götter allein wußten, wie lange wir jetzt noch aushalten konnten. »Kein einziger kommt?« fragte ich verbittert.

»Ein paar, vielleicht.« Galahad sprach mit gedämpfter Stimme. »Tewdric glaubt, daß wir verloren sind. Agricola meint, daß sie uns helfen sollten, aber Meurig verlangt, daß man uns allein sterben läßt. Sie streiten sich, aber Tewdric hat gesagt, daß jeder Mann, der hier sterben will, mir folgen darf. Vielleicht sind ja schon ein paar unterwegs.«

Ich betete darum, daß es so war, denn auf dem westlichen Hügel war jetzt ein Trupp von Gorfyddyds Landwehr eingetroffen, obwohl bisher noch kein einziger aus dieser zerlumpten Schar es gewagt hatte, Nimues Geisterzaun zu verletzen. Zwei Stunden können wir vielleicht noch aushalten, dachte ich, danach sind wir geliefert, aber bestimmt wird Arthur vorher kommen. »Kein Zeichen von den Schwarzschild-Iren?« fragte ich Galahad.

»Nein, Gott sei Dank«, antwortete er, und das war ein kleines bißchen Glück an diesem Tag, der uns fast gar kein Glück gebracht hatte, obwohl eine halbe Stunde nach Galahads Ankunft etwas Verstärkung auftauchte. Sieben Mann kamen zu Fuß auf unseren ramponierten Schildwall zu, sieben Mann in Kriegsrüstung mit Speeren, Schilden und Schwertern, und das Symbol auf ihren Schilden war der Falke von Kernow, unserem Feind. Dennoch waren diese Männer nicht unsere Feinde. Es waren sechs narbenbedeckte, schlachterprobte Kämpfer, angeführt von ihrem Edling Tristan.

Als sich die Aufregung der ersten Begrüßung gelegt hatte, erklärte er, warum er hier war. »Arthur hat einmal für mich gekämpft, und ich hatte schon lange den Wunsch, diese Schuld zu bezahlen.«

»Mit Eurem Leben?« fragte Sagramor grimmig.

»Er hat das seine aufs Spiel gesetzt«, antwortete Tristan schlicht. Ich hatte ihn als hochgewachsenen, gutaussehenden Mann in Erinnerung, und das war er immer noch, aber die Jahre hatten seinem Gesicht einen mißtrauischen, müden Ausdruck hinzugefügt, als hätte er zu viele Enttäuschungen erlebt. »Mein Vater«, ergänzte er reuig, »wird mir vermutlich niemals vergeben, daß ich hergekommen bin, aber ich hätte mir niemals vergeben können, wenn ich nicht gekommen wäre.«

»Wie geht's Sarlinna?« fragte ich ihn.

»Sarlinna?« Es dauerte einige Sekunden, bis er sich an das kleine Mädchen erinnerte, das nach Caer Cadarn gekommen war, um Owain anzuklagen. »Ach ja, Sarlinna! Ist inzwischen verheiratet. Mit einem Fischer.« Er lächelte. »Ihr habt ihr damals das Kätzchen geschenkt, nicht wahr?«

Wir postierten Tristan mit seinen Männern in der Mitte unserer Kampflinie, dem Ehrenplatz auf diesem Schlachtfeld, doch als der Feind seinen nächsten Angriff begann, attackierte er nicht die Mitte, sondern die Baumbarrikade, die unsere Flanken schützte. Eine Zeitlang wirkten sich der flache Graben und die dicht verzweigten Äste der Bäume verheerend auf die anstürmenden Männer aus, aber sie lernten schnell genug, die gefällten Bäume als Schutz zu benutzen, und an manchen Stellen gelang es ihnen sogar, durchzubrechen und unsere Linie weiter zurückzudrängen. Doch wiederum hielten wir ihnen stand, und Griffid, mein ehemaliger Feind, machte sich einen Namen, indem er Nasiens tötete, Gundleus' Champion. Unaufhörlich krachten die Schilde aufeinander, Speere brachen, Schwerter wurden zerschmettert, Schilde splitterten, während die Erschöpften gegen die Ermüdeten kämpften. Auf dem Hügel sammelte sich die feindliche Landwehr, um von ihrem sicheren Platz hinter Nimues Geisterzaun aus zuzusehen, wie Morfans wieder einmal sein müdes Pferd den gefährlich steilen Hang hinauftrieb. Er blickte gen Norden, und wir beobachteten ihn und beteten darum, daß er ins Horn stoßen möge. Er hielt sehr lange Ausschau, schien aber festzustellen, daß alle feindlichen Truppen inzwischen im Tal eingekesselt waren, denn er setzte das Silberhorn an die Lippen und blies den sehnsüchtig erwarteten Ruf über das Kampfgewühl hinweg.

Nie war ein Hornstoß freudiger begrüßt worden. Unsere ganze Linie drängte voran, und die schartig gewordenen Schwerter hämmerten mit neuer Energie auf den Gegner ein. Wieder und wieder rief das Silberhorn seinen reinen, klaren Jagdruf zum Kampf, und jedesmal wenn es ertönte, drängten unsere Männer vorwärts ins Geäst der gefällten Bäume, um auf die Feinde einzuhauen und einzustechen und einzuschreien, die sich, Hinterlist argwöhnend, unruhig im Tal umblickten, während sie sich verteidigten. Gorfyddyd rief seinen Männern zu, unsere Linie jetzt zu durchstoßen, und seine königliche Garde leitete den Angriff gegen unsere Mitte. Ich hörte, wie die Männer aus Kernow ihr Kampfgeschrei ausstießen, als sie die Schuld ihres Edlings bezahlten. Nimue war bei unseren Speerkämpfern und schwang mit beiden Händen ein Schwert. Ich schrie sie an, sie solle zurückgehen, aber der Blutrausch hielt ihre Seele gepackt, und sie kämpfte wie der Teufel. Die Feinde, die wußten, daß sie den Göttern gehörte, hatten Angst vor ihr, und die Männer versuchten ihr eher auszuweichen, statt gegen sie zu kämpfen. Dennoch war ich froh, als Galahad sie endlich aus dem Getümmel entfernte. Galahad mochte spät in die Schlacht eingegriffen haben, aber er kämpfte mit einer wilden Freude, die die Feinde von dem zuckenden Haufen toter und sterbender Männer zurücktrieb.

Das Horn ertönte zum letztenmal. Und endlich ging Arthur zum Angriff über.

Seine gepanzerten Speerkämpfer waren aus ihrem Versteck nördlich des Flusses hervorgebrochen und stürmten auf ihren Pferden schäumend wie eine Donnerflut durch den Fluß. Sie sprangen über die Leichen der ersten Kämpfe, legten die blanken Speere an und fielen über die hinteren Truppeneinheiten des Feindes her. Männer stoben wie Spreu auseinander, als die eisenbeschuhten Pferde tief in Gorfyddyds Heer eindrangen. Arthurs Männer teilten sich in zwei Gruppen, die tiefe Furchen durch die feindlichen Speerkämpfer pflügten. Sie attackierten, ließen ihre Speere in den Toten zurück und trugen den Tod mit den Schwertern weiter.

Einen Moment, einen wundervollen Augenblick lang dachte ich, der Feind würde aufgeben, dann aber entdeckte auch Gorfyddyd die Gefahr und befahl seinen Männern mit lautem Geschrei, einen neuen Schildwall gegen Norden zu bilden. Er wollte seine Nachhut opfern und statt dessen mit den hintersten Reihen seiner vorderen Truppe eine neue Speerlinie bilden. Und diese neue Linie hielt. Owain hatte recht behalten, als er vor so langer Zeit sagte, daß nicht einmal Arthurs Pferde einen gut formierten Schildwall angreifen würden. Sie taten es nicht. Arthur hatte einem Drittel von Cuneglas' Heer Panik und Tod gebracht, der Rest aber nahm jetzt diszipliniert Aufstellung und trotzte seinen Reitern.

Und noch immer war uns der Feind zahlenmäßig überlegen.

Unser Wall hinter der Baumbarriere war nirgendwo mehr als zwei Mann stark, und stellenweise gab es sogar nur noch einen. Arthur war es nicht gelungen, zu uns durchzubrechen, und Gorfyddyd wußte, daß Arthur dies auch nicht gelingen würde, solange ein Schildwall vor den Pferden stand. Also baute er diesen Schildwall auf und lieferte Arthur das letzte Drittel seines Heeres auf Gnade und Ungnade aus. Den Rest seiner Männer ließ er wieder gegen Sagramors Schildwall anrennen. Gorfyddyd kannte Arthurs Taktik inzwischen und hatte sie überlistet, deswegen konnte er seine Speerkämpfer mit neuer Zuversicht in den Kampf werfen, obwohl er diesmal, statt auf der ganzen Linie zu attackieren, unsere linke Flanke zurückzudrängen versuchte und seinen Angriff auf den westlichen Saum des Tals konzentrierte.

Die Männer an jener Flanke kämpften, sie töteten, und sie wurden getötet, aber es gab nur wenige Männer, die diese Linie lange hätten halten können, und überhaupt keinen, der sie hätte halten können, wenn Gundleus' Silurier unsere Flanke umgingen, indem sie den unteren Teil des Hanges unterhalb des grausigen Geisterzauns erklommen. Der Angriff war brutal, die Verteidigung nicht weniger schrecklich. Morfans' überlebende Reiter warfen sich gegen die Silurier, Nimue spie ihnen ihre Flüche entgegen, und Tristans ausgeruhte Männer kämpften wie Champions, doch selbst wenn wir die doppelte Anzahl von Kriegern gehabt hätten – wir hätten den Feind nicht daran hindern können, unsere Flanke zu umgehen. Unser Schildwall brach wie eine zurückzuckende Schlange zum Flußufer hin zusammen, wo wir einen Verteidigungshalbkreis um die beiden Banner und die wenigen Verwundeten bildeten, die wir hatten mitnehmen können. Es war ein schrecklicher Augenblick. Ich sah, wie unser Schildwall brach, ich sah, wie die Feinde mit dem Abschlachten unserer auseinandergerissenen Männer begannen, dann eilte ich mit den übrigen zu dem verzweifelten Häuflein Überlebender. Wir hatten gerade noch Zeit, einen provisorischen Schildwall aufzustellen, dann konnten wir nur noch zusehen, wie Gorfyddyds triumphierende Truppen unsere Flüchtigen verfolgten und töteten. Tristan überlebte, Galahad und Sagramor ebenfalls, aber das war ein geringer Trost, denn wir hatten die Schlacht verloren, und nun konnten wir nur noch wie Helden sterben. Im nördlichen Teil des Tals wurde Arthur immer noch von dem Schildwall aufgehalten, während unser Wall im Süden, der den Feinden den ganzen Tag lang standgehalten hatte, durchbrochen und das, was von ihm übrig war, umzingelt wurde. Mit zweihundert Mann waren wir in die Schlacht gegangen; jetzt zählten wir nur noch wenig über einhundert.

Prinz Cuneglas ritt auf uns zu, um uns zur Aufgabe aufzufordern. Sein Vater befehligte die Männer, denen Arthur gegenüberstand, und überließ es seinem Sohn und König Gundleus, den Rest von Sagramors Speerkämpfern zu vernichten. Von Cuneglas wurden meine Männer wenigstens nicht beleidigt. Er zügelte sein Pferd ein Dutzend Schritte vor unserer Linie und hob die leere rechte Hand, um uns zu zeigen, daß er als Unterhändler komme. »Männer von Dumnonia!« rief Cuneglas. »Ihr habt gut gekämpft, doch weiterzukämpfen würde den Tod bedeuten. Ich dagegen biete euch das Leben.«

»Greift wenigstens ein einziges Mal zum Schwert, bevor Ihr tapfere Männer zur Aufgabe auffordert«, rief ich ihm zu.

»Angst vor dem Kampf, eh?« höhnte Sagramor, denn bisher hatte keiner von uns gesehen, daß Gorfyddyd, Cuneglas oder Gundleus sich vor den Schildwall des Feindes begeben hätten. König Gundleus saß einige Schritte hinter Prinz Cuneglas auf seinem Pferd. Nimue verfluchte ihn, doch ob er sich dessen bewußt war oder nicht, vermochte ich nicht zu sagen. Wenn ja, hätte er sich keine Sorgen zu machen brauchen, denn wir alle saßen jetzt in der Falle und waren ohne Zweifel dem Untergang geweiht.

»Oder kämpft jetzt gegen mich!« rief ich Cuneglas zu. »Mann gegen Mann, falls Ihr es wagt.«

Cuneglas musterte mich traurig. Ich war blutbesudelt, schlammbedeckt, verschwitzt, zerschlagen und von Schmerzen gepeinigt, während er höchst elegant in einer kurzen Schuppenrüstung und mit Adlerfedern als Helmzier auf seinem Pferd saß. »Ich weiß, daß Ihr nicht Arthur seid«, sagte er, »denn ich habe ihn zu Pferde erlebt. Aber wer immer Ihr seid, Ihr habt tapfer gekämpft. Ich biete Euch das Leben.«

Ich zog mir den verschwitzten, engen Helm vom Kopf und warf

ihn in die Mitte des Halbkreises. »Ihr kennt mich, Lord Prinz«, entgegnete ich.

»Lord Derfel!« Er nannte mich beim Namen, dann erwies er mir Ehre. »Lord Derfel Cadarn«, sagte er, »ich garantiere Euch das Leben und das Leben Eurer Männer. Werdet Ihr Euch ergeben?«

»Lord Prinz«, antwortete ich ihm, »ich habe hier nicht das Kommando. Ihr müßt Euch an Lord Sagramor wenden.«

Sagramor trat neben mich und nahm seinen schwarzen, spitzen Helm ab, den ein Speer durchstoßen hatte, so daß sein schwarzes, lockiges Haar blutverklebt war. »Lord Prinz«, sagte er argwöhnisch.

»Ich biete Euch das Leben«, wiederholte Cuneglas, »wenn Ihr Euch ergebt.«

Sagramor zeigte mit seinem Krummschwert dorthin, wo Arthurs Reiter den Nordteil des Tals beherrschten. »Solange mein Lord sich nicht ergeben hat«, erklärte er Cuneglas, »kann ich es auch nicht tun. Immerhin aber ...« – er hob die Stimme – »entbinde ich meine Männer von ihrem Eid.«

»Ich ebenfalls«, rief ich meinen Männern zu.

Ich bin sicher, daß einige sich versucht fühlten, die Kampfreihen zu verlassen, doch ihre Kameraden forderten sie grollend auf zu bleiben, vielleicht aber drückte das Grollen auch nur den Trotz erschöpfter Männer aus. Prinz Cuneglas wartete ein paar Sekunden; dann zog er zwei schmale Goldtorques aus einer Tasche an seinem Gurt. Lächelnd sah er uns an. »Ich verneige mich vor Eurer Tapferkeit, Lord Sagramor. Ich verneige mich vor Euch, Lord Derfel.« Damit warf er das Gold vor unseren Füßen zu Boden. Ich hob meinen Torques auf und bog die Enden auseinander, damit ich ihn mir um den Hals legen konnte. »Und, Derfel Cadarn ...«, sprach Cuneglas weiter. Er trug ein Lächeln auf dem runden, freundlichen Gesicht.

»Lord Prinz?«

»Meine Schwester bat mich, Euch Grüße zu übermitteln. Das tue ich hiermit.«

Meine Seele, so dicht vor dem Tod, schien bei diesem Gruß einen Freudensprung zu machen. »Richtet ihr auch meine Grüße aus, Lord Prinz«, antwortete ich, »und sagt ihr, daß ich mich darauf freue, sie in der Anderwelt wiederzusehen.« Dann jedoch verdarb mir der Gedanke, Ceinwyn in dieser Welt nie wiederzusehen, die Freude, und plötzlich hätte ich am liebsten geweint.

Cuneglas sah meine Trauer. »Ihr müßt nicht sterben, Lord Derfel«, sagte er. »Ich biete Euch das Leben und garantiere Euch dafür. Außerdem biete ich Euch meine Freundschaft an, falls sie Euch willkommen ist.«

»Ich würde sie in Ehren halten, Lord Prinz«, entgegnete ich, »aber solange mein Lord kämpft, kämpfe ich auch.«

Sagramor, der seinen Helm aufsetzte, zuckte zusammen, als das Metall die Speerwunde auf seinem Kopf berührte. »Ich danke Euch, Lord Prinz«, sagte er zu Cuneglas, »aber ich wähle den Kampf.«

Cuneglas wendete sein Pferd. Ich betrachtete mein Schwert, so ramponiert und klebrig von Blut, dann betrachtete ich meine überlebenden Männer. »Wenn wir nichts anderes erreicht haben«, versuchte ich sie aufzumuntern, »so haben wir wenigstens dafür gesorgt, daß Gorfyddyds Heer für eine ziemlich lange Weile nicht gegen Dumnonia marschieren kann. Vielleicht sogar nie! Denn wer würde freiwillig ein zweites Mal gegen Männer wie uns kämpfen?«

»Die Schwarzschild-Iren«, knurrte Sagramor und deutete mit dem Kopf zu dem Hügel hinüber, auf dem der Geisterzaun den ganzen Tag lang unsere Flanke geschützt hatte. Und dort, hinter den mit Zaubersprüchen belegten Pfosten, wartete eine Kriegshorde mit den runden schwarzen Schilden und den gefährlichen, langen Speeren Irlands. Es war die Besatzung von Coel's Hill, Oengus Mac Airems Schwarzschild-Iren, die gekommen waren, um sich an diesem Blutvergießen zu beteiligen.

Arthur kämpfte immer noch. Er hatte ein Drittel des feindlichen Heeres zugrunde gerichtet, aber der Rest hielt ihn nunmehr in Schach. Immer wieder griff er an und versuchte, den Schildwall zu durchstoßen, aber kein Pferd der Welt würde in ein Dickicht von Männern, Schilden und Speeren stürmen. Selbst Llamrei ließ ihn da im Stich, und nun blieb ihm meiner Ansicht nach nur noch übrig, Excalibur tief in den blutgetränkten Boden zu rammen und zu hoffen, daß ihm der Gott Gofannon aus den finstersten Tiefen der Anderwelt zu Hilfe kommen würde.

Aber kein Gott kam und auch kein Mensch aus Magnis. Später erfuhren wir, daß sich tatsächlich einige Freiwillige auf den Weg gemacht hatten, aber sie kamen alle zu spät.

Die Männer der Landwehr aus Powys blieben auf dem Hügel, weil sie sich zu sehr fürchteten, den Geisterzaun zu durchbrechen, und neben ihnen versammelten sich über einhundert irische Krieger. Diese Krieger brachen jetzt nach Süden auf, um so die rachsüchtigen Geister des Zauns zu umgehen. In einer halben Stunde, dachte ich, werden sich die Schwarzschilde Cuneglas' letzter Attacke anschließen. Ich ging zu Nimue. »Schwimm durch den Fluß«, drängte ich sie. »Du kannst doch schwimmen – oder?«

Sie hob die linke Hand mit der Narbe. »Wenn du hier stirbst, Derfel«, entgegnete sie, »sterbe ich auch hier.«

»Aber du mußt...«

»Halt den Mund!« fuhr sie mich an. »Das ist es, was du tun mußt.« Dann stellte sie sich auf die Zehenspitzen und küßte mich auf die Lippen. »Töte Gundleus für mich, bevor du stirbst«, bat sie mich.

Einer von unseren Speerkämpfern stimmte den Todesgesang von Werlinna an, und die übrigen nahmen die getragene, traurige Melodie auf. Cavan, dessen Mantel schwarz vor Blut war, hämmerte mit einem Stein auf das hohle Ende seiner Speerspitze ein, damit der Schaft fester saß. »Nie hätte ich gedacht, daß es soweit kommen würde«, sagte ich zu ihm.

»Ich auch nicht, Lord«, gab er zurück und blickte von seiner Arbeit auf. Seine Wolfsruten-Helmzier war ebenfalls blutgetränkt, sein Helm verbeult, und um den linken Oberschenkel trug er einen blutigen Verband.

»Ich dachte immer, ich wäre vom Glück begünstigt«, fuhr ich fort. »Das hatte ich mir eingebildet. Aber vermutlich tut das jeder Mann.«

»Nicht jeder Mann, Lord, nein, nur die besten unserer Führer.«

Ich dankte ihm lächelnd. »Ich hätte so gern erlebt, daß Arthurs Traum sich erfüllt«, sagte ich.

»Dann würde es keine Arbeit für Krieger mehr geben«, erwiderte Cavan finster, »und wir würden alle Angestellte oder Bauern sein. Vielleicht ist es ja besser so. Ein letzter Kampf, und dann hinab in die Anderwelt, in Mithras Dienste. Wir werden uns gut amüsieren dort, Lord. Wohlgestaltete Weiber, gute Kämpfe, starker Met und reichlich Gold auf ewig.«

»Ich werde mich über Eure Gesellschaft dort freuen«, entgegnete ich, aber es war kein Funke Freude in mir. Ich wollte noch nicht in die Anderwelt – nicht, solange Ceinwyn noch auf dieser Welt weilte. Um den Druck ihrer Brosche zu spüren, preßte ich meine Rüstung fest an die Brust und dachte an den Wahn, der nun niemals seinen Lauf nehmen würde. Zu Cavans Verwunderung sprach ich ihren Namen laut aus. Ich war verliebt und würde sterben, ohne je die Hand meiner Geliebten gehalten zu haben oder ihr Antlitz wiederzusehen.

Dann sah ich mich gezwungen, Ceinwyn zu vergessen, denn die Schwarzschild-Iren von Demetia hatten sich entschlossen, den Zaun nicht zu umgehen, sondern die Geister herauszufordern und ihn zu durchbrechen. Gleich darauf erkannte ich auch, warum. Auf dem Hügel war ein Druide aufgetaucht, der sie über die Geistergrenze führte. Nimue stellte sich neben mich und starrte zum Hügel hinauf, wo die hochgewachsene Gestalt mit dem weißen Gewand und der weißen Kapuze mit langbeinigen Schritten den steilen Hang herunterkam. Die Iren folgten ihm, und hinter ihren schwarzen Schilden und langen Speeren folgte die Landwehr von Powys mit ihrem kunterbunten Arsenal von Bogen, Hacken, Äxten, Speeren, Kampfstöcken und Heugabeln.

Der Gesang meiner Männer erstarb. Sie hoben die Speere und rückten ihre Schilde zurecht, um sich zu vergewissern, daß der Wall geschlossen war. Die Feinde, die ihren Schildwall ebenfalls formiert hatten und nun bereit zum Angriff waren, wandten sich zurück, um zuzusehen, wie der Druide die Iren ins Tal hinabführte. Iorweth und Tanaburs liefen ihm entgegen, aber der neu eingetroffene Druide scheuchte sie mit seinem langen Stab aus dem Weg. Dann schob er die Kapuze seines Gewandes zurück, so daß wir den langen, geflochtenen weißen Bart und den schwarz umwickelten Pferdeschwanz sahen. Es war Merlin.

Nimue weinte, als sie den Alten sah, und lief ihm entgegen. Die Feinde wichen zur Seite, um sie vorbeizulassen, genau wie sie sich teilten, damit Merlin auf sie zugehen konnte. Ein Druide konnte selbst auf dem Schlachtfeld gehen, wohin er wollte, und dieser Druide war der berühmteste und mächtigste im ganzen Land. Nimue rannte, und Merlin breitete die Arme aus, um sie zu umfangen, und sie schluchzte und schluchzte, weil sie ihn endlich wiedergefunden hatte, und schlang ihre mageren weißen Arme um ihn. Und plötzlich war ich sehr froh für sie.

Merlin näherte sich uns, Nimue immer noch im Arm haltend. Gorfyddyd hatte die Ankunft des Druiden beobachtet und galoppierte zu unserem Teil des Schlachtfelds herüber. Beim Anblick des Königs hob Merlin zwar den Stab zum Gruß, ignorierte aber dessen Fragen. Die irische Kriegshorde hatte am Fuß des Hügels haltgemacht und formierte sich dort zu einem grimmen Wall aus schwarzen Schilden.

Merlin kam direkt auf mich zu. Er schritt, genau wie an jenem Tag auf Caer Sws, als er mir das Leben gerettet hatte, in hehrer, kalter Majestät einher. Auf seinem dunklen Gesicht lag kein Lächeln, keine Andeutung von Freude in seinen tiefen Augen, sondern ein so furchtbarer Zorn, daß ich auf die Knie sank und, als er näher kam, den Kopf senkte. Sagramor folgte meinem Beispiel, und plötzlich kniete unsere ganze, zerschundene Truppe von Speerkämpfern vor dem Druiden.

Merlin streckte seinen schwarzen Stab aus und berührte damit zuerst Sagramors und dann meine Schulter. »Erhebt euch«, sagte er mit gedämpfter, harter Stimme. Dann wandte er sich um und trat den Feinden gegenüber. Er nahm den Arm von Nimues Schultern und hob den schwarzen Stab mit beiden Händen waagerecht über seinen Kopf. Er starrte Gorfyddyds Männer an und ließ den Stab wieder sinken. Sein langes, uraltes, zorniges Gesicht und diese langsame, selbstsichere Geste strahlten eine solche Autorität aus, daß auch die Feinde vor ihm niederknieten. Nur die beiden Druiden blieben stehen, und die wenigen Reiter blieben im Sattel.

»Seit sieben Jahren«, begann Merlin, und seine Stimme tönte über das Tal bis in dessen Mitte, so daß selbst Arthur und seine Männer ihn zu hören vermochten, »habe ich nach dem geheimen Wissen Britanniens gesucht. Ich habe nach der Macht unserer Vorfahren gesucht, die wir aufgegeben haben, als die Römer kamen. Ich habe nach den Dingen gesucht, die dieses Land seinen rechtmäßigen Göttern zurückgeben werden, seinen eigenen Göttern, unseren eigenen Göttern, den Göttern, die uns geschaffen haben und die wir möglicherweise überreden können, zurückzukehren und uns zu helfen.« Damit alle Männer ihn hören und verstehen konnten, sprach er langsam und mit schlichten Worten. »Nun jedoch«, fuhr er fort, »brauche ich Hilfe. Ich brauche Männer mit Schwertern, Männer mit Speeren, Männer mit tapferen Herzen, die mit mir an einen feindlichen Ort ziehen, um das letzte Kleinod Britanniens zu holen. Ich suche den Kessel von Clyddno Eiddyn. Der Kessel ist unsere Macht, unsere verlorene Macht, unsere letzte Hoffnung, Britannien wieder zu einer Insel der Götter zu machen. Ich verheiße euch nichts als Mühen und Plagen, und ich werde euch keinen anderen Lohn geben als den Tod, ich werde euch nichts zu essen geben können als Bitternis und nichts zu trinken als Galle. Dafür erbitte ich jedoch eure Schwerter und euer Leben. Wer will mich auf der Suche nach dem Kessel begleiten?«

Seine Frage kam unvermittelt. Wir hatten erwartet, er werde von diesem ungeheuerlichen Blutvergießen sprechen, durch das das grüne Tal rot gefärbt worden war – statt dessen ignorierte er die Schlacht, als wäre sie unerheblich, fast so, als hätte er überhaupt nicht bemerkt, daß er ein Schlachtfeld betreten hatte. »Wer?« fragte er abermals.

»Lord Merlin!« rief Gorfyddyd, bevor irgendein anderer Mann etwas erwidern konnte. Der feindliche König spornte sein Pferd durch die Reihen seiner knienden Speerkämpfer. »Lord Merlin!« Seine Stimme klang zornig, seine Miene war verbittert.

»Gorfyddyd«, erwiderte Merlin gelassen.

»Eure Suche nach dem Kessel kann doch sicher noch eine kleine Stunde warten, wie?« Gorfyddyds Frage klang ironisch.

»Sie kann ein Jahr warten, Gorfyddyd ap Cadell. Sie kann fünf Jahre warten. Sie kann ewig warten, aber sie sollte nicht warten.«

Gorfyddyd lenkte sein Pferd auf die offene Fläche zwischen den beiden Schildwällen. Auf einmal sah er seinen großen Sieg und seinen Anspruch auf den Titel des Großkönigs von einem Druiden bedroht, also wendete er sein Pferd, damit er seine Männer ansehen konnte, schlug die Wangenstücke seines Schwingenhelms zurück und hob die Stimme. »Ihr werdet Zeit haben, eure Speere der Suche nach dem Kessel zu verpflichten«, rief er seinen Männern zu, »aber erst, wenn ihr den Hurenbock bestraft und eure Speere in die Seelen seiner Männer versenkt habt. Ich muß einen Eid erfüllen und werde nicht dulden, daß irgendein Mensch, nicht einmal mein Lord Merlin, mich davon abhält. Solange dieser Hurenliebhaber lebt, wird es weder Frieden noch einen Kessel geben.« Damit wandte er sich um und durchbohrte den Zauberer mit Blicken. »Hattet Ihr vor, den Hurenbock durch diese Aufforderung zu retten?«

»Es würde mich nicht kümmern, Gorfyddyd ap Cadell«, entgegnete Merlin, »wenn sich die Erde öffnen und Arthur mitsamt seinem Heer verschlingen würde. Und Euch dazu.«

»Dann werden wir kämpfen!« rief Gorfyddyd und zog das Schwert aus der Scheide. »Diese Männer...« – er sprach zu seinen Truppen, deutete mit dem Schwert jedoch auf unsere Banner – »gehören euch. Ihr Land, ihre Herden, ihr Gold und ihre Häuser gehören euch. Ihre Frauen und Töchter sind jetzt schon eure Huren. Ihr habt bis hierher gegen sie gekämpft – wollt ihr sie jetzt ungeschoren davonkommen lassen? Der Kessel wird sich nicht in Luft auflösen, wenn sie sterben, wohl aber euer Sieg, wenn wir jetzt nicht zu Ende bringen, wozu wir hergekommen sind. Wir kämpfen!«

Einen Herzschlag lang herrschte Schweigen. Dann sprangen Gorfyddyds Männer auf und begannen mit den Speerschäften auf ihre Schilde zu schlagen. Gorfyddyd warf Merlin einen triumphierenden Blick zu und spornte sein Pferd in die lärmenden Reihen seiner Männer zurück.

Merlin wandte sich an Sagramor und mich. »Die Schwarzschild-Iren«, sagte er lässigen Tones, »sind auf eurer Seite. Ich habe mit ihnen gesprochen. Sie werden Gorfyddyds Truppen angreifen, und ihr werdet einen großen Sieg erringen. Mögen die Götter euch Kraft verleihen.« Damit wandte er sich zurück, legte den Arm um Nimues Schultern und kehrte durch die feindlichen Reihen zurück, die sich ihm gehorsam öffneten.

»Guter Versuch!« rief Gorfyddyd Merlin zu. Der König von Powys stand auf der Schwelle eines großen Sieges, und dieses schwindelerregende Gefühl erfüllte ihn mit so viel Selbstvertrauen, daß er dem Druiden die Stirn zu bieten wagte. Doch Merlin ignorierte seine gockelhafte Beleidigung und schritt mit Tanaburs und Iorweth davon.

Issa brachte mir Arthurs Helm, den ich mir, froh über seinen Schutz während dieser letzten Minuten der Schlacht, zornig auf den Schädel rammte.

Die Feinde formierten sich zu ihrem Schildwall. Jetzt flogen nur wenige Beleidigungen hin und her, denn nur wenige Männer hatten noch genügend Kraft für etwas anderes als das unbarmherzige Gemetzel, das sie am Ufer des Flusses erwartete. Zum erstenmal an diesem Tag saß Gorfyddyd ab und nahm seinen Platz im Schildwall ein. Zwar trug er keinen Schild, aber er würde diesen letzten Angriff, der die Macht seines verhaßten Feindes vernichtete, dennoch führen. Er hob das Schwert, hielt es ein paar Herzschläge lang hoch erhoben und senkte es.

Der Feind griff an.

Wir hielten Speere und Schilde bereit, um die Angreifer aufzufangen, dann krachten die beiden Schildwälle mit grausigem Geräusch aufeinander. Gorfyddyd versuchte mit seinem Schwert unter Arthurs Schild hindurchzustoßen, doch ich parierte seinen Stoß und schwang Hywelbane. Die Klinge glitt, eine Adlerschwinge durchschneidend, von seinem Helm ab, dann wurden wir durch den Druck der Männer, die von hinten nachschoben, gegeneinandergepreßt.

»Drängt sie zurück!« rief Gorfyddyd seinen Männern zu. Dann versuchte er mich über den Schild hinweg anzuspucken. »Dein Hurenbock«, höhnte er laut durch das Getümmel der Schlacht, »hat sich versteckt, während du kämpfen mußtest!«

»Sie ist keine Hure, Lord König«, erwiderte ich und versuchte, Hywelbane aus der Enge zu befreien und ihm einen Schwerthieb zu versetzen, aber der Druck der Schilde und Männer war zu stark.

»Sie hat reichlich Gold von mir genommen«, behauptete Gorfyddyd, »und ich bezahle keine Weiber, die mir nicht die Beine öffnen.«

Ich zerrte an Hywelbane und versuchte mein Schwert zwischen Gorfyddyds Beine zu stoßen, aber die Klinge glitt am Schutz seines Waffenrocks ab. Er lachte über meinen mißlungenen Versuch, spie mich noch einmal an und hob plötzlich den Kopf, weil er einen grausigen, kreischenden Schlachtruf vernahm.

Das war der Angriff der Iren. Oengus Mac Airems Schwarzschilde griffen immer mit diesem trillernden Kreischen an, einem gräßlichen Schlachtruf, der von der unmenschlichen Lust am Töten kündete. Gorfyddyd rief seinen Männern zu, tapfer dreinzuschlagen und unseren schwachen Schildwall zu durchstoßen, und wenige Sekunden lang gingen die Männer von Powys und Siluria in dem Glauben, die Schwarzschilde kämen ihnen zu Hilfe, mit frischer Kampfkraft gegen uns vor. Als sie dann aber Schreie aus den hinteren Reihen hörten, mußten sie erkennen, daß die Schwarzschilde sie verraten hatten und ein neues Bündnis eingegangen waren. Mit ihren Speeren, die leichte Beute fanden, räumten sich die Iren eine Gasse durch Gorfyddyds Reihen, und plötzlich, im Handumdrehen, ging Gorfyddyds Männern wie einem durchbohrten Wasserschlauch die Luft aus.

Ich sah den Ausdruck von Wut und Panik, der Gorfyddyds Gesicht verzerrte. »Ergebt Euch, Lord König!« rief ich ihm zu, doch seine Leibgarde fand immer noch Raum genug, um mit den Schwertern zuzuschlagen, und ein paar verzweifelte Sekunden lang mußte ich mich zu heftig verteidigen, um sehen zu können, was aus dem König wurde. Issa rief mir zu, er habe gesehen, daß Gorfyddyd verwundet sei. Galahad teilte neben mir Hiebe aus und parierte jene des Feindes, und plötzlich wandten sich die Feinde wie durch ein Wunder zur Flucht. Unsere Männer verfolgten sie, vereinigten sich mit den Schwarzschilden, um die Männer aus Powys und Siluria wie eine Herde Schafe Arthurs wartenden Reitern entgegenzutreiben. Ich selbst hielt nach Gundleus Ausschau. Ein einziges Mal entdeckte ich ihn inmitten einer Masse fliehender, schlammbedeckter, blutbesudelter Männer; dann verlor ich ihn aus den Augen.

Das Tal hatte an jenem Tag zwar schon einiges Töten gesehen, nun aber erlebte es ein wahres Schlachtfest, denn nichts erleichtert das Morden so sehr wie ein durchbrochener Schildwall. Arthur versuchte das Gemetzel zu verhindern, doch nichts hätte dem zügellosen, aufgestauten Rasen Einhalt gebieten können, und so sprengten die Reiter wie Rachegötter durch die panikerfüllte Menge der Feinde, während wir die Flüchtlinge verfolgten und in einer Orgie von Blut niedermetzelten. Zahlreichen Feinden gelang es, an den Reitern vorbeizukommen und sich durch die Furt in Sicherheit zu bringen, ebenso viele andere jedoch waren gezwungen, im Dorf Zuflucht zu suchen, wo sie endlich Zeit und Raum fanden, einen neuen Schildwall zu bilden. Nun aber waren sie es plötzlich, die umzingelt wurden. Der Abendsonnenschein fiel schräg ins Tal herein und übergoß die Bäume mit dem ersten, blaßgelben Licht des langen, blutigen Tages. Wir fanden fast keinen Atem mehr, unsere Schwerter und Speere waren von Blut verklebt.

Arthur, dessen Schwert nicht weniger rot war als das meine, glitt schwerfällig von Llamreis Rücken. Die schwarze Stute war mit weißem Schaum bedeckt, sie zitterte, und ihre blassen Augen waren riesengroß, während Arthur selbst nach seinem verzweifelten Kampf müde bis in die Knochen war. Immer wieder hatte er versucht, zu uns durchzubrechen, hatte, wie seine Männer uns berichteten, gekämpft wie ein Mann, der von den Göttern besessen ist, auch wenn es den ganzen Nachmittag lang so aussah, als hätten die Götter ihn verlassen. Obwohl er an diesem Tag als Sieger hervorging, war er zutiefst bekümmert, als er Sagramor umarmte und mich fest an sich drückte. »Ich habe Euch im Stich gelassen, Derfel«, sagte er. »Ich habe versagt.«

»Nein, Lord«, widersprach ich, »wir haben gesiegt.« Mit meinem ramponierten, blutgeröteten Schwert deutete ich auf die Überlebenden von Gorfyddyds Heer, die sich um das Adlerbanner ihres besiegten Königs sammelten. Auch Gundleus' Fuchsbanner wehte dort, obwohl keiner der beiden feindlichen Könige zu sehen war.

»Ich habe versagt«, wiederholte Arthur. »Ich konnte nicht durchbrechen. Es waren zu viele.« Der Mißerfolg ärgerte ihn, denn ihm war nur allzu deutlich bewußt, wie nahe wir einer totalen Niederlage gewesen waren. Ja, er hatte das Gefühl, besiegt worden zu sein, denn seine berühmten Reiter waren abgewehrt worden und ihm war nichts anderes übriggeblieben, als zuzusehen, wie wir niedergemacht wurden, aber er irrte sich. Der Sieg war sein, einzig und allein sein, denn Arthur hatte als einziger unter allen Männern von Dumnonia und Gwent den Mut gehabt, sich zur Schlacht zu stellen. Diese Schlacht war nicht ganz so verlaufen, wie Arthur es geplant hatte: Tewdric war nicht gekommen, um uns zu helfen, und

Arthurs Schlachtrösser waren von Gundleus' Schildwall aufgehalten worden, aber es war dennoch ein Sieg, und dieser Sieg war einzig und allein Arthurs Mut zu verdanken, überhaupt zu kämpfen. Gewiß, Merlin hatte eingegriffen, aber Merlin nahm den Sieg nicht für sich in Anspruch. Der gehörte Arthur, und obwohl Arthur damals von Selbstvorwürfen gequält wurde, war es der Sieg von Lugg Vale – der einzige Sieg, den Arthur immer geringschätzte –, der ihn letztlich zum Herrscher Britanniens machte. Der Arthur der Dichter, der Arthur, der die Zungen der Barden ermüdete, der Arthur, um dessen Wiederkehr alle Menschen in diesen finsteren Zeiten beten, wurde erst groß durch dieses stolpernde Durcheinander von einer Schlacht. Heutzutage singen die Dichter natürlich nicht mehr die Wahrheit über Lugg Vale. Sie lassen es klingen wie einen Sieg, der so überwältigend war wie seine späteren Schlachten, und vielleicht haben sie recht, wenn sie ihre Lieder so gestalten, denn in diesen harten Zeiten brauchen wir dringend einen Arthur, der vom ersten Moment an ein großer Held war. Aber die Wahrheit ist, daß Arthur in jenen frühen Jahren verletzlich war. Er regierte Dumnonia auf Grund von Owains Tod und Bedwins Unterstützung, doch als sich die Kriege jahrelang hinzogen, gab es nicht wenige, die sich wünschten, er würde verschwinden. Gorfyddyd hatte Anhänger in Dumnonia, und – Gott möge mir verzeihen – zu viele Christen beteten um Arthurs Untergang. Und deswegen kämpfte er: weil er wußte, daß er zu schwach war, nicht zu kämpfen. Arthur mußte entweder den Sieg erringen oder alles verlieren, und letzten Endes siegte er. Doch erst, nachdem er der Niederlage nur um Haaresbreite entgangen war.

Arthur ging hinüber, um Tristan zu umarmen und anschließend Oengus Mac Airem zu begrüßen, den irischen König von Demetia, dessen Truppen die Schlacht gerettet hatten. Wie immer, wenn er vor einem König stand, fiel Arthur auf die Knie, aber Oengus hob ihn auf und drückte ihn fest an seine Brust. Während die beiden Männer sich unterhielten, wandte ich mich um und blickte das Tal entlang. Es war eine grausige Stätte: verwundete Männer, erbärmlich krepierende Pferde, Berge von Leichen und überall verstreute Waffen. Das Blut stank zum Himmel, und die Verwundeten schrien. In diesem Moment fühlte ich mich so müde, wie ich mich noch nie im Leben gefühlt hatte, und meinen Männern erging es ebenso. Dann aber sah ich, daß Gorfyddyds Landwehr vom Hügel herabkam und die Toten und Verwundeten auszuplündern begann, also schickte ich Cavan mit etwa zwanzig Speerkämpfern aus, um sie zu vertreiben. Raben kamen flügelschlagend über den Fluß geflogen, um sich über die Eingeweide der Toten herzumachen. Wie ich sah, rauchten die Trümmer der Hütten, die wir am selben Morgen in Brand gesetzt hatten, noch immer. Dann mußte ich an Ceinwyn denken, und inmitten all dieses bestialischen Horrors stieg meine Seele plötzlich wie auf großen weißen Schwingen empor.

Als ich mich wieder zurückwandte, sah ich gerade noch, wie Merlin und Arthur sich umarmten. Arthur schien in den Armen des Druiden fast zusammenzubrechen, doch Merlin hielt ihn fest umfangen. Dann schritten die beiden Männer zu den Schilden der Feinde hinüber.

Prinz Cuneglas und der Druide Iorweth traten aus dem umzingelten Schildwall hervor. Cuneglas trug einen Speer, doch keinen Schild, während Arthur nur Excalibur am Schwertgehenk in der Scheide trug. Er ging vor Merlin her, und als er Cuneglas erreichte, fiel er vor ihm auf die Knie und neigte den Kopf. »Lord Prinz«, sagte er.

»Mein Vater liegt im Sterben«, gab Cuneglas zurück. »Von einem Speer in den Rücken getroffen.« Das klang wie ein Vorwurf, obwohl alle wußten, daß die Männer, sobald ein Schildwall gebrochen war, gewöhnlich von hinten getötet wurden.

Arthur blieb auf einem Knie. Sekundenlang schien er nicht zu wissen, was er sagen sollte. Dann blickte er zu Cuneglas empor. »Darf ich ihn sehen?« fragte er. »Ich habe Euer Haus beleidigt, Lord Prinz, und in seiner Ehre gekränkt, und obwohl diese Beleidigung nicht in meiner Absicht lag, möchte ich Euren Vater dennoch um Vergebung bitten.«

Nun war es Cuneglas, der um Worte verlegen schien, denn er zuckte die Achseln, als wäre er nicht sicher, ob er die richtige Entscheidung treffe, doch schließlich deutete er auf seinen Schildwall. Arthur erhob sich und begab sich, Seite an Seite mit dem Prinzen, ans Lager des sterbenden Königs Gorfyddyd.

Ich wollte Arthur zurufen, er möge nicht gehen, aber die Reihen der Feinde hatten ihn verschluckt, bevor ich meine wirren Gedanken wieder beisammen hatte. Ich wand mich bei der Vorstellung, was Gorfyddyd zu Arthur sagen würde, vor allem weil ich wußte, daß Gorfyddyd diese Dinge auch sagen würde, dieselben widerlichen Dinge, die er mir über den Rand seines von Speeren zerkratzten Schildes hinweg entgegengespien hatte. König Gorfyddyd war kein Mann, der seinen Feinden vergab oder einen Feind verschonte, nicht einmal so kurz vor seinem Tod. Besonders nicht so kurz vor dem Tod. Es würde Gorfyddyd eine letzte Genugtuung auf dieser Welt sein, zu wissen, daß er seinen Gegner zutiefst verletzt hatte. Da Sagramor meine Bedenken teilte, sahen wir beide tief besorgt zu, wie Arthur nach kurzer Zeit mit einer Miene aus den Reihen der Besiegten zurückkehrte, die so finster war wie Cruachans Höhle. Sagramor trat auf ihn zu. »Er lügt, Lord«, sagte Sagramor leise. »Er hat schon immer gelogen.«

»Ich weiß, daß er lügt«, gab Arthur zurück und erschauerte. »Aber manche Unwahrheiten sind schwer zu ertragen und unmöglich zu vergeben.« Unvermittelt stieg Zorn in ihm auf. Er riß Excalibur aus der Scheide und wandte sich wütend zu den umzingelten Feinden um. »Will irgendeiner von euch für die Lügen eures Königs kämpfen?« rief er, während er an der Schlachtreihe auf und ab ging. »Irgendeiner von euch? Ist auch nur ein einziger von euch bereit, für dieses widerliche Wesen zu kämpfen, das mit euch stirbt? Nur einer? Sonst werde ich die Seele eures Königs in die tiefste Finsternis verbannen lassen. So kommt doch endlich, kämpft!« Er schwang Excalibur gegen die erhobenen Schilde der Feinde. »Kämpft, ihr Feiglinge!« Seine Wut war fast schlimmer als alles, was wir an diesem Tag im Tal erlebt hatten. »Im Namen der Götter«, fuhr er fort, »nenne ich euren König Lügner, Bastard, eine ehrlose Kreatur, ein Nichts!« Er spie vor ihnen aus; dann fingerte er an den Schnallen meines ledernen Brustharnischs, den er noch immer trug. Es gelang ihm, die Schulterriemen zu öffnen, nicht aber die an der Taille, so daß ihm der Brustharnisch vorn herunterhing wie der Lederschurz eines Schmieds. »Ich will es euch leichtmachen«, schrie er. »Keine Rüstung. Kein Schild. Kommt und kämpft mit mir! Beweist mir, daß dieser Bastard, euer Hurenbock von König, die Wahrheit spricht! Nun? Nicht einer von euch?« Seine Rage war außer Kontrolle geraten, denn er befand sich jetzt in den Händen der Götter und spie seinen Zorn einer Welt entgegen, die sich vor seiner furchtbaren Wut duckte. »Ihr stinkenden Huren!« Er wirbelte herum, als Cuneglas wieder aus dem Schildwall auftauchte. »Du, Welpe?« Mit Excalibur zeigte er auf Cuneglas. »Willst du für diesen Haufen sterbenden Unrats kämpfen?«

Cuneglas war, wie jeder hier, tief erschüttert von Arthurs Raserei, trat aber waffenlos aus dem Schildwall hervor und sank vor Arthur auf die Knie. »Wir sind Euch auf Gnade und Ungnade ausgeliefert, Lord Arthur«, sagte er. Arthur starrte ihn wortlos an. Sein Körper war verkrampft, denn all die Wut und Frustration der Kämpfe dieses Tages kochten noch in ihm, und sekundenlang dachte ich, Excalibur würde im Dämmerlicht durch die Luft zischen und Cuneglas den Kopf von den Schultern schlagen. Doch dann blickte Cuneglas auf. »Ich bin jetzt König von Powys, Lord Arthur, aber von Euren Gnaden.«

Arthur schloß die Augen. Dann tastete er, noch immer mit geschlossenen Augen, nach Excaliburs Scheide und stieß das lange Schwert hinein. Er wandte sich von Cuneglas ab, öffnete die Augen und sah uns, seine Speerkämpfer, mit starrem Blick an. Ich beobachtete, wie die Raserei allmählich von ihm wich. Er kochte zwar immer noch vor Zorn, aber die unkontrollierbare Wut war verraucht, und seine Stimme klang beherrscht, als er Cuneglas bat, sich zu erheben. Dann befahl Arthur seine Bannerträger herbei, damit die Standarten des Drachen und des Bären seinen Worten Würde verliehen. »Ich stelle folgende Bedingungen«, sagte er so laut, daß ihn in der Abenddämmerung des Tals alle verstehen konnten. »Ich verlange Königs Gundleus' Kopf. Er trägt ihn schon viel zu lange auf den Schultern, und der Mörder der Mutter meines Königs muß seiner gerechten Strafe zugeführt werden. Darüber hinaus erbitte ich lediglich Frieden zwischen König Cuneglas und meinem König und zwischen König Cuneglas und König Tewdric. Ich erbitte den Frieden zwischen allen britischen Völkern.«

Ringsum herrschte verblüfftes Schweigen. Arthur war der Sieger dieser Schlacht. Seine Streitkräfte hatten den feindlichen König getötet und den Erben von Powys gefangengenommen, daher erwarteten alle Männer im Tal, daß Arthur ein fürstliches Lösegeld für Cuneglas' Leben forderte. Statt dessen bat er um nichts weiter als Frieden.

Cuneglas krauste die Stirn. »Und was ist mit meinem Thron?« stieß er hervor.

»Der Thron gehört Euch, Lord König«, antwortete Arthur. »Wem sonst könnte er gehören? Akzeptiert meine Bedingungen, Lord König, und Ihr könnt als freier Mann auf ihn zurückkehren.«

»Und Gundleus' Thron?« fragte Cuneglas, der wohl argwöhnte, daß Arthur Siluria für sich selbst verlangte.

»Gehört weder Euch«, erwiderte Arthur energisch, »noch mir. Gemeinsam werden wir jemanden suchen, der ihn warm hält. Sobald Gundleus tot ist«, setzte er unheildrohend hinzu. »Wo ist er?«

Cuneglas deutete auf das Dorf. »In einem der Häuser, Lord.«

Arthur wandte sich an die besiegten Speerkämpfer von Powys und hob die Stimme, damit ihn alle verstehen konnten. »Dieser Krieg hätte niemals geführt werden dürfen!« rief er. »Daß er geführt wurde, ist meine Schuld. Ich akzeptiere diese Schuld und werde für sie in jeder Münze bezahlen – nur nicht mit meinem Leben. Prinzessin Ceinwyn schulde ich mehr als eine Bitte um Verzeihung und werde bezahlen, was immer sie fordert, jetzt aber verlange ich nur, daß wir uns verbünden. Täglich treffen neue Sachsen ein, um unser Land zu erobern und unsere Frauen zu versklaven. Sie sollten wir bekämpfen, nicht einander. Ich bitte um eure Freundschaft, und zum Zeichen dieser Bitte lasse ich euch euer Land, eure Waffen und euer Gold. Dies ist weder Sieg noch Niederlage...« – er deutete auf das blutgetränkte, rauchverhangene Tal – »es ist ein Friede. Alles, was ich verlange, ist Frieden und ein einziges Leben. Das Leben des Gundleus.« Er wandte sich zu Cuneglas und senkte die Stimme. »Ich erwarte Eure Entscheidung, Lord König.«

Der Druide Iorweth eilte an Cuneglas' Seite, und die beiden Männer berieten sich. Keiner von ihnen schien Arthurs Worten zu glauben, denn Kriegsherren waren normalerweise nicht sehr großzügige Sieger. Schlachtensieger verlangten Lösegeld, Gold, Sklaven und Land; Arthur dagegen wollte nur Freundschaft. »Was ist mit Gwent?« erkundigte sich Cuneglas bei Arthur. »Was wird Tewdric verlangen?«

Arthur tat, als sähe er sich suchend in dem dunkelnden Tal um. »Ich sehe keine Männer aus Gwent, Lord König. Wenn ein Mann nicht an einer Schlacht teilnimmt, kann er später auch keine Bedingungen stellen. Ich kann Euch versichern, Lord König, daß Gwent sich Frieden wünscht. König Tewdric wird nichts verlangen als Eure Freundschaft und die Freundschaft meines Königs. Eine Freundschaft, die niemals zu brechen wir gemeinsam schwören müssen.«

»Wenn ich Euch diesen Schwur leiste – kann ich dann gehen?« wollte Cuneglas argwöhnisch wissen.

»Wohin Ihr wollt, Lord König, obwohl ich Euch um Erlaubnis bitte, Euch auf Caer Sws aufsuchen zu dürfen, um weitere Gespräche mit Euch zu führen.«

»Und meine Männer können ebenfalls gehen?« fragte Cuneglas.

»Mit ihren Waffen, ihrem Gold, ihrem Leben und meiner Freundschaft«, antwortete Arthur. Er war sehr ernst und fest entschlossen, dafür zu sorgen, daß dies die letzte Schlacht blieb, die zwischen Briten ausgefochten wurde. Obwohl er, wie mir auffiel, darauf geachtet hatte, Ratae mit keinem Wort zu erwähnen. Diese Überraschung konnte offenbar noch warten.

Cuneglas schien immer noch zu glauben, daß das Angebot zu gut sei, um wahr zu sein. Dann jedoch lächelte er plötzlich, vielleicht weil er an seine frühere Freundschaft mit Arthur dachte. »Ihr sollt Euren Frieden haben, Lord Arthur.«

»Unter einer letzten Bedingung«, entgegnete Arthur völlig unerwartet und ausgesprochen scharf, aber so leise, daß nur wenige von uns seine Worte vernehmen konnten. Cuneglas sah ihn mißtrauisch an, wartete aber ab. »Daß Ihr, Lord König«, fuhr Arthur fort, »unter Eid und auf Eure Ehre versichert, daß Euer Vater mich vor seinem Tod belogen hat.«

Der ganze Friede hing nun von Cuneglas' Antwort ab. Sekundenlang schloß er die Augen, als wäre er verletzt. Dann sagte er: »Mein Vater hat nie viel von der Wahrheit gehalten, Lord Arthur, nur von Worten, mit denen er seine Ziele erreichen konnte. Mein Vater war ein Lügner, das nehme ich auf meinen Eid.«

»Dann haben wir Frieden!« rief Arthur aus. Nur einmal hatte ich ihn glücklicher gesehen, und das war, als er sich mit seiner Guinevere vermählte. Jetzt, inmitten des Rauchs und des Gestanks der siegreichen Schlacht, wirkte er fast so glücklich wie damals auf jener blumenbewachsenen Lichtung am Ufer des Flüßchens. Ja, er brachte vor Glück fast kein Wort heraus, denn er hatte erreicht, was er sich mehr als alles auf der Welt wünschte: Frieden.

Boten wurden nach Norden und Süden geschickt, nach Caer Sws und Durnovaria, nach Magnis und nach Siluria. Das Lugg Vale stank nach Blut und Rauch. Viele der Verwundeten starben, wo sie gefallen waren, und ihre Schreie hallten gräßlich durch die Nacht, während die Lebenden sich um große Feuer drängten und von Wölfen sprachen, die aus den Hügeln kämen, um sich an den Toten der Schlacht gütlich zu tun.

Arthur wirkte wie benommen vom schieren Ausmaß seines Sieges. Er war jetzt – obwohl er es kaum begreifen konnte – der Herrscher von Südbritannien, denn es gab keinen Mann mehr, der es wagen würde, gegen sein Heer anzutreten, auch wenn es jetzt ziemlich mitgenommen war. Er mußte mit Tewdric sprechen, er mußte Speerkämpfer an die sächsische Grenze zurückschicken, er wollte unbedingt, daß Guinevere von seinem Erfolg erfuhr, und währenddessen kamen ständig Männer zu ihm, die um Gefälligkeiten und Land, Gold und Rang baten. Merlin erzählte ihm vom Kessel, Cuneglas wollte über Aelles Sachsen diskutieren, während Arthur von Lancelot und Ceinwyn reden wollte, und Oengus Mac Airem verlangte Land, Frauen, Gold und Sklaven von Siluria.

Ich selbst verlangte nur eins an jenem Abend, und dieser Wunsch wurde mir von Arthur gewährt:

Er gab mir Gundleus.

Der König von Siluria hatte in einem kleinen, von den Römern erbauten Tempel Zuflucht gesucht, der neben dem größeren römischen Haus im kleinen Dorf stand. Der Tempel war aus Stein und hatte mit Ausnahme eines grob gehauenen Loches im Giebel, das als Rauchabzug diente, keine Fenster und nur eine einzige Tür, die auf den Hof des Anwesens führte. Gundleus hatte versucht, aus dem Tal zu fliehen, aber sein Pferd war durch einen von Arthurs Reitern niedergemacht worden, und so erwartete der König nun sein Schicksal wie eine Ratte im letzten Loch. Eine Handvoll getreuer silurischer Speerkämpfer bewachten den Tempeleingang, verschwanden aber, als sie sahen, daß meine Krieger aus dem Dunkeln heraus anrückten.

Nur Tanaburs war bei dem von Feuerschein beleuchteten Tempel zurückgeblieben und hatte dort einen kleinen Geisterzaun errichtet, indem er zwei frisch abgeschlagene Köpfe am Fuß der beiden Türpfosten aufstellte. Als er am Hoftor unsere Speerspitzen glitzern sah, hob er seinen halbmondgekrönten Stab und spie uns seine Flüche entgegen. Er rief die Götter an und bat sie gerade, unsere Seelen schrumpfen zu lassen, als sein Gekreisch urplötzlich abbrach.

Es verstummte, als er hörte, wie Hywelbane aus seiner Scheide fuhr. Bei diesem Geräusch spähte er aufmerksam auf den finsteren Hof hinaus, auf den Nimue und ich gerade gemeinsam eindrangen. Als er mich erkannte, stieß er einen kleinen Angstschrei aus, der so klang wie der Schrei eines Hasen, wenn er von einer Wildkatze gestellt wird. Da er wußte, daß ich seine Seele besaß, floh er vor Entsetzen durch die Tempeltür ins Innere zurück. Nimue stieß die beiden Köpfe verächtlich mit dem Fuß beiseite und folgte mir in den Tempel. Sie trug ein Schwert. Meine Männer warteten draußen.

Der Tempel war früher einmal einem römischen Gott geweiht worden, nun aber waren es britische Götter, für welche die Schädel an den nackten Steinwänden so hoch aufgetürmt waren. Die dunklen Augenhöhlen der Schädel starrten ausdruckslos auf die beiden Feuer, die in dem hohen, schmalen Raum brannten, in dem Tanaburs sich mit einem Ring aus gelblichen Schädeln einen Zauberkreis geschaffen hatte. Jetzt stand er mitten in diesem Kreis und murmelte seine Beschwörungen, während hinter ihm an der Wand vor einem von Opferblut geschwärzten Altar mit gezogenem Schwert Gundleus wartete.

Tanaburs, dessen besticktes Gewand mit Dreck und Blut besudelt war, hob seinen Stab und schleuderte mir widerliche Flüche entgegen. Er verfluchte mich bei Wasser und Feuer, bei Erde und Luft, bei Stein und Fleisch, bei Tau und Mondlicht, bei Leben und Tod, aber nicht einer dieser Flüche konnte mich aufhalten, als ich, Nimue in ihrem verschmutzten weißen Gewand an meiner Seite, langsam näher kam. Tanaburs stieß einen letzten Fluch hervor.

Dann wies er mit dem Stab direkt auf mein Gesicht. »Deine Mutter lebt, Sachse!« rief er wutschäumend. »Deine Mutter lebt, und ihr Leben gehört mir. Hast du gehört, Sachse?« Höhnisch grinste er mich von der Mitte seines Kreises aus an, während die beiden Feuer im Tempel Schatten auf sein Gesicht warfen und seine Augen in ihrem Licht wild und drohend glühten. »Hast du gehört?« wiederholte er. »Die Seele deiner Mutter ist mein! Ich habe mich mit ihr gepaart, um das zu erreichen! Ich habe mit ihr das Tier mit den zwei Rücken gemacht und ihr Blut abgenommen, um mir ihre Seele anzueignen. Berühre mich, Sachse, und die Seele deiner Mutter geht zu den Feuerdrachen. Sie wird von der Erde zerquetscht, von der Luft verbrannt, vom Wasser erstickt und in ewige Qualen geschleudert werden. Und nicht nur ihre Seele, Sachse, sondern die Seele eines jeden Lebewesens, das je aus ihren Lenden hervorgegangen ist. Ich habe ihr Blut in der Erde vergraben, Sachse, und meine Kraft in ihren Leib ergossen!« Lachend hob er seinen Stab zu den Dachbalken des Tempels. »Berühre mich, Sachse, und der Fluch wird ihr das Leben nehmen, und durch ihr Leben auch das deine.« Er senkte den Stab so, daß er wieder waagerecht auf mich wies. »Laß mich gehen, und du wirst leben wie sie.«

Ich blieb am Rand des Kreises stehen. Die Schädel bildeten zwar keinen Geisterzaun, in ihrer Anordnung lag aber immer noch eine furchterregende Macht. Ich spürte diese Macht wie unsichtbare Flügel, die mich mit ihren schweren Schlägen in Angst versetzten. Überschritt ich diesen Schädelkreis, würde ich den Kampfplatz der Götter betreten und gegen Dinge antreten müssen, die ich mir nicht vorstellen, geschweige denn verstehen konnte. Tanaburs, der meine Unsicherheit bemerkte, grinste triumphierend. »Deine Mutter gehört mir, Sachse«, tönte er, »mir ganz allein, ihr Blut, ihre Seele und ihr Körper gehören mir, und damit gehörst auch du mir, denn du wurdest in Blut und Schmerzen von meinem Körper geboren.« Nun deutete er mit seinem Stab auf meine Brust. »Soll ich dich zu ihr bringen, Sachse? Sie weiß, daß du lebst, und ein Marsch von nur zwei Tagen wird dich in ihre Arme führen.« Er lächelte boshaft. »Du bist mein«, rief er abermals, »mein allein! Ich bin deine Mutter und dein Vater, deine Seele und dein Leben. Ich habe den Leib deiner Mutter mit dem Zauber des Einsseins belegt, und nun bist du mein Sohn! Frag sie!« Er zeigte mit dem Stab auf Nimue. »Sie kennt den Zauber.«

Nimue schwieg und starrte finster zu Gundleus hinüber, während ich in die furchtbaren Augen des Druiden blickte. Ich hatte Angst, in den Kreis zu treten, Angst vor seinen Drohungen, dann aber kehrte in einem überwältigenden Ansturm die Erinnerung an jene längst vergangene Nacht zurück, als wäre es erst gestern gewesen. Ich erinnerte mich an die Schreie meiner Mutter, und ich erinnerte mich daran, wie sie die Soldaten angefleht hatte, mich bei ihr zu lassen, und ich erinnerte mich, wie die Speerkämpfer gelacht und sie mit ihren Speerschäften auf den Kopf geschlagen hatten, und ich erinnerte mich an diesen kichernden Druiden mit den Hasen und Monden auf dem Gewand und den Knochen im Haar, und ich erinnerte mich daran, wie er mich hochgehoben und begrapscht und gesagt hatte, welch schönes Opfer ich doch für die Götter sei. An all das erinnerte ich mich, genauso wie ich mich daran erinnerte, hochgehoben zu werden, während ich nach meiner Mutter schrie, die mir nicht helfen konnte, und ich erinnerte mich, daß ich durch die Gasse der Feuer getragen wurde, wo die Krieger tanzten und die Frauen stöhnten, und ich erinnerte mich daran, daß Tanaburs mich hoch über seinen tonsurierten Kopf gehoben hatte, als er an den Rand der Grube trat, die ein schwarzes Loch in der Erde war, umgeben von Feuern, deren Flammen hell genug brannten, um das blutverschmierte Ende des zugespitzten Pfahls zu beleuchten, der aus den Tiefen der runden, dunklen Grube aufragte. Diese Erinnerungen glichen Schmerzschlangen, die sich in meine Seele verbissen, denn ich sah noch die blutigen Fleischfetzen vor mir, die an dem feuerbeschienenen Pfahl hingen, und das nur halb begriffene Grauen, das von den zerbrochenen Körpern ausging, die sich in langsamer, furchtbarer Qual wanden, während sie in der blutigen Finsternis der Todesgrube dieses Druiden verendeten. Und ich erinnerte mich daran, daß ich noch immer nach meiner Mutter schrie, als Tanaburs mich zu den Sternen emporhob, um mich seinen Göttern zu opfern. »Für Gofannon«, hatte er gerufen, während meine Mutter schrie, weil sie vergewaltigt wurde, und ich schrie, weil ich wußte, daß ich sterben mußte, »für Lleullaw«, rief Tanaburs, »für Cernunnos, für Taranis, für Sucellos, für Bel!« Und bei diesem letzten, ganz großen Namen schleuderte er mich auf den Todespfahl hinab.

Und fehlte.

Meine Mutter hatte gräßlich geschrien, und diese Schreie hörte ich noch immer, als ich mir den Weg in Tanaburs' Schädelkreis freitrat, und ihre Schreie verschmolzen mit dem Kreischen des Druiden, als ich seinen längst vergangenen Todesschrei wiederholte. »Für Bel!« rief ich.

Hywelbane fuhr hinab. Und ich fehlte nicht. Hywelbane schnitt durch Tanaburs' Schulter und Rippen, und so stark war der schiere, blutrünstige Zorn in meiner Seele, daß Hywelbane durch seinen mageren Bauch bis tief in seine stinkenden Eingeweide drang, so daß sein Körper auseinanderfiel wie ein verwester Leichnam, und dabei stieß ich ständig den grausigen Schrei eines Kindes aus, das in die Todesgrube geworfen wird.

Der Schädelkreis füllte sich mit Blut, und meine Augen füllten sich mit Tränen, als ich zu dem König emporblickte, der Rallas Sohn und Mordreds Mutter ermordet hatte, dem König, der Nimue vergewaltigt und ihr das Auge herausgerissen hatte. In der Erinnerung an jenen Schmerz nahm ich Hywelbanes Griff in beide Hände, riß die Klinge aus dem Abschaum zu meinen Füßen und trat über den Leichnam des Druiden hinweg, um Gundleus den Tod zu bringen.

»Er gehört mir!« rief Nimue mir zu. Sie hatte ihre Augenklappe abgenommen, so daß ihre leere Augenhöhle im Flammenschein tückisch und rot leuchtete. Lächelnd schritt sie an mir vorbei. »Du gehörst mir«, sagte sie sanft, »mir allein.« Und Gundleus schrie.

Und vielleicht vernahm Norwenna in der Anderswelt diesen Schrei, der ihr sagte, daß ihr Sohn, ihr kleiner, im Winter geborener Sohn, noch immer König war.

Anmerkungen des Autors

Es ist kaum überraschend, daß die Arthur-Ära der britischen Geschichte »Dark Age« genannt wird, das Dunkle Zeitalter, denn wir wissen so gut wie nichts über die Ereignisse und Persönlichkeiten jener Jahre. Ja, wir können nicht einmal sicher sein, daß Arthur wirklich gelebt hat. Nicht unwahrscheinlich ist es jedoch letztlich, daß ein großer britischer Held namens Arthur (oder Artur oder Artorius) zu Anfang des sechsten Jahrhunderts A. D. die eindringenden Sachsen vorübergehend aufgehalten hat. Eine frühe Geschichte über diese Kriege wurde in den vierziger Jahren des sechsten Jahrhunderts geschrieben, Gildas' *De Excidio et Conquestu Britanniae*, und man darf wohl annehmen, daß ein solches Werk eine zuverlässige Quelle über Arthurs Erfolge sei, nur leider erwähnt Gildas Arthurs Namen nicht ein einziges Mal – eine Tatsache, über die sich besonders jene freuen, die seine Existenz bestreiten.

Aber es gibt auch einige frühe Beweise für Arthur. Um die mittleren Jahre des sechsten Jahrhunderts herum, eben zu jener Zeit, da Gildas seine Geschichte schrieb, findet sich in erhaltenen Unterlagen eine überraschende und atypische Anzahl von Männern namens Arthur, und das wiederum läßt darauf schließen, daß es plötzlich Mode wurde, Söhne auf den Namen eines berühmten und mächtigen Mannes zu taufen. Derartige Beweise sind allerdings ebensowenig schlüssig wie der früheste literarische Hinweis auf Arthur, eine flüchtige Erwähnung in dem großen Epos *Y Gododdin*, das um 600 A. D. zur Feier einer Schlacht zwischen den nördlichen Briten (»eine mettrunkene Horde«) und den Sachsen entstand, doch zahlreiche Gelehrte sind der Ansicht, daß der Hinweis auf Arthur erst sehr viel später eingefügt wurde.

Nach dieser einen, zweifelhaften Erwähnung in *Y Gododdin*

müssen wir uns weitere zweihundert Jahre gedulden, bis Arthur wieder von einem Chronisten erwähnt wird, eine Lücke, welche die Zuverlässigkeit der Beweise in Frage stellt, doch Nennius, der seine Geschichte der Briten in den allerletzten Jahren des achten Jahrhunderts schrieb, befaßt sich sehr viel eingehender mit Arthur. Interessanterweise bezeichnet ihn Nennius niemals als König, sondern als *Dux Bellorum,* Schlachtenlenker, ein Titel, der hier mit Kriegsherr oder Warlord wiedergegeben wird. Nennius bezog sich zweifellos auf uralte Volkssagen, eine fruchtbare Quelle, aus der die immer häufigeren Nacherzählungen von Arthurs Geschichte schöpften. Im zwölften Jahrhundert erreichten diese einen Höhepunkt, als gleich zwei Autoren in verschiedenen Ländern Arthur für alle Zeiten zum Helden machten. In Britannien verfaßte Geoffrey of Monmouth seine wundervolle, mythische *Historia Regum Britanniae,* während in Frankreich der Dichter Chrétien de Troyes dieser königlichen Mixtur unter anderem Lancelot und Camelot hinzufügte. Der Name Camelot mag frei erfunden (oder bewußt von Colchesters römischem Namen Camulodunum abgeleitet) worden sein; davon abgesehen jedoch griff Chrétien de Troyes mit größter Wahrscheinlichkeit auf bretonische Mythen zurück, in denen, genau wie in den walisischen Volkserzählungen, auf die sich Geoffreys Geschichte stützte, echte Erinnerungen an einen alten Helden gepflegt werden. Dann schrieb im fünfzehnten Jahrhundert Sir Thomas Malory *Le Morte d'Arthur*, die Proto-Version unserer strahlenden Arthur-Sage mit dem Heiligen Gral, der Tafelrunde, den schlanken Maiden, furchtbaren Ungeheuern, mächtigen Hexenmeistern und Zauberschwertern.

Diese reiche Tradition auf der Suche nach der Wahrheit über Arthur zu entwirren ist vermutlich völlig unmöglich, obwohl sich viele daran versucht haben und viele es zweifellos noch versuchen werden. Arthur soll ein Mann aus Nordbritannien gewesen sein, aus Essex oder aus dem Westen. Eine jüngere Arbeit identifiziert Arthur eindeutig als walisischen Herrscher aus dem sechsten Jahrhundert mit Namen Owain Ddantgwyn, doch da die Autoren darauf hinweisen, daß es »keine Aufzeichnungen über Owain Ddantgwyn« gebe, erweist sich auch dies als nicht sehr hilfreich. Camelot ist in Carlisle, Winchester, South Cadbury, Colchester ebenso geortet worden wie an einem Dutzend anderer Plätze. Meine Wahl in dieser Frage ist im günstigsten Fall voreingenommen und nur von der Gewißheit gestützt, daß keine zuverlässige Antwort existiert. Ich habe Camelot den erfundenen Namen Caer Cadarn gegeben und es in South Cadbury, Somerset, angesiedelt – nicht weil ich das für den wahrscheinlichsten Standort halte (obwohl ich ihn nicht als den unwahrscheinlichsten betrachte), sondern weil ich diesen Teil Britanniens kenne und liebe. Sosehr wir auch suchen – alles, was wir den Überlieferungen als sicher entnehmen können, ist die Tatsache, daß er ein großer Kriegsherr, wenn auch niemals ein König, war und daß er seine größten Schlachten gegen die verhaßten sächsischen Eindringlinge führte.

Es mag zutreffen, daß wir nur sehr wenig über Arthur wissen, immerhin vermögen wir einiges aus der Zeit zu folgern, in der er vermutlich lebte. Das Britannien des fünften und sechsten Jahrhunderts muß ein recht unwirtliches Land gewesen sein. Da die römischen Beschützer Anfang des fünften Jahrhunderts abzogen, waren die romanisierten Briten einem Ring furchtbarer Feinde ausgeliefert. Von Westen kamen die marodierenden Iren, die zwar enge keltische Verwandte der Briten, aber dennoch Eindringlinge, Kolonisatoren und Sklavenhalter waren. Im Norden wohnte das seltsame Volk der schottischen Hochlande, das ständig versuchte, mit verheerenden Ausfällen nach Süden vorzudringen; aber kein Feind war so gefürchtet wie die verhaßten Sachsen, die zuerst attackierten, dann kolonisierten und Ostbritannien anschließend versklavten und die sich mit der Zeit daranmachten, Britanniens Kernland zu erobern und es in England umzutaufen.

Die Briten, die sich diesen Feinden gegenübersahen, waren alles andere als geeint. Ihre Königreiche scheinen ebensoviel Energie darauf verwendet zu haben, einander zu bekämpfen, wie darauf, sich gegen die Invasoren zu wehren, und waren zweifellos auch ideologisch geteilt. Die Römer hinterließen Gesetze, Industrie, Wissen und Religion, doch dieses Erbe stand zahlreichen heimischen Traditionen entgegen, die während der langen römischen Besatzung gewaltsam unterdrückt, doch niemals ganz ausgerottet worden waren. Im Mittelpunkt dieser Traditionen steht das Druidentum. Die Römer unterdrückten das Druidentum wegen seiner

Assoziationen mit britischem (und somit antirömischem) Nationalismus und führten an seiner Stelle ein Durcheinander von anderen Religionen ein, darunter natürlich auch das Christentum. Die Gelehrten meinen, das Christentum sei im poströmischen Britannien weit verbreitet gewesen (obwohl es sich dabei vermutlich um eine der modernen Auffassung unvertraute Form des Christentums handelt), aber auch das Heidentum existierte zweifellos weiter, vor allem auf dem Land (*pagan*, das englische Wort für Heide oder heidnisch, leitet sich aus dem lateinischen Wort für Landbewohner her), und als der poströmische Staat zusammenbrach, scheinen sich Männer und Frauen an jeden spirituellen Strohhalm geklammert zu haben, der sich ihnen bot. Mindestens ein moderner Gelehrter hat vermutet, daß das Christentum den Resten des britischen Druidentums wohlwollend gegenüberstand und daß die beiden Glaubensrichtungen friedlich nebeneinander existierten, doch da Toleranz nie eine Stärke der christlichen Kirche war, wage ich diese Behauptung zu bezweifeln. Ich persönlich jedenfalls glaube, daß Arthurs Britannien ein Land war, das sowohl von Religionsstreitigkeiten als auch von Invasionen und Politik zerrissen war. Mit der Zeit wurden die Erzählungen um Arthur natürlich stark christianisiert, vor allem, was die Fixierung auf den Heiligen Gral betrifft, obwohl wir sicherlich bezweifeln dürfen, daß Arthur jemals von einem derartigen Kelch Kenntnis erhielt. Dennoch ist es möglich, daß die Legenden von der Suche nach dem Gral nicht ganz und gar auf späteren Erfindungen beruhen, denn sie ähneln sehr stark beliebten keltischen Volkssagen von Kriegern, die magische Kessel suchen, heidnischen Erzählungen, über die, wie so oft in der Arthur-Mythologie, christliche Autoren später ihren frommen Glanz gestülpt und damit eine weit frühere Arthur-Tradition verschüttet haben, die heute nur noch in einigen sehr alten und obskuren Lebensbeschreibungen keltischer Heiliger existiert.

Überraschenderweise stellt diese Tradition Arthur als Bösewicht und Feind der Christenheit dar. Die keltische Kirche war Arthur, wie es scheint, nicht sehr wohlgesonnen, und die Lebensbeschreibungen der Heiligen lassen darauf schließen, daß es dazu kam, weil er das Geld der Kirche beschlagnahmte, um damit seine Kriege zu finanzieren, eine Auslegung, die auch erklären könnte, warum sich

Gildas, ein Mann der Kirche und Arthur zeitlich am nächsten stehender Chronist, schlichtweg weigerte, ihm das Verdienst an den britischen Siegen zuzuerkennen, die das Vordringen der Sachsen vorübergehend aufhielten.

Der heilige Dornbusch wäre natürlich in Ynys Wydryn (Glastonbury) zu finden, das heißt, wenn wir der Legende glauben wollen, die besagt, daß Joseph von Arimathia den Heiligen Gral und die Dornenkrone des sterbenden Jesus im Jahre 63 A. D. nach Glastonbury brachte – obwohl diese Geschichte erst im zwölften Jahrhundert auftaucht; daher vermute ich, daß meine Aufnahme des Dornbuschs in *Der Winterkönig* zu den zahlreichen bewußten Anachronismen gehört. Als ich mit diesem Buch begann, war ich fest entschlossen, keinen Anachronismus zuzulassen, auch nicht die Ausschmückungen des Chrétien de Troyes, doch dieser Reinheitsgedanke hätte zugleich auch Lancelot, Galahad, Excalibur und Camelot ausgeschlossen, ganz zu schweigen von Personen wie Merlin, Morgan und Nimue. Hat Merlin wirklich existiert? Die Beweise für sein Leben sind noch weniger zwingend als die für Arthurs Existenz, außerdem ist es höchst unwahrscheinlich, daß die beiden gleichzeitig gelebt haben. Dennoch sind sie für mich unzertrennlich, und so fand ich es schlechthin unmöglich, Merlin auszuschließen. Einige Anachronismen konnten jedoch ohne weiteres über Bord geworfen werden. So trägt der Arthur des fünften Jahrhunderts zum Beispiel weder einen Schildpanzer noch eine mittelalterliche Lanze. Er hat keinen runden Tisch, obwohl seine Krieger (nicht Ritter) nach Art der Kelten häufig im Kreis auf dem Boden sitzend getafelt haben dürften. Seine Burgen hätten aus Erde und Holz bestanden, nicht aus hochaufragendem, mit Rundtürmen geschmücktem Stein, und ich bezweifle voller Bedauern, daß ein in schweren, weißen, golddurchwirkten Seidenstoff gehüllter Arm mystisch und märchenhaft aus einem nebelverhangenen See auftauchte, um sein Schwert in die Ewigkeit zu holen, obwohl es so gut wie sicher ist, daß die persönlichen Schätze eines großen Führers bei seinem Tod als Opfergabe an die Götter in einen See geworfen wurden.

Die meisten Personennamen in diesem Buch entstammen Unterlagen aus dem fünften und sechsten Jahrhundert, doch über die

Menschen, die diese Namen trugen, wissen wir so gut wie gar nichts, genau wie wir nur sehr wenig über die poströmischen Königreiche Britanniens wissen – ja, die moderne Geschichte ist sich nicht einmal über die Anzahl der Reiche und ihre Namen einig. Dumnonia hat genauso existiert wie Powys, während der Berichterstatter dieser Geschichte, Derfel (nach Waliser Art Derwel ausgesprochen), in einigen frühen Erzählungen als einer von Arthurs Kriegern bezeichnet wird. Über ihn wird ebenfalls berichtet, daß er später in ein Kloster eintrat. Davon abgesehen wissen wir jedoch nichts weiter über ihn. Andere, wie Bischof Sansum, haben zweifelsfrei existiert und sind noch heute als Heilige bekannt, obwohl von den frommen Männern der damaligen Zeit nur recht wenig Tugendhaftigkeit verlangt wurde.

Der Winterkönig ist also eine Erzählung aus dem frühen Mittelalter, in der Legende und Vorstellungskraft den Mangel an historischen Unterlagen ersetzen müssen. So ziemlich das einzige, dessen wir relativ sicher sein können, ist der breite historische Hintergrund: ein Britannien, in dem es noch immer römische Städte, römische Straßen, römische Villen und einige römische Manieren gibt, aber ebenso ein Britannien, das sehr schnell durch Invasionen und persönlichen Hader vernichtet zu werden droht. Einige Briten hatten den Kampf bereits aufgegeben und sich in Armorica, der Bretagne, niedergelassen, was erklärt, wieso sich die Arthur-Sagen in jenem Teil Frankreichs so lange gehalten haben. Für jene Briten aber, die auf ihrer geliebten Insel blieben, war es eine Zeit, in der sie verzweifelt nach Rettung – militärischer wie spiritueller – suchten, und in diesem unglückseligen Land tauchte plötzlich ein Mann auf, der den Feind wenigstens für einige Zeit zurückzuschlagen vermochte. Dieser Mann ist mein Arthur, ein großer Kriegsherr und ein Held, der sich einer scheinbar aussichtslosen Sache verschrieb – mit dem Ergebnis, daß ihn eintausendfünfhundert Jahre später selbst seine Feinde lieben und sein Andenken in Ehren halten.

THE NOBLE LADIES OF CRIME

Diese Autorinnen wissen bestens Bescheid über die dunklen Labyrinthe der menschlichen Seele...

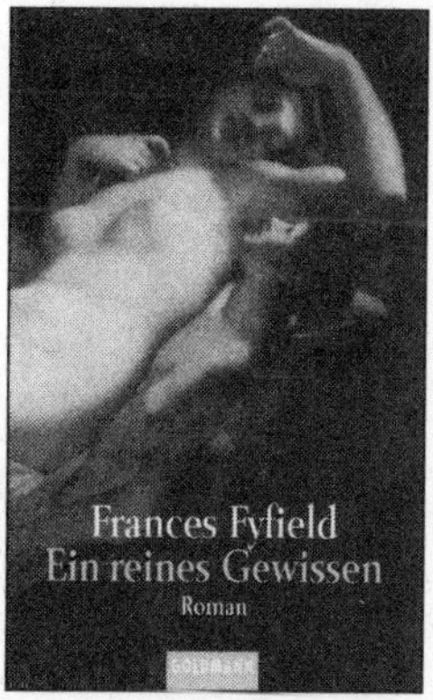

43700

43551

42597

43209

GOLDMANN